10만 분의 1의 우연

옮긴이 **이규원**

한국외국어대학교에서 일본어를 전공했다. 문학, 인문, 역사, 과학 등 여러 분야의 책을 기획하고 번역했으며 현재 전문 번역가로 활동중이다. 옮긴 책으로 미야베 미유키의 『이유』, 『얼간이』, 『하루살이』, 『미인』, 『진상』, 덴도 아라타의 『가족 사냥』, 다치바나 다카시의 『천황과 도쿄대』, 쓰네카와 고타로의 『야시』, 『천둥의 계절』, 사토 다카코의 『한순간 바람이 되어라』, 『슬로모션』, 슈카와 미나토의 『도시전설 세피아』, 『새빨간 사랑』, 마쓰모토 세이초의 『마쓰모토 세이초 걸작 단편 컬렉션』 등이 있다.

JUMANBUN NO ICHI NO GUZEN
by MATSUMOTO Seicho
Copyright© 1981 by MATSUMOTO Yoichi
All rights reserved.
Original Japanese edition published by Bungeishunju Ltd., Japan 1981
Korean translation rights in Korea reserved by Booksphere Publishing House
under the license granted by MATSUMOTO Yoichi, Japan
arranged with Bungeishunju Ltd., Japan
through Shinwon Agency Co., Korea.
Korean translation copyrights© 2013 by Booksphere Publishing House

이 책의 한국어판 저작권은 Bungeishunju Ltd.와 신원 에이전시를 통해 MATSUMOTO Yoichi와의 독점계약으로 도서출판 북스피어에 있습니다. 저작권법에 의해 한국 내에서 보호를 받는 저작물이므로 무단전재와 무단복제를 금합니다.

이 도서의 국립중앙도서관 출판시도서목록(CIP)은 e-CIP홈페이지(http://www.nl.go.kr/ecip)와 국가자료공동목록시스템(http://www.nl.go.kr/kolisnet)에서 이용하실 수 있습니다.
(CIP제어번호: CIP2013017369)

10만분의 1의 우연
十万分の一の偶然

마쓰모토 세이초
장편 미스터리

이규원 옮김

북스피어

10만 분의 1의 우연

차례

연간 최고상	007
반향	019
현장 조문	031
꽃다발과 히나 인형	042
초보자의 방문	053
야마가 교스케라는 사람	063
우연을 물고 늘어지다	073
불덩어리	083
다시 현장으로	094
현장 조사	104
종잇조각들의 실체	114
조명기구	125
소개자	134
무적 소리 들리는 객실	144
전화와 활자	154
두 개의 시든 꽃다발	165
내면의 목소리	175
시대의 증언	186
현장 사전 답사	196

어둠 속을 함께 걷다	206
죽마	217
크레인 위	227
촬영 문답	238
사고 현장 이야기	248
15미터 아래	258
현장검증	269
담배꽁초와 부인	280
늘 혼자	291
대마의 계절	301
가노잔 산으로 가다	314
밀교 사원	325
산 위의 밤	335
최고점 352미터	346
환시 환각	357
최후의 불빛	367
소름이 돋을 만큼 현대적	381
역자 후기	393

† **일러두기**
본문의 모든 주는 옮긴이 주입니다.

연간 최고상

A신문은 1월 27일자 조간에 〈독자 뉴스사진 연간상〉을 발표했다.

이런 기획이라면 A신문뿐만 아니라 B신문과 C신문도 실시한다. 현상 모집에 관한 규정은 신문사 세 곳이 다 엇비슷한데, A신문의 경우 이렇게 제시하고 있다.

> **월간상** : 그달에 투고된 사진을 대상으로 도쿄, 오사카, 서부, 나고야 각 본사에서 개별적으로 심사하여 결과를 발표하고 상을 수여합니다. ▽금상(1점)=5만 엔(특별히 뛰어난 작품에는 10만 엔의 특별상) ▽은상(1점)=3만 엔 ▽가작(다수)=1만 엔.
>
> **연간상** : 1월 1일부터 1년간 네 개 본사에 투고된 모든 응모 사진을 놓고 권위 있는 보도사진가들에게 의뢰하여 심사하고(심사원

> 은 원칙적으로 3년마다 교체) 그 결과를 지상에 발표하며, 트로피와 상장과 다음과 같은 상금으로 표창합니다. ▽최고상(1점)=트로피, 상장, 상금 1백만 엔 ▽우수상(3점)=트로피, 상장, 상금 각 30만 엔 ▽입선(5점)=상장, 상금 각 5만 엔.

한편 27일자 조간은 작년도 연간 최고상 작품「격돌」과 우수상 작품「긴급 착륙 10분 전의 기내」,「아파트의 화재」,「침몰」을 1면 전면에 실었다. 당연히 최고상인「격돌」이 가장 크고 화려하게 실렸다.

사진은 도메이 고속도로에서 야간에 발생한 차량 연쇄 추돌 사고 장면을 담았다. 후지사와 시 미나미나카도리 57에 사는 수상자 야마가 교스케에 따르면, 사고는 작년 10월 3일 오후 11시경 도메이 고속도로 시즈오카 현 고텐바-누마즈 구간의 하행선에서 일어났다. 차량 세 대에서 타오르는 불길에 주변이 대낮처럼 환하다. 맨 앞에 12톤 탑차 트럭이 넘어져서 높은 짐칸이 옆으로 쓰러져 있다. 그 트럭과 추돌한 중형 승용차가 불타고 있고, 다시 그 승용차를 들이받은 중형 승용차 역시 불길에 싸여 있다. 그 뒤를 추돌한 라이트밴에서도 불길이 솟아오른다. 다섯 번째 추돌 차량은 짐칸에 천막을 씌운 2톤쯤 되는 트럭으로 추돌을 피하려고 핸들을 오른쪽으로 꺾었지만 미처 피하지 못하고, 네 번째 추돌 차량과 접촉한 뒤 중앙분리대 화단을 뚫고 상행선으로 넘어가 때마침 맞은편에서 달려오던 중형 승용차와 격돌, 두 차량 모두 대파되었다.

사고가 일어난 직후에 촬영했는지 사고 차량에서 사람이 나오는 모습은 보이지 않는다. 특히 대단한 부분은 세 대의 차량에서 솟는 화염이 소용돌이를 틀며 하늘로 솟구치는 모습이다. 컬러 사진은 아니지만 흑백이라 오히려 그 처참한 광경을 더 박력 있게 재현하고 있다. 새하얀 화염 속에 도로 옆의 깎아지른 절개면이 좌우로 거뭇거뭇하게 이어져 있어서 원근감을 더해 준다.

촬영자는 절개면 왼쪽 비탈의 위쪽에 위치해 있으며, 카메라가 5미터 아래를 부감하는 앵글이다. 때문에 불길에 휩싸이고 파손된 차량 여섯 대의 위치가 겨냥도처럼 명확하게 드러난다. 보는 이의 숨을 멎게 만드는 사진이다.

우수상을 받은 작품 세 점과 비교하면 그 박력과 효과가 월등하다.

같은 지면에 실린 심사위원장 사진가 후루야 구라노스케의 평.

이번에 응모된 작품은 총 4,232점으로 작년보다 80점이 많고, 지면에 소개된 (월간상) 비율도 7.2퍼센트로 이 기획을 시작한 이래 가장 높다. 독자의 참여 열기가 느껴지며, 특히 이번에는 작품의 수준도 고른 편이다.

「격돌」은 당시 보도된 것처럼 여섯 명의 사망자가 발생한 도메이 고속도로 상의 대형 추돌 사고 사진이다. 월간상에서도 금상을 받은 데 이어 이번에 연간상 최고상을 수상했다. 카메라의 표현력을 이렇게 충실히 발휘한 사진도 드물다. 교통사고 현장 사진이라면 사고 발생 후 긴 시간이 흘러서 차량의 잔해나 현장검증을 하는 경관이나, 이를 멀리서 에워싸고 구경하는 군중 따위를 찍은 사진이 많은데, 이 작품은 사고 발생 순간을 찍은 사진이라고 해도 좋다. 화염의 빛 속에 사람이 한 명도 보이지 않는 것은 그 때문이며, 그 섬뜩함에 몸서리가 쳐진다. 아니, 이 사진을 찍는 순간에도 차량 안에 희생자들이 갇혀 있었다고 생각하면 실로 참혹한 장면이라 차마 똑바로 보기 힘들다. 하지만 비참한 교통사고는 끊이지 않는다. 사망자도 많다. 이 현장감 넘치는 생생한 사진 한 장이, 운전자들의 경계심을 다잡고 교통사고가 감소하는 데 일조했으면 좋겠다는 바람에서, 참혹한 사진이지만 감히 연간 최고상으로 정하여 여기 발표한다. 한편으로 촬영자에게 있어서, 이런 결정적이고 순간적인 장면과 맞닥뜨리는 것은 1만 분의 1, 아니 10만 분의 1의 우연이라고 할 수밖에 없다.

　우수상 「긴급 착륙 10분 전의 기내」는, 촬영자의 설명에 따르면 미국 여행중에 탑승한 여객기가 엔진 고장으로 덴버 공항에 긴급 착륙을 했는데, 그 10분 전의 기내 풍경이라고 한다. 베개로 머리를 감싼 채 좌석에 웅크리고 앉아 있는 승객들의 불안한 표정이 화면에 잘 나타나 있다. 이 비행기는 무사히 착륙했다고 한다. 역시 우수상을 수상한 「아파트의 화재」는 2, 3층 창문 밖으로 흘러나오는 화염과 5층 창을 통해 소방 사다리차로 차례차례 구출되는 주민들의 긴박한 모습이 표현되어 있다. 한낮에 일

> 어난 화재였으며 다행히 희생자는 없었다고 한다. 또 한 점의 우수 수상작 「침몰」은 세토 내해의 마루가메 시 앞바다에 있는 두 섬, 혼지마와 우시지마 사이에서 어선과 화물선이 충돌하여 침몰하는 장면이다. 어선의 이물이 수면 위로 한 그루의 나무처럼 하늘을 향해 솟아 있다. 화물선이 내려 준 보트에 올라타는 어선 선원들, 화물선 뱃전에 나란히 서서 그들을 바라보는 선원들의 모습 등, 역시 긴박한 장면이다―.
> 이상이 우수 작품에 대한 심사평이다. 사실 우리 주변에서 언제 어떤 일이 일어날지 알 수 없다. 그런 일은 아무런 예고 없이 갑자기 발생한다. 적어도 보도사진에 뜻을 둔 사람이라면 어딜 가든 늘 카메라를 휴대하여 그 순간에 대비해야 한다. 카메라야말로 시대의 엄정한 증언자이며, 이렇게 주관을 배제하는 리얼리즘의 기록도 없기 때문이다.

연간 최고상을 수상한 야마가 교스케의 기쁨에 찬 수상 소감도 보도되었다.

> 작년 10월 3일 오후 9시경부터 저는 카메라를 메고 시즈오카현 슨토 군 나가이즈미초 무카이다 근방을 걷고 있었습니다. 이곳은 후지산 동남쪽에 있는 이케노타이라(846미터) 산자락인데, 그 고원에 서면, 저 멀리 남쪽 아래로 누마즈 시내의 불빛이

야광충 덩어리처럼 반짝이는 풍경이 보입니다. 저는 근경인 고원의 숲을 실루엣으로 처리하여 원경인 시내의 불빛들과 대조를 이루게 하고, 누마즈 시내의 불빛이 밤하늘에 오로라처럼 빛어내는 빛무리를 포착하여 몽환적 분위기가 풍기는 사진을 찍기 위해 현도와 촌도를 돌아다니던 중이었습니다.현도와 촌도는 각각 일본의 행정구역 단위인 현(縣)과 무라(村)에서 만들고 유지하는 길. 하지만 원하는 앵글을 얻지 못해서 두 시간쯤 걷다가 11시쯤, 도메이 고속도로 절개지를 가로지르는 육교를 건너 동쪽 절개지 위에서 촌도를 따라 걸어 내려가고 있었습니다. 갑자기 천지를 뒤흔드는 굉음이 들리더니 몇 초도 지나지 않아 뒤쪽 고속도로에서 불기둥이 솟는 것이 보였습니다. 간담이 서늘했지만 급히 촌도에서 다시 절개지 위로 올라가 보니 눈 아래 펼쳐진 고속도로에서 트럭과 승용차 여러 대가 충돌한 뒤 나뒹굴고 있었고, 그 가운데 세 대의 차량에서 막 화염이 피어오르고 있었습니다. 정신없이 셔터를 눌렀습니다. 화염이 밝아서 스트로보도 필요 없었습니다. 카메라 경력이라면 나름대로 오래되었지만 그런 경험은 처음이었습니다. 그렇게 찍은 사진이 연간 최고상을 받다니, 정말 꿈만 같습니다.

※야마가 교스케-32세. 후지사와 시 미나미나카도리 57. 회사원. 전국보도사진가연맹 회원이었으나 지금은 소속된 사진가 단체가 없음.

지면에는 수상자의 작은 얼굴 사진이 실려 있다. 동그란 얼굴에 짙은 눈썹과 두꺼운 입술이 꽤 정력적인 인상을 풍긴다.

지면에 우수상 수상자 세 명과 입선자 다섯 명의 주소와 이름도 따로 소개되었다.

> 우수상 ▽「긴급 착륙 10분 전의 기내」 가메이 하루오(가와구치 시 사카에초) ▽「아파트의 화재」 사와다 다카시(센다이 시 아오바초 23) ▽「침몰」 야노 고이치(가가와 현 다도쓰초 히라이와 35)
> 입선 ▽「야구장의 소동」 기무라 신이치(히로시마 시 가이타이치초 58) ▽「폭주의 말로」 니시다 에이조(후지사와 시 유교지도리 3-67) ▽「피난」 야마기시 아키라(기타큐슈 시 고쿠라미나미 구 소네 108) ▽「폭설이변」 미쓰다 다이치(니가타 현 나카쿠비키 군 가키자키초 91) ▽「UFO의 횡단?」 아카마쓰 노리스케(아키타 현 야마모토 군 메나가타)   ※작품은 지면에 소개하지 않음.

수상자들의 이름을 열거한 활자가 깨알만 해, 연간 최고상 수상자의 사진은 한층 영광스럽게 보인다.

독자 중에는 A신문 축쇄판을 뒤적여 작년 10월 3일 밤에 일어난 도메이 고속도로 고텐바-누마즈 구간의 연쇄 추돌 사고 기사를 다시 한 번 읽고 새삼 참혹한 기분에 사로잡히는 사람도 있었으리라.

축쇄판의 해당 지면을 보면 활자보다 크게 실린 사고 현장 사진이 먼저 눈에 들어온다. 4일자 조간인데 '4일 오전 0시 20분 촬영'이란 설명이 있는 것으로 보아, 누마즈 지국의 직원이 사고가 발생하고 1시간 20분 지나서 현장에 달려와 촬영했을 것이다. 이 사진에서 불길은 이미 꺼져 있고, 플래시 속에 전소된 승용차의 잔해만 찍혀 있다. 현장검증 담당 경관 몇 명이 여섯 대의 사고 차량 주변에 모여 있고, 통행 차량을 정리하는 경관과 지역 소방단원, 그리고 구경꾼들이 보인다.

차량 세 대에서 타오르는 맹렬한 불길과 사람의 모습이라곤 하나도 없는 정경을 담은 최고상 수상작과 비교해 보면 그 박력의 차이는 더욱 실감 난다. 축쇄판에 실린 사진은 김 빠진 맥주처럼 너무나 밋밋하다.

그 6단 기사의 제목.

도메이 고속도로에서 연쇄 추돌 대참사. 사망 여섯 명, 중상 세 명, 전소 차량 세 대, 대파 차량 세 대. 어젯밤 고텐바-누마즈 구간에서

기사의 개요.

지난밤 11시경 도메이 고속도로 고텐바-누마즈 구간의 하행 차선에서 차량들이 연쇄 추돌하는 대형 사고가 발생했다. 먼저 시속 120킬로미터로 달리던 12톤 탑차 트럭이 급브레이크를 밟으며 핸들을 오른쪽으로 꺾어 전복되었고, 역시 고속으로 달리던 후속 중형 승용차 두 대가 연달아 추돌하며 불이 일어났다.

그 뒤 다시 라이트밴 한 대가 추돌하여 불길에 휩싸였다. 뒤따라 오던 소형 트럭은 추돌을 피하려고 오른쪽으로 핸들을 꺾었지만 미처 피하지 못하고 앞 차량에 접촉한 뒤 중앙분리대를 넘어 상행선으로 돌입, 때마침 상행선을 달리던 승용차와 충돌하여 두 차량 모두 대파되었다.

이 사고로 대형 탑차 트럭(요코하마 시 사쿠라기초 2-1, 에이다이 운수 주식회사 소유)에 타고 있던 운전사 시마다 도시오 씨(28세)와 조수 노다 도시키 씨(23세)가 목뼈가 부러져 즉사하였고, 중형 승용차를 운전하던 회사원 미노하라 하루오 씨(42세, 시즈오카 시 이노미야초 3초메 78)는 앞유리에 머리를 들이받고 깨진 유리 파편에 경동맥이 끊어져 즉사, 부인 가즈에 씨(35세)는 유리 파편으로 인한 창상과 화상으로 입원했으나 사망하였다. 그 뒤의 중형 승용차를 운전하던 회사원 야마우치 아키코 씨(23세, 도쿄 도 분쿄 구 묘가다니 4-107)는 골절과 전신 화상으로 즉사, 라이트밴을 운전하던 식료품점 주인 요네즈 에이키치 씨(42세, 하마마쓰 시 묘진초 6-3)는 화염에 사망하였고, 동승했던 동생 야스키치 씨(35세)는 탈출했지만 중상을 입었다. 또한 상행선으로 뛰어든 소형 트럭을 운전하던 생선 가게 주인 오쿠보 마사오 씨(39세, 시즈오카 현 마이사카초 38)는 전신 타박상으로 중상, 상행선을 달리다 소형 트럭과 충돌하여 대파된 중형 승용차의 운전자인 화장품 가게 주인 마키우치 도시유키 씨

(36세, 도쿄 도 네리마 구 다테노초 4-68)도 중상을 입었다. 사고 현장은 완만한 커브 구간이어서 시야가 그다지 좋지 않았다. 현장은 불에 탄 차량의 잔해와 흩어진 부품, 유리 조각 등으로 뒤덮여 있고 매캐한 연기 속에 노면 여기저기에 피가 묻어 있어 차마 똑바로 보기 힘들다.

누마즈 경찰서에서 사고 원인을 조사하고 있지만, 맨 앞을 달리던 탑차 트럭이 왜 급브레이크를 밟았는지는 운전사 시마다 씨와 조수 노다 씨가 모두 사망한 탓에 제대로 파악하지 못하고 있다. 또 트럭이 넘어진 도로와 그 부근을 조사했지만 이상한 흔적은 찾지 못했다. 참고로, 해당 하행선 구간은 내리막이어서 시속 100킬로미터 이상으로 달릴 경우, 차간거리를 상당히 확보했더라도 추돌은 불가피했을 것으로 보인다.

■ 도메이 고속도로 고텐바-누마즈 구간 사고 현장

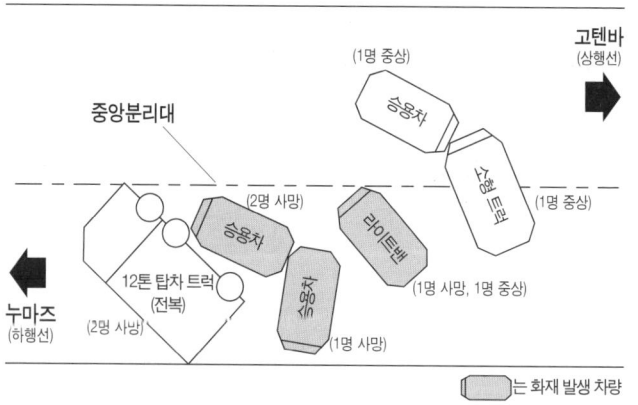

그날 석간은 슬픔에 빠진 유족과 희생자의 생전 모습 등을 실었지만 사고의 원인은 여전히 밝혀지지 않아, 누마즈 경찰서장의 담화를 전했다.

누마즈 경찰서장의 말 : 추돌 사고의 원인은 선행하던 탑차 트럭의 급정지가 분명하다. 다만 왜 급정지했는지는 운전사와 조수가 모두 사망하여 알 수 없다. 운전사가 졸음과 싸우다 헛것을 보고 놀라 급브레이크를 밟지 않았나 하는 추측도 해 본다. 현장 상황을 보건대 트럭 앞을 누군가 횡단했을 가능성은 상정하기 어렵고, 노상에도 그런 흔적은 없었다. 이물질도 발견되지 않았다. 트럭을 뒤따라 달리다 추돌한 승용차 조수석에 타고 있던, 미노하라 하루오 씨의 부인 가즈에 씨를 상대로 병원에서 사정 청취를 했으나 전방에서 특별한 것을 보지는 못했다고 한다. 가즈에 씨는 그 직후 의식을 잃고 사망했으므로 더 상세한 내용은 들을 수 없었다. 그 뒤로 추돌한 승용차 운전자 야마우치 아키코 씨도 사망했으나, 그 후속 차량인 라이트밴에 동승했던 요네즈 야스키치 씨는 생명에 지장이 없어 부상에서 회복되는 대로 병원에서 사정 청취를 할 계획이다. 또 하행선에서 넘어온 소형 트럭과 충돌하여 대파되었던 상행선 차량의 운전자, 마키우치 도시유키 씨는 중상을 입었지만 의식은 또렷하다. 그에 따르면 건너 차선을 달리던 탑차 트럭의 전방 노면에 특별히 이상한 것은 없었다고 한다. 원인을 밝혀내려면 시간이 좀 더 걸릴 것 같다.

2주 뒤의 신문 기사.

지난 10월 3일 밤, 도메이 고속도로 고텐바-누마즈 구간에서 발생한 차량 연쇄 추돌 사고는 선행하던 탑차 트럭의 급정지와 전복 때문임이 분명하다. 하지만 문제는 그 트럭의 운전사 시마다 씨가 현장에 접어들었을 때 왜 급브레이크를 밟고 핸들을 오른쪽으로 틀었는가 하는 점이다. 갑자기 장애물을 발견하고 당황해서 그랬다면, 상행선 통행 차량의 신고를 받고 사고 발생 40분 만에 현장에 도착한 누마즈 경찰서 경관이 현장검증을 했을 때 어떤 장애물이나 흔적이 발견되었어야 한다. 그러나 아무런 흔적이 없었으며, 동이 튼 뒤에 실시한 현장 정밀 조사에서도 아무것도 발견되지 않았다.

그렇다면 일부의 추측대로 운전사 시마다 씨가 피로 때문에 졸음 운전을 하다가 일종의 환각 증상을 겪어, 전방에서 헛것을 보고 장애물로 착각하여 본능적으로 급브레이크를 밟았다는 추측도 가능하다. 오른쪽 중앙분리대를 향해 핸들을 꺾었다는 점이 그 추측을 뒷받침한다. 12톤 탑차 트럭이 시속 120킬로미터로 달리다가 급브레이크를 밟으면 당연히 전복될 수밖에 없다. 시마다 씨가 그것을 모르지는 않았을 것이다. 그런데도 본능적으로 급브레이크를 밟았다면 그만큼 위험한 장애물의 환각을 보았다고 추측할 수 있다.

또 한 가지의 가능성은 심야 운전을 할 때 흔히 겪을 수 있는 공포다. 심야에 인가에서 멀리 떨어진 고속도로를 달린다는 고독감에 까닭 없이 공포에 사로잡힐 수 있고, 그 공포심에 운전사가 착각을 일으킬 수도 있다. 그러나 동일한 트럭을 소유한 에이다이 운수회사의 운전부 주임 가쓰마타 쇼지 씨(38)는, 시마다 씨는 베테랑 운전사이며, 도메이 고속도로의 사고 현장이라면 심야에도 1주일에 두 번씩 왕복해서 이미 익숙한 곳이므로 그런 일은 결코 생각할 수 없다고 말했다. 또 시마다 씨가 졸다가 문득 깨어나 급브레이크를 밟은 것은 아닌가 하는 일부의 추측에 대해서는, 시마다 씨가 낮잠을 충분히 자 두었으므로 밤 11시경이라면 졸음과 씨름할 시간도 아니라고 말했다.

또 세 번째로 추돌한 라이트밴에 타고 있다가 살아난 요네즈 야스키치 씨는 추돌 직전 전방에서 빨간 불덩어리 같은 것을 본 듯하다고 말했으나, 경찰 조사 결과, 앞서 달리던 승용차 두 대가 탑차와 추돌하면서 일어난 불길을 착각한 것으로 밝혀졌다.

반향

〈독자 뉴스사진 연간 최고상〉이 A신문에 발표된 것이 1월 27일자 조간이었는데, 나흘 뒤 같은 신문의 2월 1일자 조간의 〈울림(독자 투고란)〉에 다음과 같은 의견이 실렸다.

독자 뉴스사진 연간 최고상으로 「격돌」이 선정된 것을 보았습니다. 응모작 4,200점 가운데 선정된 만큼 훌륭하고 박력 넘치는 작품입니다. 그러나 솔직히 말해서 뒷맛이 고약한 사진입니다. 그 사진은 작년 10월 3일 도메이 고속도로 고텐바-누마즈 구간에서 발생한 차량 연쇄 추돌 사고 현장의 모습입니다. 사망자 6명, 중상자 3명이라는 대형 참사였습니다. 넘어진 대형 탑차 트럭, 추돌하여 화염에 싸인 2대의 승용차와 라이트밴, 중앙 분리대를 넘어온 소형 트럭과 충돌하여 대파된 상행선의 승용차. 정말 끔찍한 광경입니다. 심사를 맡은 후루야 선생의 평처럼 촬영자는 그야말로 1만 분의 1, 혹은 10만 분의 1의 우연이라고 할 만한 천재일우의 결정적 순간을 만난 것입니다. 보도사진의 백미라 하겠습니다. ……그러나 가슴 아픈 사진입니다.

제가 뒷맛이 고약하다고 한 것은 이 사진이 아마추어 카메라맨에 의해 촬영되었고, 게다가 연간 최고상을 수상했다는 점 때문입니다. 만약 이 사진을 신문사 카메라맨이 촬영했다면 저도 그런 감정을 느끼지 않았을 겁니다. 신문사 카메라맨은 사건 사고 현장을 촬영하는 것이 소임이기 때문입니다. 그런데 그게 아니라 아마추어의 작품이라고 하니 그냥 넘기기가 힘듭니다.

이렇게 쓰면 신문사 카메라맨은 사고 발생 현장에 늘 있을 수는 없으므로 신문사로서도 우연히 현장 가까이에 있던 아마추어 카메라맨이 사진에 기댈 수밖에 없다고 항변할지도 모르겠습니다. 그렇다면 사건이 일어난 직후 신문에 현장 사진을 보도한다는 목적은 이미 이뤘을 테니, 이렇게 암울하고 차마 똑바로 보기 힘들 만큼 참혹한 사진을 굳이 현상공모 대상으로 삼아서는 안 될 것입니다.

비참한 사고 현장에 있던 아마추어 카메라맨이 우연히 사진을 찍었다가 세간의 비난을 산 예는 전에도 있었습니다. 일찍이 1955년 시코쿠 다카마쓰 앞바다에서 충돌 사고로 침몰한 시운마루 호의 사진이 그랬습니다. 카메라를 들이댈 시간이 있었으면 물에 빠진 승객을 한 명이라도 더 살리려고 애써야 옳지 않았느냐는 비난을 받았습니다.

촬영자로서는 인명을 구하는 것보다 '천재일우'의 결정적인 셔터 찬스에 더 혹했을지도 모릅니다. 만약 그랬다면 그것은 이기심이라고밖에 말할 수 없습니다. 혹시 그 '공명심'의 배후에 귀사의 연간상이라는 영예와 상금·지면 발표라는 명예를 향한 야심이 작용했다면 더욱 그렇습니다. (지바 시, 인쇄업, 후지와라 기로쿠)

이 투고에 대하여 신문사 측은 〈사진부장의 답변〉을 실었다.

독자 투고의 취지는 요컨대 '비참한' 보도사진은 신문사 사진부원이 찍은 현장 사진으로 한정해야 하며, 이른바 아마추어 카메라맨이 찍은 사진을 지면에 발표해서는 안 된다는 말인 듯합니다. 일리 있는 의견입니다만, 한편으로는 너무 일방적인 생각이 아닌가 합니다. 사회가 복잡해지고 기계 문명의 일상화가 진전되면서 예측할 수 없는 사고도 그만큼 늘어나고 있습니다. 그런 사고를 방지하려면 각자의 자각과 경계에 의지하는 수밖에 없습니다. 차량 사고를 찍은 '비참한' 현장 사진은 독자의 시각에 직접 호소하는 만큼 활자가 갖지 못한 호소력을 가지고 있으므로 차량 운전자와 이용자 들이 더욱 신중하고 조심하도록 유도할 것입니다. 또 일반인들도 사진을 보고 '끔찍하다'고 생각하는 만큼 재해 예방에 더욱 주의를 기울이겠지요. 이는 교통사고뿐만 아니라 건물, 호텔, 아파트 같은 고층 건물의 화재, 선박이나 여객기 사고를 다룬 사진에도 적용할 수 있는 말이며, '내일은 내가 당할 수도 있다'고 생각하는 사람들도 적지 않으리라 봅니다. 보도사진에는 보도성 외에 이런 '경종'의 효과도 있다는 점을 간과할 수 없습니다.

그런데 신문사에는 카메라맨이 많지 않고 늘 각자의 소임을 위해 각 방면으로 나갑니다. 사고 발생 신고가 들어와도 즉각 대응하는 데 한계가 있습니다. 또 신고를 받고 바로 출동한다고 해도 거리나 그 밖의 여건 때문에 현장에 늦게 도착할 수 있습니다. 때문에 이들이 촬영한 사진은 현장 분위기를 생생하게 전하지 못할 수 있습니다. 그래서 본사에서는 닐리 일반인을 대상으로 보도사진을 공모하여 '결정적 순간'을 찍은 사진을 찾는 것입니다. 그런 사진에는 신문사의 사진부원이 담보할 수 없는 요소가 있습니다. 바로 우연이라는 요소입니다. 심사위원장 후루야 구라노스케 씨가 연간 최고상 「격돌」의 심사평에서 얘기했다시피 이 사진은 촬영자가 '1만 분의 1 혹은 10만 분의 1의 우연'이라는 지극히 희귀한 기회를 만난 덕분에 탄생하였으며, 적어도 이 점에서는 어느 전문 카메라맨보다 뛰어납니다. 후지와라 씨도 인정하셨듯이 덕분에 박력이 넘치는 사진을 얻을 수 있었습니다. 그렇게 섬뜩한 현장감과 표현력이 드러난 사진이기 때문에, 앞서 말씀드렸듯 운전자의 경계심을 촉구하고 일반인에게 자동차 교통에 대한 관심과 주의를 촉구할 수 있지 않겠습니까. 그렇다면 신문사의 카메라맨과 아마추어 카메라맨은 넓은 의미에서 동일한 '임무'를 감당하고 있다고 해도 과언이 아닐 겁니다.

마지막으로 보도사진 현상공모에 대하여 답변을 드립니다. 보다 좋은 작품을 공모하려면 응모자의 의욕을 불러일으켜야 합니다. 입선을 정하는 것도, 입선작에 등급을 매기는 것도, 또 그 등급에 따라 트로피, 상장, 상금을 주는 것도 그런 면에서 당연한 조치이며, 지면 발표 역시 목적에 비추어 합당한 일입니다. 지적하신 대로 응모자의 심리에 그런 야심이 없었다고는 할 수 없겠지만, 가령 '야심'이 있었다고 해도 좋은 작품을 찍으려는 의욕으로 연결된다면 굳이 비난할 일은 아니라고 봅니다. 이상과 같은

> 답변을 드리오니 부디 너른 양해를 부탁드립니다.
>
> —사진부장

그로부터 6일 후 이 신문의 〈울림〉에 실린 독자 투고.

> 일전에 여기에 실린 연간 최고상 「격돌」에 관한 지바 시 후지와라 씨의 의견과 귀사 사진부장의 〈답변〉을 읽어 보았습니다.
> 저도 신문에서 「격돌」 사진을 보았을 때는 한순간 숨을 멈췄습니다. 참사 순간을 이렇게 생생하게 전한 사진도 없을 겁니다. 그 박력에 압도되고 말았습니다. 보도사진의 진가를 유감없이 발휘한 작품이고, 후세에 기록으로 남을 거라 믿습니다. 후지와라 씨의 의견은 다분히 감상적이고 초점에서 비켜났다고 봅니다. 뉴스에서는 프로와 아마추어가 따로 없다고 생각합니다. 특히 우연한 기회에 좌우되는 경우가 많은 보도사진에서는 더욱 그렇습니다.
> 사진부장의 〈답변〉에도 있듯이 신문사 사진부의 인원은 많지 않고, 게다가 저마다 임무를 띠고 각 방면으로 흩어져 있다고 합니다. 설령 신고를 받은 직후에 현장에 달려가더라도 거리가 멀거나 도로가 막혀서 상당한 시간이 흐른 뒤에야 도착하고 맙니다. 사진의 생생함에서는 현장에서 결정적 순간을 포착한 아마추어의 기메라멘에 미치지 못합니다. 보도사진은 프로가 아니면

> 안 된다는 후지와라 씨의 견해는 현실과 동떨어진 편협한 것이 아닐까요.
>
> 또 후지와라 씨는 그 사진이 현상공모 사진이라는 점을 비판하는 듯한데, 애초에 '보상'이 있기 때문에 기술 향상을 놓고 서로 경쟁하는 것이고, 그래서 서로 절차탁마할 수 있는 것입니다. 좋은 작품에 영예나 대가가 따르는 것은 당연합니다. 실제로 아마추어 카메라맨들도 그것을 최우선의 목표로 삼는 게 아닐까요? 저는 사진부장의 견해를 전적으로 지지합니다. (우라와 시, 회사원, 고미네 가즈오)

이 밖에도 비슷한 취지의 투고 편지가 수십 통 더 도착했다는 글을 〈울림〉 담당자가 말미에 덧붙여 놓았다.

그러나 이 신문은 공평했다. 적어도 '공평'한 것처럼 보였다. 그로부터 나흘 뒤 독자의 반론을 〈울림〉에 실었기 때문이다.

> 지난번 여기에 실린 뉴스사진 연간 최고상 「격돌」에 대한 지바 시 후지와라 씨의 비판적 의견과 사진부장의 견해, 그리고 우라와 시 고미네 씨의 찬성 의견을 모두 읽어 보았습니다. 제 생각을 이 자리에 밝히자면, 결론적으로 저는 후지와라 씨의 비판적 의견에 동감합니다.
>
> 「격돌」은 물론 훌륭한 작품입니다. 교통사고의 끔찍함을 이렇

게 박력 있게 전하는 보도사진도 드뭅니다. 이 점은 누구나 인정할 겁니다. 연간 최고상에 선정된 것이나, 그에 걸맞은 작품이라는 점에는 아무도 이의가 없을 줄 압니다.

그러나 이 사진이 역작이라는 것과 독자 현상공모 사진이라는 것은 별개의 문제라고 봅니다. 사고가 발생하는 현장을 우연히 목격한 사람이 아니라면 이렇게 '생생한 사진'을 찍을 수 없습니다. 그 점에서 신문사 사진부원만으로는 한계가 있다는 점, 따라서 일반 아마추어 카메라맨의 협조를 구해야 한다는 점도 이해합니다. 하지만 과연 '생생한 사진'만이 신문에 실리는 보도사진의 유일한 조건일까요? 신문은 수백만 명이 접하는 매체입니다. 매일매일 암울한 뉴스가 보도됩니다. 적어도 사진만이라도 밝은 것을 보고 싶은 건 저만의 바람일까요? 흐뭇한 풍경이나 따뜻한 인간관계를 보여 주는 사진이 실린다면, 석간일 경우 일가족이 단란하게 모인 저녁 식탁에서 밝은 화제가 되어 흐뭇함을 줄 것이고, 조간이라면 세상에 희망을 느끼며 일터로 향할 수 있을 겁니다. 사진은 눈으로 곧장 날아드는 영상인 만큼 활자보다 더 직접적인 인상을 줍니다.

매일 국내외 사건을 전해야 하는 신문이므로 어두운 뉴스가 있는 것은 당연합니다. 하지만 활자만으로 충분합니다. 어둡고 비참한 사진은 피해 주었으면 좋겠습니다. 특히 「격돌」처럼 너무 지극적이리 치미 푹비로 보기 힘든 사진은 지면에서 배세해야 한다고 봅니다. 꼭 '기록'으로 남기고 싶다면, 이를테면 보도사진 연감 같은 간행물에 싣는 것으로 충분하다고 봅니다. 신문에는 현장검증 당시의 '사고 흔적'이 담긴 차분한 사진 정도가 실렸으면 좋겠습니다.

　게다가 「격돌」이 신문사 사진부원이 아니라 아마추어 사진가의 작품이라는 점에 대해서는 저도 후지와라 씨처럼 거부감을 느낍니다. 사진부원의 작품이라면 그것이 직업이니까 당연하다고 받아들일 수도 있지만, 아마추어의 사진은 말하자면 취미이고 재미입니다. 재미로 찍은 그런 잔혹한 사진을 현상공모해서는 안 됩니다. 심사위원장 후루야 구라노스케 씨는 이 사진의 촬영자가 '1만 분의 1 혹은 10만 분의 1의 우연'이라는 행운을 만났다고 했고, 사진부장은 그것이 보도사진이라면 신문사 사진부원이나 아마추어 카메라맨이나 모두 '임무'를 해낸 것일 뿐이라는 취지로 말씀하셨지만, 조금 지나친 발언이라고 봅니다.

　후루야 심사위원장은 아마추어 카메라맨이 어딜 가더라도 늘 카메라를 휴대하는 게 '비상시에 대비하는 아마추어 카메라맨의 자세'라고 했습니다. 하지만 이것은 시운마루 호의 해난 사진(이것도 구조에 나선 제3우코마루 호에 우연히 타고 있던 아마추어 카메라맨이 찍은 사진이었습니다)에 대하여 제기되었던 비판을 다시 불러일으키는 발상입니다. 즉 인명을 구조하기보다 '좋은 사진을 찍고 싶다, 그래서 사람들에게 칭송을 받고 싶다'는 지독한 이기심의 소산이라는 것입니다. 후루야 씨와 사진부장은 모두 「격돌」 같은 사진을 신문에 발표함으로써 '운전자의 경계심을 촉구하고 나아가 일반인에게는 차량 교통에 대한 관심과 주의를 촉구한다'는 '경종' 효과가 있다고 언급했지만, 이것은 지나치게 교훈적으로 강변하는 것이라고 봅니다.

마지막으로 '좋은 사진을 찍고 싶다, 그래서 사람들한테 칭송을 받고 싶다'는 아마추어 카메라맨의 심리는 그 사진을 현상에 응모하여 '잘하면 연간 최고상이나 우수상에 뽑힐지도 몰라, 트로피, 상장, 상금을 모두 받고 싶다'는 의식과 통한다고 생각합니다. 고미네 가즈오 씨의 투고에 쓰인 대로, 상을 주는 것이 아마추어 카메라맨들에 대한 '격려'이며 '기술에 대한 절차탁마'를 유도한다는 말은 일리 있게 들리지만, 그런 '실적'에 대한 추구가 바로 그들의 이기심과 방관주의적 태도를 조장한다고 봅니다. 더불어 '독자 뉴스사진' 현상공모가 신문사의 홍보 수단이 아니길 바랍니다. (오사카 시. 단체 임원. 요시무라 겐키치)

사흘 뒤 이번에는 심사위원장 후루야 구라노스케가 〈문화란〉에 기고했다.

본지의 작년도 뉴스사진 연간 최고상 「격돌」을 놓고 예상 밖의 반향이 있었다. 그것이 뛰어난 사진이라는 사실을 인정하면서도 작품을 신문에 싣는 것의 적합성 여부, 촬영자가 아마추어 카메라맨이라는 사실, 나아가 현상공모라는 방식을 놓고 〈울림〉난에 실린 글처럼 찬반양론이 제기되었다. 아마도 이런 의견이 일반인이나 사진 관계자들 사이에 많은 듯하고, 보도사진의 근본적 문제와도 관련된 논의로 보이므로 심사를 맡은 일원으로서 이 자리를 빌려 의견을 피력해 두고자 한다.

지바 시의 후지와라 씨, 오사카 시의 요시무라 씨의 비판적 의견에는 보도사진에 뜻이 있는 카메라맨들에게 반성을 촉구하는 점이 적지 않다. 재해 현장을 눈앞에 두고 인명 구조를 우선할 것이냐 파인더를 들여다보며 셔터를 누르는 데 몰두할 것이냐고 묻는다면 전자가 우선임은 두말할 나위가 없다. 이는 따로 설명이 필요치 않다. 하지만 신문에 실린 현장 사진을 보면 오해할 만한 점이 있다는 것도 부정할 수 없다. 후지와라 씨, 요시무라 씨의 의견에서도 그런 오해가 엿보인다.

사진을 보면 카메라맨이 즉시 구조를 할 수 있을 것처럼 보이지만, 실제로는 곤란하거나 불가능한 상황이었다는 말이다. 다카마쓰 앞바다의 시운마루 호 해난 사고에서도 촬영자는 그 배와 충돌한 제3우코마루에 탔던 승객이었는데, 시운마루는 충돌 후 불과 5분 만에 침몰했다. 제3우코마루 선원들이 조난자 구조에 나섰지만, 바다에 익숙지 못한 승객들은 어떻게 해 볼 수도 없었다. 실제로 사진 앞쪽에는 침몰하는 배와 조난자의 모습을 그저 숨죽인 채 지켜보는 제3우코마루 승객들의 모습이 나란히 찍혀 있다. 또한 사진에서는 두 척의 배가 매우 가까이 있는 것처럼 보이지만 실제로는 상당한 거리가 있었다. 이것도 일반의 오해를 사는 원인이 되었다.

  문제의 사진 「격돌」도 도메이 고속도로 상의 연쇄 추돌 사고가 일어난 직후의 장면인데, 이런 끔찍한 자동차 사고 현장에 혼자서 즉시 뛰어들어 인명을 구조한다는 것은 실제로는 불가능하다. 촬영자 야마가 교스케 씨는 시즈오카 현 나가이즈미초의 고원에서 누마즈 쪽 야경을 촬영하기 위해 돌아다니다가, 고속도로 쪽에서 굉음이 들림과 동시에 솟은 불기둥을 보고 현장 부근으로 달려갔으며, 그때는 이미 참상이 벌어지고 있었다. 그래서 자신도 모르게 셔터를 눌렀다고 했다. 당장 인명 구조가 불가능했던 만큼, 가지고 있던 카메라로 현장을 담은 것은 보도사진에 뜻을 둔 야마가 씨로서는 당연한 행동이었다. 누구도 그를 비난할 수 없을 것이다. 촬영자가 언론 관계자라면 이해할 수 있지만 아마추어이므로 용서할 수 없다는 후지와라 씨의 비판은, 나에게는 감정에 치우친 의견으로 들린다. 또 이런 박력 있는 보도사진은 '1만 분의 1 혹은 10만 분의 1의 우연'을 만나야 얻을 수 있는 것인 만큼, 그런 의미에서 야마가 씨는 보도사진가로서 절호의 기회를 잡은 것이다.

  요시무라 씨의 비판은 더욱 날카로웠다. 물론 보도사진에 뜻

> 을 둔 아마추어 카메라맨의 마음속에 요시무라 씨가 지적한 '공명심'이 티끌만큼이라도 있어서는 안 된다. 보도사진가는 시대의 기록자이기 이전에 어디까지나 인간이며, 따뜻하고 인류애가 있는 사람이어야 한다. 그렇지 않으면 세간에 카메라의 노예가 되어 버린 비정한 인간으로 비칠 것이다. ―후루야 구라노스케

현장 조문

3월 3일 오후 3시 30분. 누마즈 경찰서 안내대로 꽃다발을 든 기모노 차림의 여성이 찾아왔다.

안내대는 문으로 들어서면 맨 앞쪽 카운터의 가장자리에 있다. 기모노 차림을 한 여자가 경찰서에 오는 일도 드물지는 않지만, 스물예닐곱쯤 돼 보이는 단정한 얼굴에 키가 훤칠하고 복사꽃 다발을 안고 있는 여자는 카운터 안쪽에 앉아 있는 서원들의 눈길을 끌었다.

"저어, 교통계가 어디죠?"

안내대의 통통한 여경이 긴 카운터의 가운데 쪽을 가리켰다. 가볍게 목례하고 그쪽으로 향하는 여자의 뒷모습을 여경이 눈길로 좇았다. 봄에 어울리지 않는 검은색 계열의 기모노였다.

교통계 앞은 방문객들로 붐볐다. 벽에 붙어 있는 간소한 장의자

에도 여럿이 앉아 있다. 교통위반 따위로 호출을 받은 사람들 같았다.

카운터를 사이에 두고 트럭 운전사로 짐작되는 가죽 점퍼의 사내와 이야기하던 젊은 순사가 대화를 중단하고 자기 앞으로 걸어 온 꽃다발을 든 여자에게 얼굴을 향했다.

"도쿄에서 온 야마우치 미요코라고 합니다만, 교통계장님을 잠깐 뵈었으면 합니다."

그녀는 미소를 지으며 매끄럽게 말했다.

순사가 돌아다볼 것도 없이 그녀의 목소리는 뒤쪽 조금 구석진 자리에 앉아 있던 계장의 귀에도 닿았다. 체구가 좋은 계장이 제 발로 걸어 나왔다.

"제가 교통계장입니다, 무슨 일이시죠?"

계장이 여성 방문객에게 물었다. 장의자에 나란히 앉아 있는 선객들을 제쳐 두고 먼저 대응해 준다.

"저는 도쿄 분쿄 구 묘가다니에 사는 야마우치 미요코라고 합니다. 실은 작년 10월 3일 여기 관내 도메이 고속도로에서 일어난 교통사고로 사망한 야마우치 아키코의 언니입니다."

낮은 목소리였지만 말끝이 야무지다.

"아, 그 추돌 사고······."

계장은 물론 잘 기억하고 있다. 그렇게 커다란 연쇄 추돌 사고는 관내에서 처음이었다. 사망자 여섯 명. 희생자 중에는 젊은 여자가 있었는데 준형차 안에서 불에 타 죽었다. 분명 이름이 야마우치 아키코였다.

부하 순사들과 곁에 있던 트럭 운전사가 일제히 이쪽으로 시선을 향하자, 계장은 여성을 카운터 안으로 불러서 자기 자리 옆의 의자를 내주었다. 기모노와 꽃다발 덕에 그쪽 구석만 화사해졌다.

"야마우치 아키코 씨의 언니셨군요. 동생분 일은 정말 유감입니다."

계장은 안타까움을 표했다.

"그때 여러 가지로 폐를 끼친 줄 압니다. 정말 고마웠습니다."

언니는 공손히 고개를 숙였다.

"동생분이 아마 스물셋이었죠?"

"예."

"꽃다운 나이에, 정말 유감입니다."

현장검증을 참관했던 계장은 5개월 전 기억을 어제 일처럼 떠올렸다. 선두는 전복된 탑차 트럭. 거기에 추돌한 중형차 두 대는 전소되었다. 야마우치 아키코는 그 두 번째 승용차의 운전석에 앉아 있었다. 전신 타박으로 즉사한 직후 가솔린 불꽃이 덮쳤다. 핸들 위에 엎드린 시신은 숯처럼 변해 있었다. 눈앞에 앉아 있는 여자의 동생이었다면 아마 어여뺐을 게 틀림없다.

언니라는 여자의 무릎 위에서 은은한 꽃향기가 피어올랐다. 복사꽃에 곁들인 유채꽃이 꽃다발 가장자리로 들여다보인다.

시신을 확인할 때는 부친만 왔기 때문에 계장은 이 언니라는 사람을 보지 못했다.

"저는 작년 9월 하순부터 업무차 스위스 로잔에 있었습니다. 동생의 소식은 아버지가 국제 전화로 알려 주셨습니다. 업무라고 한 일은 영어 통역이에요. 평소에는 통역 일을 하지 않지만 전부터 알고 지내던 모 기업 임원 가운데 한 분이 국제 경제 회의에 참석하시면서, 꼭 부탁한다고 해서 동행했죠. 때문에 동생 소식을 듣고도 아무것도 할 수 없었습니다."

계장에게는 기모노가 잘 어울리는 이 여성이 국제 회의에서 통역을 했다는 얘기가 뜻밖으로 들렸지만, 한편으로 그녀의 똑 부러지는 말투가 납득되었다.

"그래서 저는 동생이 죽은 장소를 알지 못합니다. 아버지는 연로하셔서 그 지점을 분명히 기억하지 못하시더군요. 같이 오셨으면 주변 지형을 보고 기억하실 수도 있겠지만, 공교롭게도 감기로 누워 계세요."

야마우치 미요코는 이 대목에서 눈꺼풀과 함께 시선을 떨어뜨렸다.

"오늘은 동생의 기일과 같은 날입니다. 상월祥月 사망 1주기 이후에 맞이하는 기일(忌月)은 아니지만 3월 3일은 모노노셋쿠이기도 해서, 동생이 목숨을 잃은 자리에 이 복사꽃 다발을 공양하고 싶어 찾아왔습니다 음력 3월 3일은 복사꽃이 피기 시작하는 계절이라 하여 복사꽃의 절구라는 의미로 모노노셋쿠(桃の節句)라고 한다. 이날 여자아이가 있는 집에서는 아이의 건강을 빌며 히나마쓰리 잔치를 벌이고 집 안에 복사꽃과 히나 인형을 장식한다. 오늘날에는 양력에 시행되고 있다."

꽃다발에 달린 리본은 진홍빛이 아니라 은색이었다. 상복에 가까운 검은 기모노를 입은 이유를 그제야 알았다.

"……그래서 오늘은 동생의 사고로 폐를 끼친 데 대하여 인사드리고, 그 참에 사고 장소를 알고 싶어서요. 약도라도 그려 주시면 고맙겠습니다만."

제가 안내해 드리죠, 하고 교통계장이 선뜻 나섰다.

경찰서 앞에 하얀 중형차가 서 있었다. 도쿄의 백색 번호판을 달았다.

"제가 타고 온 차인데, 괜찮으시면 이 차를 같이 타고 가시겠어요?"

경찰서 차량을 이용하려던 교통계장은 즉시 생각을 바꾸었다. 야마우치 미요코가 권하는 대로 먼저 시트에 앉자, 운전석에 갈색 스웨터를 입은 뒷모습이 보였다. 뒤통수의 긴 곱슬머리가 스웨터에 드리워져 있다. 어깨가 넓은 편이다.

"이쪽은 제 지인입니다. 오늘 운전을 부탁했습니다."

계장 옆에 앉은 야마우치 미요코가 간단히 소개했다.

"잘 부탁합니다."

운전석에서 고개를 돌리며 남자가 계장에게 고개를 숙였다. 선글라스를 썼는데, 은색 테가 반짝 빛났다. 짙은 콧수염과 턱수염을 기르고 있다. 이렇게 아랍풍으로 꾸민 사내도 요즘은 심심치 않게 볼 수 있다.

"그럼 누마즈 나들목 쪽으로 가 주세요."

도쿄에서 도메이 고속도로를 타고 내려왔을 테고, 누마즈 나들목을 통해 고속도로를 빠져 나왔을 터이니 방향은 말하지 않아도 알고 있으리라. 운전자는 앞을 향한 채 고개를 크게 끄덕였다. 복사꽃 다발은 여자의 무릎 위에 있었다.

운전은 매끄러웠다. 핸들이 손에 익었다. 백미러에 비치는 수염

난 얼굴은 서른 전후로 짐작되었다. 앞 유리 옆에 작은 곰 인형이 매달려 흔들리고 있었다. 요즘 유행하는 판다가 아니라 새까만 곰이다.

계장은 야마우치 미요코에게 운전자를 소개받기 전까지는, 이 남자를 그녀의 남편이라고 생각했다. 하지만 그건 아니라고 한다. '지인'이라면 어떤 사이일까. 사고로 죽은 야마우치 아키코는 미혼이었다. 언니도 아직 독신인가? 그렇다면 핸들을 잡은 이 남자는 그녀의 애인일까? 어쩌면 동거하는 남자인지도 모른다. '지인'이라고만 했을 뿐 이름을 말하지 않은 까닭은 그런 사정 때문인지도 모른다. 그녀의 또렷한 말투와 어울리지 않게 그 점만 모호하게 이야기한 것도 그런 추측을 부추겼다.

물론 이는 계장의 짐작일 뿐이고, 경찰로서 주제넘은 질문을 할 수는 없었다.

"바쁘실 텐데 죄송합니다."

야마우치 미요코는 꽃다발 위로 상체를 구부리며 새삼 인사를 했다.

"마침 한가해진 참이었습니다. 신경 쓰시지 않아도 됩니다."

"그리 말씀해 주시니 고맙습니다."

계장은 버릇대로 주머니에 손을 넣고 담뱃갑을 꺼내려다가 자신의 행동을 의식하고 손을 멈추었다.

나들목 근처까지 왔다.

"왼쪽 도로로 올라가 50미터 앞에서 우회전해 주세요. 길은 좁아지지만요."

운전자는 전방을 주시한 채 고개를 끄덕였다.

주위에는 요란한 색깔의 모텔이 많았다. 여자는 그 광경을 외면했다. 차가 우회전하여 좁은 길로 올라갔다. 길 양쪽으로 숲이 이어지다가 문득 시골 풍경이 나타났다. 가끔 농가가 보일 뿐이다. 겨울을 넘긴 나무들은 벌거벗은 우듬지를 드러낸 채 무리 지어 희미하게 초록 기운을 드러내고 있었다.

작은 고개를 넘어 계곡 밑으로 내려갔다. 그곳에서 허공을 가로지르고 있는 다리를 올려다보았다. 복잡하게 짜 맞춘 하얀 도리_{건축에서 기둥 사이를 잇는 수평재로 들보나 양(梁)과 직교한다}가 20미터쯤 위에 있다. 그 다리 위를 달리는 트럭과 승용차가 작게 보였다.

"여기 고속도로는 산을 깎아 관통시켜서 곳곳에 이런 계곡이 있는데, 그런 곳마다 저렇게 고가 교량이 있습니다."

교통계장은 옆에 앉은 야마우치 미요코에게 설명했다. 운전자도 차를 세우고 함께 다리를 올려다보았다.

"여기는 사고 현장과 누마즈 나들목 사이의 중간 지점에서 누마즈 쪽으로 조금 치우친 곳입니다. 그럼 이 길을 계속 달려서 현장 위로 가 보죠."

차가 이내 움직이기 시작했다.

일단 계곡 바닥으로 내려간 길은 다시 오르막이 된다. 건너편 멀리 비탈면을 군데군데 기어오르듯이 자리 잡은 신축 주택들이 보인다.

"주택지가 이런 데까지 늘어났어요. 예전에는 오래된 농가 십여 채가 있던 정도인데."

10만 분의 1의 우연 · 37

신축 주택들의 하얀 벽이 석양에 붉게 물들어 있다.

교통계장은 손목시계를 들여다보았다.

"음, 벌써 4시 30분이군요. 해가 꽤 길어졌습니다."

그는 하늘을 올려다보았다. 까마귀가 검은 날개를 천천히 움직이며 날고 있다.

한 덩어리 대숲 속에 쪼그리고 앉은 듯한 오래된 농가 앞을 지나서 오르막을 오르자 널찍한 고원이 나왔다. 사방은 온통 밭이고 시야를 막는 건물도 없다. 밭에는 작은 열무가 쓸쓸하게 줄지어 있었다. 비닐하우스도 나란히 있었지만 비닐 너머로 작은 푸성귀들이 비쳐 보일 뿐이다.

"누마즈와 미시마 시내는 어느 쪽이죠?"

야마우치 미요코가 물었다. 차가 멈추었다.

"저쪽입니다."

계장이 반대쪽 창문을 가리켰다. 가까운 거리에 낮은 솔숲과 잡목림 등이 늘어서 있었지만 집은 한 채도 없었다. 멀리 낮은 지대에 마을 같은 것이 흐릿하게 가로놓여 있었지만 똑똑히 보이지는 않았다.

"아, 저 산이 오히토 근방이겠군요."

줄지어 서 있는 산들의 능선이 지그재그로 달리는 모습에서 특징을 알아챘는지 여자가 그렇게 말했다. 그 산도 저녁 안개 속에 희미해 보였다.

"그렇습니다. 이즈 반도 서해안에 있는 산이죠."

"야경이 아름답다죠? 누마즈와 미시마 시내의 불빛들이 반짝거려서…….”

"밤에 여기까지 와 본 적은 없지만, 아마 볼만할 것 같군요. 다른 고지대에서 본 시내 야경도 훌륭했으니까요."

"저어, 동생이 죽은 장소는 아직 멀었나요?"

"아뇨, 거의 다 왔습니다. 왼쪽으로 200미터쯤 가면 됩니다."

운전자는 액셀러레이터를 밟았다. 황량한 밭과 쓸쓸한 숲이 다시 움직이기 시작했다.

"잠깐만. 저기서 세워 주세요."

계장이 스웨터 등에다 대고 말했다.

"여기서부터는 걸어가시죠."

지금까지 달려온 길은 남북으로 뻗어 있었지만, 그들이 멈춘 곳에는 동서로 난 길이 교차했다. 꽃다발을 안은 야마우치 미요코가 먼저 내리고 계장이 뒤를 따랐다. 선글라스 사내도 운전석에서 내렸다. 바람이 불어 그의 헝클어진 장발이 나부꼈다.

계장을 선두로 셋은 십자로에서 방향을 바꾸었다. 이 길 주변에도 건물은 없었다. 여전히 황량한 겨울 풍경이 이어졌다.

콘크리트 육교에 도착했다.

"도메이 고속도로 위에 걸려 있는 육교입니다. 이 근방에는 육교가 비교적 많은데, 이것도 그 가운데 하나입니다."

고원 지대에 있어서 의식하지 못했지만, 그들이 차를 타고 지나온 도로는 고속도로와 평행으로 나 있음을 알 수 있었다. 육교는 고속도로 위로 가로질러 동서로 난 촌도를 연결한다.

세 사람은 육교 중앙에서 걸음을 멈추었다.

육교의 좌우는 절개면의 비탈이고 온통 노란 잡초로 덮여 있다. 바로 아래는 회색 고속도로다. 중앙분리대 양쪽의 상하행선을 트럭과 승용차 들이 흘러 가고 있다. 편도 2차선. 대형 트럭은 8톤급에서 20톤급까지, 포장을 씌운 차, 탑차, 거기에 트레일러나 탱크로리, 냉동차 등 온갖 종류가 달린다. 모두 짐칸의 키가 높다. 철도 화차 한 량쯤 돼 보이는, 작은 산 같은 트럭도 보인다. 그 사이를 작고 낮은 승용차가 민첩하게 달린다. 육교와 도로면은 15미터 정도의 표고 차가 있었지만, 바로 밑을 지나는 차량의 순간 속도가 굉음 비슷한 신음을 내질러 그때마다 육교까지 흔들리는 듯한 착각이 일었다. 물론 어느 차량이나 시속 100킬로미터 이상으로 달리고 있다.

"사고 현장은 여기서 누마즈 쪽으로 약 700미터쯤 떨어져 있습니다. 고속도로가 완만하게 커브를 그리고 있죠? 여기서는 보이지 않지만 커브 너머로 100미터 정도 더 간 지점입니다."

계장이 전방을 가리켰다.

"시야가 좋지 않군요."

야마우치 미요코가 그쪽을 바라보며 말했다.

"예, 완만하긴 해도 커브니까요."

"저 커브에 접어들면 모든 차량이 속도를 조금 줄이나요?"

"아뇨, 저 정도 커브에서는 줄이지 않습니다. 도로가 혼잡할 때는 다르겠지만, 그렇지 않으면 100킬로 이상을 그대로 유지하죠."

"밤 11시쯤에는 어떻습니까?"

"차량이 많이 줄어들죠. 그 시간이면 트럭이 태반입니다. 심야

장거리 트럭들이죠."

밤 11시는 5개월 전 추돌 사고가 일어난 시간이다.

"여기에서 사고 현장으로 갈 수 있나요?"

"도로는 없지만 이 비탈 위에 오솔길이 있습니다. 그 길을 걸어가는 수밖에 없어요. 지금은 풀이 말라 있는 철이라 걸어가기가 비교적 쉽습니다."

교통계장이 앞장서서 육교를 건너고 절개면 비탈 위로 접어들었다. 고속도로 하행선이 눈 아래 보인다.

작은 오솔길이 비탈 가장자리를 따라 나 있었다. 고속도로로 떨어지는 비탈은 거의 수직에 가까웠다. 흙은 보이지 않고 길게 뻗은 마른 억새가 선 채로 엉켜서 비탈 아래쪽을 뒤덮었다. 그 가운데 작은 소나무 몇 그루도 서 있다. 비탈 가장자리에는 유자철선 울타리를 쳐 둔 곳이 있고, 없는 곳도 있었다.

앞장서 걷던 계장이 걸음을 멈추고 야마우치 미요코를 돌아다보았다.

"여기가 사고 현장입니다."

계장이 아래쪽을 가리켰다. 그곳에는 트럭이나 승용차가 엔진을 거센 바람 소리처럼 으르렁거리며 질주하고 있다.

"내리막 구간이군요."

선글라스를 쓰고 수염을 기른 남자가 처음으로 계장에게 말을 건넸다.

"그렇습니다."

계장도 그에게 처음으로 대답했다.

"경사도가 어느 정도나 되나요?"

"글쎄요. ……아, 저기 아래쪽 표지판에 적혀 있군요. 3퍼센트네요."

남자는 팔짱을 끼고 고개만 돌려서 고속도로의 상하행선을 바라보았다.

"가로등이 하나도 없군."

그가 중얼거렸다.

꽃다발과 히나 인형

"도메이 고속도로에는 가로등이 별로 없어요. 고텐바 나들목에서 누마즈까지 가는 본선에는 하나도 없습니다."

교통계장은 수염 사내가 중얼거리는 소리를 듣고 그렇게 말했다.

"그렇다면 밤에는 캄캄하겠네요?"

야마우치 미요코가 말했다.

"주변은 그렇죠. 하지만 달리는 차량의 헤드라이트가 있어서 운전은 불편하지 않습니다."

"계장님, 방금 저희가 건너온 육교와 누마즈 쪽에 있는 다음 육교까지는 거리가 얼마나 됩니까?"

남자가 물었다. 다음 육교가 멀리 보였다.

"글쎄요. 1500미터쯤 될까요."

"그럼 여기에서는 7, 800미터쯤 떨어져 있겠군요."

"육교는 대개 촌도와 연결되어 있으니까 촌도 간격이 멀면 육교 간격도 멀어집니다."

이 비탈 위에서는 고속도로의 커브 모양이 잘 보였다.

"역시 시야는 좋지 않군요."

"도로공단 사람 말로는 이 커브의 등급은 R=1200미터라고 합니다. 그러니까 커브를 이루는 원의 반지름이 1200미터인 곡률이란 뜻 같습니다. 커브 초입의 시거視距, 즉 전망이 가능한 거리가 약 500미터라더군요."

그러나 밤에는 헤드라이트의 불빛이 미치는 거리, 혹은 선행 차량의 미등이 미치는 범위밖에 보이지 않는다. 가로등은 없다.

"그런 곡률의 커브 길이라면 제한 속도는 얼마입니까?"

"시속 100킬로입니다. 그래도 속도를 늦추는 차량은 보이지 않죠? 특히 차량이 적은 야간에는 100킬로 이상 밟습니다."

"전복된 트럭은 120킬로로 달리고 있었다면서요?"

"그렇습니다. 상당한 속도죠. 게다가 3퍼센트 경사도의 내리막길입니다."

햇볕이 약해지고 그늘진 자리에 거뭇한 땅거미가 솟아나고 있었다. 잿빛 도로 위에만 붉은빛이 비껴든다. 달리는 트럭의 높은 짐칸 지붕에도 석양이 비치고 있다.

"꽤 커다란 트럭이 달리는군요."

야마우치 미요코가 두려움이 깃든 눈빛으로 말했다.

"15톤급 트럭도 흔합니다. 사고 당시 전복된 탑차 트럭은 12톤이었는데, 짐을 가득 싣고 있었어요. 요코하마에서 후쿠오카로 가는 심야편이었지요."

"그럼 쉽게 넘어진 원인도 가득 실은 짐 때문이었을까요?"

남자가 물었다.

"그렇죠. 트럭 운전사가 급브레이크를 밟으면서 핸들을 오른쪽으로 꺾었는데, 그 영향으로 높은 짐칸에 가득 실려 있던 짐이 중심을 잃었고, 그 원심력 때문에 트럭이 넘어진 겁니다. 저희가 조사한 바로는 그렇습니다."

계장이 넥타이 매듭을 조이며 말했다. 해가 넘어가기 시작하자 공기가 식어 갔다.

"트럭 운전사는 왜 급브레이크를 밟았을까요?"

"그걸 모르겠습니다. 운전사와 조수가 모두 즉사했으니까요. 현장검증을 비롯해서 여러 가지로 조사해 봤지만 특별히 수상한 점은 발견되지 않아 원인은 알 수 없습니다. ……교통사고 중에는 원인이 불명인 경우가 종종 있습니다. 요전에 텔레비전에서 본 미국 영화 중에 서부의 어느 고속도로에서 실제로 일어난 대형 추돌 사고에서 따온 작품이 있었습니다. 그 사고도 실제로는 원인 불명으로 처리되었다고 하더군요. 그걸 보면서 사정은 어디나 마찬가지구나, 하고 생각했습니다."

"하지만 트럭 운전사가 이유도 없이 급브레이크를 밟을 리는 없을 것 같은데요. 그 사람은 시야가 좋지 않은 저 커브를 돈 순간 전방에서 갑자기 이상한 걸 본 게 아닐까요? 그래서 충돌을 피하려고 급브레이크를 밟으면서 핸들을 중앙분리대 쪽으로 꺾은 것 같지 않습니까?"

"저희도 일단 그렇게 생각하고 현장검증은 철저히 실시했습니다. 전에 없던 심각한 사고였으니까요. 하지만 이상한 것은 전혀 발견되지 않았어요."

"현장검증이 시작된 시각은 사고가 발생하고 얼마나 지나서였습니까?"

남자는 시선을 아래쪽 고속도로에서 계장의 얼굴로 돌렸다.

"본격적인 현장검증은 이튿날인 4일 새벽부터 시작했습니다. 하지만 사고 발생 시각인 3일 밤 11시에서, 40분이 지난 11시 40분에는 저희도 이미 현장에 도착해 있었습니다. 지나가던 차량의 전화 신고를 받고 즉시 출동해서 금방 도착할 수 있었죠. 그때도 시신을 수습하고 부상자를 구조하면서, 한편으로 현장을 신중하게 조사했습니다. 그 후 사고 차량 여섯 대에 대한 상황 조사를 할 때도 주변을 조사했고, 사고 차량들을 치울 때도 주변 일대를 조사했습니다. 특히 넘어진 트럭의 전방을 중점적으로 조사했죠."

"사고 트럭의 선행차는 그 지점을 아무 일 없이 통과한 모양이니, 전방에 뭔가가 나타난 시점은 사고 트럭이 마침 그곳에 접어들었을 때일까요?"

"저희도 일단은 그렇게 추측했습니다."

계장은 어딘지 언짢은 투로 말했다.

"그러나 뭔가가 하행선 한복판에 불쑥 나타났다면, 그건 누군가 육교 위에 있다가 아래의 고속도로로 그 뭔가를 던졌다는 말이 됩니다. 그러나 보시다시피 여기에서 저 육교까지는 700미터가 넘습니다. 그렇게 먼 곳에서 물건을 던지면 여기까지 날아오지 못합니다. 그게 아니면 이 절개면 비탈 위에서 던지는 수밖에 없는데, 그랬다면 현장에 그런 물건이 떨어져 있어야 합니다. 그런데 아까부터 몇 번이나 말씀드렸다시피 저희가 제일 먼저 여기 도착해서 조사를 했을 때도, 이튿날 현장검증을 했을 때도 아무것도 발견되지 않았거든요. 게다가, 트럭 운전사가 뭔가에 놀라서 급브레이크를 밟았다면 헤드라이트 빛 속에 떠오른 그 물건은 꽤 커야 합니다. 하지만 현장에는 그런 것이 전혀 없었어요."

"당시 신문에도 났지만, 추돌한 차량에 타고 있던 사람이 전방에서 불덩어리를 본 것 같다고 말했잖습니까?"

"그건 세 번째 추돌 차량인 라이트밴에 타고 있던 요네즈 야스키치 씨 말이었죠. 차량에 붙은 불길을 불덩어리로 착각한 겁니다. 그 사람은 중상을 당해 의식이 몽롱했습니다. 다른 사고 차량에 타고 있다가 살아난 사람들 이야기를 들어 봐도 불덩어리 같은 것을 보았다는 사람은 한 명도 없었습니다."

"아, 그런가요."

사내는 아래쪽 고속도로를 달리는 트럭을 바라보았다. 중량 톤수는 달라도 어느 트럭이나 상자 모양의 짐칸 높이가 3미터 이상은 돼 보였다.

그는 뒤로 손을 돌려 바지 뒷주머니에서 소형 카메라를 꺼냈다.

"이 주변을 잠깐 촬영하겠습니다."

그는 계장에게 양해를 구하고 렌즈를 아래쪽으로 향했다. 차량이 흘러 가는 바로 아래 고속도로, 상행선과 하행선. 물론 거기에는 커브 구간이 포함되어 있었다. 다음으로 아래쪽 멀리 보이는 육교, 절개지 비탈면, 절개지 위로 펼쳐진 고원의 일부 등 모든 방향으로 렌즈를 향했다.

셔터 소리가 연달아 들렸다.

교통계장은 꽃다발을 품은 야마우치 미요코가 아래쪽 도로를 향해 합장하는 것을 보았다.

"꽃다발을 도로에 공양하시겠습니까?"

물론 여기에서 고속도로로 꽃다발을 던질 수는 없다.

"아래로 내려가는 길이 있을까요?"

그녀가 고개를 들었다.

"요 앞에 비탈을 내려가는 오솔길이 나 있습니다. 위험하니까 조심하셔야 합니다."

절개지 비탈 가장자리를 따라 난 오솔길은 혹처럼 생긴 구릉에서 아랫자락으로 이어져 있었다. 벼랑에는 낡은 유자철선 철조망이 남아 있다.

계장을 선두로 꽃다발을 안은 야마우치 미요코, 수염을 기른 사내 순서로 오솔길을 내려갔다.

기모노를 입은 여자는 마른 억새에 걸리고 가죽 조리가 자꾸 미끄러져서 걷기 힘들어 보였다. 수염을 기른 사내가 얼른 앞으로 나서서 그녀의 손을 잡아 주었다. 여자는 그에게 체중을 스스럼없이 맡기고 내려갔다. 교통계장은 그제야 이 남녀를 부부나 다름없는 사이라고 판단했다.

셋은 고속도로 가장자리에 내려섰다. 하행선의 좁은 갓길이었다. 트럭이나 승용차들이 바로 눈앞에서 바람을 일으키며 스쳐 지나간다. 흉포한 음향이 귀청을 찔렀고 땅 울리는 소리가 요란했다. 대형 트럭은 넋이 나갈 만큼 위압감을 풍기고 있었다.

갓길에서도 최대한 비탈 쪽에 붙어서 걷던 계장이 두 사람을 돌아보며 걸음을 멈췄다.

"이 지점입니다."

둘은 그 자리에서 멈췄다.

"여기 비탈을 뒤덮은 억새 속에 작은 소나무가 일곱 그루 자라고 있는데, 그 한가운데에 커다란 소나무 하나가 우산처럼 가지를 벌리고 있습니다. 그리고 건너편 절개지 비탈에 잡목림 한 덩어리가 있죠."

계장은 손으로 가리켰다.

"이쪽 소나무와 건너편 잡목림을 연결한 선상에 12톤 트럭이 넘어져 있었습니다. 동생분의 승용차는 조금 뒤쪽에 있었어요."

그는 10미터쯤 걸음을 옮기더니, "여기입니다"라고 하며 걸음을 멈췄다.

"두 달쯤 전까지만 해도 여기 비탈 아래에 작은 꽃다발이 공양되어 있었지요. 희생자 유족이 두었겠지만 지금은 오지 않는지 안 보이는군요. 아무래도 이렇게 위험한 장소이니 계속 공양하기도 힘들겠지요."

꽃다발을 고쳐 든 희생자의 언니를 바라보며 계장은 내처 말했다.

"달려오는 차량은 제가 보고 있을 테니까 어서 꽃다발을 공양하시지요."

"고맙습니다."

야마우치 미요코는 그 자리에 쪼그리고 앉았다.

교통계장은 둘을 보호하려는 듯이 세 걸음 앞으로 나섰다. 질주하는 차량을 향해 익숙한 손놀림으로 교통 정리를 한다. 차량들의 흐름이 늦춰졌다.

희생자의 언니가 비탈면에 기대어 놓는 형태로 꽃다발을 갓길 가장자리에 놓았다. 복사꽃의 붉은빛과 유채꽃의 노란빛이 마른 풀 앞에 선명하게 비쳤다. 언니는 고개를 숙이고 간절히 합장하면서 낮은 소리로 중얼거리다가 이내 오열하기 시작했다. 손수건으로 얼굴을 가린 그녀의 어깨가 하염없이 파도쳤다.

남자는 그녀와 나란히 합장했다. 그 역시 어깨를 떨었다. 욱, 욱, 하는 이상한 소리가 입에서 새어 나오는가 싶더니 이내 격한 통곡이 되었다. 무릎을 꿇고 있다가 앞으로 엎드린 자세가 되어 양손으로 얼굴을 가린다. 손가락 사이로 눈물이 흘러 떨어졌다.

조심스레 뒤를 돌아다본 교통계장은 남자가 우는 모습을 보고, 처제인 야마우치 아키코를 꽤 사랑했던 게로군, 하고 생각했다. 그렇지 않다면 저렇게 울 수가 없다. 늘켜 울고 있는 야마우치 미요코도 남자의 손을 꼭 쥐고 있다. 서로 손을 맞잡고 우는 것은 두 사람이 필시 부부이기 때문이다. 동생이 죽은 현장에 찾아와서 두 사람이 슬퍼하고 있다. 그렇게밖에 생각할 수 없었다.

계장도 묵도를 했다. 지금까지는 의식하지 못했지만 그제야 비로소 꽃다발 속에 숨은, 종이를 접어 만든 작은 히나 인형이 눈에 들어왔다. 인형은 복사꽃 가지에 묶여 있었다.

도로 위를 달리던 트럭 운전사와 승용차 운전자 들은 계장의 수신호에 서행을 하며, 갓길에 웅크리고 있는 검은 옷차림의 여인과 그 옆에 있는 수염 기른 사내를 창문을 통해 의아해하는 눈길로 쳐다보며 지나갔다.

사내는 손수건으로 얼굴을 훔치고 잠시 고개를 숙인 채 가만히 있었다. 오랫동안 움직이지 않았다. 마침내 조용히 바지 뒷주머니로 손을 돌려 다시 작은 카메라를 꺼낸다.

그는 웅크린 채 말없이 꽃다발을 촬영했다. 세 번쯤 신중하게 셔터를 눌렀다. 그러고는 고속도로로 카메라를 돌렸다. 한쪽 무릎을 꿇은 자세였다. 정면에서 으르렁거리는 괴물 같은 대형 트럭에 반항하려는 것처럼 보였다.

"위험해요!"

계장이 저도 모르게 소리쳤다.

사내는 다시 방향을 바꾸어 도로 반대편을 촬영했다. 즉 고텐바 방면의 커브 구간과 누마즈 방면을 찍은 것이다.

아까는 비탈 위에서 부감으로 촬영했지만 이번에는 카메라 시각이 고속도로 노면과 같은 높이였다. 해가 저물고 하늘에 잔광만 번지고 있다. 스트로보 없이 자연광에서 촬영할 수 있는 한계 광량이다. 그 탓에 셔터 떨어지는 속도가 느렸다.

그는 카메라를 다시 바지 뒷주머니에 찔러 넣고 자리에서 일어니 비료쇼 계징 쪽으로 일굴을 돌렸다. 울고 난 얼굴이 붉었다.

"실례가 많았습니다."

고개를 깊이 숙인다. 곱슬머리가 코앞까지 늘어졌다.

실례했다는 말은 꽃다발 앞에서 통곡한 것, 즉 흐트러진 모습을 보인 것에 대한 사과라고 교통계장은 해석했다.

"아닙니다."

계장은 딱히 대답할 말이 없어서, "뭐라고 위로의 말씀을 드려야 할지" 하고 다시 한 번 애석함을 표했다. 이것은 아직도 손수건을 코에 대고 있는 야마우치 미요코에게도 고개를 숙여 하는 말이었다.

셋은 마치 화장을 치르고 난 유족들처럼 말없이 오솔길로 돌아갔다. 해가 뉘엿뉘엿하는 고속도로 변에 꽃다발의 연한 색깔만이 남았다. 헤드라이트 빛이 스칠 때마다 화사한 복사꽃 빛깔이 떠올랐다.

아까 내려왔던 오솔길을 올라갔다. 다시 육교를 건넜을 때 밑에서는 빛의 실이 흐르고 있었다.

"동생은,"

야마우치 미요코가 걸음을 옮기며 계장에게 말했다.

"시즈오카 시골에 있는 숙모님께 병문안을 하러 가는 길이었어요. 신칸센으로 가면 변을 당하지 않았을 텐데, 시즈오카에서 도카이도 본선으로 갈아타고 후지에다에서 버스를 타고 가야 하는 불편한 곳이라서 직접 차를 몰고 갔던 거예요."

"사정은 현장으로 달려오신 아버님께 들었습니다. 정말 안됐습니다."

계장은 꽃다발 앞에 웅크린, 검은 기모노를 입은 여자의 단정한 자태를 떠올리며 말했다.

"계장님. 저 육교도 촌도를 연결하는 건가요?"

지금까지 내내 잠자코 있던 사내가 누마즈 방향을 가리키며 물었다. 많이 어두워져서 얼굴의 눈물 자국은 볼 수 없다.

"아뇨, 저 육교는, 정확히 말하면 촌도가 아닙니다. 골프장 전용 도로를 연결하는 육교입니다."

"골프장이 있습니까?"

"스루가 국제 컨트리 클럽이라는 곳이 있습니다."

셋은 도로에 세워 둔 차량까지 돌아왔다.

"오."

운전석에 앉으려던 사내가 남쪽을 바라보며 일어섰다.

"……누마즈와 미시마 시가지에 불들이 많이 켜졌군요."

"그렇군요. 조금 더 어두워지면 빛이 무리를 지어서 아주 예뻐질 겁니다."

계장은 함께 그쪽을 바라보며 대답했다. 대답을 하고 나자 계장의 머리에 추돌 사고를 찍은 사진으로 A신문의 '연간 최고상'을 수상한 야마가 교스케라는 사람의 '수상 소감'이 떠올랐다.

〈저는 근경인 고원의 숲을 실루엣으로 처리하여 원경인 시내의 불빛들과 대조를 이루게 하고, 누마즈 시내의 불빛이 밤하늘에 오로라처럼 빚어내는 빛무리를 포착하여 몽환적 분위기가 풍기는 사진을 찍기 위해 현도와 촌도를 들이디디던 중이었습니다. 하지만 원하는 앵글을 얻지 못해서 두 시간쯤 걷다가 11시쯤, 도메이 고속도로 절개지를 가로지르는 육교를 건너 동쪽 절개지 위에서 촌도를 따라 걸어 내려가고 있었습니다. 갑자기 천지를 뒤흔드는 굉음이 들리더니 몇 초도 지나지 않아 뒤쪽 고속도로에서 불기둥이 솟는 것이 보였습니다. ……〉

초보자의 방문

  도쿄와 가까운 도시들은 예외 없이 대개 그렇지만, 최근 몇 년간 후지사와 시의 발전은 눈이 부실 정도였다. 동남쪽으로 가마쿠라, 서쪽으로 구게누마, 쓰지도, 지가사키, 남쪽으로 에노시마, 쇼난 해안과 두루 연결되어 있어선지, 주변으로 한없이 확장되고 있는 도쿄의 베드타운화에 후지사와가 이들 지역을 주도하는 듯한 인상이다.
  그 예로, 후지사와 역의 오래된 역사 남쪽 출구는 몇몇 새로운 고층 백화점에 둘러싸여서 존재조차 알기 힘들 만큼 조그맣게 웅크리고 있다. 모르는 사람이 보면 마치 시대에 뒤처진 보호 대상 문화재 건물 따위가 애물단지 취급을 받으며 보존되어 있는 것처럼 비치겠지만, 이 근방 번화가의 성장이 그만큼 빨랐다는 의미다. 역 앞 상가에는 외부를 화려하게 치장한 파친코 가게가 있다. 그 파친코 가게의 구석진 자리에서 이곳 토박이 니시다 에이조는 빨간 비닐을 씌운 의자에 앉아 구슬을 쏘고 있었다. 그의 가슴 앞에는 고급 카메라 한 대가 목에 걸린 채 매달려 있었다. 때는 4월 7일

화창한 오후였다. 가게의 난방은 일찌감치 꺼져 있었다. 쇼난 지방은 도쿄보다 기온이 5도나 높다고 한다.

빨간 털실로 짠 목 스웨터를 입은 니시다는 살짝 땀이 밴 얼굴로 구슬의 움직임을 쳐다보고 있었다. 머리카락이 부석부석하고 안경을 걸친 얼굴은 검붉다. 수염이 아무렇게나 자라서 더 검붉어 보인다. 어깨며 몸통이 둥글둥글하다. 콧마루에 개기름이 번들거려 안경이 자꾸 미끄러져 내린다. 그는 왼손으로 가끔 안경을 밀어 올리며 둥근 전동 손잡이를 쥔 오른손으로 구슬의 움직임을 미세하게 조정하고 있었다.

평일이라 가게는 그다지 붐비지 않아 손님이 8할쯤 차 보였다. 하지만 구슬을 좇는 눈초리들은 만원이냐 아니냐에 개의치 않았고 바로 옆에 있는 사람한테도 관심이 없다. 일심불란이다.

가게 안에는 군가와 유행가가 번갈아 가며 쉴 새 없이 흐른다. 그 요란한 노래는 행운이 따르지 않는 자들을 초조하게 만들었다. 음악 사이사이로, 몇 번 기계는 구슬이 예정량에 달했습니다, 손님께서는 다른 기계로 옮기셔서 느긋하게 즐겨 주십시오, 하는 방송이 종종 흘러나와 초조감을 더욱 부채질했다.

니시다 에이조는 벌써 두 시간 이상이나 그 자리에 들러붙어 있었다. 한때는 운이 트여서 앞에 있는 작은 상자 두 개에 구슬을 가득 채우기도 했지만, 지금은 그 상자 두 개가 모두 텅 비었고 접시에도 구슬이 얼마 남지 않았다. 하지만 이런 상황에서도 지금까지 몇 번이나 만회를 해 왔으므로 다시 한 번 해 보자고 마음먹었다. 자꾸 흘러 내려오는 안경을 밀어 올리는 횟수가 늘어났지만, 그럴 때마다 반드시 가슴 앞에 매단 카메라를 소중히 만져 보아 확인하곤 했다.

니시다는 조금 전부터 누가 뒤에 서 있는 기미를 느꼈다. 하지만 같이 온 사람도 없었고 여기서 만나기로 약속한 사람도 없으므로 굳이 돌아다볼 만큼 관심이 없었다. 또 구슬을 쏘느라 바빠서 그럴 여유도 없었다. 뒤에 선 사람은 말없이 지켜보고 있는 듯했다.

그의 오른쪽에 앉은 빼빼 마른 중년 남자는 끊임없이 혼잣말을 했다. 무슨 기계가 이 모양이야, 하나도 안 터지잖아, 하며 불만과 분노를 흘린다. 구슬이 쏟아지기 시작하면 입을 다물었지만 다시 운이 따르지 않으면 욕설을 중얼대곤 했다. 왼쪽 기계에는 쉰 정도 돼 보이는 뚱뚱한 여자가 앉아 있는데, 상자 세 개를 구슬로 가득 채웠을 뿐 아니라 접시에도 구슬이 그득했다. 그녀는 눈을 가늘게 뜨고 담배를 피웠다.

니시다는 이제 이쯤에서 그만두자고 생각했다. 두 시간 넘게 하다 보니 눈이 아프고 허리도 지끈거렸다. 오른손 손가락도 저리다. 언짢은 기분에 열 개쯤 남은 구슬을 버린다는 생각으로 손잡이를 난폭하게 돌리자 구슬이 턱없이 힘차게 튀어 나가, 어찌 된 일인지 튤립을 연달아 열어서 요란한 금속음이 울렸다.

접시에 구슬이 다시 조금 쌓이기 시작했다. 니시다는 한숨 돌릴 생각으로 담배를 입에 물고 라이터에 엄지손가락을 걸쳤지만 불이 쉽게 붙질 않았다. 기름이 떨어진 것이다.

이때 오른쪽 어깨 위로 금속 라이터가 쓰윽 나오더니 경쾌한 소리와 함께 불이 켜졌다.

"자."

니시다가 돌아다보니 수염을 길게 기른 얼굴이 싱글싱글 웃고 있었다. 모르는 얼굴이어서 그 난데없는 친절이 조금 당혹스러웠다.

"고맙습니다."

담배 끝을 불에 대고 연기를 한 모금 빨고 나서 니시다는 가볍게 고개를 숙였다.

담배를 문 채 다시 구슬을 쏘기 시작했지만 불을 빌려 준 남자가 그 자리에서 움직이지 않아, 지금까지 등 뒤에 서 있던 사람이 바로 이 남자임을 그제야 알았다. 뒤에서 구경한 시간이 꽤 길었는데 다른 기계 앞에 앉지 않는 까닭은, 처음부터 이 기계를 주목하고 자리가 나기를 기다리고 있었기 때문인지도 모른다. 그렇다면 꾼일 가능성이 크다.

전문 파친코꾼이 뒤에서 구경하고 있다고 생각하니 손이 긴장되었다. 구슬이 잘 나오는 기계인데도 성적이 이 모양이니, 프로의 눈에는 형편없이 서툰 자로 비치고 있으리라. 그런 생각 탓인지 모처럼 되찾은 쾌조가 딱 멈췄고, 다시 튤립이 하나도 열리지 않아 허탕 친 구슬만 아래 구멍으로 빨려 들어갈 뿐이었다.

마지막 구슬까지 다 쏘고 나자 니시다는 등 떠밀리는 기분으로 의자에서 일어섰다.

"수고하셨습니다."

일어선 니시다에게 수염 기른 사내가 고개 숙여 인사를 하고 눈웃음을 지었다.

이에 니시다가, 자, 그럼, 하며 의자를 양보하는 몸짓을 했지만 사내는 의자에 앉지 않고 윗몸을 살짝 구부리며 물었다.
"실례입니다만 사진을 찍으시는 니시다 씨신가요?"
"아, 예, 그렇습니다만."
니시다는 가슴께의 카메라를 의식하며 대답했다.
"아, 다행이군요."
사내는 안도하는 표정으로 말했다.
"저어, 실은 요 앞에 있는 무라이 카메라점에 들어가 쇼난광영회 湘南光影會의 니시다 에이조 씨가 어디 사시는지를 물었습니다. 무라이 카메라점에 쇼난광영회 간판이 걸려 있어서요. 그러자 니시다 씨라면 두 시간 전에 나가셨는데, 어쩌면 파친코 가게에 계실지도 모르니 들러 보세요, 하고 점원분이 가르쳐 주시더군요. 여기에 들어와서 카메라를 가지고 계신 걸 보고 니시다 씨가 틀림없겠다 생각해서 게임이 끝나기를 기다리고 있었습니다."
짐작이 어긋나자 니시다는 상대방의 얼굴을 쳐다보았다. 긴 곱슬머리에 입가가 수염으로 뒤덮인 얼굴이다. 조금 지저분해 보이지만 가만히 살펴보니 수염은 손질이 잘되어 있다.
전문 파친코꾼이 아닌 것을 알자, 이번에는 이 미지의 사내가 무슨 일로 이러는지 궁금해졌다. 하지만 통 짐작이 가지 않는다.
"실은 저도 사진을 찍는 사람입니다. 아니, 실은 이제 막 시작한 초보지요. 그래서 니시다 씨 성함을 신문사 지상공모전이나 카메라 잡지의 월례 사진으로 알고 있었거든요. 한번 인사를 드리고, 허락하신다면 이것저것 배우고 싶어서요. 이런 곳에서 인사를 드리게 돼서 죄송합니다만."

사내는 장발을 손으로 쓸어 올리며 쑥스러워하는 표정을 지었다.

니시다는 문득 유쾌해졌다. 실제로 자기 이름은 신문이나 카메라 전문지에 종종 나온다. 신문사 지상공모전이라는 것은 현상공모 사진을 말하는데, 각각 이름은 다르지만 A신문, B신문, C신문 등이 보도사진을 공모하고 있다. 니시다는 세 개 신문에 모두 응모하여 대개 입선했다. 카메라 전문지 중에는 유력한 곳 세 군데의 월례 사진에 응모하여 거의 단골로 입선을 하고 있다. 그 이름을 보고 초보자가 가르침을 청하러 일삼아 찾아왔구나 생각하니 기분이 나쁠 리 없다.

"그렇습니까."

니시다는 미소를 지으며 "뭐, 이런 곳에서 얘기하기는 뭣하니까 근처 어디에서 차라도 마실까요?" 하고 권했다.

"정말 감사합니다. 혹시 바쁘신 것은 아닌지요."

사내는 반색하며 고개를 숙였다.

"아무리 바빠도 보시다시피 파친코를 할 시간은 있거든요."

니시다는 웃으며 금속성 소음으로 가득 찬 파친코 가게에서 나왔다.

거리로 나서자 니시다는 목에 건 카메라를 벗어서 어깨에 옮겨 멨다. 수염 사내는 그 고급 카메라를 힐끔 쳐다보았다.

"파친코는 자주 하시나요?"

"가끔요. 아무 생각 없이 구슬을 쏘면서 사진을 구상합니다."

"호오."

수염 사내는 '역시' 하고 감탄하는 표정이었다.

니시다는 혼잡한 거리를 수염 사내와 어깨를 나란히 하고 걸었다. 상대방은 자기보다 키가 3센티미터쯤 컸다.

"어디 사세요?"

니시다가 걸어가며 물었다.

"하다노 안쪽 구석에 삽니다. 이거 정식 인사가 늦었습니다. 저는 하시모토라고 합니다. 잘 부탁드립니다."

"아뇨, 저야말로."

하다노 시는 후지사와에서 서북쪽으로 15, 6킬로미터쯤 떨어져 있다. 오야마 산자락에 있는데, 그 안쪽 구석이라고 하니 이 사내는 산골 농촌에서 사는 모양이다. 하지만 척 보기에 농사를 짓는 사람처럼 보이지는 않아, 거기에서 도쿄로 통근하는 샐러리맨인지도 모른다고 니시다는 생각했다. 하다노도 빠르게 도쿄의 베드타운이 되고 있다.

어쨌거나 이 하시모토라는 사람이 자기를 존경해서 찾아왔다고 생각하니 자신이 별안간 유명 인사가 된 것 같아 어느새 어깨가 으쓱해졌다.

제과점 2층에 있는 찻집으로 들어갔다. 수염 사내는 테이블을 사이에 두고 니시다 앞에 조심스러운 몸짓으로 앉았다.

"사진은 초보라고 하셨지만 설마 생초보는 아니시겠지요. 시작한 지 얼마나 되셨습니까?"

니시다가 먼저 물어 보았다. 벌써 선배연하고 있다.

"카메라를 만지작거린 지는 5년이 됩니다만 전혀 발전이 없습니다. 이쯤에서 훌륭한 선배한테 지도를 받는다면 조금은 나아질지도 모른다는 희망을 품었습니다."

하시모토라고 자기를 소개한 사내가 등을 굽히며 말했다.

"누구라도 5년차 정도 되면 벽에 부딪히지요."

니시다가 대선배답게 말했다.

"카메라 전문지의 월례 사진 같은 곳에 응모해 보았습니까?"

"아무리 응모해도 안 되더군요. R지에도 X지에도 사진 한 장 실린 적이 없습니다."

하시모토는 부끄러워하는 얼굴로 말했다.

"같은 전문지라도 R지는 전통적으로 권위가 있으니까요. 그 잡지의 월례 사진에 실리면 대단한 겁니다."

"거기에 니시다 씨 작품이 자주 실리더군요. 제가 늘 보고 있는데, 실리는 작품이 다 훌륭합니다. 존경스럽습니다."

"뭘요."

대놓고 칭송을 들어도 니시다가 그다지 쑥스럽지 않았던 것은 하시모토가 사진에서는 한참 후배였기 때문이다.

커피가 나오자 니시다는 어깨에서 카메라를 내려 테이블 위에 올려놓았다. 하시모토의 시선이 거기로 빨려 들고 있었지만, 왠지 말을 꺼내지 못한다.

"원하신다면 만져 보셔도 괜찮아요."

상대방 기분을 짐작하고 니시다가 카메라를 슬쩍 밀어 주었다.

"그래도 괜찮겠습니까?"

"그럼요."

카메라는 케이스 없이 까만 바디를 드러내고 있었다.

"그럼 잠깐 구경하겠습니다."

하시모토는 두 손으로 카메라를 조심스레 집어 들고 눈앞에 가까이 댔다.

"오, 골든N이군요."

고급 카메라 N에는 골든이라는 기종이 따로 없다. 하지만 오랫동안 사용하면 바디의 까만 도료가 닳거나 벗겨져서 바탕의 소재가 드러난다. 바디의 소재는 금색을 띤다. 금색이 많이 드러날수록 많이 사용되었다는 뜻이라, 그것을 가리켜 '골든N'이란 애칭이 생겨났다. 실은 이 수제품 카메라 생산에 비용이 너무 많이 들어서 제조사가 일찌감치 생산을 중지해 구하기가 힘들다는 점도 있다. 애초에 이 카메라는 너무 고급이라 아마추어는 감당하기 힘들다. 세상에는 이제 가격이 저렴하고 모든 것이 자동인 이른바 똑딱이 카메라가 유행하고 있다.

즉 '골든N'은 본래 명품인데다 희소가치가 더해졌을 뿐만 아니라, 바디의 도료가 벗겨질 정도로 충실하게 사용했다는 '전문가적' 이력의 상징이기도 하다.

"니시다 씨의 수많은 명작이 이것으로 촬영되었겠군요?"

하시모토는 감탄의 한숨을 흘리고 손에 든 카메라를 이리저리 돌려 가며 꼼꼼히 살펴보았다.

"아니, 뭐, 명작이라고 할 정도는 아니지만."

니시다는 끝내 쑥스럽게 쓴웃음을 짓고는 "카메라도 이게 다가 아닙니다. R도 C도 P도 쓰고 있어요" 하며 고급 카메라 이름을 늘어놓았다.

잘 봤습니다, 하며 하시모토는 '골든N'을 니시다에게 돌려주었다.

"전문가 수준이 되려면 카메라를 그렇게 갖춰야 하는 건가요?"

"그야 좋은 카메라를 많이 갖고 있을수록 좋지요. 피사체에 따라 카메라를 골라 써야 할 필요가 있으니까요."

니시다는 커피를 홀짝이고 물었다.

"하시모토 씨는 어떤 기종을 가지고 계십니까?"

하시모토는 카메라 이름 세 개를 우물거리는 목소리로 대답했지만, 모두 대중용 똑딱이 카메라여서 니시다를 실망시켰다. 카메라 경력 5년이라면서 그 정도 기종밖에 갖추지 못했다면 전문지 월례사진에 입선할 수 없다.

"앞으로 선배들의 가르침을 받으며 공부하고 싶습니다."

하시모토는 위압감을 풍기는 수염에도 불구하고 소년처럼 부끄러워하는 표정으로 말했다.

"저라도 괜찮다면 하시모토 씨가 지금까지 찍어 온 작품을 봐 드릴 수 있습니다."

"정말 부탁드립니다. 고칠 점을 철저히 지적받고 싶습니다."

"저뿐만 아니라 쇼난광영회에도 아는 사람이 있으니까 소개해 드릴 수 있어요."

"감사합니다. 정말 고맙습니다. 저는 사실 실콩풍 사진보다 보도사진 쪽이 좋습니다. 가능하다면 아마추어로서 그쪽으로 활동하고 싶습니다. 그러고 보니 니시다 씨는 요전에 A신문 연간상에 「폭주의 말로」라는 작품으로 입선하셨지요?"

니시다는 얼른 대답하지 못했다. A신문 연간상에선 동료 야마가 교스케의 「격돌」이 최고상을 받았고, 자신은 우수상 세 명에도 들지 못하고 겨우 입선에 그쳤다. 이름도 '붙여짜기_{자간이나 행간 없이 조밀하게 조판하는 것. 주로 신문에서 글자가 지면보다 넘칠 때 사용한다}'로 소개되고 작품도 지상에 발표되지 않았다. 그 생각을 하니 말문이 막혔던 것이다.

야마가 교스케라는 사람

"A신문 연간상 발표 당시 니시다 씨 성함을 입선자난에서 보고 역시 니시다 씨로구나, 하고 생각했습니다."

하시모토는 수염에 둘러싸인 입에 커피 잔을 대는 둥 마는 둥 하며 찬탄의 눈길을 던졌다.

그 활자는 니시다의 눈에도 아직까지 남아 있다. 입선자 다섯 가운데 두 번째로 '폭주의 말로」 후지사와 시 유교지도리 3-67, 니시다 에이조'라고 나왔다. '최고상'의 화려한 소개에 비하면 굴욕적인 활자였다.

니시다는 미간에 생긴 주름을 상대방에게 보이지 않으려고 커피 잔에 얼굴을 숙였다. 초보자 하시모토가 뭐라고 칭송을 해도 내심 괴로웠다.

"신문에는 작품 사진이 실리지 않았는데, 「폭주의 말로」는 어떤 장면이고 어떤 앵글이었습니까?"

하시모토는 니시다의 심중일랑 생각지도 않고 순진하게 물었다.

"그건, 작년 9월에 국도 134호선에서 일어난 교통사고 장면입니다."

니시다는 마지못해 대답했다.

"아, 구게누마에서 오이소로 가는 사가미 만 해안도로 말이죠?"

"구게누마 해안에서 서쪽으로 솔숲이 이어져 있습니다. 지가사키 남쪽에 야나기시마라는 곳이 있는데, 그곳으로 접어들면 도로가 커브를 이루죠. 사가미가와 강에 걸린 다리에 닿기 직전 지점이에요. 9월 15일 밤 9시쯤, 그 134호선에서 두 명의 젊은이가 탄 스포츠카가 동에서 서로 시속 80킬로미터로 달리다가 앞차를 추월했습니다. 거기까지는 좋았는데, 안타깝게도 미처 커브를 돌지 못하고 중앙선을 돌파해 반대편 차선을 달리던 승용차와 충돌하고 말았죠. 거기에 그 차 뒤를 달리던 승용차가 한 대 더 추돌한 사고입니다."

"그거 심각했군요. 사망자가 있었습니까?"

"사망자는 없었어요. 부상자만 다섯 명."

니시다의 목소리는 가늘었다. 최고상 「격돌」 현장에서는 희생자가 여섯 명이나 나왔다. 니시다는 내심 사고의 대소를 비교했던 것이다.

"니시다 씨의 「폭주의 말로」라는 사진은 그 충돌 직후의 상황을 찍은 건가요?"

"직후라고 할 정도는 아니었죠. 라디오 교통 정보로 134호선 사고 소식을 들었을 때가 10시쯤이었어요. 그 직후에 제 차를 몰고 달려갔으니까 현장에 도착한 시간은 10시 30분쯤. 그러니까 사고가 발생하고 한 시간 반이나 지나서였어요."

"한 시간 반이나 지났으면 부상자도 구급차에 실려 가고 현장검증이 시작되었을 무렵이었겠군요?"

하시모토는 별 생각 없이 물었을 테지만 그건 니시다의 약점을 건드리는 말이었다. 「격돌」과의 우열은 명확했다. 경관이 어슬렁거리는 현장 사진은 대체로 긴박감이 떨어지게 마련이다. 동動과 정靜의 차이였다.

"그렇긴 하지만 파손된 차량 세 대의 위치는 그대로였고 특히 폭주 차량의 문짝은 뜯겨져 내동댕이쳐져 있었죠. 유리 파편도 주변에 흩어져 있어서 사고의 처참함은 충분히 드러났어요."

"그렇겠지요. 대단했겠습니다."

하시모토는 상상을 하는 눈빛을 띠며 수염에 싸인 입을 멍하니 벌렸다.

"그 사진, 정말 보고 싶었습니다."

그의 순수하고 감동적인 말도 니시다의 자존심을 할퀼 뿐이었다. 그 작품은 지면에 발표되지 않았다.

"그 사진은 집에 있어요. 언제 오시면 다른 사진들과 함께 보여드리죠."

"다음번에라도 그걸 보러 찾아뵙겠습니다. 그동안 찍어 놓으신 작품도 엄청나게 많겠지요?"

"그렇죠. 시시한 것만 남아 있지만, 그래도 1000점 이상은 됩니다. 그중에는 신문 보도사진전이나 카메라 잡지, 필름회사 콩쿠르에서 상을 받은 사진이 50점 이상 됩니다."

"대단하군요. 니시다 씨쯤 되는 전문가급이라면 카메라도 많이 갖추고 계실 테고 암실 같은 설비도 다 갖추고 계시겠죠?"

"뭐, 그렇죠. 실은 아내가 미용실을 하고 있거든요. 미용실 2층의 절반을 제 작업실로 쓰고 있습니다. 그래서 암실도 비교적 넓어요."

"벽장 속에 마련한 제 암실하고는 차원이 다르군요. 아, 사모님이 미용실을 경영하십니까?"

"유교지도리에 있는 본 미용원이라는 곳입니다. 조수를 넷이나 씁니다. 남자한테는 별로 인연이 없는 장사라서 아내도 제가 좋아하는 일을 하게 해 줍니다. 그래서 라디오 교통 뉴스를 듣다가 언제라도 즉각 뛰어나갈 수 있는 거고, 대낮에도 파친코를 할 수 있는 겁니다. 뭐, 미용사 아내를 두면 이래서 좋죠."

마지막 말은 자조가 아니라 오히려 자랑하는 투였다. 조수를 넷이나 부리는 아내의 실력을.

"남는 시간을 카메라에 투자할 수 있다니 정말 부럽습니다."

하시모토는 정말로 부러운 표정이었다.

"월급쟁이보다 구속이 없으니까요. 무슨 사고가 터졌다는 소식만 들리면 즉시 뛰어나갈 수 있죠."

"라디오 교통 정보는 늘 듣고 계십니까?"

"늘은 아니지만 자주 듣는 편입니다. 우리 보도사진의 소재라면 아무래도 교통사고나 화재 같은 것들이 중심이니까. 신문사 카메라맨처럼 정치적인 사건을 찍을 수는 없죠. 늘 카메라를 메고 돌아다니다 보면 어떤 사건을 목격하게 마련이지만, 그래도 그런 우연은 흔한 게 아니니까요."

"그렇군요."

하시모토는 머리카락을 쓸어 올리며 뭔가 궁리하는 표정이 되었다.

"A신문사 연간 최고상에 뽑힌 야마가 교스케 씨의 「격돌」 말입니다. 신문에 실린 수상 소감을 읽어 봤습니다만, 누마즈 시와 가까운 나가이즈미 부근에서 누마즈 근방의 야경을 찍기 위해 고원을 걷고 있을 때 도메이 고속도로의 대사고를 우연히 보았다고 했죠. 그런 희귀한 우연도 있군요. 심사위원장 후루야 구라노스케 씨가 심사평에서 '1만 분의 1, 10만 분의 1의 우연'이라고 하더군요."

하시모토는 니시다가 가장 불쾌해하는 부분을 건드렸다. 안 그래도 니시다는 아까부터 그 얘기가 나오지 않을까 싶어 저어하고 있던 참이다.

하지만 대화의 흐름을 보건대 화제가 그곳에 이르는 것은 피할 수 없었다. 초보자다운 소박한 질문을 잇달아 던지는 하시모토가 처음 만난 자신의 복잡한 심정을 헤아릴 수는 없을 터였다.

"그렇죠. 그건 야마가 군에게 대단한 행운이었죠."

니시다는 이 대목에서 저도 모르게 행운이라는 말을 했다. "그런 우연한 행운이 아니라면 그렇게 생생한 사진은 찍을 수 없어요. 야마가 군으로서는 수작이라고 봐야죠."

일단은 야마가의 사진을 칭송하지 않을 수 없었다. 최고상 수상이라는 사실을 무시할 수 없었고, 자기가 찍은 국도 134호선 사고 사진과의 우열도 분명했다. 분하지만 어쩔 수 없다. 게다가 동료의 사진에 흠을 잡는다면 남들에게 질투로 비칠 것이다. 지금은 관대한 태도를 보여 주어야 한다. 그것이 선배다운 모습이리라.

하지만 아무래도 분한 마음은 누를 수 없어서, 그것이 '야마가 군으로서는 수작'이라고 한정하는 표현이 되어서 나왔다.

하시모토는 그런 뉘앙스는 알아채지 못했는지, 계속 순진한 질문을 던졌다.

"니시다 씨는 야마가 씨를 잘 아십니까?"

"그야 카메라 동호인이니까 잘 알죠."

"야마가 씨는 그런 식으로 촬영하러 자주 다니시나 보죠?"

"카메라를 메고 자주 돌아다닙니다. 밤낮이 따로 없어요. 열성적이죠."

"그분도 시간이 여유롭나 봅니다."

"그래도 월급쟁이입니다. 생명보험회사에 근무하죠."

"생명보험?"

"후쿠주 생명보험회사 후지사와 지사의 영업사원입니다. 영업사원으로서 보험 가입을 권유하는 일을 하다 보니 늘 밖을 돌아다니죠. 개중에는 밤중에 방문해 달라는 고객도 있고요. 그래서 야마가 군은 밤이고 낮이고 돌아다닙니다. 그럴 때마다 늘 카메라를 메고 다니며 만일의 상황에 대비하죠."

"역시 그랬군요. 일급쟁이라고 해도 사무실에 틀어박혀서 일하는 샐러리맨이 아니었군요."

"그 사람은 본업에 종사하는 시간과 취미로 쓰는 시간이 일치합니다. 손쉽죠."

이 '손쉽죠'라는 말에도 경멸적인 뉘앙스가 있다.

"야마가 씨도 쇼난광영회 회원입니까?"

"아뇨. 전에는 회원이었지만 지금은 아닙니다. 그 사람은 2년 전 쇼난광영회를 탈퇴했어요."

"아, 그래서 A신문 수상자 소개 글에도 야마가 씨가 전에 전국보도사진가연맹 회원이었으나 현재는 소속된 사진가 단체가 없다고 나온 거군요."

하시모토는 A신문의 연간상 발표 내용을 잘 기억하고 있었다. 연간상이나 월간상을 노리는 카메라맨이라면 당연하지만, 하시모토 같은 초보자가 그렇게 깊은 관심을 갖다니, 하며 니시다는 그의 열성적인 모습에 조금 놀랐다. 사실 열정이 마구 솟아나는 초보 시절에는 누구나 그런 한때를 거친다. 이렇게 일삼아 자기를 찾아온 것도 그와 같은 열정 때문일 거라고 니시다는 생각했다.

하지만 마침내 자기 기량에 한계를 느끼게 되면 장래에 대한 기대를 접고 열정도 식어 버린다. 그 뒤로는 여행 사진이나 가족의 기념 사진 정도로 만족한다. 그런 탈락자들을 니시다는 많이 보아 왔다. 하시모토의 열정도 한때일 거라고 짐작했다.

"그렇습니다. 각 지방마다 다양한 아마추어 사진 단체가 있지만, 전국적인 연합 조직으로는 크게 두 단체가 있습니다. 일본사진가연합회, 줄여서 일사련과, 전국보도사진가연맹, 줄여서 전보련이 있죠. 쇼난광영회는 전보련에 속합니다. 그래서 쇼난광영회를 탈퇴하는 것은 곧 전보련을 떠나는 것이기도 하죠."

"아, 그런 겁니까? 처음 알았습니다."

하시모토는 고개를 끄덕였지만 호기심이 발동했는지 금방 물었다.

"야마가 교스케 씨는 왜 쇼난광영회를 탈퇴하신 겁니까?"

"대답하기가 좀 미묘하군요."

니시다는 시선을 떨어뜨리고 절반쯤 남은 커피를 스푼으로 저으며 말했다.

"아뇨, 복잡한 사정이 있다면 말씀하시지 않아도 괜찮습니다. 이거 실례했습니다."

하시모토가 자신의 무심한 질문을 사과했다.

"아뇨, 야마가 군의 프라이버시를 건드리는 사정은 아니니까 말해도 상관은 없습니다. 쇼난광영회 회원들도 다 아는 이야기고. 게다가 그 사람이 제 입으로 탈퇴 이유를 떠들고 다녔으니 어떤 의미에서는 그의 명예이기도 합니다."

"……."

"그러니까, 야마가 군은 자기 기량에 자신이 있었던 겁니다. 그래서 쇼난광영회 회원들과 함께 활동하는 것이 답답했던 거죠. 쉽게 말해서 시시한 자들과 어울리고 싶지 않았던 겁니다. 한두 단계 높은 수준에서 활동하고 싶다, 뭐, 그런 마음에서 탈퇴한 겁니다."

"아하, 그렇습니까?"

"하지만 그런 말을 제 입으로 할 수는 없으니까 이론 투쟁 형식을 취했죠. 쇼난광영회가 보도사진을 지향한다고 하지만 실상은 살롱풍이라는 겁니다. 그런 건 참된 보도사진이 아니다, 좀 더 혼을 격렬하게 연소시키는 사진이어야 한다는 겁니다. 그 비판의 예봉은 결국 쇼난광영회 간판을 걸고 있는 저 무라이 카메라점 주인과 저를 향한 거였어요. 왜냐하면 야마가 군한테는 우리 둘이 쇼난광영회의 우두머리로 보였을 테니까."

"아하."

"쇼난광영회의 등록회원은 43명이지만, 실제로 정기 모임에 작품을 내놓고 상호 비평에 참가하는 사람은 20명 안팎입니다. 그런 작은 모임의 우두머리라고 해 봐야 뭐 대단한 게 있겠습니까."

"……."

"그런데 야마가 군은 그렇게 생각하지 않았던 겁니다. 회원들이 작품을 놓고 상호 비평을 한다지만, 사진 경력으로 볼 때 주로 발언하는 사람은 야마가 군과 무라이 군과 저, 우리 셋이었습니다. 그런데 무라이 군과 제가 늘 의견이 일치하니까 야마가 군이 소외감을 느낀 겁니다. 또 회원 대부분이 무라이 군과 제 의견에 찬성하니까 야마가 군이 우리를 우두머리로 본 거죠."

"호오……."

"야마가 군이 말하는 보도사진 정신이라는 것도 모르는 바는 아니지만, 혼을 격렬하게 연소시켜야 한다니, 너무 전투적인 말 아닙니까. 우리는 해바라기를 하는 노인을 찍든, 못된 장난을 하는 아이들을 찍든, 직장에서 일하는 근로자를 찍든, 그 대상을 향해 혼을 불태우고 있다고 생각합니다. 그런데 야마가 군의 말로는 그런 사진이 구태의연한 살롱풍이라는 겁니다. 그가 말하는 격렬한 영

혼의 연소란 이를테면 로버트 카파의 사진 같은 것이어야 한다는 거예요."

"전쟁 사진을 찍은 그 카파 말인가요?"

"그래요. 야마가 군의 주장대로라면 우리는 당장 전쟁터로 달려가야 합니다. 그런 전쟁은 이미 이 지구상에 없어요. 카파가 카메라를 잡은 채 지뢰에 생명을 빼앗긴 베트남 전쟁도 끝났어요. 지금은 캄보디아에서 국지적인 전투가 있을 뿐이죠. 그리고 애초에 우리 신분으로 그런 곳에 갈 수나 있습니까?"

"……."

"그렇게 말하는 야마가 군도 못 갑니다. 우리가 그렇게 응수하자 그는, 격렬한 혼의 연소를 지향한다면 사진의 소재는 일상생활에도 널려 있다, 그게 눈에 안 보이는 이유는 사진가로서 지향하는 바가 없기 때문이다, 목적의식이 없으니까 당신들의 사진이 살롱풍이 되는 거다, 라고 하더군요. 이건 핑계였어요."

"……."

"왜 핑계냐 하면, 이걸 쇼난광영회를 탈퇴할 구실로 삼았거든요. 모임에 남아 있기 싫다고는 차마 말할 수 없으니까."

"야마가 씨는 어째서 그렇게 모임에 남기 싫었을까요?"

"그 사람은 너무 자신만만하고 으스대다가 회원들의 반감을 샀어요. 물론 회원들도 다들 그 사람의 역량은 인정합니다. 그건 부정할 수 없죠. 하지만 태도가 너무 오만방자해서 반감을 샀습니다. 그런데 야마가 군은 회원들이 그런 반감도 무라이 군과 제 탓으로 돌렸어요. 특히 저를 지목했죠."

"양웅은 병립할 수 없다는 건가요?"

"아뇨, 그런 건 아닙니다. 여하튼 야마가 군은 협조할 줄 모릅니다. 자기현시욕밖에 없어요. 자기만 드러내려는 공명심이 강합니다. 모임을 탈퇴한 뒤로 반성하기는커녕 공명심만 더 커졌어요."

듣고 있는 수염 기른 사내의 눈이 풀덤불 속의 반딧불처럼 가만히 번뜩였다.

우연을 물고 늘어지다

"말씀을 들으니 야마가 씨는 성격이 상당히 격한 분 같군요?"

하시모토라는 상대방은 가만히 수염을 만졌다.

"온화한 사람은 결코 아니죠. 지기 싫어하는 기질은 좋다 쳐도 너무 모나요. 동료와 원만히 지내려면 자신을 억제할 줄도 알아야 하는데, 그런 자세가 전혀 없습니다."

니시다 에이조는 말했다.

니시다가 홍차를 새로 주문한 까닭은 커피 한 잔으로 오래 앉아 있기 미안해서이기도 했지만, 하시모토를 상대로 라이벌 야마가 교스케 이야기를 계속하고 싶었기 때문이었다.

"야마가 군은 언제나 자기가 모임의 리더나 중심이 아니면 성에 차지 않는 겁니다."

"그런 사람이 있죠."

"그러다가 무라이 군이나 저와 충돌한다면 회원들도 자신의 독선에 반발하는 태도를 공공연하게 드러낼 테니까 좋을 게 없었겠죠. 그래서 제 발로 모임을 탈퇴하고 혼자가 된 겁니다. 사실 그게 더 그의 기질에 맞는지도 모르지만요."

"하지만 야마가 씨는 생명보험 영업사원이라고 하셨죠? 보험 영업을 하는 사람들은 누구한테나 상냥하게 대하고 입에 발린 말을 하면서 가입을 권하지 않습니까?"

하시모토는 고개를 갸웃거렸다.

"그런 직업이기 때문에 직업을 떠난 상황에서는 평소에 쌓인 울분이 반대의 모습으로 드러난다고 봅니다. 보세요, 만담가나 희극배우처럼 남들을 웃기는 일을 업으로 삼는 사람도 가정에서는 아주 까탈스러워진다고 하지 않습니까. 야마가 군이 그거랑 비슷합니다."

"아, 그렇군요."

홍차가 나왔다. 하시모토는, 그럼, 하며 고개를 살짝 숙이고 잔에 설탕을 가만히 넣었다.

"야마가 씨가 그렇게 행동할 수 있는 것도 카메라 기술에 자신이 있기 때문이겠죠?"

하시모토는 홍차를 한 모금 홀짝이고 니시다에게 물었다.

"그러나, 자신감과 실제는 다르죠."

니시다는 질문이 나오기 무섭게 대답했다.

"호오."

"옛 동료를 나쁘게 말하고 싶지는 않지만, 모르는 사람의 오해를 바로잡아 주려니 설명하지 않을 도리가 없군요. 야마가 군의 사진 기량은 대단한 게 아닙니다. 반듯한 소재를 찍게 해 보면 알 수 있습니다. 예를 들어 그가 경멸해 마지않는 살롱풍 사진, 그런 정통적인 소재는 얼버무릴 방법이 없으니까 기량이 고스란히 드러나 버리죠. 실상은 엉터리예요."

"허어."

하시모토는 눈을 동그랗게 뜨고 있었다.

"얼른 믿기지가 않죠? 하지만 사실입니다. 야마가 군도 그걸 잘 아니까 살롱 사진을 찍지 않습니다. 그런 사진에는 서툴다고 말하기가 싫으니까 아예 살롱 사진을 공격하는 겁니다. 본래 보도사진은 소재가 중요하니까 기량이 조금 떨어지더라도 소재로 얼버무릴 수가 있거든요."

"보도사진에서는 기량을 속일 수 있습니까?"

"결정적 순간에 있는 피사체에 시선을 빼앗기죠. 기량의 높고 낮음은 별로 보이지 않게 마련입니다."

"그리 말씀하시니 조금 알 것 같긴 합니다."

하시모토는 수염을 기른 턱을 끄덕였다.

"그래서 야마가 군이 보도사진만 고집하는 겁니다. 어떻게 보면 영리한 거죠."

니시다가 홍차로 입술을 적셨다. 야마가 교스케 이야기를 하다 보니 어느새 말이 많아졌다.

"그런 사정이 있었으리라곤 짐작도 못 했습니다."

"신문이나 카메라 잡지의 공모에 입선해서 작품과 이름이 실리기만 하면 보기에 화려하니, 야마가 교스케가 대단한 카메라맨으로 비치는 게 당연하죠. 하지만 한 조직에 있던 우리는 그 사람의 실상을 잘 알아요."

"그래도 보도사진에만 매진하는 건 힘든 일이잖습니까. 그런 비상한 피사체를 찾아서 늘 돌아다녀야 하니까요."

"그렇죠. 그래서 그는 본업인 보험 영업을 위해 돌아다닐 때 늘 카메라를 휴대하는 겁니다. 요즘 카메라는 줌이 발달해서 예전처럼 망원 렌즈 같은 교환렌즈를 다양하게 준비하지 않아도 됩니다. 그 점에서는 예전에 비해 많이 편리해졌죠."

"그러나 매일 카메라를 상비하고 돌아다닌다 해도 기막힌 피사체를 그렇게 자주 만날 수는 없잖습니까?"

"바로 그겁니다. 야마가 군의 힘든 점이. 말씀하신 대로 그런 비상한 소재가 눈앞에 늘 굴러다니는 것은 아닙니다. 그건 정말이지 우연이니까요. 그래서 일반 사진가라면 일상생활 속에서 대상을 찾습니다. 또 프로 카메라맨이라면 외국으로 나가서 사막의 원주민이나 히말라야 주민 같은 걸 찍게 되죠. 그러나 야마가 군은 외국으로 취재 여행을 나갈 여유가 없어요. 그렇다고 일상생활을 찍는 것은 그의 보도사진 정신이 허락하지 않겠죠. 그런 건 살롱 사진과 다를 게 없으니까."

"야마가 씨는 자신에게 아주 엄격한 보도사진가로군요."

"자신에게 엄격하다고요?"

하시모토의 말에 니시다가 희미한 웃음을 지어 보였다.

"……그건 좀 지나친 칭찬이겠죠. 그가 그렇게 된 것은 경쟁심 때문입니다. 아까부터 말했지만 공명심 때문이에요. 그것이 그 자신을 쓸데없이 칭칭 얽어매고 있는 거예요."

주변 좌석에는 젊은 남녀가 들어와 앉기도 했고, 가족 동반 손님들로 바뀌기도 했다. 즐거운 대화 소리, 소란하게 떠드는 소리가 끊임없이 들려온다. 그런 것과는 분위기가 사뭇 다른 니시다의 말이 이어졌다.

"야마가 군은 이번 A신문 연간 최고상에 운 좋게 당선되었어요. 안 그래도 높았던 콧대가 더 높아졌겠죠. 특히 턱걸이 입선을 한 저를 두고 꼴좋다며 비웃고 있을지도 몰라요."

니시다로서는 건드리고 싶지 않은 상처를 스스로 긁은 셈이다. 남들이 건드리는 것은 원치 않지만 스스로 건드리는 건 괜찮다. 도리어 자학적인 상쾌함 같은 게 있었다. 반항적인 기분이었기 때문이다.

"그래도 저는 야마가 군처럼 특이한 소재를 찾아서 무리하게 돌아다닐 생각은 없어요. 제 경우는 라디오 교통 정보를 듣고 134호선 사고 현장으로 달려갔던 겁니다. 때문에 야마가 군의「격돌」보다는 못하지만 그래도 괜찮다고 생각하고 있어요. 제가 일반적인 경우 아닙니까? 야마가 군의 행동이 일반적이지 않은 거겠죠. 별난 거예요."

"별나다고 하시면?"

"신문에 나온 야마가 군의 수상 소감 말인데, 아까도 얘기했지만 이렇게 말했어요. ……10월 3일 오후 11시경, 나가이즈미초 무카이다 근방을 걷고 있었다. 고원에서 누마즈 방면의 야경을 찍기 위해서였다. 그때 도메이 고속도로 쪽에서 굉음이 들림과 동시에 불기둥이 솟는 것을 보고 즉시 달려갔다. 그리고 차량 여섯 대가 충돌한 현장을 보고 정신없이 셔터를 눌렀다. ……하지만 저는 야마가 군의 이 얘기가 의문스럽습니다."

"의문스러워요? 어째서요?"

하시모토는 니시다의 얼굴을 쳐다보았다.

"뭐냐면, 야마가 군이 누마즈의 야경을 찍으려고 그 부근을 걷고 있었다는 부분 말입니다. 근경인 고원의 숲을 실루엣으로 처리하여 원경인 시가지 불빛들과 대조를 이루게 한 뒤, 밤하늘에 오로라처럼 비친 불빛을 포착해서 몽환적인 분위기를 풍기는 사진을 찍으려고 그 주변을 헤맸다는 말이잖아요? 그런 사진이라면 분명히 살롱풍 풍경 사진입니다. 이건 평소 그의 주장과 명백히 모순됩니다. 그런 살롱 사진은 그가 비판해 마지않던 거니까."

"아, 그렇군요."

하시모토는 뜻밖의 지적을 받은 듯한 표정을 지었다.

"듣고 보니 그렇군요. 그럼 야마가 씨의 그 소감은 거짓입니까?"

테이블 밑에서 하시모토의 무릎이 앞으로 조금 나왔다.

"순전히 거짓말이라고 단언할 수는 없지만, 둘러댄 얘기겠죠. 물론 이건 제 추측이지만. 야마가 군은 처음부터 도메이 고속도로를 찍기 위해 그 현장에 대기하고 있었다고 봅니다."

"허어!"

"무슨 말이냐 하면, 도메이 고속도로는 차량 사고가 잦은 곳입니다. 터졌다 하면 심각한 사고들이죠. 차량들이 모두 시속 100킬로 이상으로 달리니까. 특히 야간에는 어느 차량이나 마구 밟아 댑니다. 그리고 그런 추돌 사고는 커브 구간에서 자주 일어나죠. 야마가 군은 현장에 카메라를 준비해 두고 사고가 일어나기를 느긋하게 기다리고 있었을 겁니다."

이야기를 듣던 하시모토는 니시다의 그 추측을 분석하는지 시선을 찻잔 테두리로 떨어뜨리고 있었다.

"하지만……."

그가 시선을 쳐들며 말했다.

"사고는 언제 어느 구간에서 일어날지 아무도 예상할 수 없는 것 아닌가요? 도메이 고속도로에는 커브 구간이 무수히 많습니다. 특정한 지점에서 사고가 일어날 확률은 아주 낮습니다. 또 설령 그 지점을 예상할 수 있었다고 해도 그게 언제 일어날지 알 수 없습니다. 낮에 일어날지 밤에 일어날지도 알 수 없지요. 니시다 씨의 말씀대로라면 야마가 씨는 꿈처럼 막연한 것을 기다리고 있었다는 말이 됩니다만……."

"그게 바로 야마가 군의 집요함이죠. 상식적으로는 생각하기 힘든 일이지만, 그에게는 그런 이상한 기질이 있어요. 이상한 피사체를 추구하다 보니 성격도 이상해진 거겠죠."

니시다는 다시 희미한 웃음을 지었다.

"하지만 그렇게 확률이 희박한 것을 끈기 있게 기다린다니, 글쎄, 과연 어떨까요."

"하시모토 씨가 그렇게 말씀하셔도, 실제로 그 사람이 그날 현장에서 밤 11시에 대형 사고 현장을 촬영하지 않았습니까."

"……."

"물론 확률은 아주 희박합니다. 하지만 심사위원장 후루야 구라노스케 씨가 평한 것처럼 야마가 군은 1만 분의 1, 혹은 10만 분의 1의 확률을 맞힌 겁니다. 그건 물론 우연이죠. 그 우연을 만난 겁니다. 그야말로 야마가 군의 끈기가 이긴 거죠. 우리의 평범한 신경으로는 도저히 할 수 없는 일입니다. 뱀이라면 그렇게 끔찍해하는 사람이 그 어두운 곳을 그렇게 오랫동안 돌아다녔다니."

하시모토는 남아 있던 식은 홍차를 입에 댔다.

"1만 분의 1 혹은 10만 분의 1의 우연이 그 현장을 지키던 야마가 씨에게 찾아왔다는 것은 상식적으로 도무지 상상이 되질 않는군요. 그렇다면 그건 차라리 기적이죠."

그는 어처구니가 없다는 얼굴로 말했다.

"저도 기적이라고 생각해요. 믿기지 않는 일이지만 실제로 일어났습니다. 야마가 군의 집요함이 결실을 맺었다고 할 수밖에요. 하긴 그 사람은 각 신문사의 보도사진 공모나 카메라 전문지의 공모라면 거르지 않고 응모하고 있으니까요. 그때마다 상당한 수준의 작품을 냈어요. 「격돌」 같은 대단한 성공은 처음이었지만."

니시다는 마음속의 부아를 억제하며 말했다.

"야마가 씨가 그렇게 열심히 응모해 왔습니까?"

"아까도 말했지만 공명심 때문입니다. 야심이라고 해도 좋겠죠. 전국에 자기를 알리고 싶다는 야심. 입선하면 이름이 알려지고 상금도 받는 등 명예와 이익을 다 차지할 수 있습니다. 그에게는 거부할 수 없는 것이죠."

"그런 야심입니까. 으음, 야심이라."

하시모토는 턱에 손을 댔다.

"지금까지 공모전에 응모한 야마가 씨의 입선작에도 그렇게 우연히 만난 장면이 많았습니까?"

그는 고개를 들고 니시다에게 물었다.

"많든 적든 우연적인 요소가 있었죠. 이미 여러 번 말했지만 보도사진 자체가 우연의 산물이니까요. 그러나 「격돌」처럼 대단한 우연은 그에게도 처음입니다. 후루야 심사위원장과 A신문 사진부장이 연간 최고상으로 적극 추천한 것도 우연성이 주는 긴박감 때문입니다."

"긴박감이 있다고 하지만, A신문이 그 사진을 최고상으로 선정해서 지면에 발표한 것을 두고 독자들의 비판이 있었죠. 그걸 보고 어떻게 생각하셨습니까?"

"너무나 충격적인 사진이라는 거겠죠. 잔혹한 사진이라는 의견도 있었고. 일반인을 대상으로 하는 공모인데 그런 작품에 최고상을 주는 것은 적절하지 않다는 의견이었어요. 예전의 시운마루 호 침몰 사진을 인용해서 비판했죠. 제 생각에, 그 독자의 비판은 지당하다고 봅니다. 저도 찬성입니다."

"……"

"독자의 비판에 대하여 사진부장과 후루야 심사위원장의 해명이 같은 신문에 실렸죠."

"두 기사 모두 읽어 봤습니다."

"선정한 당사자로서는 당연한 해명이었습니다. 하지만, 이건 하시모토 씨한테만 말씀드리는 건데, 실은 후루야 선생과 야마가 군은 예사롭지 않은 친목 관계예요. 5년 전 쇼난광영회가 후루야 선생을 강사로 초청한 적이 있습니다. 그때는 야마가 군도 회원이었는데, 그 사람이 후루야 선생을 극진하게 대접했거든요. 입에 발린 찬사는 또 얼마나 늘어놓던지. 듣는 내가 다 부끄러울 정도였습니다. 야마가 군이 어떻게 보험을 파는지 고스란히 보이더군요. 그 뒤에도 후루야 씨한테 종종 아부 편지를 보내고 때마다 선물을 보내고 있습니다. 평소에도 종종 선물을 하는 모양이더군요. 그는 후루야 씨의 문하생처럼 처신하고 있습니다."

"그런 내막이 있었습니까?"

"야마가 군이 우리한테 오만하게 구는 까닭도 그런 뒷배가 있기 때문입니다. 그러니 후루야 씨가「격돌」에 최고상을 주고 그것을 비판하는 의견에 맞서서 야마가 군을 변호하는 거죠. 뭐, 두 사람의 관계를 아는 우리로서는 의심을 할 수밖에 없어요."

"놀랍네요."

"아니, 아직 더 있습니다. 보도사진을 공모하는 측에도 그럴 만한 사정이 있습니다."

니시다는 주변을 살펴본 다음 목소리를 더 낮춰서 말했다.

"그러니까 보도사진은 완전히 우연성에 지배되기 때문에 작품의 우열에도 우연성이 크게 작용합니다. 그런데 그렇게 우연히 만날 수 있는 결정적 순간이 아무 데나 굴러다니는 것은 아니죠. 때문에 공모하는 측은 일반인으로부터 좋은 보도사진 작품이 많이 모이지 않아 고민입니다. 그래서, 주최 측 담당자들 사이에서 이런 소리가 나오고 있답니다……."

니시다는 하시모토의 귓가에 짤막하게 속삭였다.

"예?"

듣고 난 하시모토가 입안에서 작게 외쳤다.

"아, 물론 농담이죠. 출품되는 보도사진이 너무 부진하니까 자기들도 모르게 그런 농담을 주고받은 거겠죠. 후루야 선생 같은 사람도 종종 웃으면서 말하곤 했습니다. ……이건 다른 사람한테는 말하지 마세요. 농담이긴 해도 오해를 살 수 있으니까."

상대방의 요란한 반응에 놀란 니시다가 당황하며 입단속을 했다. 하시모토의 수염이 수북한 얼굴은 기분 탓인지 창백해져 있었다.

하지만 멀리 한 지점을 응시하며 움직이지 않는 그의 눈동자에는 내심 수긍하는 빛이 감돌았다.

불덩어리

따뜻하고 화창한 4월 중순의 어느 날, 하마마쓰 역 앞에서 뻗어나간 상가 거리를 수염을 기른 남자가 한가롭게 걷고 있었다. 어깨에는 낡은 카메라 가방이 걸려 있다. 정오에 가까워진 햇살이었다.

'간잔지 절 온천행' 버스가 대로를 달려 멀어져 간다. 아케이드 아래를 걷던 수염 난 사내는 담뱃가게 앞에서 걸음을 멈추었다. 그는 나흘 전 후지사와의 니시다 에이조를 찾아간 '하시모토'라는 사람이다.

"요네즈라는 식료품점이 어디입니까?"

거스름돈과 함께 받은 담뱃갑에서 한 대를 뽑아 불을 붙이고 남자가 물었다.

"요네즈 식료품점은 저쪽 건너편에 있어요. 100미터쯤 가면 돼요."

하시모토는 가게를 지키던 주부가 손가락으로 가리키는 방향을 향해 눈길을 던졌다.

바로 걸음을 떼지 않고 다시 확인했다.

"요네즈 에이키치 씨의 가게가 맞죠?"

"예, 그렇긴 하지만."

주부의 눈에 주저하는 빛이 살짝 떠올랐다.

"요네즈 에이키치 씨는 작년에 돌아가셨는데요."

"예, 도메이 고속도로에서 교통사고로……."

"맞아요."

주부는, 알고 있었네, 하는 표정이었다.

"참 안됐습니다."

"그러게요."

그렇게 호응하는 주부의 눈은 방금 담배를 산 수염 기른 손님과 요네즈 식료품점의 관계를 궁리하고 있었다.

"동생분이신 야스키치 씨는 중상을 당했다고 하던데, 이제 회복되셨나요?"

"네, 기게에 니오고 게세요."

주부는 문득 경계하는 눈빛으로 말끝을 흐렸다.

"그나마 다행이군요. 아, 저는 생명보험회사에서 나왔는데, 요네즈 씨를 좀 만나 뵈려고요."

문득 다른 표정이 주부의 얼굴에 떠올랐다.

"요네즈 식료품점에 가면 만나 뵐 수 있을까요?"

"아마 그럴걸요? 야스키치 씨는 레스토랑을 맡고 계시니까."

"레스토랑?"

"식료품점 2층에 있어요."

"아, 그렇군요."

그는 신호가 바뀌기를 기다려 횡단보도를 건넜다. 가게 간판을 살피며 걸었다. '덴류행'과 '하마마쓰 역행' 버스가 도로를 달려 지나간다.

요네즈 식료품점은 매장 폭이 꽤 큰 가게였다. 화려한 색채의 매장 옆에 빨간 융단을 깐 좁은 계단이 보인다. 레스토랑은 테이블이 20개 정도 되는 비교적 큰 가게로, 인테리어에서 조금 곁멋이 느껴졌다. 시간이 시간인지라 샐러리맨으로 보이는 손님들로 가득했다. 파란 옷을 입은 웨이터가 2인용인 작은 테이블로 안내해 주었다. 하시모토는 커피와 토스트를 주문했다.

"요네즈 야스키치 씨를 잠깐 뵙고 싶은데, 그렇게 전해 줄래요?"

웨이터에게 부탁했다.

"누구시라고 할까요?"

"도쿄에서 온 야마우치라고 해 주세요."

벽 앞에 나비넥타이를 맨 사내 둘이 서 있는데, 그 가운데 하나가 웨이터의 귀엣말을 듣고 수염을 기른 손님에게 의아해하는 눈길을 던졌다. 하지만 뭔가를 물으러 이쪽으로 오지는 않고 카운터 옆 사무실 문을 열고 들어갔다.
 2분쯤 지나자 그 문에서 조금 살이 찐 양복 차림의 남자가 나왔다. 서른다섯이나 여섯쯤 돼 보인다.

〈라이트밴을 운전하던 식료품점 주인 요네즈 에이키치 씨(42세, 하마마쓰 시 묘진초 6-3)는 불에 타 사망하였고 동승했던 동생 야스키치 씨(35세)는 탈출했지만 중상……〉

 하시모토는 신문 기사 속 묘사와 거기에 나타난 남자의 연령을 견주어 보듯 쳐다보았다.
 웨이터의 안내로 그 통통한 남자는 양복 깃을 잡고 테이블로 다가왔다.
 "제가 요네즈 야스키치입니다만."
 하시모토는 의자에서 일어섰다.
 "바쁘실 텐데 죄송합니다. 저는 도쿄의 야마우치 아키코와 아는 사람입니다."
 "야마우치 아키코 씨요?"
 요네즈 야스키치는 의아해하는 표정을 지었다.
 "이름만으로는 모르실 것 같군요. 야마우치 아키코는 작년 10월 3일 밤 도메이 고속도로 고텐바-누마즈 구간에서 일어난 교통사고루 죽었습니다."
 오오, 하는 목소리와 함께 야스키치의 표정이 흔들렸다. 태도도 즉시 변하여, 자, 앉으시죠, 하며 의자를 권하고 자신도 건너편 의자에 가만히 앉았다. 그러고는 깍지 낀 양손을 자연스럽게 테이블 위에 올리더니 고개 숙여 인사를 한다.

"그 사고로 도쿄의 여자분이 돌아가신 것은 저도 병원에서 들었고, 나중에 신문에서도 보았어요. 야마우치 아키코 씨, 생각해 보니 그런 이름이었던 것 같군요."

"형님을 잃으셔서 참으로 뭐라고 위로의 말씀을 드려야 할지."

답례를 하듯이 하시모토도 정중하게 고개를 숙였다.

"아, 예, 고맙습니다."

"실은 여기 하마마쓰에 볼일이 있어서 들렀는데, 그 신문 기사가 떠올라서 한번 찾아뵙자고 생각했습니다. 같은 사고의 희생자라고 생각하니 아무래도 모르는 척 지나칠 수가 없었어요. 이번 기회에 답답한 가슴이나 풀어 보고 싶어서요."

"일삼아 찾아 주셔서 고맙습니다."

야스키치는 토스트와 커피를 내온 웨이터에게 자기한테도 커피를 내오라고 시켰다.

"사장님은 중상이었다고 들었는데, 이제 완쾌하신 건가요?"

하시모토는 요네즈 야스키치에게 안부부터 물었다.

"네. 등의 화상과 왼쪽 팔뚝 골절로 두 달간 입원했는데, 이렇게 잘 회복했습니다."

야스키치는 통통한 몸을 제 손으로 가볍게 툭툭 쳤다.

"정말 다행입니다. 돌아가신 분이야 말할 것도 없지만 사장님께도 엄청난 재난이었겠지요."

"정말이지 죽다 살아났습니다. 이게 내 잘못으로 일어난 사고였다면 그나마 체념하고 말겠지만, 다른 차량의 사고에 휩쓸린 거라서 견디기 힘들 정도로 원통합니다."

"선두 차량인 12톤 탑차 트럭이 급정거하며 전복된 것을 뒤에서 승용차가 추돌, 운전하던 시즈오카의 남자분이 즉사하고 그 부인은 전신 화상으로 병원에 입원했지만 이내 사망, 거기에 또 추돌한 승용차 운전자가 야마우치 아키코였습니다. 그다음에 추돌한 차량이 사장님이 타고 계셨던 라이트밴이었지요. 신문에 의하면요."

"그렇습니다. ……정말이지 야마우치 씨는 안됐습니다. 한창 젊은 나이셨다던데."

야스키치는 그 여성 희생자의 연고자라는 남자에게 말했다.

"스물셋이었습니다."

남자는 시선을 떨어뜨렸다. 미간에 침통한 주름이 팼다.

"뭐라고 위로를 드려야 할지 모르겠습니다. 저는 조수석에 앉아서 앞을 달리던 야마우치 씨 차량의 미등만 바라보았는데, 그 때문인지 더욱 충격적이었습니다."

야스키치는 말했다.

어둠 속에서 빛나는 작고 빨간 미등. 그것은 그 직후에 생을 마감한 인간의 영혼이 뿜어내는 광채와도 닮았을 것이다. 그 광경을 상상하며 수염을 기른 남자는 입술을 깨물었다.

"차간거리는 충분히 두고 있었습니다. 50미터는 떨어져 있었어요."

요네즈 야스키치는 계속 말했다.

"차량들이 그 정도 간격을 두고 달렸습니다. 적어도 다들 시속 120킬로 정도는 내고 있었지만 일렬로 질서 정연하게 주행했습니다. 추월하는 차도 없었고 아무런 변화 없이 정말 꾸준하게 행진했습니다. 형은 운전하면서 카오디오로 가요를 듣고 있었고 저도 거기에 맞춰 노래를 흥얼거리고 있었어요. 선두의 탑차 트럭이 급정거해서 자빠질 때까지는."

"내리막이었던 그 현장에서 시속 120킬로였다면 차량 간격 50미터는 당연히 도움이 되지 않았겠지요."

"예, 그랬지요. 어, 하는 순간에 우리 차가 앞차로 달려들더군요. ……앞에서 탑차의 높은 차체가 옆으로 쓰러지는 것은 보았습니다. 이어서 두 대의 승용차가 파도처럼 흔들리는 모습도 보았고요. 그렇게 생각했을 때는 이미 우리가 탄 라이트밴도 거기로 돌진하고 있었죠. 숨 한 번 쉴까 말까 하는 짧은 순간이었습니다."

그는 앞에 놓인 커피에 손도 대지 않았다.

"그래도 형은 브레이크를 밟으며 핸들을 오른쪽으로 틀었습니다. 차량이 옆으로 방향을 바꾸기 시작했지만 이미 늦었죠. 야마우치 씨의 차량에 충돌하는 순간 저는 의식을 잃어 갔습니다. 그러다 눈앞이 시뻘게졌습니다."

"시뻘게졌다?"

"앞차가 불길을 뿜어낸 겁니다. 빨간 소용돌이였어요. 그 때문에 우리 차의 연료통도 금방 불길을 뿜어냈습니다. 몇 초 사이였어요. 저는 겨우 문을 열고 밖으로 굴러 나왔지만, 등에 불이 붙었어요. 데굴데굴 굴러서 껐지만 화상을 입었습니다. 왼쪽 팔뚝의 골절은 나중에 알게 된 겁니다. 도망칠 때 저는 형도 탈출했을 거라고 생각했지만 오른쪽 문은 뒤틀려서 열리지 않았습니다. 게다가 형은 핸들에 몸통이 끼어서 빠져나오지 못하고 버둥거리다가 불길에 휩싸이고 말았습니다."

하시모토는 장발의 머리를 숙였다. 망자의 명복을 비는지 잠시 눈을 감고 있다.

"한 가지 묻고 싶은 게 있습니다."

다시 눈길을 들고 말했다.

"아까 추돌 순간 눈앞이 시뻘게졌다고 하셨는데, 그것은 앞차, 그러니까 야마우치 아키코의 차가 내뿜는 불길이었나요?"

"예. 불길이 소용돌이처럼 일어났어요. 캄캄하던 주변이 한순간에 시뻘건 불빛 속에서 아른거렸습니다."

"그전에 혹시 앞쪽에서 빨간 불덩어리 같은 것을 보지 않으셨나요?"

"······."

야스키치가 순간 흠칫하는 표정을 지었다.

"아, 당시 신문에 사장님의 진술이 보도되지 않았습니까. 그걸 보고 말씀드리는 겁니다."

"그게 아무래도."

요네즈 야스키치는 얼굴을 숙이고 고개를 갸웃했다.

"······저로서는 분명하지가 않습니다. 저는 차량이 불길을 뿜기 전에 불덩어리 같은 것을 본 듯한데, 그것을 보았다는 목격자가 없습니다. 살아난 후속 차량의 운전자도 모른다고 말했으니까요. 그래서 경찰은 제가 충격으로 의식을 거반 잃은 상태에서 차량에 붙은 불길을 잘못 본 거라고 판단했습니다. 그 말을 듣고 보니 저도 자신이 없어졌어요. 환각이었는지도 모릅니다."

"환각이라 해도, 그 불덩어리라는 것은 어땠습니까? 인상 말입니다."

"글쎄요, 뭐랄까, 앞쪽 어둠 속에서 불덩어리가 번쩍, 번쩍, 하고 빛나는, 그런 느낌이었습니다."

"번쩍, 번쩍…… 두 번 연달아 빛났던 겁니까?"

"글쎄요, 연달아 번쩍인 것처럼 보였습니다만."

"빨간빛이었습니까?"

"네. 빨갰어요."

"강한 빛이었나요?"

"강했어요. 금방 사라졌지만."

"예를 들면 불꽃놀이의 불꽃처럼?"

"불꽃놀이 폭죽은 불덩어리가 꼬리를 끌듯이 잠시 공간에 남았다가 사라지죠. 그런 게 아니고 순간적으로 빛났다가 사라진 느낌이었어요. 아무래도 말로는 잘 표현할 수가 없군요."

"그 불덩어리 같은 것은 탑차의 앞쪽에서 번쩍였나요? 아니면……."

"탑차 앞쪽이었어요. ……이상하네요, 후속 차량들의 운전자들에게는 그게 보이지 않았다는 게. ……역시 제 환각이었는지."

"아뇨, 환각이 아닐지도 모릅니다. 사장님한테만 보이는 조건이었다고 생각할 수도 있습니다."

"오, 어떻게요?"

야스키치는 의외라는 듯이 눈을 크게 떴다.

"그때 차량들이 일렬로 달리고 있었다고 하셨죠?"

"그렇습니다. 뒤에서 멀리 오던 차량들은 2열이었는지도 모르지만요. 2차선이니까."

"아뇨, 그건 문제가 아닙니다. 뒤쪽 멀리에 있던 차량들은 커브 구간 뒤라서 그쪽이 보이지 않았을 테니까요."

"아, 그런가요."

"문제는 탑차가 선두였던 차량 그룹입니다. 탑차 뒤 차량 운전자들에게 불덩어리 같은 게 보이지 않았던 이유는, 차들이 일렬로 달리고 있어서 대형 탑차의 높은 차체에 시야가 막혀 있었기 때문 아닐까요? 탑차의 차체가 대략 3미터가 넘었으니까 바로 뒤를 달렸던 승용차의 낮은 운전석에서는 높은 벽처럼 보였을 겁니다. 그런데 사장님이 타고 계셨던 라이트밴은 형님분이 오른쪽으로 핸들을 꺾었기 때문에 차체가 옆으로 움직여 앞에 있던 탑차의 벽에서 조금 벗어났겠죠. 때문에 조수석에 계시던 사장님의 눈에만 탑차 앞쪽에서 번쩍이던 불덩어리가 보였다, 그런 게 아닐까요?"

"으음."

요네즈 야스키치는 입안에서 신음 같은 소리를 내며 테이블 위에 팔꿈치를 대고 턱을 괬다. 테이블에는 손님이 주문한 토스트가 그대로 놓여 있었다.

"하지만 우리 라이트밴 뒤에서 달려오던 소형 트럭은 오른쪽으로 핸들을 꺾고 중앙분리대를 넘어 건너편 차량과 충돌했는데, 그 트럭 운전자는 불덩어리를 목격하지 못했다고 진술했다던데요."
 "불덩어리가 계속 빛나지는 않았던 것 아닐까요? 소형 트럭이 옆으로 벗어났을 때는 이미 꺼져 있었을 겁니다."
 "그렇군요. ······그러면, 그 소형 트럭과 충돌한 상행선의 승용차는 어떻습니까? 그 승용차는 당연히 반대 차선의 불덩어리, 탑차 앞쪽에서 빛나던 불덩어리를 멀리서부터 접근하면서 확인했을 겁니다. 하지만 그 운전자도 그런 것은 보지 못했다고 말하지 않았습니까?"
 "그랬죠. 탑차 앞에 불덩어리가 빛났다면 건너편 차선의 차량에게는 당연히 그게 보여야 했겠지만, 그런 증언이 없었습니다. 저도 아직 이 점을 모르겠습니다."
 "선생은 제가 한 말을 근거로 뭔가를 조사하고 계신 건가요?"
 "조사라고 할 정도는 아니지만, 아무래도 이상해서 그 불덩어리의 정체를 밝혀 보고 싶습니다."
 "하지만 제 기억은 신뢰하기 힘듭니다. 경찰에서는 차량에 불이 붙었을 뿐인데, 제가 몽롱한 의식 때문에 환각을 본 거라고 판단했습니다. 아까도 말씀드렸듯이 저도 기억이 모호해서 확신하지 못합니다."
 "저는 경찰의 판단보다, 그리고 거기에 영향을 받아 자신감이 상실된 사장님의 말씀보다, 사장님께서 맨 처음 병원에서 하셨던 말씀을 믿고 싶습니다."
 하시모토는 테이블 옆에 놓아 두었던 꾀죄죄한 카메라 가방을 집어 들고 의자에서 일어섰다.

다시 현장으로

전 P대학 경제학부 조교 누마이 쇼헤이는 하마마쓰발 14시 12분 상행선 '고다마'에 타고 있었다. 자유석은 많이 붐볐다. 미시마까지는 한 시간이 채 안 걸린다.

누마이 쇼헤이는 낡은 카메라 가방에서 노트를 꺼냈다. 노트 중간쯤을 펼치고 볼펜을 잡는다. 그러나 바로 쓰기 시작하지는 않고 파란 괘선 위로 시선을 던졌다. 움직이지 않는 눈동자 속에서 사색의 파도가 일렁인다. 수염을 기른 턱에 엄지를 찌른 채 노트를 바라보는 그의 미간에는 암울한 비애의 그림자가 어른거렸다. 곱슬머리 기운이 있는 장발이 이마로 흘러 내려와 있다.

손가락 사이에 낀 볼펜은 내내 움직이지 않았다. 한 시간 전, 요네즈 식료품점 2층 레스토랑에서 요네즈 야스키치한테 들은 이야기를 글로 정리하려는 생각보다도 그 이야기를 뒤따르는 생각이 이어졌다. 그것은 머릿속에서 몇 개의 거품 방울을 이뤘고, 그 작은 방울들은 서로 붙었다 떨어졌다 하면서 다시 떠올랐다가 사라졌다.

노트 앞 페이지는 깨알 같은 글자들로 가득 채워져 있다. 거기에는 그가 '하시모토'를 자처하며 만난 후지사와 시의 니시다 에이조의 말이 적혀 있었다. 니시다 에이조의 긴 이야기를 간명하되 정확성을 기해서 적어 두었는데, 그런 만큼 무한한 암시와 추리의 전개가 포함되어 있는 듯했다.

수염을 기른 남자는 마침내 요네즈 야스키치의 이야기를 노트에 적기 시작했다. 그의 이야기를 기록하는 데는 긴 시간이 걸리지 않았지만, 관련 사항을 추가하는 데 시간이 걸렸다. 곰곰이 생각하고 나서 적어 넣었다. 동그라미를 그리거나 종횡으로 선을 그어서 지저분한 노트가 되고 말았지만, 그의 눈에는 거기에서 조금씩 설계도 같은 구성이 드러나는 것처럼 보였다. 그러나 아직 불명확한 부분이 많은지, 머리를 긁적이거나 넋을 놓고 턱을 괴기도 했다. 앞좌석에서는 아이가 떠들고 있었다.

기차는 3시 11분에 미시마 역에 도착했다. 역 앞 상가에 꽃집이 있었다. 여러 날 동안 시들지 않게 해 달라고 부탁하고 봉오리에 가까운 진홍빛 장미를 샀다.

택시를 타고 도메이 고속도로 누마즈 나들목으로 가자고 했다. 서쪽으로 미시마를 벗어나 기세가와 강을 건너는 다리를 지나면 고바야시라는 곳 앞에서 교차점을 만났다. 그곳에서 북쪽으로 꺾자 후지산 자락의 숲이 정면에 나타났다. 오르막길을 달리자 마침내 요란하게 치장한 모텔이 양쪽 고지대 사이로 보였다.

그는 나들목 요금소로 향하지 않고 그 앞에서 왼쪽으로 꺾어 진행 방향대로 가자고 요구했다.

"도메이 고속도로로 가시는 게 아니었습니까?"

운전사가 손님을 돌아다보았다.

"아뇨, 저 앞에서 오른쪽으로 꺾어서 달리다 보면 골프장이 나오죠? 그 근처까지 가 주세요. 내릴 곳은 거기서 말씀드리겠습니다."

"그 골프장이라면 자주 가지만, 도중에는 아무것도 없는데요?"

운전사는 거울 속의 수염 난 얼굴을 들여다보았다.

3월 3일 누마이 쇼헤이가 복사꽃 다발을 안은 야마우치 아키코의 언니 미요코와, 안내를 자청한 누마즈 경찰서 교통계장을 자기 차에 태우고 운전했던 길이다. 작은 고개를 넘어서 내리막을 탄다. 고속도로의 높은 철근 교량이 허공에 걸려 있었다. 트럭이나 승용차가 작은 모습으로 달려간다. 차체가 햇빛을 반짝반짝 반사하고 있었다.

대숲이 있는 농가 앞을 지나 언덕을 올랐다. 요전번과 똑같았다. 밭밖에 보이지 않는 고원으로 나섰다.

"여깁니다. 세워 주세요."

"이런 곳인데 괜찮겠습니까?"

운전사는 집이 한 채도 없는 주변을 둘러보았다.

누마이 쇼헤이는 꽃다발을 안고 내렸다.

"30분 정도라면 여기서 기다릴 수 있습니다만."

물론 주변을 지나가는 택시도 거의 없는 농로다. 운전사로서도 미시마 시내까지 빈 차로 돌아가는 것보다는 낫다.

"아뇨, 저 주변을 촬영하면서 천천히 돌아다녀야 하니까 됐습니다."

어깨에 멘 카메라 가방을 흔들어 보였다. 운전사는 뚱한 얼굴로 타이어에서 비명 소리가 나도록 차를 돌렸다.

시계를 보았다. 4시 30분이다. 3월 3일 왔을 때와 거의 같은 시간이다. 해가 많이 길어졌습니다, 하던 교통계장의 목소리가 되살아났다. 그날보다 해는 더 길어졌나. 하늘에 구름도 없고, 서쪽으로 기운 해는 여전히 환하다.

걸어서 육교 위로 나왔다. 양쪽으로 가파르게 깎아낸 절개지가 보였고 고속도로는 그 사이로 흐르는 하얀 강물 같았다. 차량의 무리가 상하행선을 규칙적으로 흘러 가고 있었다. 대형 탑차 트럭의 지붕이 육교 바로 밑을 아슬아슬해 보일 정도로 통과하며 바람을 일으켰다. 변함없이 빠른 속도였다. 못해도 100킬로 이상은 내고 있다.

누마이 쇼헤이는 육교 서쪽에 서서 차량이 강물처럼 흐르는 고속도로의 앞쪽을 바라보았다. 완만한 커브였지만, 차량의 강물이 커브 끝에 다다르자 시야에서 사라진다.

'이 커브의 곡률은 R=1200미터, 시거는 약 500미터입니다.'

교통계장이 해 준 설명이다. 시거, 즉 시야에 들어오는 거리는 500미터. 시속 120킬로라면 15초 거리다. 그런 도로가 커브의 끝까지 이어진다. 내리막 경사도는 3퍼센트. 도로에는 가로등이 하나도 없다.

누마이 쇼헤이는 육교를 동쪽으로 가로질러 갔다. 길게 자란 풀에 덮인 절개지 비탈이 고속도로를 향해 급하게 떨어지고 있다. 요전번에는 노랬던 풀에서 푸른 기운이 배어 나오고 있었다. 그는 비탈 위 오솔길을 따라 남쪽으로 걸었다.

낡은 유자철선 방책을 만났다. 벼랑 아래 작은 소나무가 무리 지어 있다. 건너편 비탈 위에는 잡목림이 보인다.

'꽃다발을 사고 현장에 공양하시겠습니까? 이쪽 소나무들과 건너편 잡목림을 연결한 선이 탑차 트럭이 넘어진 현장입니다.'

야마우치 아키코의 언니에게 말했던 교통계장의 목소리가 들리는 듯했다.

갓길에 놓은 복사꽃 다발은 전에 놔둔 그대로 있었다. 희생자에게 바친 것이 분명하니 고속도로를 청소할 때도 치우지 않았으리라. 전에 놔둔 위치보다 풀 가까이로 옮겨져 있다.

복사꽃도 유채꽃도, 시들거나 바짝 말라비틀어져 있었다. 꽃다발을 감싼 파라핀 종이는 비를 맞아 색이 바랬다. 역시 바래기는 했지만 종이를 접어 만든 히나 인형은 여전히 복사꽃 가지에 묶여 있다.

누마이 쇼헤이는 장미꽃 다발을 내려놓았다. 꽃다발 아래쪽이 두툼하다. 줄기를 오아시스(물에 적신 스펀지)에 꽂아 둔 것이다. 장미의 진홍빛이 그 자리에서 눈부시게 피었다.

질주해 오는 차량들을 등지고 그는 꽃다발 앞에 웅크리고 앉았다.

그는 야마우치 아키코와 함께한 즐거운 과거를 망막에 펼쳐 놓았다. 결혼은 10월 중순에 할 예정이었다. 교수의 도움으로 조교를 그만두고 호쿠리쿠 지방에 있는 어느 고등학교에 교사로 가기로 정해져 있었다. 호쿠리쿠를 좋아했던 아키코는 새로운 생활을 고대했다. 그 도시에는 고전적이고 차분한 분위기가 있다. 아키코는 스키를 잘 탔다. 호쿠리쿠는 눈이라면 아쉬울 것이 없는 지방이다.

아키코를 한순간에 앗아간 것은 작년 10월 3일 밤에 바로 이 자리에서 일어난 대형 추돌 사고였다. 집에 있다가 아키코의 부친에게 전화로 그 사실을 전해 들었을 때 온몸이 돌덩이가 되었다. 심장만 요란하게 쿵쾅거렸고 무릎 관절이 산산이 조각난 듯 걸을 수도 없었다.

한동안 치매에 걸린 사람처럼 지냈다. 장례식에는 간신히 참석했지만 그 전후로 무엇을 했는지는 거의 기억나지 않았다. 격렬한 슬픔이 자꾸만 엄습했다. 쉴 새 없이 닥치는 비애의 바람은 골수까지 미쳤다. 미래가 빛을 잃었다. 대학을 그만두고 고등학교 교사 자리도 거절했다. 혼자 호쿠리쿠로 갈 마음은 전혀 없었다.

올해 1월 27일, 누마이 쇼헤이는 아키코가 죽는 순간을 신문에서 보았다. A지의 〈독자 뉴스사진 지상전〉에서 연간 최고상을 받은 「격돌」이었다.

전복된 탑차 트럭과 추돌한 승용차에서 뿜어내는 하얀 불길은 흑백이어서 그 처참함이 더 극명하게 드러났다. 두 번째 승용차는 불길에 휩싸여 있었다. 차체의 검은 부분이 일부 들여다보였다. 그 안에 아키코가 있는 것이다. 자신을 향해 살려 달라고 외치는 아키코의 절규가 사진에서 들리는 듯했다. 이렇게 잔혹한 사진이 있을 수 있을까. 어찌할 바를 몰랐다. 기둥을 주먹으로 치고 다다미 바닥을 손톱으로 긁어 댔다.

심사위원장 후루야 구라노스케라는 사람의 심사평이 신문에 실려 있었다.

〈카메라의 표현력을 이렇게 충실히 발휘한 사진도 드물다. …… 이 작품은 사고 발생 순간을 찍은 사진이라고 해도 좋다. 화염의 빛 속에 사람이 한 명도 보이지 않는 것은 그 때문이며, 그 섬뜩함에 몸서리가 쳐진다. 아니, 이 사진을 찍는 순간에도 차량 안에 희생자들이 갇혀 있었다고 생각하면 실로 참혹한 장면이라 차마 똑바로 보기 힘들다. 하지만 비참한 교통사고는 끊이지 않는다. ⋯⋯ 이 현장감 넘치는 생생한 사진 한 장이, 운전자들의 경계심을 다잡고 교통사고가 감소하는 데 일조했으면 좋겠다는 바람에서, 참혹한 사진이지만 감히 연간 최고상으로 정하여 여기 발표한다. 한편으로 촬영자에게 있어서, 이런 결정적이고 순간적인 장면과 맞닥뜨리는 것은 1만 분의 1, 아니 10만 분의 1의 우연이라고 할 수밖에 없다.〉

이 사진에 대하여 많은 '독자의 비판'이 신문사에 모여들자 그에 대하여 〈사진부장의 답변〉도 실렸다.

〈본사에서는 널리 일반인을 대상으로 보도사진을 공모하여 '결정적 순간'을 찍은 사진을 찾는 것입니다. 그런 사진에는 신문사의 사진부원이 담보할 수 없는 요소가 있습니다. 바로 우연이라는 요소입니다. 심사위원장 후루야 구라노스케 씨가 연간 최고상 「격돌」의 심사평에서 말씀하셨듯이 이 사진은 촬영자가 '1만 분의 1 혹은 10만 분의 1의 우연'이라는 지극히 희귀한 기회를 만난 덕분에 탄생하였으며, 적어도 이 점에서는 어느 전문 카메라맨보다 뛰어납니다. 후지와라 씨도 인정하셨듯이 덕분에 박력이 넘치는 사진을 얻을 수 있었습니다.〉

대형 트럭들이 광포한 속력으로 등 뒤를 지나간다. 길주가 일으키는 바람으로 누마이의 긴 머리카락이 날아올라 헝클어졌고 풍압에 앞으로 고꾸라질 것 같았다.

말라비틀어진 복사꽃과 유채꽃 다발을 주워들고 절개지 비탈을 걸었다. 꽤 길게 자란 억새 같은 잡초 속을 걸어야 했다.

돌아다보니 아까 건너온 육교는 커브에 가려져 보이지 않았다. 7, 800미터 앞 저쪽에도 육교가 보인다. 육교는 대개 고속도로를 동서로 가로지르는 촌도마다 가설되어 있었다. 촌도와 촌도 사이가 멀면 육교 간격도 멀어지게 된다.

꽃다발을 놓은 갓길의 그 장소에서 누마즈 방향으로 100미터쯤 남쪽으로 이동했다. 비탈면 중간께에 산철쭉이 많이 자라고 있었다. 그는 그 시든 꽃다발을 차마 버리지 못했다. 옮겨 둔다면 이 철쭉 속이 좋겠다고 생각했다. 비가 내려도 무리 지어 자라는 철쭉이 조금은 우산 역할을 해 줄 것이 틀림없다.

꽃다발을 철쭉 사이에 세워 놓았다. 역시 잡초 속이다. 거의 말라비틀어져 있었지만 여기에 세워 두니 바랜 색이 되살아나는 듯했다.

여기 와 보고 깨달은 것이지만, 트럭이 전복된 현장에서 100미터쯤 남쪽으로 온 이 부근이라면 요네즈 야스키치가 추돌 직전에 '본 듯한 불덩어리 같은 것'이 있던 지점이 아닐까?

다른 증언자가 없어서 요네즈 야스키치의 목격담은 추돌 충격에 따른 착각이며, 차량의 화염을 착각했거나 환각이라는 결론이 내려졌다. 검증에서도 현장에는 불덩어리의 흔적이 없었고 이물질도 떨어져 있지 않았으므로 경찰은 그렇게 단정했다. 야스키치 본인도 자기의 목격에 자신이 없다고 했다. 바로 몇 시간 전에 누마이 쇼헤이가 들은 이야기다.

하지만 과연 그럴까 하고 그는 생각한다.

만약 야스키치의 목격이 착각이 아니라면 탑차 트럭이 전복된 원인은 합리적으로 설명될 수 있다. 트럭은 커브를 도는 순간 시야가 트인 전방에서 불덩어리 같은 것을 본 게 틀림없다. 그 급작스러운 출현에 트럭 운전사는 본능적으로 급브레이크를 밟으며 그것을 피하려고 핸들을 오른쪽으로 틀었다. 그 동요로 적재된 짐이 무게 중심을 잃고 기울기까지 하여 트럭은 전복되었다—.

트럭 운전사와 조수는 모두 사망했다. 따라서 그들의 증언은 들을 수 없지만 사실은 그랬던 게 아닐까?

그럼 불덩어리의 정체는 무엇일까? 화염병 따위를 고속도로로 던졌다면 현장에는 당연히 유리 조각 같은 것이 남는다. 꼼꼼히 시행된 현장검증에서 그것을 놓쳤을 리 없다.

요네즈 야스키치는 그 불덩어리 같은 것이 '번쩍, 번쩍, 하고 연달아 빛난 것 같았다'고 말했다. 화염병이라면 그런 식으로 타지 않는다. 폭발하면서 화염을 올릴 뿐이다. 번쩍, 번쩍, 하고 빛나는 것은 간헐적으로 빛나는 것이다. 예를 들면 순찰차 지붕에서 회전하는 경광등이나 도로 공사 현장에 야간에 설치하는 경계 신호등에 가까울까?

그러나 그런 커다란 설비를 현장에 옮겨다가 설치했으리라고는 생각하기 힘들다. 설치하려고 해도 혼자서는 도저히 불가능하다. 어럿이 아니면 안 된다. 하지만 어럿일 수는 없다. 보는 일을 혼자서 했음이 틀림없다.

만약 누군가가 육교 위에서 아래쪽 고속도로로 불덩어리 같은 것을 내밀었다면 어떨까? 그러나 이 추측은 논리적으로 맞지 않는다. 트럭이 급브레이크를 밟은 지점에서 전방의 육교까지는 7, 800미터나 된다.

누마이가 요네즈 야스키치에게, 아직도 모르겠다고 말한 것은 그 점이었다.

그런데 그 누군가는 후지사와에서 여기까지 자동차로 왔을까? 아니면 전철로 누마즈 역에서 내려 여기까지 걸어왔을까? 누마이는 돌려보낸 택시를 떠올리며 그 문제에 대해 생각했다. 걸어서 왔을 가능성은 희박하다. 누마즈 역에서 10킬로미터나 떨어진 거리인데다 밤이었다. 차를 탔다면 택시 같은 것은 아닐 터이다.

누마이 쇼헤이는 카메라 가방에서 노트를 꺼내 앞쪽을 뒤적였다. 거기에는 신문 스크랩이 붙어 있었다.

〈작년 10월 3일 오후 9시경부터 저는 카메라를 메고 시즈오카 현 슨토 군 나가이즈미초 무카이다 근방을 걷고 있었습니다. 이곳은 후지산 동남쪽에 있는 이케노타이라(846미터) 산자락인데, 그 고원에 서면, 저 멀리 남쪽 아래로 누마즈 시내의 불빛이 야광충 덩어리처럼 반짝이는 풍경이 보입니다. 저는 근경인 고원의 숲을 실루엣으로 처리하여 원경인 시내의 불빛들과 대조를 이루게 하고, 누마즈 시내의 불빛이 밤하늘에 오로라처럼 빚어내는 빛무리를 포착하여 몽환적 분위기가 풍기는 사진을 찍기 위해 현도와 촌도를 돌아다니던 중이었습니다. 하지만 원하는 앵글을 얻지 못해서 두 시간쯤 걷다가 11시쯤, 도메이 고속도로 절개지를 가로지르는 육교를 건너 동쪽 절개지 위에서 촌도를 따라 걸어 내려가고 있었습니다. 갑자기 천지를 뒤흔드는 굉음이 들리더니 몇 초도 지나지 않아 뒤쪽 고속도로에서 불기둥이 솟는 것이 보였습니다. 간담이 서늘했지만 급히 촌도에서 다시 절개지 위로 올라가 보니 눈 아래 펼쳐진 고속도로에서 트럭과 승용차 여러 대가 충돌한 뒤 나뒹굴고 있었고, 그 가운데 세 대의 차량에서 막 화염이 피어오르고 있었습니다. 정신없이 셔터를 눌렀습니다. 화염이 밝아서 스트로보도 필요 없었습니다.〉

그가 타고 온 차량에 대해서는 언급이 없었다.

새로운 의문이 떠올랐다. 과연 이 비탈 남쪽에 있는 촌도에서 멀리 누마즈 시내의 불빛들이 시야에 들어오기나 할까? 고원에 서 있어야 멀리 있는 시내의 불빛들이 잘 보이지 않겠는가. 앵글을 찾아 촌도를 내려가면 삼림이나 언덕이나 주택 때문에 시야가 막히지 않을까—.

실제로 걸어가서 시험해 보자. 누마이 쇼헤이는 위쪽을 향해 풀 속을 걷기 시작했다.

현장 조사

누마이 쇼헤이는 절개지 위의 오솔길을 걸어 고텐바 방향으로 돌아왔다.

다시 육교 앞에 다다랐다. 동서로 가로지르는 촌도에는 사람이 한 명도 보이지 않았다. 밭과 잡목림 말고는 아무것도 없는 곳이었다. 지금도 이러니 야간에는 인적이 끊길 것이다.

지난 3월 3일에는 야마우치 아키코의 언니 미요코와 누마즈 경찰서 교통계장을 태우고 온 차를 육교 건너편에 세워 두었다. 그곳에 내려서 이쪽으로 건너와 아키코가 사고를 당한 현장에 다녀왔다. 그때도 저녁 시간이었다.

'연간 최고상' 수상자의 소감에는 '차량'에 대한 언급이 없었다. 중요하지 않은 사실이라서 언급하지 않았을 수도 있다. 그러나 그렇게 생략한 것에 의식적인 요소는 없었을까? 차량에 대해서는 말하고 싶지 않다는 기분이 그의 마음속에서 작용하지는 않았을까?

만약 그렇다면 '차량'은 어떤 의미를 가질까. 교통수단이라는 점 외에 뭔가 차량과 관련된 상황이 있었던 것일까—.

그런 생각을 하면서 누마이 쇼헤이는 육교 앞을 오른쪽으로 천천히 걸었다. 길은 내리막을 이루고 있다. 양쪽은 여전히 밭과 숲이다. 나무줄기에 석양이 붉은 선을 그리고 있었다.

쇼헤이는 정면을 응시하며 가끔 걸음을 멈추었다. 언덕길을 내려감에 따라 전방의 낮은 구릉이나 숲이 무대처럼 차차 밀려 올려왔다.

짐작한 대로였다. 고원에서 잘 보이던 누마즈 시내 원경이 밑으로 가라앉고 그 대신 가까운 구릉이나 숲—그것도 고원의 성긴 숲과는 다른 병풍 같은 밀림이 정면을 가로막으며 올라온다.

'누마즈 야경을 촬영하기 위해서 헌도와 촌도를 두 시간쯤 돌아다녔다.'

그 말은 실제 지형과 맞지 않았다. 누마즈 시내의 야경은 전경에 완전히 가려져 버린다.

'동쪽 절개지 위에서 촌도를 따라 걸어 내려갔다.'

하지만 높은 지대에서 남쪽으로 내려간다면 어느 길을 택하든 '누마즈 시내 야경'은 함몰되고 만다. 실지 조사가 그의 거짓을 지적하고 있다.

왜 그는 그런 거짓말을 해야 했을까? 그래야 했던 필요는 어디에서 비롯된 것일까? 그것과 '10만 분의 1의 우연'과 관련이 있는 것은 분명하지만—.

그때 촌도에서 처음으로 사람과 마주쳤다. 개를 운동시키며 산책하는 노인이었다. 노인은 쇼헤이를 빤히 보면서 말없이 지나갔다. 그러고 나서 쇼헤이는 헌도로 나섰다. 완전한 저지대였다. 건너편 구릉이 훨씬 높게 보이고, 새로운 주택들이 무리 지어 있다. 여기에서 '누마즈 원경'을 보는 것은 도저히 불가능하다.

'누마즈 시내 야경을 촬영하기 위하여 헌도나 촌도를 돌아다녔다'는 말은 그가 꾸며낸 이야기였다.

헌도는 길이 넓다. 주택이 늘어서 있고 차량이 많이 지나다닌다. 쇼헤이는 헌도를 따라 고텐바 방면으로 걸었다. 옆으로 강이 흘렀고 교량 교체 공사를 하고 있었다. '정원용 석재' 간판도 보인다. 700미터쯤 걸었을 때 십자로기 니왔디. 모퉁이에 도로 표식이 서 있었다. 화살표 표지판이 각 방향을 가리키며 나란히 서 있다. 북을 향해서는 '고텐바 40km', 서를 향해서는 '(모 지방 은행의) 정보 집계소 3km' '사묘祠廟 3km' '쇼코칸肖古館 3km' '근대 프랑스 화가 미술관 3.5km' 등의 표지판이 정렬해 있었다.

북으로 향하는 도로는 다시 고원으로 뻗어 있다. 오르막 도로를 쇼헤이는 걸었다.

작은 찻집이 보였다. 산장처럼 꾸며져 있다. 안으로 들어서니 좁은 실내에는 불 꺼진 난로가 있고 손님용 의자가 난로를 둘러싸고 있었다. 창가에는 연인 한 쌍이 앉아 있고 황갈색 개가 마룻바닥을 어슬렁거렸다.

옆 카운터 안에서 스물두 살쯤 돼 보이는 아가씨가 쇼헤이가 주문한 커피를 내린다. 창문에는 아직 빛이 조금 남아 있다.

―그의 거짓말은 '1만 분의 1, 10만 분의 1의 우연'과 관계있다.

걸으면서 생각한 것이다. 의자에 앉아서도 그 생각이 계속되고 있다. 조금씩 그림이 그려진다.

커피가 나왔다. 한 모금 마시고 문득 떠오른 듯 카메라 가방에서 노트를 꺼냈다.

A지가 '연간 최고상' 사진을 발표한 뒤 그 신문에 실렸던 독자의 비판적 의견이 붙어 있다.

〈「격돌」은 물론 훌륭한 작품입니다. 교통사고의 끔찍함을 이렇게 박력 있게 전하는 보도사진도 드뭅니다. ……그러나 이 사진이 역작이라는 것과 독자 현상공모 사진이라는 것은 별개의 문제라고 봅니다. 사고가 발생하는 현장을 우연히 목격한 사람이 아니라면 이렇게 '생생한 사진'을 찍을 수 없습니다. ……후루야 심사위원장은 아마추어 카메라맨이 어딜 가더라도 늘 카메라를 휴대하는 게 '비상시에 대비하는 아마추어 카메라맨의 자세'라고 했습니다. 하지만 이것은 시운마루 호의 해난 사진(이것도 구조에 나선 제3우코마루 호에 우연히 타고 있던 아마추어 카메라맨이 찍은 사진이었습니다)에 대하여 제기되었던 비판을 다시 불러일으키는 발상입니다. 즉 인명을 구조하기보다 '좋은 사진을 찍고 싶다, 그래서 사람들에게 칭송을 받고 싶다'라는 지독한 이기심의 소산이라는 것입니다.〉

누마이 쇼헤이는 무릎에 반대쪽 다리를 걸치고 노트를 읽었다. 황갈색 개가 다가와 허공에 떠 있는 구두 바닥에 코를 대고 열심히 킁킁거린다.

먼저 와 있던 연인 한 쌍이 의자에서 일어나 카운터로 걸어갔다. 개가 쇼헤이 앞을 떠나 요금을 지불하는 손님을 향해 짖는다.

아가씨가 개를 꾸짖고, 겁을 먹은 손님들에게 웃으며 말했다.

"손님이 가시는 게 싫어서 이러는 거예요."

"오, 장사 수완이 좋은 개로군요."

연인도 웃으며 나갔다.

쇼헤이는 노트의 그다음 부분으로 시선을 돌렸다.

〈'좋은 사진을 찍고 싶다, 그래서 사람들한테 칭송을 받고 싶다'는 아마추어 카메라맨의 심리는 그 사진을 현상에 응모하여 '잘하면 연간 최고상이나 우수상에 뽑힐지도 몰라, 트로피, 상장, 상금을 모두 받고 싶다'는 의식과 통한다고 생각합니다. ……〉

다리를 무릎에 걸치고 있어 허공에 떠 있는 오른쪽 신발 바닥에 개가 코를 문지른다. 그때마다 신발이 흔들린다. 개가 건드리는 것도 제법 간지러웠다.

〈고미네 가즈오 씨의 투고에 쓰인 대로, 상을 주는 것이 아마추어 카메라맨들에 대한 '격려'이며 '기술에 대한 절차탁마'를 유도한다는 말은 일리 있게 들리지만, 그런 '실적'에 대한 추구가 바로 그들의 이기심과 방관주의적 태도를 조장한다고 봅니다.〉

여기서 '방관주의'라는 말을 '공명주의'로 바꿀 수 있겠군, 하고 쇼헤이는 생각했다.
'하시모토'라는 이름으로 후지사와 시의 니시다 에이조를 만났을 때, 니시다가 말한 내용과도 관련이 있기 때문이다.
'공모하는 측은 일반인으로부터 좋은 보도사진 작품이 많이 모이지 않아 고민입니다. 그래서, 주최 측 담당자들 사이에서 이런 소리가 나오고 있답니다……. 아, 물론 농담이죠. 출품되는 보도사진이 너무 부진하니까 자기들도 모르게 그런 농담을 주고받은 거겠죠. 후루야 선생 같은 사람도 종종 웃으면서 말하곤 했습니다. ……이건 다른 사람한테는 말하지 마세요. 농담이긴 해도 오해를 살 수 있으니까.'

개는 여전히 신발 바닥에 코끝을 문지르고 있었다. 구두 바닥에 뭐가 묻었나? 쇼헤이는 커피 잔을 내려놓고 오른쪽 구두를 벗었다. 손에 들고 바닥을 살펴본다.

메마른 황토였다. 촌도는 포장이 되어 있었으니 이 황토는 절개지 비탈에서 묻은 것이다. 실제로 억새 부스러기가 네 개 묻어 있다. 비탈면 전체는 길게 자란 억새로 뒤덮여 있었다.

하지만 그것 말고도 뒷굽에 뭔가 검은 것이 붙어 있다.

폭 2센티미터에 길이는 3센티미터 정도인데, 폭은 그 물체 본래의 크기로 짐작되었지만 길이는 지금보다 좀 더 길었을 것으로 짐작됐다. 이를테면 테이프를 잘라낸 조각 같았다. 개가 코를 킁킁거린 이유도 이 이물질 때문이다.

쇼헤이는 손가락으로 그 까만 조각을 떼어냈다. 한랭사처럼 결이 거친 면포였다. 양면 모두 반창고처럼 강한 점착력이 있다. 구두 바닥에 들러붙어 있던 이유는 점착성 때문이었다.

까만 천 조각에는 아주 조금이지만 마른풀이 한 조각 붙어 있다.

풀 속에 떨어져 있던 이물질을 모르고 밟은 모양이다.

어디서 이런 게 붙었는지는 모르지만, 지저분한 걸 밟았구나 하고 생각했다. 구두에서 떼어내고 보니 손가락이 끈적거렸다.

찻집 바닥에 버릴 수도 없어서 쇼헤이는 난로 가장자리에 있는 종이 냅킨을 집어 꽁꽁 쌌다. 그러고는 상의 주머니에 넣을 때, 문득 그것을 밟은 장소가 어디인지 알고 싶어졌다.

그 절개지 비탈이나 비탈면 위쪽임이 틀림없다. 주로 그쪽을 돌아다녔기 때문이다.

창문으로 보이는 외부의 빛이 빠르게 스러진다. 하지만 해가 다 지려면 아직 시간이 조금 남았으리라.

계산을 하러 카운터로 가자 황갈색 개는 주인의 장사를 도우려는 듯이 짖어댔다. 개가 섭섭해해도 더 머물 수는 없었다. 벌써 6시가 가까웠다.

도로를 따라 북쪽으로 똑바로 올라가니 고원이 나타났다. 도메이 고속도로 위에 걸린 육교에 다다랐다.

이 육교는 추돌 사고 현장과 가까웠던 육교보다 고텐바 쪽에 가깝다. 그 전 육교까지는 대략 1킬로미터, 현장까지는 다시 700미터를 더 가야 한다.

택시가 다니지 않는 것이 이렇게 불편했던 적은 없었다. 일단 육교를 건너, 고속도로를 따라 남북으로 나 있는 촌도를 어깨에 가방을 메고 뛰다가 큰 보폭으로 걷기도 하고, 그러다 다시 뛰기를 반복했다.

하지만 현장에 도착하기 전에 해가 먼저 저물기 시작했다. 하늘에는 맑고 푸른 빛깔이 어른거렸지만, 숲 아래에서는 땅거미가 솟아올랐다. 아래 고속도로를 지나가는 차량의 대열은 헤드라이트를 켜고 있다.

절개지 위쪽은 장애물도 없이 탁 트인 풍경이어서 하늘의 잔광이 비쳤다. 덕분에 비탈면은 비교적 밝다. 하지만 이것도 앞으로 몇 분 뒤면 끝난다.

대체 어디에서 그 검은 테이프 조각이 구두 밑바닥에 붙었을까.

쇼헤이는 풀이 자라는 비탈을 내려다보았다. 오솔길을 건너다보며 자기가 돌아다녔던 흔적을 눈으로 찾는다.

교통계장이 일러 준 기준점이 있다. 절개지 이쪽 비탈면에 자라는 작은 소나무들과 고속도로의 '강' 건너 비탈 위에 있는 독특하게 생긴 성긴 숲을 직선으로 연결한 선상에서 탑차 트럭이 전복됐다고 했다. 갓길에 두었던 말라비틀어진 복사꽃 다발을 새 장미 다발로 교체하고, 그 메마른 꽃다발을 옮겨 놓은 자리는 그보다 남쪽으로 100미터쯤 떨어진 철쭉 그늘이었다. 그곳에서 쇼헤이는 메마른 꽃다발을 반듯하게 세워 두고 또다시 '불덩어리'를 생각하며 오랫동안 서 있었다. 테이프 조각을 밟은 자리도 어쩌면 그 근방인지 모른다.

가방 속에서 랜턴을 꺼냈다. 석양이 이미 짙어진지라 길게 자란 풀덤불 속을 살피는 것은 무리였다.

철쭉이 자라는 곳을 향해 비탈면을 내려갔다. 랜턴으로 비춰 보았다. 쪼그리고 앉아 풀숲을 헤치니 풀에서 스르륵 소리가 난다. 순간 뱀 꼬리가 시야에서 사라졌다.

랜턴의 둥근 빛 속에 시든 복사꽃과 유채꽃이 떠올랐다. 종이 인형이 매달려 있다. 마치 쇼헤이가 다시 와 주어 아키코가 반기는 것 같아 보였다.

그날 밤 아키코는 병상에 있는 숙모에게 2주 뒤 결혼한다는 소식을 자세히 고하기 위해 차를 몰고 시즈오카로 향했다. 출발하기 전에 그는 아키코의 전화를 받았다.

'나를 아껴 준 숙모님이에요. 정신이 맑으실 때 결혼 소식을 전

해 드리고 싶어요.'

그 말을 수화기로 듣고 나서 세 시간 후에 아키코는 죽음을 맞았다. 그 목소리만이 고막에 들러붙어 있다.

쇼헤이는 랜턴을 끄고 풀숲에 주저앉아 양손으로 얼굴을 감쌌다. 물에 담그기라도 한 듯 두 손바닥이 젖었다. 잠시 울음에 자신을 내맡겼다. 비애의 밑바닥이 감미로워, 거기에 가라앉았다.

주변은 어느새 캄캄해져 있었다. 쇼헤이는 마음을 추슬렀다. 풀숲에서 일어나 랜턴을 켰다. 빛의 고리가 다시 움직였다.

그 빛 속에 까만 무언가가 보였다. 그것은 갈대 사이에 걸려 있었다. 주워 보니 테이프가 아니라 검은 종잇조각 두 개였다. 하나는 사방 5센티미터 정도, 또 하나는 4센티미터에서 5센티미터 정도, 큰 종이에서 잘라낸 두 개의 조각이 버려진 듯했다.

종잇조각은 앞뒷면이 모두 까맣고 두께가 제법 있었다. 표면이 매끄럽지 않고 양면 모두 보푸라기가 일어나 거슬거슬하다.

더 자세히 살펴보아도 검은 종잇조각은 더 이상 없었고, 점착력이 있는 검은 면포 조각도 보이지 않았다. 종이와 면포 조각이 서로 관련이 있는지는 알 수 없다. 그러나 이 절개지 비탈에 누군가 예전에 왔었음은 분명하다. 게다가 이 앞 고속도로는 요네즈 야스키치가 '불덩어리 같은 것을 본' 그 지점인 듯했다.

쇼헤이는 일어서서 고텐바 방향에서 커브 구간을 돌아 오는 차량들을 향해 계속 랜턴 빛을 휘둘렀다. 특히 대형 트럭이 보이면 랜턴을 크게 휘둘렀다.

하지만 트럭과 승용차, 어떤 차량도 멈추려 하지 않았을 뿐 아니라 속도를 줄이지도 않았다. 운전자들은 옆 비탈면에 보이는 작은 빛의 움직임 따위는 전혀 의식하지 못했다. 설령 알아챘다고 해도 가볍게 무시하는 듯했다.

눈부신 헤드라이트 외에도 운전석 지붕의 차양이나 보닛 양쪽에 꽃전차처럼 빨간색이나 노란색 램프를 잔뜩 부착한 대형 트럭이 질주해 오자 오히려 쇼헤이 쪽이 압도되었다.

종잇조각들의 실체

라이트밴 조수석에 앉아 있던 하마마쓰 시의 요네즈 야스키치가 추돌 직전에 보았다는 '불덩어리 같은' 빨간빛은 고속도로 하행선 한복판에 출현했다. 탑차 트럭을 운전하던 시마다는 눈앞에 나타난 기괴한 빛 때문에 반사적으로 급브레이크를 밟았던 것이다. 빛은 도로 옆에서 튀어나온 게 아니었다. 그 사실은 지난밤에 현장에서 했던 실험으로 입증할 수 있었다.

지난밤에는 랜턴을 흔들었는데, 설령 그 빛이 작았더라도 위치가 고속도로 중앙이었다면 차량은 정지했을지 모른다. 도로 옆 비탈에서 랜턴을 흔드는 것으로는 한 대도 세우지 못했다.

야간 고속도로를 폭주하는 차량의 앞을 가로막고 빛을 흔드는 것은 불가능하다. 그런 짓을 하다가는 즉시 차에 치이고 만다―.

누마이 쇼헤이는 침상에서 눈을 뜨자마자 어젯밤부터 해 온 생각들을 멍하니 되살리고 있었다.

아직 9시지만 창문 커튼 틈새로 아침이라고 생각되지 않을 만큼 눈부시고 하얀 빛이 들어와 가느다란 세로 선을 긋는다. 그의 아파트는 메구로 구 유텐지에 있다. 쇼헤이는 여기서 6년을 살았다.

고등학교 교사로 부임하기로 정해지자 쇼헤이는 호쿠리쿠의 한 도시에 아파트를 임대했다. 대학 선배이기도 한 그 고등학교의 교감이 알선해 주었는데, 작년 9월, 교감에게 인사할 겸 호쿠리쿠로 가서 아파트를 보고 왔다. 아파트는 큰 강이 내려다보이는 고지대에 있었다. 숲이 많았다. 잠깐만 걸으면 돌담이 높은 성이 나왔다. 돌아와 그렇게 전하자 아키코는 환하게 웃었다. 10월 중순 도쿄에서 결혼식을 올리면 바로 임지로 옮길 예정이었다.

아키코는 결혼식을 2주 앞두고 죽었다. 조카마치_{영주가 거주하는 성을 중심으로 발달한 마을} 생활은 꿈처럼 사라졌다. 쇼헤이는 더 이상 이 아파트에서 살고 싶은 마음이 없어졌다. 아키코가 놀러오던 기억이 엉켜 붙어 있기 때문이다.

평소처럼 토스트를 구워 먹었다. 서두를 필요는 없었다. 대학을 그만둔 이래 시간과 연구가 한꺼번에 몸뚱이에서 떠나 버린 느낌이었다. 서가의 책들은 과거의 형해形骸에 불과해졌고 쳐다보기만 해도 혐오감이 치달았다.

쇼헤이는 홍차를 마시고 나서 양복으로 갈아입었다. 상의 주머니에 현장에서 주워 온 물건 두 개를 넣었다. 노트도 빠뜨리지 않았다.

나가는 길에 이웃인 젊은 주부와 마주쳤다. 다섯 살쯤 돼 보이는 사내아이를 데리고 있다.

"안녕하세요."

"안녕하세요."

쇼헤이는 사내아이 앞에 쪼그리고 앉았다.

"오, 안경을 썼구나."

아이는 부끄러운 듯 엄마 손에 매달렸다.

"큰애가 공작 시간에 만들어서 동생한테 준 거예요."

이 아이의 형은 초등학교 1학년이다.

"좋겠다. 파란 안경이구나. 아주 잘 어울리는걸."

쇼헤이는 아이에게 말을 건넨다. 아이는 칭찬을 듣자 얼굴을 위로 쳐들었다.

판지로 안경테와 다리를 만들고 까만 크레용으로 칠했다. 거기에 렌즈 대신 파란 셀로판지를 붙였다. 어린 눈이 두 개의 파란 창문 속에 들어가 있다.

"아저씨 얼굴도 엄마 얼굴도 다 파랗지?"

"응."

"건너편 집도 파랗니?"

"응."

아이는 고개를 크게 끄덕인다.

"형이 신 짱한테 안경을 잘 만들어 주었구나. 좋은 형이네."

"큰애도 이런 안경을 갖고 있어요. 근데 한쪽은 갈색이고 한쪽은 초록색이에요."

엄마가 웃으며 말했다.

"갈색과 초록색 안경이라니."

"애들한테는 뭐든지 가능하잖아요."

"양쪽 색깔이 다른 안경이라니, 멋진데요. ……자 그럼, 신 짱, 바이 바이."

"바이 바이."

파란 안경을 쓴 아이가 쇼헤이에게 손을 흔들었다.

"다녀오세요."

이웃 주부는 쇼헤이가 교통사고로 약혼자를 잃은 것을 알고 있다. 대학을 그만둔 것도 알고 있다. 그녀는 걸어가는 쇼헤이의 뒷모습을 안쓰러운 눈빛으로 바라보았다.

전철 안에서 쇼헤이는 팔짱을 끼고 눈을 감은 채 자리에 앉아 있었다. 잠든 것처럼 보이지만, 그게 아니라는 사실은 그 차가운 표정이 말해 준다.

시부야에서 내린 쇼헤이는 도겐자카 거리를 걸어서 잡화점에 들어갔다.

"이런 건 없습니까?"

쇼헤이는 주머니에서 검은 천 조각을 꺼냈다. 폭 2센티미터에 길이 3센티미터. 구두 밑창에 붙어 있었다. 지금도 끈적끈적하다.

여점원이 고개를 갸웃하며 주인에게 보여 주었다.

"저희 가게에는 없습니다만, 전기용품점에 있을지도 모르겠네요."

가게 주인이 천 조각을 살펴보며 말했다.

"전기용품점이요?"

"전기공사를 할 때 이거랑 비슷한 테이프를 쓰는 모양이던데요."

"아하."

"저기 전기용품점이 있습니다. 거기에서 물어보면 알 수 있을 겁니다."

"고맙습니다."

같은 거리에서 50미터쯤 떨어진 곳에 전기용품점이 보인다. 쇼윈도에도 내부에도 가정용 전기 제품이 가득 차 있었다. 천장에는 색깔과 형태가 가지가지인 조명기구가 죽 매달려 있다. 이렇게 기구만 파는 가게에서 전기공사에 대해서 잘 알까 싶었지만, 안에서 나온 머리칼이 성긴 주인의 대답은 그런 걱정을 단번에 날려 버렸다.

"아, 이건 절연테이프네요."

폭 2센티미터의 양쪽 가장자리가 반듯하게 재단된 것으로 보이는 그 천 조각은 역시 짐작한 대로 테이프였다.

"이건 어디에 쓰죠?"

쇼헤이가 물었다.

"말 그대로 절연재료인데, 전선 같은 걸 연결할 때 많이 씁니다."

주인이 대답했다.

"전선을 연결하는 데?"

"네. 이건 천으로 만든 절연테이프이고, 비닐로 만든 까만 테이프도 있어요. 실은 비닐 테이프를 더 많이 씁니다. 요즘은 전선 피복이 모두 비닐이기 때문이죠. 비닐 테이프는 한쪽 면에만 풀칠이 되어 있어요. 그걸 진신에 둘둘 김으면 딱 밀착됩니다. 비닐이나 천이나 모두 절연 성질이 있으니까요. 전기공사를 하는 사람은 실내 배선 공사를 할 때 반드시 비닐 테이프를 가지고 다닙니다."

"그럼 천으로 만든 절연테이프는 어떤 전선을 감을 때 쓰나요?"

"주로 고압선이죠. 모터 등의 인입선에는 이런 천으로 만든 절연테이프를 써요. 점착력은 이게 더 강합니다."

"이 가게에서 이런 테이프도 팝니까?"

"그럼요. 저희가 전기공사도 맡아서 하니까요."

주인은 즉시 테이프 한 개를 들고 나왔다. 포장을 벗기자 반창고를 감아 놓은 듯한 직경 5센티미터쯤 되는 동그랗고 까만 테이프가 나왔다. 쇼헤이가 가져간 천 조각과 견줘 보니 똑같았다.

쇼헤이는 머릿속으로 현장을 떠올렸다. 고속도로 옆에 있는 절개지다. 주택은 한 채도 없다. 물론 전신주도 전선도 없다. 풀밖에 없는 황야나 다름없다.

"이 테이프의 잘린 면을 보니 전선을 감을 때 필요한 만큼만 자르고 남은 거로군요."

주인이 말했다.

"그런데 좀 짧지 않나요?"

"공사하는 사람은 눈대중으로 테이프를 잘라서 전선에 감은 뒤 남은 부분을 잘라 버리기도 합니다."

"남은 걸 왜 그냥 다 감지 않죠? 이렇게 짧으니 버리기보다 차라리 다 감아 버리는 편이 더 나을 텐데."

"음. 글쎄요."

주인은 쇼헤이의 말에 짤막한 조각을 손에 쥐었다.

"이상하긴 하네요. 왜 이렇게 짧은 걸 버렸을까. 그냥 감아 버리면 편했을 텐데. ……하지만 기사마다 버릇이 있으니까 뭐라고 잘라 말할 수는 없겠네요."

"아, 그런가요. 그런데 이것이 전선에 감았던 테이프라면 왜 이 부분만 땅에 떨어져 있었을까요? 이렇게 점착력이 강한데."

"전선에 감은 절연테이프는 절대로 그냥 떨어지지 않아요. 이렇게 강한 풀칠이 되어 있으니까요. 어쩌면 전선을 접합부에서 떼어내면서 벗겨 버린 건지도 모르죠."

"접합부에서 떼어내면서?"

"전선 공사에서는 그럴 때도 있습니다. 오래된 테이프를 벗겨내고 새 테이프로 감아 주는 경우가 있어요. 그러고 보니 이 테이프 조각도 상당히 오래돼 보이는군요."

"이건 야외에 떨어져 있던 겁니다. 제 추측으로는 사용 후 5개월쯤 지났을 거예요. 그동안 비바람을 맞았을 텐데도 여전히 이렇게 끈적끈적하네요. 제 구두 밑창에 붙어 있었죠."

그가 이것을 사용했다면 그 시기는 작년 10월 3일이리라. 쇼헤이는 그렇게 추측했다.

"야외 고압선에 감는 거니까요. 비 조금 맞는다고 점착력이 많이 약해지지는 않아요. 밟으면 당연히 구두 밑창에 들러붙을 겁니다."

"절연테이프 하나 사겠습니다."

가격은 저렴했다.

"이런 테이프는 어느 전기용품점에서나 팝니까?"

"전기공사를 맡아시 하는 전기용품점이라면 어디에나 있죠."

"이것도 전기공사에 사용하는 겁니까?"

쇼헤이는 테이프 조각을 주머니에 넣고 대신 까만 종잇조각을 꺼내서 주인에게 보여 주었다.
"아뇨, 이런 종이는 전기공사에 쓰지 않습니다."

같은 도겐자카 상가에 문구점도 있었다.
"여기 이런 종이가 있습니까?"
주인으로 보이는 빼빼 마른 사람이 손님이 내민 검은 종이를 보고, "없어요" 하고 무뚝뚝하게 대답했다.
"이건 색지의 일종인가요?"
"색지라면 저희 가게에서 다 파는데, 이런 색지는 없어요."
"아, 그렇습니까. 그럼 어디로 가면 이런 종이를 살 수 있을까요?"
"문구점보다 지업사에 가 보시는 게 빠르지 않을까요?"
"지업사요?"
그렇겠구나, 하고 생각했다.
"이 근처에 지업사가……."
"없어요."
"고맙습니다."
뾰족한 입으로 담배 연기를 내뿜는 수척한 얼굴을 뒤로 하고 쇼헤이는 문구점을 나왔다.
시부야에 돌아가 지하철을 탔다. 니혼바시 근처에는 지업사가 있을 듯했다.
―절연테이프를 그는 어디에 썼을까?

종종 다가오는 정차역의 불빛 말고 창밖으로 암흑만이 이어지는 지하철은 뭔가를 궁리하기에 알맞았다.

전선은 아니다. 현장에 그런 건 없었으니까 전선을 연결하는 데 쓴 것은 절대로 아니다. 다른 무엇이다. 그게 무엇일까? 통 짐작이 가지 않았다. 그가 어느 전기용품점에 가서 고압선용 절연테이프를 사고, 작년 10월 3일 밤 그 현장에 간 것은 확실하다고 생각했다. 그러나 테이프의 용도를 알 수 없었다.

그는 그 장소에 자가용을 몰고 갔다. 그 차량의 비품이나 엔진 부품에 절연테이프를 감을 필요가 있었던 걸까?

그렇다면 혹시 현장에서 번쩍인 '불덩어리'는 차량의 비품이나 엔진 부품과 관련된 것일까? 차량을 육교 옆에 세워 두었다고 치자. 주차 장소와 요네즈 야스키치가 '불덩어리'를 목격한 지점은 800미터쯤 떨어져 있다. 그 두 지점을 그가 차량에 싣고 온 전선이 땅바닥 위를 가로지르며 연결한다. 거리가 멀어 전선을 여러 개 연결해야 했고, 그 접합부에 절연테이프를 감았던 것은 아닐까?

이런 상상이 떠올랐을 때 쇼헤이는 가슴이 뛰었다. 그러나 차량과 '불덩어리'의 관계를 모르겠다. 추측할 수 있는 것은 차량 엔진인데, 그것과 발광체는 기능적으로 어떻게 연관될 수 있을까? 또 고압선용 테이프를 감은 이유는 무엇일까? 그 점을 모르니 생각이 제자리를 맴돈다―.

니혼바시 역에서 지상으로 올라왔다. 갑자기 햇빛에 감싸였다. 어두운 곳에 있던 눈에 통증이 느껴질 정도로 햇빛이 강렬하다. 벚꽃이 지자 초여름의 전조가 그 뒤를 잇고 있었다.

지업사가 보였다. 매장 밖 트럭에서 종이를 내리는 중이다. 제지 회사에서 온 물건이리라. 점원들이 다섯 연씩 지게차에 실어 안으로 옮긴다. 매장 안은 깊어 보였다. 점원들 얼굴에 벌써 땀이 배어 있다. 오늘은 기온이 꽤 높았다.

"아, 이거요?"

쇼헤이가 불러 세운 젊은 점원은 그가 내민 까만 종잇조각을 보자마자 말했다.

"이건 나사지네요."

"나사지?"

"자, 종이 섬유에 이렇게 앞뒤 없이 보풀이 일어났잖아요? 그게 꼭 나사 천 같다고 해서 나사지라고 하는 겁니다."

"주로 어디에 쓰는 종이입니까?"

"글쎄요. 소규모로 회화 전시회를 열 때 벽에 발라서 배경으로 삼죠. 그림과 액자가 눈에 잘 띄거든요. 아니면 주택 건축 공사를 할 때 차폐용으로 쓰기도 하고요. 면이 거치니까 실내 벽지로는 잘 쓰지 않습니다."

"전체 크기는 어느 정도입니까?"

"전지가 있어요. 지금 우리가 나르는 이 모조지처럼 전지 크기로 나오는데, 세로 79센티미터, 가로 109센티미터입니다."

"시내 소매상에서도 파나요?"

"도매상이 아니라도 종이 전문점이라면 어디서나 팔아요. 전지로도 팔고 2절지나 4절지로도 많이 팔죠."

"고맙습니다. 바쁘신데 실례했습니다."

쇼헤이는 친절한 지업사 점원에게 인사를 했다.

그곳에서 멀지 않은 백화점으로 들어갔다. 무엇을 사려는 건 아니다. 매장 구석에 있는 장의자에 앉아 생각을 정리해 보고 싶었다. 그 앞을 줄줄이 걸어가는 쇼핑객들은 눈에 들어오지 않았다.

나사지를 그는 어떤 용도로 사용했을까?—사실 그 현장에 떨어져 있었다고 해서 그가 작년 10월 3일에 버린 거라고 할 수는 없다. 또 절연테이프와 관계가 있다고 단정 지을 수도 없다. 이 두 가지 물건은 각기 다른 사람이 다른 날짜에 버렸을지도 모른다. 하지만 쇼헤이는 두 가지 모두 그가 거기에 가져와서 버렸을 거라는 생각을 포기할 수 없었다.

테이프든 나사지든 대체 그 용도는 무엇이었을까. 쇼헤이는 몸을 숙이고 턱을 괬다.

수상 소감에 힌트가 있지 않을까? 활자 하나하나가 머릿속에 정확히 박혀 있었다. 그것을 되짚어 나갔다.

'정신없이 셔터를 눌렀습니다. 화염이 밝아서 스트로보도 필요 없었습니다.'

소감의 마지막 부분이다.

'스트로보는 필요 없었다.'

그 구절이 쇼헤이의 마음에 묵직하게 걸렸다.

조명기구

화염이 밝아서 스트로보는 필요 없었다—.

추돌에 의한 발화로 승용차 두 대와 라이트밴 한 대가 불길에 휩싸였다. 물론 그 불길 때문에 스트로보는 필요 없었다. 「격돌」은 화염 속에서 차체의 검은 실루엣이 들여다보이기 때문에 더욱 처참한 사진이 되었다. 스트로보를 터뜨려 차체가 하얗게 드러났다면 사진의 효과는 반감되었으리라.

그렇게 보면 수상자의 말은 타당하다.

고개가 끄덕여지는 말이긴 하지만 누마이 쇼헤이는, 스트로보가 필요 없었다는 말에 특별한 의미가 숨어 있는 것 같다는 기분이 들었다. 어쩐지 그가 그 말을 굳이 언급한 듯한 느낌이다.

인간은 뭔가 숨기고 싶은 것이 있으면 반대로 이야기하려는 심리가 있다. 잠자코 있으면 좋을 텐데, 남들이 의심할까 봐 불안해하는 것이다. 그래서 그만 쓸데없는 말을 뱉고 만다.

'화염이 밝아서 스트로보는 필요 없었습니다.'

얼핏 자연스러운 말처럼 들리지만, 바로 이것이 쓸데없는 말이 아니었을까. 촬영 데이터에 대한 설명치고는 지나치게 세세하다. 발표된 사진만 봐도 알 수 있는 내용이다.

스트로보가 필요 없었다는 말은 반의어가 아닐까? 그렇다면 그는 스트로보를 사용한 것이다. 충돌 현장을 촬영하기 위해서가 아니라 다른 용도로—.

쇼헤이는 그가 이런 성격의 거짓말을 이미 했음을 알고 있다. 누마즈 야경을 촬영하기 위해 아래쪽에 있는 현도와 촌도를 내려갔다는 그 말. 그 말이 촬영의 조건에 합치하지 않는다는 사실을 지난밤의 현장 조사로 알아냈다. 그 거짓말도 그가 사고 당시, 사고가 발생한 현장에 없었다는 점을 알리고 싶은 심리에서 나온 것이다. 보통은 '사고가 발생했을 때 나는 고원을 돌아다니고 있었다'라고만 말해도 좋으리라. 굳이 현도와 촌도를 끄집어낸 대목에서 숨은 의도가 엿보인다.

쇼헤이는 의자에 가만히 앉아 있기가 힘들었다. 주변을 서성대고 싶은 충동을 느꼈다. 하지만 이내 침착하자고 자신을 다스렸다. 아직 생각할 게 많다.

의자 옆자리는 누군가 일어나 자리를 뜨면 곧바로 다른 사람이 와서 앉았다. 장의자의 옆자리에서 바쁘게 자리바꿈하는 사람들은 대개 아기를 동반한 여자나 노인이었다. 눈앞을 빠르게 지나가는 백화점 고객들을 하나하나 바라보는 것도 각자의 일생을 짐작해 볼 수 있는 꽤 흥미로운 놀이였지만, 쇼헤이의 눈에는 어지러운 풍경으로밖에 비치지 않았다. 또 사람들 눈에는 장의자에 내내 앉아서 줄담배를 피우는 수염 기른 사내가, 제때 오지 않는 누군가를 초조하게 기다리는 사람처럼 비쳤을 것이다.

스트로보는 백색광이다. '불덩어리'처럼 새빨갛지 않다. 게다가 스트로보의 섬광은 연속적으로 터지지 않는다. 충전지가 충전되려면 3, 4초는 걸린다. 목격자 요네즈 야스키치는 '번쩍, 번쩍, 하고 빛났다'라고 말했다. 즉 연속적인 섬광이었다는 말이다. 그렇다면 1초 정도의 간격이 아니었을까? 그렇지 않았다면 대형 탑차 트럭의 운전자는 급브레이크를 밟지 않았을 것이다. 그것도 차량 정면에서 빛나는 빛이어야 한다.

이 점을 아직 알 수가 없다. 발광체가 스트로보였다는 쇼헤이의 추측은 매우 강력해졌지만, 그다음이 전개되지 않는다.

엄마에게 손을 잡힌 어린아이가 지나간다. 백화점 이름이 인쇄된 파란 풍선을 붙들고 있다. 아이의 걸음에 맞춰 흔들거리는 풍선을 보고 쇼헤이는 오늘 아침 집을 나서다가 만난 이웃집 아이 '신짱'의 안경을 떠올렸다. 초등학교 1학년인 신 짱의 형이 학교 공작 시간에 판지를 오려서 만들었다. 안경에는 파란 셀로판지가 붙어 있었다. 큰애는 갈색과 초록색으로 양쪽의 색이 다른 안경을 쓰고 있어요, 라고 애들 엄마는 말했다.

쇼헤이는 지하층으로 내려갔다. 여성 고객이 많은 식품 매장이다. 셀로판지나 얇은 비닐로 만든 봉지가 많이 눈에 띈다. 안에 든 상품이 훤히 보이게 되어 있다. 빨강, 파랑, 노랑. 색깔이 있는 비닐은 아동용 과자 봉지다. 쇼헤이는 빨간 비닐봉지에 든 튀김과자를 샀다. 하얀 튀김이 빨간색으로 보인다.

이것으로 의문 하나는 풀렸다. 스트로보 유리에 빨간 셀로판지나 비닐을 씌우면 '불덩어리' 같은 빨간 섬광이 되지 않을까?

어두운 곳이라면 약한 빛도 밝게 보인다. 예를 들면 자동차 미등이 그렇다. 미등 전구는 잘해야 10와트 정도지만 그 이상으로 환하게 보인다. 브레이크를 밟을 때는 더 밝게 빛나는데, 그래 봐야 20와트. 이것은 누구나 경험하는 일이다.

스트로보라면 빛이 훨씬 강렬하다. 거의 태양광에 가깝다. 결혼식 잔치나 모임에서 기념 촬영을 할 때 스트로보가 터지면 몇 초 동안 눈앞에 초록색 잔상이 어른거릴 정도다.

그런 스트로보에 빨간 비닐이나 셀로판지를 씌우고 야간의 고속도로 위에서 불을 켠다면 100미터 안에서는 그야말로 '불덩어리'가 폭발한 것처럼 보일 게 틀림없다. 탑차 트럭을 몰던 운전사 시마다가 깜짝 놀라 급브레이크를 밟은 것도 당연했다.

이 '불덩어리'를 트럭 뒤에 있던 차량들은 보지 못했다. 이미 추측한 대로 탑차 트럭의 높은 차체에 시야가 막혀 있었기 때문이다. 이는 곧, 그 '빨간 스트로보'가 트럭 정면에서 발광했다는 의미다. 트럭 바로 뒤에 있던 승용차의 회사원 부부와 그다음 승용차의 야마우치 아키코는 죽었지만, 설령 살았다고 해도 빨간 섬광은 보지 못했다고 말했을 것이다. '불덩어리'를 한순간이나마 본 사람은 오른쪽으로 벗어난 라이트밴에 타고 있던 요네즈 야스키치뿐이었다.

라이트밴 뒤를 달리던 네 번째 차량 이후의 차량 탑승자들도 '불덩어리'를 목격하지 못했다. 생존한 자들 모두 그렇게 말했다.

그것은 탑차 트럭의 높은 차체 때문이었지만, 빨간 섬광이 그만큼 낮은 곳에서 번쩍였기 때문이기도 하다. 그 구간은 경사도가 3퍼센트였는데, 차량의 경우 그리 급한 내리막이 아니다.

만약 빨간 섬광이 고속도로의 높은 곳에서 번쩍였다면 네 번째 차량 뒤를 따르던 후속 차량의 운전자들도 그것을 보았으리라. 거리가 멀면 멀수록 트럭의 차체는 상대적으로 낮아지게 마련이니까. 불덩어리를 목격하지 못한 것은 역시 섬광이 트럭 정면의 낮은 위치에서 번쩍였던 탓이다. 그렇게 해석할 수밖에 없다.

그렇다면 스트로보를 들고 있던 자는 질주해 오는 대형 트럭의 정면에 쪼그리고 앉아 있었다는 말이 된다.

그런 자살 행위를 그가 감행할 수 있었을까?

트럭은 급브레이크를 밟아 평형을 잃고 전복되었다. 그때는 이미 '불덩어리'가 후속 차량에게 보이지 않았다. 트럭이 넘어지면 '불덩어리'의 목적은 달성되기 때문이리라.

쇼헤이는 과자를 담은 빨간 비닐봉지를 주머니에 찔러 넣고 엘리베이터를 타고 6층으로 올라갔다. 6층에는 문방구, 서적, 도자기, 칠기, 카메라, 회화 등을 파는 매장이 있다.

서적 매장으로 들어갔다. 일반 서점과 마찬가지로 서서 책을 읽는 사람들이 많았다. 앞쪽에 잡지가 진열되어 있다.

쇼헤이는 카메라 잡지 두세 종을 들춰 보았다. 기사보다는 광고 페이지를 살폈다. 요즘 나오는 스트로보의 성능을 알고 싶었다.

곧 어느 카메라 잡지에 실린 광고가 쇼헤이의 눈길을 끌었다.

스트로보 배터리 'Everest'. 촬영 기회를 포착하는 나의 무기는 '에버레스트' 사진용 알칼리 건전지 AM3(P).—스트로보 발광 400회(GN 14급, 250V승압, 10초에 1회 발광)의 위력. 사진용 '에버레스트' LR6(AM3 'P') 1.5V

이것은 스트로보 자체가 아니라 스트로보를 400회까지 발광시킬 수 있다는 배터리 광고였다.

쇼헤이는 카메라 매장으로 발길을 향했다. 같은 층이라 찾기가 쉬웠다.

"연속 발광하는 스트로보 말입니까? 모터드라이브용을 말씀하시는군요."

진갈색 슈트 형태의 제복을 입은 젊은 점원이 손님에게 말했다.

"아, 있습니까? 잠깐 볼 수 있을까요?"

점원은 안으로 들어가 카메라와 스트로보를 가지고 나왔다.

"한번 발광해서 빛이 반사되면 그걸 카메라가 이 창으로 감지해서 연속 발광을 하는 겁니다."

쇼헤이는 그 장면을 떠올리면서 물었다.

"그럼 밤하늘에다 대고 모터드라이브 셔터를 누르면 어떻게 됩니까?"

"그럼 연속 발광을 안 하죠. 빛이 반사되어 오지 않으니까요. 배터리 자체는 3~4초면 충전됩니다. 하지만 밤하늘에다 대고 스트로보를 터트리는 사람은 없겠죠."

"그렇군요……."

손님이 들어와, 부탁한 사진이 인화되었냐고 물었다. 점원이 서랍에서 봉지를 꺼내 들고 살핀다. 또 다른 점원은 카메라를 새로 구입하려는 손님을 대응하느라 경황이 없어 보였다.

쇼헤이는 진열장 위에 쌓여 있는 카메라 잡지를 뒤적였다. 아직도 연속 발광 스트로보에 미련이 남았다.

광고 페이지에 실린 쇠파이프 같은 긴 막대 사진이 눈에 들어왔다. 새은 하양지만 은색 광택이 나는 까닭은 철이 아니라 알루미늄 비슷한 경금속 제품이기 때문이다.

'조명 어시스턴트를 위하여, 간이 스튜디오 세트를 위하여―'라는 카피 문구가 적혀 있다.

"이건 어디에 쓰는 거죠?"

인화된 사진을 손님에게 내주고 돌아온 점원에게 쇼헤이가 광고 사진을 보여 주며 물었다.

"아, 그건 라이트를 설치하는 폴캣입니다. 그러니까 실내 촬영을 할 때 조명기구를 부착할 만한 자리가 없을 경우, 바닥과 천장 사이에 이걸 세우고 임시 기둥으로 삼는 겁니다. 그 기둥에 두 개든 세 개든 조명기구를 서로 다른 방향으로 부착할 수도 있죠. 폴캣은 길이 조절이 가능해요. 종류가 다양한데, 제일 긴 건 4미터 가까이 늘일 수 있습니다."

광고 문구에는, 경량이라 차량으로 쉽게 운반할 수 있습니다, 라고 되어 있다.

"무게는 얼마나 될까요?"

"폴캣 자체는 2킬로그램이 채 안 됩니다. 여기에 라이트를 여러 개 달면 그만큼 무거워지겠죠. 저희 가게에는 없지만 이 잡지의 이번 달 호에 설명이 나와 있어요."

쇼헤이는 그 카메라 잡지를 구입했다.

폴캣과 그 액세서리

용수철 신축식 경금속 막대로, 양쪽에 고무 흡착부가 있어 천장과 바닥 사이에 기둥으로 세울 수 있다. 클램프식 라이트는 물

10만 분의 1의 우연 • 131

> 론, 액세서리 지지부나 크로스바를 사용하면 가방 거치대 등 각
> 종 용도로 쓸 수 있다. 실내 액세서리 보관용으로도 쓸 수 있다.

쇼헤이는 잡지를 안고 백화점을 나선 뒤 니혼바시 변두리에 있는 커다란 카메라 전문점으로 들어갔다.

"폴캣을 보고 싶습니다."

점원이 안에서 가지고 나온 것은 광고와 잡지 기사에 사진으로 소개된 바로 그 경금속 막대였다. 양쪽 끝에는 까만 고무가 끼워져 있어 천장과 바닥에 흡착되도록 되어 있다.

"이걸 길게 늘이면 얼마나 늘어날까요?"

쇼헤이는 3단으로 길이를 조절할 수 있는 부분에 눈길을 주며 물었다.

"약 4미터입니다."

"조명기구는 어떻게 부착하죠?"

"라이트는 이렇게 장착합니다."

점원은 나팔꽃 모양의 라이트 두 개를 가져와 폴 위아래에 장착했다. 나무 모양의 줄기에 짧은 가지가 어긋나게 뻗어 나간 형상이 되었다.

폴캣에 부착한 작은 금속 기구는 빨래집게를 닮았다. 볼헤드 방식으로, 라이트를 원하는 방향으로 돌리고 나사로 고정할 수 있었다.

폴캣에는 코드가 두 가닥 달려 있다. 코드는 라이트 두 개의 뒷

부분, 즉 라이트가 나팔꽃이라면 그 줄기에 해당하는 부분에 달려 전원 플러그까지 이어진다. 코드에는 스위치가 달려 있어 그 스위치 버튼으로 조명을 켜고 끌 수 있다.

쇼헤이는 부품의 이름과 용도를 점원한테 배웠다.

"스위치가 두 가닥의 코드에 하나씩 달려 있잖습니까? 이 두 개의 스위치를 연달아 두 번 누르면 연속 발광이 되나요? 팍, 팍, 하고 섬광이 터지는 듯이……."

쇼헤이가 스위치를 지그시 바라보며 물었다.

"섬광요? 이건 스트로보랑 다릅니다. 라이트는 꽤 시간이 걸리는 촬영에 쓰는 조명이라서 그렇게 점멸시킬 필요가 없어요. 촬영 중에는 내내 피사체에 빛을 비춰 줘야 하니까요."

점원은 라이트의 본래 용도를 설명했다. 쇼헤이의 짐작과는 다르다. 하지만 점원에게 그런 말은 하지 않았다.

쇼헤이는 기존의 추리에서 반성할 점을 짚어냈다. 그는 스트로보가 아니라 클램프식 라이트를 사용한 게 아닐까?

"폴캣 중에 4미터보다 더 길게 늘일 수 있는 건 없습니까?"

"현재 시판되는 것 중에서는 4미터짜리가 제일 깁니다."

쇼헤이는 폴캣 하나와 클램프식 라이트 두 개, 부속품 한 세트를 구입했다.

아파트로 돌아가 그것을 조립해 보았다. 바닥에서 천장까지 2미터 10센티미터였다. 자유롭게 늘였다 줄일 수 있는 막대를 단단히 세우자 은색 기둥이 되었다. 거기에 클램프식 라이트 두 개가 나팔꽃처럼 피었다.

그것만으로도 카메라 잡지에 나온 대로 근사한 실내 액세서리가 되었다.

하지만 폴캣은 수직으로 세우기만 할 수 있는 것은 아니다. 촬영 이외의 목적이라면 폴캣을 들고 옆으로 내밀 수도 있다.

그러나 여전히 문제는 남아 있다.

라이트 코드는 전원, 그러니까 실내의 콘센트 같은 곳에 꽂게 되어 있다. 야외에 콘센트가 있을 리 만무하다. 현장은 고속도로 옆이라 황야나 다름없다. 라이트용 배터리도 없지는 않겠지만, 아마 크기가 상당할 것이다. 또 그런 곳에 가져가기에 라이트는 너무 요란한 도구다.

―그가 사용한 것은 역시 라이트가 아니라 스트로보일지도 모른다.

두 개의 스트로보를 폴캣에 장착했을 수도 있겠다고 쇼헤이는 생각했다.

소개자

5월 연휴는 어린이날을 마지막으로 끝이 났다. 긴 휴가의 타성을 털어내지 못한 채 비즈니스맨의 기능이 다시 가동하기 시작했다.

야미기 교스케는 오후 5시 30분쯤, 외근을 마치고 후쿠주 생명보험 주식회사 후지사와 지사로 돌아왔다. 지사는 역 북쪽 출구와 가까운 빌딩의 4층에 사무실 세 개를 임대하고 있다. 그중 맨 끝에 있는 방이 영업부 사무실로, 책상이 여덟 개 놓여 있다. 보험 판매를 주요 업무로 하는 영업사원이 여덟 명이다. 벽에 막대그래프를 그린 커다란 종이가 붙어 있는데, 그 막대도 여덟 개다. 막대마다 영업사원의 이름이 적혀 있다.

야마가 교스케가 사무실로 돌아왔을 때 여덟 개의 책상 앞에는 아무도 없었다. 모두 아직 외근중인 것이다. 영업사원은 연휴의 피로 따위로 투덜댈 처지가 아니다. 급료는 고정급과 계약고에 따른 성과급으로 구성되는데, 물론 성과급이 주수입이다. 벽에 붙은 막대그래프도 여덟 명의 영업사원에게 경쟁을 부추기며 채찍질을 하고 있다. 야마가 교스케의 성적은 2등이었다.

교스케가 꽤 묵직한 가죽 카메라 가방을 자기 책상 위에 쿵 내려놓았을 때 여직원이 들어왔다.

"야마가 씨, 2시쯤에 전화가 왔어요. 보험 가입과 관련해서 할 얘기가 있으니 돌아오시면 여기로 전화해 달라고."

"아, 그래?"

교스케는 그녀가 놓고 간 메모를 보았다.

'요코스카 시 이리후네초 2-53. 호텔 캐널 302호실. 나카노 신이치.'

호텔 전화번호가 덧붙여져 있다.

처음 보는 이름이었다. 외근중에 사무실로 걸려 오는 전화는 대개 계약한 가입자인데, 번거로운 상담 문제나 불평불만 따위가 대부분이다. 신규 가입 희망자가 특정 영업사원을 지목해서 전화를 할 때는 전에 계약한 적이 있는 가입자가 신규 가입자를 소개하는 경우가 많다. 그래서 계약자에 대한 지속적인 관리가 필요하고, 교스케는 그것을 중시하는 편이었다.

나카노 신이치라는 사람은 지금 호텔에 머물고 있는 듯하니 요코스카 주민은 아닌 모양이다. 만약 여행중이라면 후쿠주 생명의 지사, 출장소, 특약점이 전국에 있으므로 일단 계약을 한 뒤 보험료는 본인의 거주지에 있는 사무실에 납부할 수 있다. 여기에는 계약 실적이 남게 된다.

야마가 교스케는 메모의 전화번호로 전화를 걸었다.

"호텔 캐널입니다."

교환대 여성의 목소리가 들린다.

"302호실에 나카노 씨라는 분이 묵고 계시죠?"

"잠시 기다려 주세요."

알아보는 중인지 잠시 침묵이 흐르다가 다시 목소리가 흘러나왔다.

"예, 계십니다."

확인은 되었다. 종종 장난 전화가 걸려 오므로 확인을 해 봐야 한다.

"누구시라고 할까요?"

"후쿠주 생명보험의 야마가라고 합니다."

수화기에서 연결음이 들렸다. 교스케는 조금 긴장했다. 계약을 따낼 수 있을지 없을지가 곧 결정된다. 일종의 도박이다. 문의는 많아도 성공하는 경우는 그 가운데 십 몇 분의 일 정도였다. 계약에 다다르기까지가 힘들다. 고객에게 자주 걸음을 해야 한다. 간단한 선물을 들고 가거나 판촉물을 선물해서 환심을 산다. 고객이 지정하는 날짜에 군소리 없이 만나야 한다. 이쪽 사정을 들이밀 수는 없다. 요즘은 고객들도 영악해져서 타사의 서비스 내용을 내밀며 이런저런 요구를 하기도 한다. 혹은 신발이 닳도록 드나들었는데 한참 후에, 미안하지만 계약은 다른 회사랑 끝냈다는 식으로 아무렇지도 않게 말할 때도 있다. 이 일이란 것이 거의 밑 빠진 독에 물 붓기나 마찬가지라고 개탄하는 경우도 많다.

하지만 화를 낼 수도 없다. 인내와 끈기야말로 까다로운 고객을 공략하는 길이다. 야마가 교스케는 남들보다 그런 기질이 강하다고 동료들은 말한다. 그렇기 때문에 막대그래프가 보여 주는 그의 실적은 늘 으뜸을 다투었으며, 그 밑으로 떨어지는 일이 없었다. 평균 월수입은 100만 엔 정도였다―.

여보세요, 하고 수화기에서 남성의 목소리가 흘러나왔다.

"여보세요. 저는……."

교스케는 약간 당황하며 말했다.

"후쿠주 생명보험의 야마가라고 합니다. 실례입니다만 나카노 씨 되십니까?"

"예, 나카노입니다. 아, 야마가 씨로군요?"

차분하지만 명료하게 들리는 음성이다. 금세 야마가라는 이름을 말하는 것을 보면 상대는 처음부터 그를 지목하고 전화했던 게 분명하다. 이것도 아마 누군가 소개했을 거라고 교스케는 짐작했다.

"2시쯤에 회사에 전화를 했는데 자리에 안 계시다고 해서 메모를 남겼습니다."
상대방이 말했다.
"죄송합니다. 사무실에 도착해서 담당자에게 메모를 받자마자 이렇게 전화를 드렸습니다."
"고맙습니다. 실은 생명보험 가입 건으로 문의를 드릴까 해서요. 가입 희망자가 네다섯 명 정도 있습니다만."
"정말 감사합니다."
하나가 아니라 네다섯 구좌가 한꺼번에 들어온다면 이보다 반가운 일도 없다. 최근에 들어 본 적이 없는 큰 건이었다.
"전화로 상담하기는 그러니까 요코스카로 와 주실 수 없을까요? 길이 멀지도 모르지만."
"물론 기꺼이 찾아봬야죠. 후지사와에서 요코스카까지는 전철로 한 시간도 안 걸립니다. 저어, 지금 찾아봬도 괜찮습니까?"
"8시쯤에 와 주시면 고맙겠습니다. 그때까지 손님이 있어서요. 그렇게 늦은 시간이라도 괜찮겠습니까?"
"괜찮고말고요. 고객님 형편에 맞춰 더 늦은 시간에 방문하는 경우도 많습니다."
"그럼 기다리겠습니다. 이렇게 폐를 끼치게 되었지만, 야마가 씨께는 따로 듣고 싶은 이야기도 있으니까요."
야마가 교스케는 근처 중국집에 들어가 요기를 했다. 일단 집에 돌아가면 반주를 마시거나 해서 몸이 늘어지고 만다. 게다가 남은 시간이 별로 없었다. 일을 할 때는 대개 저녁을 밖에서 해결한다. 그래야 업무에 더 몰두할 수 있다.

요코스카의 호텔에 묵고 있는 나카노 신이치라는 사람은 무슨 일을 하는 사람일까? 교스케는 중국집에서 접시 위로 젓가락을 놀리며 생각했다. 손님이 있다는 걸 보면 요코스카로 출장중인 어느 상사의 임원인지도 모른다. 가입 희망자가 네다섯 명이나 된다고 했는데, 어쩌면 가족이나 친척이 아니라 지인을 소개하려는 건지도 모르겠다. 상사의 임원이라면 발이 넓을 테니까 말이다.

누가 나를 나카노 씨에게 소개했을까? 교스케는 고객의 면면을 떠올려 보았다. 고객은 보험회사의 서비스가 충실하고 담당자가 친절하면 그 담당자에게 호감을 품고 다른 가입 희망자를 소개해 주고 싶어 한다. 그러나 아는 얼굴들을 일일이 떠올려 보아도 얼른 짚이는 사람이 없었다.

아까 전화 통화에서는 미처 묻지 못했지만, 여하튼 요코스카에 가서 나카노 신이치라는 사람을 만나 보면 알 수 있겠지.

식사를 마치고 옆에 있는 당당하게 생긴 카메라 가방의 끈을 잡았을 때 상대방이 통화 말미에 덧붙인 말이 불현듯 떠올랐다.

'야마가 씨께는 따로 듣고 싶은 이야기도 있으니까요.'

―혹시 「격돌」 사진과 관련된 것은 아닐까.

신문의 위력이 대단해서, A신문에 보도된 뒤로 전국에 있는 미지의 카메라맨들에게 편지를 받았다. 자신도 그런 보도사진을 찍고 싶다는 열의에 찬 내용이 많았다.

그뿐만 아니라 생명보험 고객들, 그를 통해 보험에 가입했거나 기한이 오기 전에 계약을 갱신한 고객들, 혹은 불행한 일을 겪어 그가 보험금 지급 절차를 도와 주었던 유족들한테서도 기사를 잘 봤다는 전화를 받았다. 그중에서도 카메라 애호가들의 전화가 많았다.

나카노 신이치라는 사람도 카메라 애호가가 아닐까 생각했다. 따로 듣고 싶은 이야기가 「격돌」에 관해서라면 자신을 지목해서 전화한 것도 납득이 된다.

어쩐지 계약이 쉽게 성공할 듯해 마음이 설렌다. 취미가 같으면 처음부터 친근감을 품게 마련이다. 게다가 상대방이 소박한 아마추어일 경우, 자신을 생명보험 영업사원이라기보다는 그 분야의 선배로 대할 것이다. 신규 가입을 네다섯 구좌나 준비해 놓고 있는 것은 자신과 친해지기 위한 선물 같은 게 아닐까. 열렬한 아마추어라면 그 정도 적극성은 보이게 마련이다.

상대방을 만나 보기 전에는 아무것도 알 수 없지만, 교스케는 아무래도 그렇게 짐작되었다. 그는 이제 상대방의 카메라 경력이나 지식에 어울리는 화젯거리를 구상하고 있었다.

7시에 후지사와 역 앞 상가에서 선물로 들고 갈 과일 바구니를 사서 택시를 잡았다. 전철보다 빨리 도착할 수 있는데다 무거운 과일 바구니를 들고 있기 때문이었다. 택시 기사가 호텔 위치를 알고 있을 테니 길을 헤맬 일도 없을 것이다. 업무 시간에 타고 다니는 자가용은 엔진 상태가 좋지 않아 정비소에 맡겨 놓았다.

밤을 맞은 요코스카 시내로 들어섰다. 알파벳이 나열된 화려한 간판들이 늘어선 토산품점 거리 '도부이타 거리'를 지난다. 미국인과 일본 아가씨가 손을 잡고 걷고 있다. 그 거리 중간쯤에서 왼쪽으로 길을 꺾어 언덕 밑자락을 달렸다. 그러다 자동차 도로를 지그재그로 올라가 '호텔 캐널' 현관 앞에 도착했다. 특별히 화려하지는 않지만 그래도 시내의 일류 호텔이다.

돌아다보니 항구에 정박한 선박의 불빛들이 눈 아래에서 빛나고 있었다.

어깨에 카메라 가방을 멘 야마가 교스케는 한손에 과일 바구니를 들고 호텔 프런트로 다가갔다.

그가 3층 302호실을 조심스레 노크하자 기다리고 있었다는 듯 문이 안쪽으로 열렸다.

얼굴에 수염을 잔뜩 기른 사람이 나타났다. 요즘은 이렇게 중동인 같은 용모가 일본인들 사이에 유행인 듯하다. 수염도 꽤 길다.

"후쿠주 생명보험의 야마가입니다만."

야마가 교스케는 문 앞에서 고개를 숙였다.

"어서 오세요. 나카노입니다. 먼 길 오시느라 고생하셨습니다. 자, 들어오세요."

나카노 신이치는 보험 영업사원에게 처음부터 친밀한 태도를 보였다. 어깨가 넓고 키도 컸다.

객실은 두 칸이 연결된 구조였다. 칸막이 문 건너편은 물론 침실이다. 이 호텔에서도 고급 객실임이 틀림없다.

"아까는 전화해 주셔서 감사했습니다."

교스케는 명함을 내밀고 들고 온 과일 바구니를 테이블 위에 내려놓았다.

"아이고, 뭘 이런 것까지."

나카노 신이치는 인사를 차리고 과일 바구니를 창가의 책상 위로 옮겨 놓았다. 책상 위에는 책이며 노트며 원고지 따위가 어지럽게 널려 있다. 상사의 임원을 상상했던 교스케는 그것들을 보자 상대방의 직업이 다시 궁금해졌다. 나카노 신이치는 편안한 차림이지만, 눈에 띄지 않는 부분에 제법 세련되게 신경을 쓴 모습이다. 풍족한 사람이구나, 하고 교스케는 짐작했다.

그러는 동안 상대방은 야마가 교스케의 명함을 들여다보았다. 수염을 기른 입가에 미소가 번진다.

"자, 앉으시죠."

나카노 신이치는 교스케에게 의자를 권했다. 자기 명함은 내놓지 않았다.

"객실이 훌륭하군요."

교스케는 먼저 객실을 칭찬했다. 커다란 플로어스탠드 너머로 커튼을 걷어 놓은 창문이 보인다. 그 창으로 외국 선박의 불빛들이 비친다. 어두운 바다는 우라가스이도 해역이다. 그 너머로 보슈 반도의 작은 불빛들이 반짝였다.

"업무 때문에 이런 호텔에서 지내고 있습니다. 저는 사실 저널리스트입니다. 특정 회사에 속하지 않고 혼자 그쪽 일을 하고 있죠."

나카노 신이치가 말했다.

책상에 어지럽게 놓인 물건들이 그제야 납득되었다.

혼자 저널리즘 쪽 일을 한다면 주간지 같은 곳에 특종 기사를 파는 프리랜서인지도 모르지만, 상대방은 그런 사람처럼 보이지도 않았다. 어쩌면 저명한 평론가인지도 모른다. 하지만 나카노 신이치라는 이름은 들어 본 적이 없었다.

물론 일반 저널리즘과는 다른 특수한 분야도 있다. 이를테면 정치·경제 분야가 그렇다. 그런 분야는 일반에 별로 알려져 있지 않다. 이렇게 훌륭한 호텔 객실을 빌린 것도 그렇고 차림새에서 드러나는 은근한 세련미도 그렇고, 납득할 만한 점이 있었다. 그런 저널리스트들한테는 원고료보다 훨씬 큰 특별 수입이 있다는 말을 들은 적이 있기 때문이다.

나카노 신이치는 전화로 커피를 주문하고 자기 의자에 앉았다.

"야마가 씨, 보험 가입 건으로 이렇게 오시라고 한 건, 실은 야마가 씨의 성함을 익히 알고 있었기 때문입니다."

나카노 신이치는 빙글빙글 웃으며 말했다.

아하, 역시, 하고 교스케는 속으로 고개를 끄덕였다. 신문에 실린 「격돌」을 본 것이다. 저널리스트인 만큼 관심 있게 보았겠지. 나카노가 전화 통화에서 '야마가 씨께는 따로 듣고 싶은 이야기도 있으니까요'라고 말한 것도 그래서이리라.

실제로 나카노의 눈이 조금 전부터 교스케의 카메라 가방을 힐끔거리고 있다. 손때가 묻기는 했지만 제법 전문가용 같은 위엄을 풍기는 가방이다.

"네? 제 이름은 어떻게?"

교스케는 짐짓 모르는 척하며 물었다.

"아, 그 이야기는 나중에 나누기로 하고 우선은 야마가 씨의 업무인 생명보험 가입 건부터 이야기하지요."

나카노는 담배를 꺼내 교스케한테도 권하며 말했다.

아무렴 그래야지, 하고 교스케는 생각했다. 업무 이야기를 하는 게 먼저다.

"저는 하는 일이 그래서 비교적 발이 넓은 편입니다. 해서 제가 권하면 일단 네다섯 명은 조금 무리를 해서라도 생명보험에 가입할 겁니다."

교스케는 고개를 숙였다. 저널리스트라면 발이 넓다는 말도 사실이리라. 의리상 보험에 가입하는 경우도 충분히 있을 수 있다고 생각했다.

"일단 보험 계약의 조건 같은 것을 설명해 주셨으면 합니다."

야마가 교스케는 기꺼이 카메라 가방을 끌어당겼다. 생명보험 팸플릿이나 보험 가입 조건 일람표 같은 자료들이 카메라와 함께 가방 속에 있다. 카메라 가방은 서류 가방을 겸하고 있었다.

무적 소리 들리는 객실

나카노 신이치는 야마가 교스케가 건네준 후쿠주 생명보험 자료를 들여다보고 있었다. 미간에 주름을 세운 얼굴이 수염 때문에 더욱 찡그리고 있는 것처럼 보인다.

사망보험금에 대한 월 납부액, 연 단위 납부의 장점, 연령에 따른 납부금의 차이, 보통사망과 재해사망에 대한 보험금 지급액, 양로연금 성격의 '특별종신안락보험' 십수 종, 그 보험 상품들의 보험료 예시표, 타 생명보험사와 차별되는 다양한 특전—맞은편 의자에 앉은 교스케는 나카노 신이치에게 팸플릿 등에 기재된 내용들을 더 상세하게 설명했다. 이미 입에 붙은 말투였고 용어도 정선되어 있다.

"알겠습니다."

나카노 신이치는 대목마다 고개를 끄덕였다. 자료를 접이식 테이블 옆에 놓고 마시던 커피를 입술에 댔다.

"지금 받은 이 네 종류의 자료를 지인 넷에게 돌리겠습니다. 야마가 씨의 설명도 그대로 전하고 가입을 권해 보죠."

"뭣하면 저희가 자료를 모아서 지인분들에게 보내 드릴까요?"

교스케가 적극적으로 말했다.

"아뇨, 일단 제가 먼저 얘기를 할 테니까 그다음에 보내 주세요. 그 사람들도 갑자기 보험회사에서 그런 자료를 받으면 어리둥절할 겁니다. 역효과가 나면 곤란해요. 대개 이미 다른 생명보험에 가입되어 있거든요."

그런 사람들을 설득해서 신규 가입을 하게 하려는 것이므로 보험사를 소개할 때도 신중을 기할 필요가 있다는 이야기다.

"정말 그렇겠군요."

교스케는 고개를 숙였다.

가능하면 소개받을 사람들의 주소와 이름, 직업을 알아내고 싶었지만 지금은 무리하지 말아야 한다. 그러다가 상대방의 마음이 상하면 그것으로 끝이다.

"저도 조만간 그쪽 보험에 가입할 겁니다. 그래요, 다음 달 초쯤이 되겠군요. 남들한테 권하고 제가 가입하지 않으면 이상할 테니까요. 그때가 되면 연락드리죠."

10만 분의 1의 우연 · 145

까다로워 보이던 얼굴에 웃음이 떠올랐다.
"고맙습니다."
이번 달은 20일 남짓 남았다. 다음 달 초라고 하니 앞으로 한 달 안에 우선 나카노 신이치와 계약할 수 있을 듯하다.
"연락을 주시면 제가 이 호텔로 찾아뵐까요?"
"아뇨, 그때는 아마 지바로 돌아가 있을 겁니다. 호텔 생활도 일 때문이니까요. 일이 조금 길어지고 있지만 그때까지는 끝낼 예정입니다. 제가 지바에서 야마가 씨에게 연락하겠습니다."
"아, 지바에 사십니까?"
"조부 때부터 물려받은 집이 있습니다. 저널리즘에 몸담고 있는 만큼 도쿄에 사는 게 여러모로 편하다는 건 알지만, 그런 이유로 지바를 떠나지 못합니다. 해서 지금도 이렇게 호텔에서 생활하고 있습니다."
아무래도 지바의 유지 집안 같다. 발이 넓은 것은 업무 덕분이기도 하겠지만 지방 유지로서 폭넓은 인맥이 있는 모양이다. 소개받을 사람들의 질과 사회적 지위 따위를 얼추 짐작할 수 있었다.
교스케는 주소를 물으려다가 상대방이 방금 한 말도 있으니 연락이 올 때까지 기다리자고 생각했다. 너무 안달해서도 안 된다.
"지바에도 후쿠주 생명의 지사가 있습니까?"
"예, 있습니다. 하지만 계약은 제가 도와 드리게 해 주시면 고맙겠습니다."
실적이 중요하지. 다른 지사에 빼앗기면 곤란하나.
"물론이죠. 그러니까 이렇게 와 주십사 부탁드린 것 아닙니까.

수금은 지바 지사에서 할 테니 여쭌 겁니다."

"네. 그렇죠."

나카노 신이치는 잠시 생각하는 듯하다가 말했다.

"그렇군. 당장이라도 가입할 사람이 도쿄 분쿄 구에 한 명 있는데, 제가 그 사람한테 권해 보겠습니다. 그 사람이 가입하겠다고 하면 야마가 씨가 후지사와에서 그곳까지 가 주실 수 있을까요?"

"물론 찾아봬야지요. 후지사와에서 도쿄까지 전철로 한 시간 정도밖에 안 걸리니까요. 사실 도쿄에 자주 갑니다. 저어, 분쿄 구의 어느 지역인가요?"

"아, 그건 제가 먼저 그쪽 의향을 확인하고 나서 알려 드리겠습니다. 그때 이름도 알려 드리죠. 여자분이라 섬세하게 접근해야 하니."

"아. 여자분이십니까?"

"제가 먼저 이야기해야 통할 겁니다. 그 전에 생명보험회사에서 전화가 오면 경계할 거예요."

"선생께서 연락을 주실 때까지 절대 그런 일은 없을 겁니다."

선박의 불빛이 늘어나고 있다. 불빛들은 움직임이 없어 창유리에 들러붙은 것처럼 보였다.

"나카노 씨."

교스케가 작심하고 물었다.

"이렇게 호의를 베풀어 주셔서 정말 고맙습니다. 그런데 왜 저를 지목해서 이렇게 고마운 이야기를 해 주시는 겁니까? 어느 분한테 제 이야기를 들으신 건가요?"

"소개받은 게 아닙니다."

나카노 신이치는 미소를 지었다.

"실은 제가 신문에서 야마가 씨의 성함을 봤습니다. A신문에 나온 뉴스사진 연간 최고상「격돌」말입니다. 그 사진에 정말 감동했거든요."

아, 역시 그렇군, 하고 교스케는 생각했다.

"그래서 A신문사에 전화해서 야마가 씨의 근무처를 알아냈습니다."

"정말 고맙습니다. 그러면 나카노 씨도 사진을 좋아하십니까?"

교스케는 금방 마음이 편해지는 것을 느꼈다.

"실력은 형편없는데 마음만 간절한 거죠. 카메라 이력은 꽤 오래되었지만 실력은 통 늘질 않네요."

상대방은 쓴웃음을 지으며 말했다.

"어느 분야나 다 그렇지만, 하다 보면 이런저런 벽에 부딪히게 마련이죠."

교스케는 무난한 말로 대답했다.

"저는 일이 워낙 바빠서 카메라를 자주 만질 여유가 없습니다. 그래서 실력이 제자리죠. 하지만 사진은 좋아하니까 카메라 잡지 같은 것을 보면서 마음을 달래고 있습니다."

"카메라 잡지를 보세요? 그렇다면 마니아시네요."

"이거 부끄럽습니다. 어디까지나 아마추어의 호기심일 뿐입니다."

"어떤 분야의 사진을 좋아하십니까?"

"글쎄요. 전에는 풍경이나 인물이나 동물 같은 거였어요. 그런 걸 살롱사진이라고 하나요……."

"아. 그러시군요."

달갑지 않은 안색이 얼핏 교스케의 얼굴을 스쳤다.

"살롱사진은 좋아하지 않으십니까?"

나카노는 상대방의 표정을 놓치지 않았다.

"아뇨, 살롱사진도 싫진 않습니다. 저도 예전에는 열심히 했으니까요. 하지만 점점 싫증이 나게 되었죠. 무엇보다 살롱사진이란 이름이 말해 주듯이 그건 그냥 즐기는 취미가 되어 버리는 것 같습니다. 살롱사진이라도 마음에 와 닿는 화면이 나오면 좋은데, 그런 정신적인 부분은 망각되고 색채니 렌즈 테크닉이니 하는 것이 주목받고 있죠. 요즘은 카메라 성능이 하루가 다르게 좋아지고 있지 않습니까. 그래서 눈속임이 쉬워졌습니다. 살롱사진은 점점 교묘한 손재주만 강조하게 되었고 촬영자의 정신은 사라지고 있어요. 그러니까 카메라 성능의 발달이 카메라맨의 타락으로 연결된다는 말이죠. 아, ……이거 그만 주제넘은 얘기가 되고 말았군요. 죄송합니다."

교스케는 고개를 까딱 숙였다.

"아뇨, 말씀은 충분히 알 것 같습니다. 그래서 보도사진으로 전향하신 겁니까?"

"보도사진이 훨씬 현대적이니까요. 이건 시대의 기록이고 증언입니다. 살롱풍 사진보다 훨씬 보람 있는 작업이죠."

"신문에 실린「격돌」같은 박력 있는 작품을 보면 그 말씀이 옳습니다. 후지사와에는 그런 동호인이 많습니까?"

"없습니다. 저 하나 정도입니다."

"기사에 야마가 씨를 소개한 내용을 보면 예전에 전국보도사진 가연맹 회원이었지만 현재는 사진가 단체에 소속되어 있지 않았다고 나옵니다. 그게 그런 사정 때문인가요?"

"맞습니다. 저는 후지사와에서 쇼난광영회라는 단체를 만들었지만 나중에 스스로 탈퇴했습니다."

"직접 만든 모임을 탈퇴하신 겁니까?"

"이상한 이야기지만, 그렇습니다. 실은 모임의 간사 두 사람과 의견이 맞지 않았어요. 그 둘은 기량이 훌륭했습니다. 한 사람은 후지사와의 상가에서 카메라점을 경영하고 있고 또 한 사람은 부인이 미용원을 하고 있는데, 덕분에 시간이 남아돌아서 여유롭게 사진을 즐기고 있죠."

"아하."

"그런데 그들이 찍은 작품은 방금 말씀드린 살롱사진밖에 없어요. 그래서 여러 번 논쟁을 벌이다가 제가 탈퇴한 겁니다."

"그 뒤로 죽 혼자 하십니까?"

"그렇게 되었습니다. 그편이 홀가분해서 좋죠. 좋아하는 일에 몰두하기에는 고독한 쪽이 낫습니다."

"전국보도사진가연맹을 탈퇴하신 것은?"

"그건 쇼난광영회의 상부 단체입니다. 그러니까 쇼난광영회를 탈퇴하면 자동적으로 겐보런 회원이 아니게 되는 거죠."

"아, 그런 겁니까? 그럼 시쳇말로 독립군이시군요. 그렇게 활동하실 수 있는 것도 야마가 씨의 기량이 뛰어나기 때문이겠지요. 실력 없는 사람은 조직에 속해 있지 않으면 불안해합니다. 원래 작은 물고기들은 무리 짓기를 좋아하죠."

"제게 그런 실력은 없지만, 다행히 저를 지지해 주는 대선배가 계십니다. 후루야 구라노스케 씨라고 보도사진 분야의 권위자이시죠."

"카메라 잡지뿐만 아니라 일반 잡지에서도 후루야 씨의 고명한 성함은 종종 보았습니다. 아마 A지의 보도사진 공모전에서도 심사위원장을 맡으셨죠. 야마가 씨의 「격돌」을 격찬하셨잖습니까?"

작은 선박의 엔진 소리가 창밖을 지나간다.

"후루야 씨는 제 정신적 스승이십니다."

교스케는 의자 위에서 자세를 바로 하며 말했다.

"제가 쇼난광영회에 있을 때 전보련 강사로 후지사와에 초청 강연을 하러 오셔서 처음 만나 뵙게 되었습니다. 그 뒤로 내내 지도를 받고 있습니다. 제가 쇼난광영회 동료들의 살롱화에 대한 고민을 말씀드리자 당신도 같은 생각이니 저에게 그 모임을 탈퇴하는 게 좋겠다고 조언해 주셨지요."

"쇼난광영회를 탈퇴하신 건 후루야 씨의 제안 때문이었습니까?"

"꼭 그래서는 아니지만, 제 행동을 지지해 주신 거죠. 저는 후루야 선생을 존경합니다. 선생과는 편지를 주고받고 있고, 두 달에 한 번꼴로 도쿄에 가서 뵙고 있습니다."

"대단한 사숙이군요."

"그렇다고 오해하지는 마십시오. 저의 「격돌」이 A지의 연간 최고상에 선정된 것은 심사위원장 후루야 선생이 밀어 준 결과가 아닙니다. 선생은 그런 분이 아닙니다. 지극히 공평무사하고 심사에 엄격한 분입니다."

교스케는 힘주어 강조했다.

"물론 그렇겠지요. 발표된 입선 사진들을 봐도 알 수 있습니다. 「격돌」만 한 걸작은 그리 흔치 않습니다. 아마 지난 10년을 돌아봐도 그 작품은 베스트 파이브에 들 겁니다."

나카노 신이치는 거침없이 칭송했다.

"감사합니다."

교스케의 기분이 고양되고 있었다. 지금까지는 보험 판매자로서 나카노 신이치에게 고개를 숙였지만 이제 처지가 바뀌었다. 상대방은 카메라 이력이 오래되었다고 해도 여전히 기량이 낮은 아마추어다. 아무래도 이쪽에서 '가르쳐 주는' 분위기가 되어 갔다.

"「격돌」과 같은 결정적 순간을 포착한 사진은 어떻게 해야 찍을 수 있습니까? 역시 기회를 기다리는 건가요?"

"그렇습니다, 기회를 기다리는 수밖에 없죠. 그래서 저는 이렇게 업무로 돌아다닐 때도 이 무거운 카메라 가방을 메고 다닙니다. 기회는 우연이니까요. 우연한 기회를 만나려면 하루 24시간 카메라를 들고 다니지 않으면 안 됩니다."

"보도사진을 찍는 사람은 모두 그렇게 생활합니까?"

나카노 신이치는 자못 전문가용처럼 보이는 교스케의 훌륭한 카메라 가방으로 다시 시선을 돌렸다.

"다들 그럴 겁니다. 후루야 선생도 보도사진에 뜻을 둔 사람이라면 어딜 가든 늘 카메라를 가지고 다니며 기회에 대비해야 한다고 입버릇처럼 말씀하십니다."

나카노 신이치는 가방을 보며 수염을 무심코 쓰다듬다가 호기심이 깃든 눈초리로 말했다.

"하지만 아무리 밤낮으로 카메라를 들고 다녀도, 기회를 만나는 사람이 있고 그렇지 못한 사람이 있잖습니까? 각 신문사의 보도사진 입선작을 봐도 뛰어난 사진이 드문 것은 그래서가 아닙니까? 결국 절호의 찬스는 그렇게 흔한 게 아니라는 말이지요?"

"바로 그게 문제입니다. 그게 보도사진을 공모하는 모든 신문사의 고민이고 심사위원의 고민입니다. 그런 사진은 우연에 의지하는 수밖에 없으니까요. 어느 신문사에서든 월간상에 평범한 작품들만 오르는 것도 그 탓입니다. 그렇게 시시한 작품만 모여서는 곤란하니까 심사위원과 신문사 사진부 직원들의 모임에서는, 카메라맨이 기회를 기다리기만 할 게 아니라 기회를 만드는 게 어떠냐는 목소리까지 나오고 있습니다. 신문사도 똑같은 공모를 하고 있는 다른 신문사에 뒤지고 싶지 않다는 경쟁심이 있거든요."

"그렇겠죠. 그렇겠죠."

나카노 신이치는 몸을 앞으로 내밀었다.

"주최 측의 심정은 저도 이해가 가는군요."

교스케는 아마추어를 앞에 두고 가벼운 흥분 상태에 있었다.

"기회를 만든다는 것은 무슨 얘긴가요?"

"아, 그건, 너무 시시한 작품만 들어오니까 주최 측이 농담 삼아 해 본 말일 겁니다. 그냥 농담이에요. 설마 화재 사진을 찍고 싶다고 남의 집에 불을 지를 사람은 없겠죠."

"좋은 작품이 나오지 않으니 모임에서 그런 농담이 나오는 것도 이해가 가는군요. 후루야 씨도 그런 농담을 하곤 하십니까?"

"저야 그런 모임에 참석해 본 적이 없어서요. 다만 다른 동료를 통해서 전해 들었어요. 후루야 선생은 농담하길 좋아하는 분이니까 사적인 모임에서, 카메라맨들이 스스로 기회를 만들어야 한다고 말씀하셨을지도 모르죠. 응모 사진이 계속 흉작이라서 속을 썩이고 있을 사진부장도 장단을 맞추고 싶을 테고요."

"그런 상황이라면 야마가 씨의 「격돌」은 더욱더 귀한 작품이로군요. 후루야 씨의 심사평에도 나오듯이 1만 분의 1, 10만 분의 1의 우연이니까요. 심사위원장 후루야 씨와 사진부장도 크게 기뻐하셨겠지요?"

"예, 기뻐하셨지요. 제가 운이 좋았어요."

어두운 바다 위에 무적霧笛 소리가 길게 꼬리를 끌었다.

전화와 활자

야마가 교스케는 오후 4시쯤에 외근을 마치고 사무실로 돌아왔다.

카메라 가방에서 생명보험 가입신청서와 가족 신상 명세서 등의 서류들을 꺼내서 살펴보았다. 오늘은 7천민 엔짜리 보험 계약을 한 건 성사시켰다. 42세의 중소기업 사장이다. 아주 비만한 체형인데,

본인 이야기에 따르면 특별한 병력은 없다. 건강은 양호하고 매일 아침 조깅을 거르지 않는다고 한다. 상담이 시작되고 두 달 만에 계약을 성사시켰다.

교스케는 후쿠주 생명보험 후지사와 지사의 촉탁의에게 전화를 했다. 시내에서 내과 병원을 하는 의사였다. 고객이 모레 오전 10시 30분까지 집으로 와 달라고 하는데, 선생님 일정이 어떠십니까? 그렇게 물으니 내과의는, 괜찮아요, 하고 대답했다. 잘 부탁드립니다, 하고 교스케는 만족스러운 목소리로 전화를 끊은 다음, 14일 오전 10시 30분, 의사와 함께 계약자의 집으로 가서 건강진단을 할 것, 하고 수첩에 적었다. 의사의 진단 결과에 문제가 없으면 7천만 엔짜리 계약은 완전해지고 성과급 수입도 확실해진다.

교스케는 의사와 통화를 마치자 일단 긴장을 탁 풀고 담배를 피웠다. 담배 연기 너머로 막대그래프가 보인다.

지난달은 1위와 상당한 차이가 있다. 하지만 이번 달에는 그 차이가 줄어들 것이다. 다음 달에는 1위가 될지도 모른다. 요코스카 호텔 캐널에 묵고 있는 나카노 신이치의 소개가 결실을 맺으면 적어도 세 건의 큰 계약을 금방 따낼 듯하다. 중소기업 경영자와 달리 재계 인사나 정치가라면 고액보험이 되리라. 주계약 외에 '특약'도(상해특약, 재해입원특약, 가족상해특약, 가족재해입원특약, 질병특약, 성인병특약 등) 따낼 수 있을 게 틀림없다. 나카노 신이치는 예사 저널리스트가 아니고 정재계에 발이 넓어 보였다.

담배 한 대를 맛나게 피우고 나서 여직원이 내준 엽차를 마시고 있을 때 바로 앞에 있는 전화기가 울렸다.

"나카노 신이치 씨라는 분입니다."

교환수 목소리에 교스케의 가슴이 쿵쾅거리기 시작했다. 안 그래도 지금 그 사람을 생각하던 참이다.

"안녕하십니까, 야마가입니다."

"금요일 밤 요코스카 호텔에서 만난 나카노입니다."

무적 소리가 울리던 객실에서 들었던 목소리와 똑같다. 수염을 기른 얼굴이 떠올랐다.

"아, 예, 예. 그때는 정말 고마웠습니다."

교스케는 송화기에다 대고 최대한 정중한 목소리로 말했다.

"아뇨, 저야말로. 시간을 많이 빼앗아서 미안했습니다."

"천만에요. 제 쪽이 너무 오래 실례를 했습니다. 카메라 얘기가 나오면 제가 좋아하는 분야라서 아무래도 저도 모르게 몰입해 버립니다. 그래서 쓸데없는 이야기까지 늘어놓은 것 같습니다. 정말 실례했습니다."

"아닙니다. 많은 참고가 되었는걸요. 그날은 조금 흥분해서 금방 잠을 이루지 못할 정도였습니다. 그때 부탁드린 것도 잊지 말아 주십시오."

"알겠습니다. 조만간 상황을 봐서 말씀드리도록 하겠습니다."

교스케는 목소리에 차분한 웃음을 섞었다.

나카노 신이치의 부탁이란 언제 기회가 되면 촬영 현장에 자기를 불러서 교스케의 독자적인 촬영 노하우를 견학하게 해 달라는 것이었다. 교스케는 승낙했다. 호텔 객실에서 나올 때쯤에는 약속까지 하게 되었다.

교스케는 나카노 신이치가 고액 생명보험 가입자를 여러 명 소개해 줄 사람이라는 직업상의 계산도 충분히 했지만, 한편으로는 카메라 분야의 선배로서 그를 가르쳐 주겠다는 의식도 있었다. 상대방은 사진 경력이 오래되었다고 해도 필시 아마추어나 다름없는 수준일 것이다. 본인이 말했듯이 '실력은 형편없는데 마음만 간절한' 사람이기 때문에 그의 카메라 이야기에 귀를 더 활짝 열어 놓았으리라. 「격돌」에 감격한 그는 자신을 사진가로서 존경하고 있다. 천재적인 카메라맨으로 알고 있는 것 같기도 하다.

누구나 재능이 뛰어난 사람을 칭송하게 마련인데, 자신을 바라보는 나카노의 마음도 그렇지 않을까 하고 교스케는 생각했다. 자기가 좋아하는 분야이기 때문에 그런 심리가 일반인들보다 더 확대되게 마련이다. 일반인들에게 그다지 관심을 받지 못하는 사람도 같은 취미를 즐기는 동호인들에게는 깊은 관심을 받는 경우가 많다. 그것이 '전문' 분야라는 세계다. 문학 청년이 지구가 문학을 축으로 돌고 있다고 믿는 것처럼 사진 애호가들도 당연히 사진을 중심으로 세상을 바라본다.

나카노 신이치가 보험 가입자를 소개해 주겠다고 나선 것도 그걸 계기로 사진가인 자신에게 접근하려는 의도였다고 교스케는 판단했다. 보험회사 영업사원 야마가 교스케가 아니라 애초부터 사진가 야마가 교스케가 목적이었던 셈이다. 보험 가입자를 소개하는 것은 말하자면 액세서리랄까 선물 같은 것이다. 호텔 객실을 방문했을 때 교스케는 금방 상대방의 그런 열의를 느꼈기 때문에 유쾌한 기분으로 보도사진 강의를 한 자락 늘어놓았고, 촬영 현장을 견학하게 해 달라는 부탁도 흔쾌히 들어주었다. 그건 현장에서 촬영 노하우를 설명해 주겠다는 약속이기도 했다.

물론 이것은 결코 공연한 수고가 아니다. 만약 나카노 신이치를 '제자'로 삼는다면 발이 넓은 그가 속속 보험 가입자들을 소개해 줄 테니까. 그러면 막대그래프에서 1위라는 영예를 차지할 것이고 동시에 수입도 늘어날 것이다. 회사의 대우도 달라지겠지.

수입이 늘면 더 좋은 카메라나 기자재를 살 수 있다. 사진은 실력만이 아니라 렌즈, 카메라, 기자재 등이 두루 좋을 때 당연히 더 좋은 작품을 얻을 수 있다.

명필은 붓을 가리지 않는다지만, 명필도 좋은 붓을 잡는다면 더 좋은 글자를 쓸 수 있을 것이다.

돈만 있으면 국산뿐 아니라 외제 카메라도 부담 없이 살 수 있다. 35밀리라면 독일의 라이카를 쳐 주지만 최신형으로 R3라는 것이 발매되었다. 일안 리플렉스에 바디가 34만 엔, 50밀리 렌즈가 26만 엔, 와인더(모터드라이브)가 9만 엔, 핸드그립이 1만1천 엔, 합계 70만 엔 정도 된다.

6×6센티 카메라라면 스웨덴의 핫셀블라드. 렌즈는 독일의 자이스. 500C/M 실버 바디가 18만 5천 엔, 80밀리 F2.8의 표준렌즈가 23만 엔이니까 총 41만 5천 엔. 모터드라이브가 달린 카메라라면 더 고가가 된다.

4×5인치 고급 카메라라면 독일의 린호프 마스터 테크니카를 쳐 준다. 바디가 96만 5천 엔, 150밀리 표준 렌즈기 15민 엔, 총 111만 5천 엔.

이것들의 단순 총액만 해도 220 몇 만 엔인데, 렌즈도 표준 외에 세 개 이상 필요하고 부속 비품도 있어야 하니까 다 합치면 500만 엔 정도가 된다.

전문가라면 대개 이 정도는 갖추고 있다. 교스케도 전문가를 지향하므로 일류 외제 카메라 세 종 정도는 구비해 두고 싶었다. 성과급 수입이 늘면 불가능하지 않다. 그 밖의 물품들도 살 수 있을 테고.

그렇게 카메라와 기자재를 갖추어서 경쟁자인 쇼난광영회의 니시다 에이조나 무라이 카메라점 주인을 완전히 압도하고 싶다…….

"여보세요."

수화기에서 나카노 신이치가 부른다.

"예, 예. 아, 죄송합니다."

교스케는 다시 통화에 집중하려 했다.

"잘 들립니까?"

"예. 잘 들립니다."

"저번에도 잠깐 말씀드렸지만, 제가 가입자로 점찍은 분쿄 구 묘가다니에 사는 여자분께 어제 전화를 해서 생명보험 얘기를 해 봤습니다. 그분은 거의 결심한 상태입니다. 전화로만 확인했지만요. 야마가 씨가 한번 그쪽을 방문해 보시는 게 어떻겠습니까?"

"예? 벌써요?"

나카노 신이치의 행동은 빨랐다. 역시 저널리스트답구나, 하고 감탄했다.

카메라 분야 선배라는 교스케의 의식은 즉시 보험 영업사원의 태도로 돌아갔다.
"얘기는 빨리 진행하는 편이 좋을 것 같아서요."
요전번 호텔 캐널에서 본 수염이 무성한 얼굴이 웃으며 말했다.
"이거 정말 감사합니다. 당장 그분께 전화를 드려서 시간을 여쭤 보고 댁으로 찾아뵙겠습니다. 나카노 씨 소개라고 말씀드리면 될까요?"
"그렇게 말씀해 주세요. 후쿠주 생명보험 후지사와 지사의 야마가 씨라고 성함을 알려 두었습니다."
"정말 감사합니다. 죄송하지만 그분의 성함과 주소, 그리고 댁 전화번호를 말씀해 주시겠습니까?"
교스케는 책상 위에 메모지를 끌어당기고 볼펜을 잡았다.
"불러 드리죠. ……도쿄 도 분쿄 구 묘가다니 4의 107, 야마우치 미요코. 전화번호는 도쿄 813국의 ××××입니다."
교스케는 받아 적은 메모를 다시 확인했다.
"맞습니다. 야마우치 미요코 씨는 번역가입니다. 아직 결혼은 하지 않았고요. 나이는 서른 정도 됐을 겁니다. 업무상 번역가와 작업할 때가 있는데, 그 덕에 알고 지내고 있죠. 매사에 확실한 여성이고 아주 좋은 분이에요."
"이거 정말 감사합니다. 내일이라도 당장 야마우치 씨에게 전화를 드려 보겠습니다."
"머지않아 두 분 정도를 더 소개해 드리고 싶은데, 우선 유망한 사람부터 소개해 드리죠."

"정말 뭐라고 감사의 말씀을 드려야 할지 모르겠습니다."

"저는 내일부터 일주일쯤 지방에 취재를 갑니다. 이 호텔로 다시 돌아올 예정이니까 그때 연락을 드리지요. 야마우치 씨와 상담, 잘 부탁드립니다."

"성심성의껏 상담해 드리겠습니다. 그럼 다녀오십시오. 돌아오셔서 전화를 주시면 야마우치 씨 상담 건의 경과를 말씀드리겠습니다."

감사합니다, 하고 교스케는 수화기를 꼭 쥐고 허리를 굽혀 인사했다.

교스케는 다시 담배에 불을 붙였다. 부풀어 오른 가슴을 커다란 연기로 토해냈다.

카메라를 배워 두길 잘했지. 그 취미가 이런 대단한 성과로 연결되다니. 사진을 즐기더라도 취미나 도락에 빠져서는 안 된다. 본격적인 길을 진지하게 걸어야 한다. 교스케는 장차 이 분야에서 자리를 잡을 계획이었다. 마음가짐부터가 다르다. 그렇기 때문에 좋은 사진을 만들어서 뭇사람들을 매혹하는 것이다. 이름도 널리 알려질 것이다. 나카노 신이치가 보험 가입자를 소개해 주겠다며 접근해 온 것도 그렇기 때문이다.

오늘 밤에는 축하주나 마시러 갈까? 사무실 동료를 불러내서 마셔도 좋지만 배포가 맞는 놈이 없다. 게다가 다들 바빠서 외근에서 돌아오는 시간이 제각각이다.

6시가 되자 교스케는 카메라 가방을 어깨에 메고 혼자 사무실을 나섰다. 거리에는 불이 들어오기 시작했다.

걸어서 10분쯤 걸리는 역 남쪽 출구 근처, 대로에서 골목으로 들어선 곳에 활어 횟집이 있다.
교스케는 출입구인 격자문에 손을 뻗었다. 단골 가게라 출입문을 여는 손길도 몸에 익었다. 그 동작은 습관적이고 무의식적이었다. 무의식 상태란 방심하고 있는 것이나 마찬가지다.
그 순간, 지금 술을 마시러 가게로 들어가는 행위와 전혀 무관한 것이 문득 떠올랐다. 방심하고 있을 때 종종 경험하는 일인데, 전후 맥락도 없이 머릿속에 섬광처럼 불쑥 스쳤다.
'도쿄 도 분쿄 구 묘가다니의 야마우치…….'
보험에 가입할 만한 사람이라면서 전화로 알려 주던 나카노 신이치의 목소리였다. 겨우 한 시간 전의 기억이지만, 그와 동시에 그보다 한참 전의 기억이 불쑥 떠올랐다. 그것은 귀로 들은 목소리가 아니라 눈으로 읽은 활자였다.
"어머, 어서 오세요."
손이 자동적으로 문을 열고 말았다. 갑자기 눈앞에 가게의 환한 내부가 나타났다. 여주인이 애교 섞인 미소를 지으며 서 있다. 여주인의 뒤쪽으로 카운터 너머에 조리실이 있는데, 하얀 조리복을 입은 주인장이 칼질을 잠시 멈추고 웃는 낯으로 그에게 고개를 숙였다. 카운터에 손님 네 명이 등을 보이고 나란히 앉아 있다. 교스케는 멍한 얼굴로 카운터 끝으로 가서 앉았다.
서빙하는 여자가 물수건과 메뉴판을 가져왔다. 주인장이 말했다.
"오늘은 광어랑 문어가 좋습니다."

"그래요……."
"문어는 미사키 산입니다. 꼬들꼬들해서 씹는 맛이 그만이죠. 단맛이 납니다. 다른 지방의 근해에서 잡히는 놈들은 미사키 문어를 못 따라가죠."
"그래요……."
넋이 나가 어찌할 바를 모르는 얼굴로 앉아 있는 교스케 모습에 주인장이 의아한 표정을 지었다. 고개를 숙이고 다시 칼을 놀리는 소리를 내기 시작한다. 정면에 있는 대형 냉장고를 응시하던 교스케가 어깨에 가방을 메고 벌떡 일어섰다.
"깜빡 잊고 온 게 있네요. 오늘은 그냥 갈게요."
주인 부부의 어리둥절한 얼굴을 뒤로 하고 교스케는 가게를 뛰어나갔다.
그의 집이 있는 미나미나카도리는 가까웠다.
"오셨어요? 오늘은 일찍 들어오셨네요."
아내 야스코가 맞아 주었지만 남편의 심상치 않은 표정을 알아채고 작은 눈을 동그랗게 떴다.
"왜 그래요?"
"아니, 그냥 좀."
교스케는 가방을 멘 채 곧장 2층 '작업실'에 들어가 문을 닫았다.
5년 전 신축할 때 사진 작업용 방을 마련했다. 여섯 평 공간을 셋으로 나눠 그 가운데 하나를 그가 말하는 공작실로 쓰고, 하나는 창고, 나머지 하나는 암실로 썼다. 공작실에는 사무용 책상 외에 카메라나 기자재를 수리하는 공작용 테이블, 단재기, 슬라이드용

영사기 등이 있고, 붙박이로 설치한 커다란 서가에는 네거티브필름 보존용 파일, 사진 앨범, 스크랩북 등이 빼곡히 꽂혀 있다. 다른 서가에는 카메라 서적, 국내외 사진가의 작품집, 사진연감 등이 나란히 꽂혀 있으며, 크기가 커서 서가 밖으로 삐져나온 카메라 잡지들은 밑에 쌓아 두었다. 벽에는 자신의 작품을 가득 붙여 놓았다. 그 한복판에는 A사의 연간 최고상에 빛나는 「격돌」이 전지 크기로 붙어 있다.

창고에는 다양한 기자재와 인화지 등을 넣어 둔다. 로커도 하나 있는데, 여기에는 열 대가 넘는 카메라, 다양한 교환렌즈, 필름 따위를 넣어 둔다. 암실에는 물론 수도와 배수 시설을 제대로 설비했고 사진 확대기도 두 대 놓여 있었다. 현상처리용 약품 병들이 약국 선반처럼 나란히 놓여 있다.

아마추어 처지에 전문 사진가 못지않게 이렇게 호사스러운 시설을 갖춘 것도 지난 몇 년간 후쿠주 생명보험 후지사와 지사에서 지난 몇 년간 실적이 3위 아래로 떨어진 적이 없기 때문이다—.

교스케는 공작실 서가에서 스크랩북 하나를 꺼내서 펼쳤다. 그의 시선은 작년 10월 4일자 조간에서 스크랩해 둔 〈3일 오후 11시경, 도메이 고속도로 고텐바-누마즈 구간 하행선에서 일어난 대형 추돌 사고〉 기사로 빨려 들어갔다.

'중형 승용차를 운전하던 회사원 야마우치 아키코 씨(23세, 도쿄도 분쿄 구 묘가다니 4-107)는 골절과 전신 화상으로 즉사…….'

교스케는 황급히 주머니에서 메모를 꺼냈다. 나카노 신이치가 전화로 일러 준 내용을 받아 적은 메모였다. '분쿄 구 묘가다니

4-107, 야마우치 미요코.'

역시 그랬다. 주소와 성이 마치 부절^{符節}처럼 딱 맞는다! 신문 활자와 자신의 메모를 앞에 나란히 놓고, 교스케는 꼼짝도 하지 않고 응시했다. 한동안 그 자세에서 움직일 수 없었다.

두 개의 시든 꽃다발

주소도 일치하고 야마우치라는 성도 같다. 나카노 신이치가 그녀를 생명보험에 가입할 첫 번째 고객으로 소개한 것은 순전히 우연일까? 야마가 교스케는 스크랩북에 붙인 신문 조각을 응시하며 생각했다.

나카노의 말에 따르면 야마우치 미요코는 번역가이며, 저널리스트인 나카노와는 업무 때문에 알게 되었다고 한다. 그 말은 있는 그대로 수긍할 수 있다. 하지만 야마우치 미요코와 야마우치 아키코는 어떤 관계일까? 주소와 성이 같다면 남이라고 볼 수는 없다. 자매일 가능성이 높다.

신문의 활자는 '회사원 야마우치 아키코 씨(23세)'라고 되어 있다. 23살이었다. 야마우치 미요코는 서른쯤 되었다고 나카노 신이치가 말했다. '번역가'로 자리를 잡았다면 나이가 그 정도는 되었으리라. 자매가 틀림없다.

—이건 정말 우연일 뿐일까.

그렇게 중얼거릴 때 난데없이 돌멩이가 날아든 것처럼 교스케의 가슴이 일렁였다.

'우연'이라는 단어가 튕겨 날아온 것이다. 그것은 자신의 내부에 존재하는 의미였다.

〈이런 결정적이고 순간적인 장면과 맞닥뜨리는 것은 1만 분의 1, 아니 10만 분의 1의 우연이라고 할 수밖에 없다. ―후루야 구라노스케의 평〉

〈이 사진은 촬영자가 '1만 분의 1 혹은 10만 분의 1의 우연'이라는 지극히 희귀한 기회를 만난 덕분에 탄생하였으며, 적어도 이 점에서는 어느 전문 카메라맨보다 뛰어납니다. ―A신문사 사진부장〉

아무도 이 '우연'의 내용을 모른다. 아는 사람은 교스케 자신뿐이다―.

이튿날 아침 야마가 교스케는 회사에 얼굴만 잠깐 비치고 전철역으로 가서 도카이도 선 하행 열차에 올랐다. 누마즈까지는 약 한 시간 반이 걸린다. 차창 밖에는 가랑비가 내렸다.

역에서 내려 택시를 탈 생각이었지만 3분만 기다리면 고텐바 선으로 갈아탈 수 있었다. 덕분에 택시비를 아낄 수 있겠다. 외근하러 멀리 나갈 때 교통비를 절약할 수 있는 방법을 궁리하는 습관이 몸에 배어 있다. 후지사와 시내나 가까운 교외라면 자신의 소형차를 운전했으리라. 투도어에 차체가 사주색인데 지금은 엔진을 손보느라 정비소에 맡겨 놓았다.

누마즈에서 세 번째 정차역은 스소노 역이다. 역 앞으로 나오니 비가 조금 굵어져 있었다. 접이식 우산도 준비해 왔고, 어깨에 멘 가죽 카메라 가방도 평소 모습 그대로다.
비 오는 날은 손님이 많은지 역 앞에 택시가 한 대도 없다. 그렇지 않더라도 이 역은 원래 택시가 많지 않은 모양이다.
이럴 줄 알았으면 누마즈 역에 내릴걸 그랬다고 후회하며 교스케는 대기 행렬 끝에 가서 비로 흐릿해진 후지산 산자락의 임야를 바라보았다.
한 시간 가까이 기다려서야 차례가 돌아왔다.
"골프장 쪽으로 갑시다."
택시 기사는 잠자코 달리기 시작했다. 고원으로 향하는 길을 따라 남쪽으로 향했다. 도중에 오른쪽 넓은 도로로 꺾으려고 하기에 그냥 직진해 달라고 주문하자 택시기사가 언짢은 음색으로 말했다.
"골프장에 가시는 게 아닌가요?"
도로는 오른쪽에 있는 도메이 고속도로와 나란히 달리는데, 누마즈 방면에서 오는 것과는 방향이 반대다. 잠시 후 고속도로를 가로질러 촌도를 연결하는 육교까지 왔다.
교스케는 차를 세워 달라고 말한 뒤 저자세로 부탁했다.
"여기서 30분쯤 기다려 주셨으면 좋겠는데, 그래 주실 수 있겠습니까?"
"이런 데서 어떻게 30분씩이나 기다립니까?"
운전기사가 퉁명스럽게 대꾸했다.

"사정 좀 봐주십시오. 이 근방에는 택시도 안 보이니 돌아갈 때 방법이 없지 않습니까. 웃돈 얹어 드릴게요."

"사실 여기까지도 손님이 골프장에 간다고 해서 태워 드렸던 겁니다. 골프장이었으면 나갈 때도 손님을 태울 수 있단 말입니다. 이런 데서 차를 돌리면 손님이 없어요. 역 앞에도 손님들이 줄지어 기다리고 있어서 바쁩니다."

교스케는 지갑을 열었지만 천 엔 권이 한 장도 없었다. 어쩔 수 없이 5천 엔 권을 내밀었다.

"기사님. 이걸 맡겨 둘 테니까 왕복 요금과 팁을 원하시는 대로 쳐서 계산해 주세요."

"정말 30분이면 돌아오시는 겁니까?"

운전기사는 시즈오카 사투리로 다짐을 놓고 5천 엔 권을 받았다.

교스케는 우산을 펴고 육교 중간까지 걸어갔다. 아래 고속도로를 내려다보니 트럭이나 승용차 지붕이 빗물에 번들거리며 상하행선을 흐르고 있었다. 비 때문에 평소보다 속도가 느리다.

돌아보니 육교 건너편에 방금 타고 온 택시가 서 있었다. 기사가 팔짱을 끼고 고개를 숙인 채 눈을 붙이려는 참이다. 택시 지붕에도 가는 빗방울이 떨어지고 있었다.

그 자리는 교스케가 그날 밤 자신의 소형차를 세워 두었던 곳이다. 헤드라이트를 끄고 그 자리에 오랜 시간 세워 두었다.

육교를 다 건너 절개지 비탈 위로 난 길을 따라 누마즈 방면으로 걸었다. 오솔길은 무성하게 자란 억새로 뒤덮여 있나. 비를 머금은 풀잎이 바지 끝자락과 구두를 흠뻑 적셨다.

눈에 익은 장소에 다다랐다. 주변을 둘러보았지만 인기척은 없었다. 건너편 비탈 위에 성긴 숲이 있었던 게 기억에 남았다. 그날은 저녁부터 여기에 와 있었기 때문에 주변 지형이 눈에 익었다. 지금은 그 성겼던 숲도 나뭇잎이 빽빽이 자라 풍성해졌고 위로는 하얀 연무가 진을 치고 있었다. 비탈 아랫자락은 온통 묽은 먹빛에 잠겨 있다.

단풍이 한창이던 작년 10월에 왔을 때와는 완연히 다르다. 메말랐던 억새 들판은 푸른색의 정기를 되찾았다.

비탈 위에서 고속도로 옆으로 내려가는 경사가 완만한 오솔길로 들어섰다. 우산을 든데다 무거운 카메라 가방을 어깨에 메고 걷느라 축축한 발이 자꾸 미끄러져서 힘이 들었다.

납빛 도로에서는 많은 차량이 변함없이 회오리바람을 일으키며 질주하고 있다. 교스케는 우산을 앞으로 기울였다. 운전기사들에게 얼굴을 보이고 싶지 않았다. 갓길로 내려와 걸었지만, 우산이 바람에 뒤집히려고 해서 절반쯤 접어 폭을 좁혔다. 바로 앞에서 트럭의 굉음만 들릴 뿐 우산에 막혀 보이지 않는다. 차량이 조금만 미끄러져도 아무것도 보지 못한 채 깔려 죽고 말 것이다.

그 장소에 도착했다.

비탈 아래에 묶은 꽃다발이 비에 젖고 있었다. 시든 장미의 꽃받침이 물에 잠기다시피 했다.

물론 희생자에게 공양된 것이다. 오래되어 보이기는 했어도 몇 달이나 묵었다고 할 정도는 아니다.

'탑차 트럭의 운전사 시마다 도시오, 조수 노다 도시키, 중형 승용차의 회사원 미노하라 하루오, 그 부인 가즈에, 중형 승용차의 회사원 야마우치 아키코, 라이트밴의 요네즈 에이키치―.'
 여섯 명의 연고자 가운데 누군가가 이 꽃다발을 공양하고 갔으리라.
 '야마우치 아키코에게 공양한 것이라고 단정할 수는 없지.'
 교스케는 자신에게 말했다.
 그 사고 이후 여기에는 종종 꽃다발이 공양되었을 것이다. 희생자에 대한 위령은 한동안 그치지 않는다. 하지만 어느새 현장에 일삼아 찾아오는 사람도 차차 드물어진다. 그리고 마침내 성묘만 하게 되는 것이다.
 교스케는 그 자리에서 물러났다. 누군가 등을 잡아당기는 듯한 느낌이 들었다. 도망치듯 황급히 걷기 시작한 것은 지나가던 차량이 원혼에게 조종당해 등뒤를 덮칠 것 같은 불안감을 느꼈기 때문이다.
 급히 오솔길을 올라갔다. 마침내 비탈 위로 올라섰다. 대형 트럭과 차량이 눈 아래 고속도로를 달려 가고 있다. 이제 마음이 놓였다. 탑차 트럭도 여기까지는 올라오지 못한다.
 교스케는 걸었다. 지금부터 하려는 일이 오늘 여기에 찾아온 목적이다.
 발 아래 비탈에 산철쭉이 한 무리 자라고 있었다. 아까 현장에서 100미터쯤 남쪽으로 떨어진 곳으로, 이 산철쭉이 표식이다.
 교스케는 산철쭉을 향해 풀이 무성한 비탈면을 내려갔다. 허리까지 오는 풀덤불에 맺힌 빗방울 때문에 하반신이 물속에서 막 나온 것처럼 푹 젖었다. 구두고 양말이고 흠뻑 젖었다. 반장화를 신고 왔으면 좋았을 텐데, 하고 후회할 만한 여유도 없었다.

우산을 들고 산철쭉 가까이까지 왔다. 아래 고속도로에는 차량의 기계적인 질주가 이어지고 있었다. 도로 건너편 비탈 위에는 비구름과 맞닿은 안개층이 드리워져 있다. 후지산 자락이라서 누마즈 같은 곳보다 지대가 훨씬 높다.

〈차량 연쇄 추돌 사고는 선행하던 탑차 트럭의 급정지와 전복 때문임이 분명하다. 하지만 문제는 그 트럭의 운전사 시마다 씨가 현장에 접어들었을 때 왜 급브레이크를 밟고 핸들을 오른쪽으로 틀었는가 하는 점이다. 갑자기 장애물을 발견하고 당황해서 그랬다면, 상행선 통행 차량의 신고를 받고 사고 발생 40분 만에 현장에 도착한 누마즈 경찰서 경관이 현장검증을 했을 때 어떤 장애물이나 흔적이 발견되었어야 한다. 그러나 아무런 흔적이 없었으며, 동이 튼 뒤에 실시한 현장 정밀 조사에서도 아무것도 발견되지 않았다. ……또 세 번째로 추돌한 라이트밴에 타고 있다가 살아난 요네즈 야스키치 씨는 추돌 직전 전방에서 빨간 불덩어리 같은 것을 본 듯하다고 말했으나, 경찰 조사 결과, 앞서 달리던 승용차 두 대가 탑차와 추돌하면서 일어난 불길을 착각한 것으로 밝혀졌다.〉

몇 번이나 읽어서 야마가 교스케의 머리에 아로새겨진 당시의 신문 기사 내용이다.

그 '불덩어리 같은 것'이 번쩍인 장소가 바로 지금 그가 서 있는 곳 아래였다—.

 교스케는 산철쭉 옆에 서서 아래쪽으로 눈길을 던졌다. 그러다가 시야 한쪽에 다른 뭔가가 들어오자 그곳으로 시선을 모았다. 활짝 핀 산철쭉 무리 사이에 하얀 물체가 놓여 있다.

 시든 꽃다발의 잔해다. 꽃도 잎도 원형은 망가지고 말았지만 비교적 덜 시든 꽃받침을 보고 복사꽃이라는 것을 알았다. 또 실 토막처럼 변한 긴 줄기도 보였는데, 아마 유채꽃인 듯하다. 하지만 그것보다 교스케의 눈길을 끈 것은, 역시 모양이 망가졌긴 해도 종이를 접어 만든 히나 인형이다. 인형이 까만 바늘처럼 변한 복사꽃 가지에 묶여 있다.

 교스케는 그것을 뚫어져라 응시했다. 이제 의문의 여지가 없다. 히나 인형을 복사꽃 가지에 묶어 놓았다면 그 위령의 대상은 여자다. 올해 3월 3일 모모노셋쿠나 그 전후에 누군가 여기에 와서 공양한 것이다.

 게다가 처음부터 이 자리에 공양되지는 않았을 것이다. 처음엔 고속도로 옆 추돌 사고 현장에 있던 게 틀림없다. 저 비탈 아래 갓길에 있던 장미 꽃다발은 오래되기는 했어도 이 복사꽃보다는 훨씬 새 거였다. 즉 그 뒤에 누군가가 와서 3월에 갓길에 놓아두었던 복사꽃 다발을 장미꽃 다발로 바꾼 뒤, 오래된 복사꽃 다발을 버리지 않고 여기 산철쭉 밑에 옮겨 놓았으리라.

 희생자 중에 여성은 회사원 미노하라 하루오의 아내 가즈에와 23살인 야마우치 아키코, 둘뿐이다. 히나 인형을 묶어 놓은 복사꽃으로 보건대 야마우치 아키코에게 공양한 것일 수밖에 없다. 모모노셋쿠니까.

이것을 공양하러 온 사람은 물론 고인의 연고자일 텐데, 종이를 접어 만든 히나 인형을 곁들인 점으로 보아 여성일 것이다. 남성이라면 꽃만 준비해 왔으리라. 색지를 정성껏 접어서 인형을 만들고 복사꽃 다발에 넣은 것은 여성의 행위다. 야마우치 미요코다. 이제는 아키코의 언니라고밖에 생각할 수 없었다.

그렇지만 오래된 복사꽃 다발을 옮겨 놓은 자리로 왜 하필 이 철쭉 더미를 골랐을까. 그냥 우연일까? 아니면 이 '우연'에도 어떤 필연성이 숨어 있는 걸까—?

교스케는 우산을 든 채 그 자리에 쪼그리고 앉았다. 길게 뻗은 풀이 어깨를 에워싸자 거기 맺혀 있던 빗방울이 목덜미로 떨어졌다.

'야마우치 미요코가 혼자 여기에 왔을까? 아니, 그렇게 생각하기는 힘들다. 나카노 신이치도 동행했겠지.'

그렇다면, 나카노 신이치는, 그 일을 눈치채고 여기에 야마우치 미요코를 데려온 것일까……?

처음 갓길에서 본 장미 꽃다발은 사고 현장에 놓여 있었으니 위령의 의미가 전부일 것이다. 흔히 볼 수 있는 광경이다. 문제는 이 산철쭉 밑이다. 사고 현장에서 여기로 꽃다발을 옮겨놓은 데에 어떤 특별한 의미가 있는 건 아닐까? 그렇다면 나카노 신이치는 진상을 어디까지 파악한 것일까—?

교스케는 차량이 지나가는 아래쪽 고속도로를 바라보다가 그 좌우를 둘러보았다. 양쪽 모두 완만한 커브 구간이다.

육교 위에서 무언가를 던진 것도 아니고 늘어뜨린 것도 아니었다. 급브레이크를 밟은 탑차 트럭과 육교는 멀리 떨어져 있다. '불덩어리 같은 것'은 이 장소, 산철쭉이 자라는 이 자리에서 빛났다. 질주해 오던 탑차 트럭의 전방으로 100미터가량 되는 지점이다. 하지만 사람이 이 자리에 서서 불덩어리를 들이미는 것은 불가능하다.

〈경찰의 현장조사에서 이물질의 흔적은 발견되지 않았다. …… 추돌 직전에 전방에서 빨간 불덩어리 같은 것을 본 듯하다고 말했지만, 경찰 조사 결과, 앞서 달리던 승용차 두 대가 탑차와 추돌하면서 일어난 불길을 착각한 것으로 밝혀졌다.〉

이 수수께끼의 공작은 아무도 눈치챌 수 없다.
교스케는 한숨을 쉬듯이 심호흡을 했다.
문득 스치는 생각이 있어 그는 구두 끝으로 풀덤불을 헤쳐 보았다. 뭔가 떨어져 있지는 않을까, 하고 심각한 눈빛으로 찾았다. 부주의하게 흘리지는 않았을까, 싶었다는 편이 맞겠다. 우산을 내던지고 양손으로 풀덤불을 헤치고 다녔다. 억새에 손이 베였다.
아무것도 흘리지 않았다. 아니, 떨어져 있지 않았다. 안심했다. 양 손바닥이 피와 빗물로 번들거렸다. 머리에서 물방울이 떨어졌다. 구두는 흙투성이가 되었다. 땅바닥을 기어 다니다시피 해서 무릎 아래며 카메라 가방이 풀잎과 황투루 범벅이 되었다.
그대로 우산을 받치고 비탈 위 오솔길을 걸었다. 번들거리는 끈 같은 게 풀덤불을 가로지른다. 뱀이라면 진저리를 치는 교스케는 안색이 돌변하여 육교로 도망쳐 돌아갔다.

택시가 보이지 않았다. 시계를 보니 차에서 내린 지 40분이나 지났다. 약속보다 10분이 지난 것이다. 요금을 제하더라도 택시 기사는 대략 4천 엔을 팁으로 뜯어갔다.

직접 차를 몰고 왔다면 이런 처지에 빠질 일도 없다. 그날 밤에는 바로 이 자리에 차를 다섯 시간 이상 세워 두었다.

교스케는 우산을 받치고 촌도를 따라 누마즈 방면으로 터벅터벅 걸었다. 고원은 운무에 갇혀 200미터 앞도 보이지 않았다.

'나카노 신이치는 어떤 사람일까. 야마우치 미요코와 어떤 관계일까.'

아무도 없는 비 오는 길을 걸으며 내내 생각했다.

가끔 만나는 비닐하우스도 빗물에 축 처져 있었다.

내면의 목소리

나카노 신이치의 신상을 알아내야겠어ㅡ.

도메이 고속도로의 그 현장을 둘러보고 이틀 뒤, 야마가 교스케는 보험 영업을 위해 정비를 마친 자신의 차량을 운전하면서 내내 생각했다.

고객을 찾아가서 상담하는 동안에도, 사무실로 돌아와 동료와 잡담을 할 때도 문득문득 그 생각이 떠올라 대화가 뒤죽박죽이 되었다.

방법은 두 가지다.

하나는 요코스카의 호텔 프런트에 전화를 걸어 나카노 신이치의 주소를 알아내는 것이다. 호텔에는 숙박객 카드가 있으니까.

또 한 가지 방법은 도쿄에 사는 야마우치 미요코에게 직접 전화해 보는 것이다. 나카노 신이치가 가르쳐 준 그녀의 전화번호가 수첩에 적혀 있다.

사흘 전 통화에서 나카노는 일주일쯤 취재 여행을 다녀온다고 했다. 본인이 없으니 프런트에 전화하는 데는 별 문제가 없다.

교스케는 회사 전화를 쓰지 않고 밖에 나가 공중전화 부스로 들어갔다.

호텔 교환수가 전화를 받았다. 객실 번호를 대자 짤각짤각 하는 소리가 나더니, 나카노 씨는 앞으로 사흘 정도 돌아오시지 않는다고 합니다, 하고 정중하게 대답한다.

그럼 프런트에 연결해 주세요, 하고 요구하자 곧 남자의 목소리로 바뀌었다.

"여보세요, 프런트입니다."

"방금 교환수가, 거기 숙박하는 나카노 신이치 씨가 여행중이라고 하던데, 맞습니까?"

"예, 그렇습니다. 사흘 뒤 호텔로 돌아오실 예정입니다."

차분한 목소리였다. 교스케는 그날 밤 프런트에 있던 남자의 얼굴을 떠올렸지만, 지금 통화하는 상대가 그 사람인지 아닌지는 알 수 없었다. 설령 그 남자라고 해도 한 번밖에 보지 못한 야마가의 목소리를 알 리 없다.

사정이 급해서 나카노 씨에게 연락을 해야 하는데 어디에 가셨는지 모르느냐고 묻자, 그건 저희도 모릅니다, 라는 대답이 돌아왔다.

"이거 큰일 났네요. 그럼 자택 전화번호라도 가르쳐 주십시오. 아, 저는 다나카라는 사람입니다만."

다나카니 와타나베니 하는 성은 거치적거릴 정도로 흔하다.

"죄송합니다만, 그건 알려 드릴 수 없게 되어 있습니다."

이 정도는 예상 못한 대답도 아니다.

"상황이 워낙 급해서 그래요. 나카노 씨 부인께라도 말씀드리려고 하는 겁니다."

남자의 목소리가 끊겼다. 고민하는 눈치다.

"여보세요, 안 되겠습니까?"

"고객의 자택 전화번호는 알려 드릴 수 없게 되어 있어서요. 죄송합니다."

전화를 건 사람이 누구인지를 안다면 또 모르지만, 신원을 알 수 없는 외부인의 전화 요청이라면 결코 응하지 않는 것이 고객을 보호해야 하는 호텔의 자세다.

"하지만, 상황이 워낙 급하다니까요."

교스케가 버텨 보았다.

"그럼 나카노 씨 주소는요?"

"나카노 씨는 외부 전화가 오면 메모만 받아 두고 자택 주소 등은 알려 주지 말라, 업무상 이런저런 번거로운 일이 일어날 수 있다고 하셨습니다."

"그래요? 알겠습니다."

더 이상 매달리지 않는 편이 좋겠다고 판단했다.

"죄송합니다. 다나카 씨라고 하셨죠? 나카노 씨가 돌아오시는 대로 다나카 씨가 전화하셨다고 전해 드리겠습니다."

교스케는 공중전화 부스를 나와 사무실로 돌아왔다.

―나카노 신이치는 자택 주소를 알려 주지 말라고 호텔에 입단속을 해 두었다. 신원을 드러내고 싶지 않아서? 아니면 저널리스트라는 업무 관계상 자택으로 이런저런 압력이 들어올 수 있기 때문에?

어느 쪽이든 가능하다.

전자의 경우, 주소를 알아내려는 전화가 호텔에 걸려 오리라는 것을 나카노 신이치가 예상했을 수 있다. 나카노는 그 상대가 나일 거라고 짐작했을까.

하지만 지금으로서는 그렇게까지 속단할 필요가 없을 듯하다. 왜냐하면 교스케가 그제 현장에 다녀왔다는 사실을 나카노가 알 리 없고, 따라서 이쪽을 경계하고 있지는 않을 터이기 때문이다. 나카노는 아직 이쪽의 생각을 눈치채지 못하고 있다. 생명보험에 가입할 가능성이 크다고 소개한 야마우치 미요코가 야마우치 아키코와 자매라는 사실을 눈치채고, 자신이 이틀 전에 비를 무릅쓰고 추돌 사고 현장에 다녀왔다는 사실을 알 리 없다.

그렇다면 나카노가 호텔에 입단속을 해 둔 까닭은 후자와 같은 단순한 이유에서이리라. 너무 걱정하지 않는 편이 좋을지도 모른다. 상대가 경계를 하지 않는다면 그보다 좋은 일은 없을 테니.
 남은 또 하나의 방법, 즉 야마우치 미요코에게 전화하는 것은 어떨까?
 전화를 걸 만한 자연스러운 이유는 있다. 소개자가 나카노 신이치이고, 나카노는 물론 자신의 이름을 저쪽에 전해 두었을 것이다. 나카노는 빨리 연락하는 게 좋다는 식으로 말했다.
 전화를 걸면 뭐라고 말해야 할까.
 ―저는 후쿠주 생명보험 후지사와 지사의 야마가 교스케라고 합니다.
 먼저 인사를 한다.
 ―나카노 신이치 씨에게 소개받았습니다만, 먼저 감사를 드립니다.
 야마우치 미요코가 전화를 받으면 이야기는 나카노 씨에게 들었다고 말해야 할 것이다.
 ―가까운 시일 안에 댁으로 찾아뵙고 싶습니다만, 언제쯤이 괜찮으십니까?
 그러면 저쪽은 언제 와 달라고 날짜를 지정할 것이다.
 그다음에 할 말이 궁하다.
 아무것도 모를 때라면 몰라도 야마우치 미요코가 아키코의 언니라는 사실을 안 이상, 미요코를 만나는 일이 영 내키지 않았다.
 사고 현장에 놓여 있던 메마른 복사꽃 다발에는 종이 히나 인형이 달려 있었다. 언니가 공양한 것이 틀림없다. 미요코가 그 장소에 나카노 신이치와 함께 갔던 거라면 섣불리 방심해서는 안 된다.

그녀와 대면하지 않아도 되는 전화를 통해서 나카노 신이치의 신상을 파악할 수는 없을까?

하지만 어려울 것이다. 야마우치 미요코에게 댁으로 찾아뵙겠다고 말한 이상 나카노의 주소를 전화로 묻는 건 아무래도 자연스럽지가 않다. 직접 만나면 대화중에 물을 수도 있겠지만, 내키지 않는다.

역시 무리를 해서라도 통화중에 물어보는 편이 좋겠다. 호텔에 전화를 걸었을 때처럼 이렇게 말해 보는 것이다.

—나카노 씨에게 드릴 말씀이 있어서 그러는데, 전화번호를 가르쳐 주실 수 있습니까? 공교롭게도 제가 명함을 받지 못해서요.

이 대목에서 교스케는 흠칫 놀랐다. 그렇지, 아직 나카노 신이치의 명함도 받지 못했다…….

교스케는 그제야 그 사실을 깨달았다.

나카노는 저널리스트라고 했다. 그렇다면 사람 만나는 것이 본업이다. 명함 없이 다닐 리가 없다. 자신도 그만 깜빡하고 명함을 달라는 말을 못했지만, 달라는 말을 하지 않아도 저쪽에서 알아서 내미는 것이 예의 아닌가.

나카노는 명함을 내놓지 않으려고 교묘하게 처신한 것 같다. 그렇다면 호텔에 입단속을 하면서 말했던 '외부 전화'란 결국 자신을 염두에 두고 한 말이 아닐까.

앞에 했던 자신의 생각이 얼마나 안이했는지 깨달았다. 야마우치 미요코와 통화하는 건 그만두기로 했다. 위험하다…….

"야마가 씨, 전화예요."

영업사원 전용 전화기를 집어 든 동료가 말했다. 때가 때인지라 가슴이 철렁했다.
"누구?"
저도 모르게 물었다.
"후루야 씨라고 하는데요."
"아."
후루야 구라노스케였다. 얼른 수화기를 낚아챘다.
"야마가입니다."
"음, 나야."
틀림없이 후루야 구라노스케의 목소리였다.
"아, 선생님……."
교스케는 수화기에다 대고 고개를 꾸뻑 숙였다.
"자네 지금 시간 있나?"
"아뇨, 하지만 시간이야 어떻게든 만들 수 있습니다. 지금 어디 계세요?"
"기타카마쿠라야. 엔가쿠지 사찰 근처."
"기타카마쿠라에 가셨습니까?"
"니혼바시에 있는 카메라 동호회가 기타카마쿠라로 출사하러 가는데, 내가 가이드로 초청을 받았네. 일정은 두 시간쯤 전에 다 끝나서 회원들과 모델은 돌아갔어. 나는 야마바토테이라는 후차^{중국식 사찰 요리}요릿집에서 한잔하고 있네. 시간 있으면 오지그래?"
"지금 가겠습니다. 엔가쿠지 사찰 옆에 있는 야마바토테이라고 하셨죠?"

시계를 보니 4시 30분이다.

교스케가 차를 운전해서 야마바토테이에 도착한 것은 한 시간 뒤였다. 기타카마쿠라의 좁은 도로는 중학생 단체 관광객과 일반 관광객으로 붐볐고 차량도 꼬리에 꼬리를 문 채 움직이질 않았다. 관광철이기도 하거니와 어제까지와는 달리 날씨도 쾌청했다.

후루야 구라노스케는 다실풍 6첩 객실에서 까만 앉은뱅이 탁자를 앞에 두고 앉아 있었다. 탁자 위에 음식 접시들이 보인다. 그는 까만색과 빨간색의 성긴 체크무늬 셔츠를 널찍한 어깨에 걸치고 있었다.

"오래간만에 뵙습니다, 선생님. 그간 격조했습니다."

교스케는 문지방 앞에 양손을 짚고 인사를 했다.

"아닐세. 자, 이리 앉게."

벗어진 이마가 백발이 섞인 긴 머리칼을 좌우로 나누고 있었다. 술 때문만이 아니라 평소에도 낯이 붉은 편이다. 목이 굵은 그는 셔츠 앞 단추를 세 개 풀어 놓은 상태였다.

"한잔하겠나?"

후루야 구라노스케가 맥주병을 집어 들었다.

"감사합니다. 오늘은 차를 가지고 왔으니 한 잔만 받겠습니다."

교스케가 온다고 하여 미리 주문해 두었는지 교스케의 앞에도 산채 접시와 두부 요리를 담은 주발이 놓인 앉은뱅이 탁자가 하나 더 나와 있었다.

컵에 따라 준 맥주를 마시고, 교스케는 무릎을 가지런히 모은 채 고개를 숙인 자세로 물었다.

"오늘 출사 모임이 있었다고요?"

"음. 아까 전화로 말했지? 니혼바시에서 도매상을 하는 젊은이들이었는데, 회원이 서른 명쯤 된다네. 오늘 온 사람이 스무 명인데, 카메라 마니아들이라 다들 대단한 카메라를 들고 왔더군. 나는 손때 묻은 35밀리 하나만 들고 왔는데."

"그래도 선생님, 실력은 하늘과 땅만큼 다르지요."

후루야 구라노스케가 눈을 가늘게 뜨고 웃는다. 니혼바시의 젊은 사장님들이라면 사례비도 적지 않았으리라. 그가 이렇게 요릿집에 자리를 잡고 술잔을 기울이며 흐뭇해하는 까닭도 알 만하다.

"그런데 야마가 군. 내가 자네를 부른 것은 다름이 아니라 오늘 촬영회에서 자네 이야기가 나와서야. 그 얘기를 듣고 보니 급히 자네를 만나고 싶어지더군."

"제 얘기가 나왔어요?"

대강 짐작은 되지만 짐짓 눈을 동그랗게 뜨며 물었다.

"A사의 연간 최고상 「격돌」 말이야. 그 작품이 화제에 올랐네. 내가 심사위원장이었다는 것을 모두 알고 있으니까."

"선생님 덕분입니다."

교스케는 새삼 허리를 굽혔다.

"아니, 아니, 그렇지 않아. 자네도 이제는 그렇게 겸손해할 필요 없네. 그 작품은 모두들 열렬히 칭찬하고 있으니까 마음 놓고 뽐내도 돼."

교스케는 말문이 막힌 듯이 고개를 숙였다.

그의 머릿속에 한 자락 구름의 그림자가 스치는 것을 느꼈다. 한 시간 전까지만 해도 나카노 신이치와 야마우치 미요코 문제로 고민하고 있었으니.

"그 사진은 어디서나 호평이야. 나도 심사위원장으로서 행운이었고."

"아니, 뭘요."

"하기야 자네도 1만 분의 1, 10만 분의 1의 기막힌 기회를 만난 거니까 운이 좋았지. 그런 행운이 앞으로 또 올지 어떨지 모르겠군."

"아마 처음이자 마지막이겠지요."

진심으로 말했다. 그 말에는 본인만이 아는 의미가 깃들어 있었다.

"음. 그런데 말이야, 그 사진이 하도 탁월한 탓에 요즘은 조금 곤란한 경향이 나타나고 있어."

"곤란한 경향이요? 그게 뭡니까, 선생님?"

"A사의 뉴스사진 공모전에 위험한 장면을 찍은 사진이 많아졌어. 물론 이게 자네 책임은 아니지만."

"어떤 사진들인데요?"

"예를 들면 아파트 7층의 도로 쪽 창틀에 아이가 앉아 있는 사진이라든지 꼬마 두 명이 철교에 매달려 있고 그 철로 저쪽에서 열차가 달려오는 사진 같은 것 말이야. 아파트 사진은 제목이 「꼬마야, 움직이지 마」, 철교 사진은 「위험해!」더군."

"예?"

"촬영자가 그런 장면을 우연히 발견했을 리는 없고, 다 연출이야. 아파트 사진의 경우는 아이 몸뚱이에 밧줄을 감아 그 끝을 부모가 단단히 쥐고 창문 안쪽에 쪼그리고 앉아 있어. 아이 옷이 까맣고 밧줄도 먹으로 까맣게 칠해 놓은데다 멀리서 찍었으니 알 수가 없지."

"……."

"철교에 아이가 매달려 있고 멀리서 열차가 달려오는 사진은 어른이 셔터를 누르자마자 재빨리 아이를 안아서 쏜살같이 피했겠지. 아무리 연출 사진이라지만 너무들 하더군."

"그렇게 위험한 짓을……."

"하기야 밤낮 카메라를 들고 돌아다녀도 결정적인 장면을 발견하기는 힘드니까. 자네처럼 10만 분의 1은 고사하고 천 분의 1의 우연도 만날 수 없지."

"저야 별난 경우죠."

"카메라 애호가들의 심리도 별나거든. 누구나 「격돌」을 의식하고 있어. 하지만 의식을 해도 도저히 안 되니까 그런 위험한 연출 사진을 찍는 거야. 그런 사진을 당선작으로 뽑아서 신문에 발표해 보라고. 독자는 연출 사진인 줄 모르니까 또 시끄러운 비난이 신문사로 쏟아지겠지. 시운마루 호 사례를 들면서 사진 찍을 시간이 있었으면 왜 사람을 구하러 달려가지 않았느냐 하고 말이야."

"그렇겠지요."

"물론 신문사 사람들과 사적으로 만나는 자리에선 나도 농담을 하곤 하지, 이렇게 시시한 작품들만 들어와서는 선정할 방법이 없으니까 개중에는 조금쯤 연출한 사진이 있어도 좋지 않느냐는 식으로 말이야."

"……."

후루야 구라노스케는 맥주잔을 들고 살찐 몸을 교스케 쪽으로 기울이며 걱정스러운 듯 낮은 목소리로 물었다.

"자네의「격돌」은 괜찮겠지?"

시대의 증언

가마쿠라에서 후루야 구라노스케를 만나고 나흘 뒤, 저녁에 사무실로 돌아온 야마가 교스케에게 전화가 걸려 왔다.

"요코스카의 호텔 캐널이랍니다."

회사 교환수의 목소리에 나카노 신이치가 일주일간의 여행을 마치고 호텔로 돌아왔음을 알았다. 가슴이 두근대는 것을 느끼며 수화기를 귀에 댔다.

"야마가 씨?"

목소리는 역시 나카노 신이치였다. 수염 기른 얼굴이 떠올랐다.

"아, 돌아오셨군요."

"네, 오늘 2시쯤에 호텔에 도착했습니다."

차분하지만 힘이 느껴진다.

"수고하셨습니다."

"고맙습니다. 출장을 가 있을 때 호텔에 다나카 씨라는 분한테서 전화가 왔었다는 메모가 남아 있던데, 통 기억에 없는 이름이군요.

혹시 야마가 씨가 전화하셨나요?"

"아뇨, 그런 적 없습니다."

"아, 그래요? 그런데 도쿄의 야마우치 미요코 씨한테는 전화해 보셨습니까?"

나카노는 온화한 목소리로 물었다.

"그게, 실은 아직 안 했습니다."

"아."

"죄송합니다. 모처럼 소개해 주셨는데, 공교롭게도 제가 담당한 가입자와 조금 골치 아픈 문제가 생겨서요. 그런 잡다한 일들 때문에 도쿄로 바로 올라갈 수가 없는 상태였습니다. 야마우치 씨와 통화를 하고 나면 지체 없이 찾아봬야 할 텐데, 제 형편이 그래서 아직까지 통화를 미루고 있었습니다."

"아, 그래요."

나카노 목소리가 어딘지 언짢은 투였다.

"정말 죄송합니다. 이쪽 문제들이 정리되는 대로 야마우치 씨에게 전화를 드리겠습니다."

"그래요? 실은 저도 여행중에 야마우치 씨한테 볼일이 있어서 잠깐 전화 통화를 했는데, 그때 아직 야마가 씨한테 연락을 받지 못했다는 말을 하더군요."

"이거 뭐라고 죄송하다는 말씀을 드려야 할지. 부디 나카노 씨께서 야마우치 씨에게 잘 말씀드려 주셨으면 좋겠습니다."

이참에 나카노의 자택 전화번호를 물어보자고 생각했다. 마침 좋은 기회다.

"나카노 씨는 호텔에 언제까지 묵을 예정이십니까?"

"조금 더 있을 예정입니다. 아직 일이 남아서요."

"여행은요?"

"현재로서는 계획이 없습니다."

"하지만 종종 댁에 들르시지요? 그 호텔은 작업실 같은 곳일 테니까요."

"물론 들르긴 하죠."

"제가 급히 연락할 때를 대비해서 자택 전화번호를 알려 주시겠습니까?"

얼른 연필을 쥐는데, "집에는 전화가 없어요"라는 나카노의 대답에 교스케는, 어, 하고 생각했다.

이건 또 무슨 소리일까. 어느 집에나 전화가 있기 마련이다. 게다가 나카노 신이치는 저널리스트다. 출판사나 거래처와 빈번하게 연락을 할 게 아닌가.

"제가 하는 일이 워낙 특수한 일이라서요."

나카노의 명쾌한 목소리가 수화기에서 흘러나왔다.

"제가 다양한 방면을 취재해서 리포트하고 있기 때문에 저를 비난하거나 협박하는 전화가 집에 자주 걸려 와요. 그것도 개인이 아니라 조직이 하니까 집요하게요. 가족들이 겁을 냅니다. 게다가 이렇게 집을 비울 때가 많으니까요. 그래서 아예 전화를 끊어 버렸습니다."

"그거 힘드셨겠군요."

교스케는 그런 일도 있나 싶었다. 자기가 모르는 세계였다.

"그래도 크게 불편하지는 않습니다. 출판사 같은 데는 볼일이 있으면 공중전화를 사용하면 되니까. 집에 전화가 없으니까 귀찮은 원고 재촉 전화를 받지 않는다는 점도 좋고요."

"아, 그렇습니까."

"지금 일을 조금 넘치게 받아서 힘이 듭니다. 그런 의미에서도 집에 전화가 없는 편이 좋지요. 야마가 씨한테 용무가 있을 때는 제가 전화를 할 테니, 저한테 연락할 일이 있으면 호텔 프런트에 전화해 주세요. 앞으로 일주일 정도는 더 묵을 예정이니까."

"알겠습니다."

"그런데 야마가 씨. 언제 한번 촬영 현장을 견학하게 해 주겠다고 하셨는데, 그건 아직 멀었나요?"

나카노는 말투를 살짝 바꾸며 물었다.

"아뇨, 가까운 시일 안에 어디로든 나가 볼까 생각중입니다."

그건 사실이었다. A신문사의 '연간 최고상'을 받은 뒤로는 '독자 뉴스사진 월간상'에 내내 응모하지 않았다. 이제는 다음 '월간상'쯤에는 출품을 해 봐야겠다고 생각하던 참이다.

"그렇다면 저를 꼭 데려가 주세요. 한번 견학을 하고 싶거든요. 지금 하는 작업을 어떻게든 조정해서 시간을 만들겠습니다."

"알겠습니다. 다만 지금은 소재를 궁리하는 중입니다. 살롱사진이라면 뭐든 찍을 수 있지만 제가 하는 것은 보도사진이니까요. 현대적인 소재여야 하는데, 찾기가 쉽지 않군요."

"그렇겠군요. 이번에도「격돌」못지않은, 아니 더 박력 넘치는 보도사진을 찍어 주세요. 자꾸 부탁드려서 죄송하지만 그 촬영 현장을 꼭 견학하게 해 주십시오."

"알겠습니다. 이삼일 안에 호텔로 연락을 드리죠. 아침에는 몇 시까지 객실에 계십니까?"

"오전 10시까지. 그게 아니면 밤 시간이죠. 그 시간이면 대개 있을 겁니다."

전화를 끊고 난 교스케는 책상에 턱을 괴었다.

나흘 전 가마쿠라 요릿집에서 후루야 구라노스케를 만났을 때, 후루야에게, "자네의 「격돌」은 괜찮겠지?"라는 질문을 받았다. 그 사진은 연출이 아니겠지, 하고 확인한 것이다.

요즘 A사의 '뉴스사진' 응모 작품의 질이 낮아서 '때로는 연출한 것이 있어도 좋지 않은가'라고 농담으로 던진 말을 교스케가 참말로 받아들인 것은 아닌가, 「격돌」도 그런 연출 사진이 아닐까, 하고 후루야도 걱정을 하고 있는 모양이다.

"당치 않습니다. 그런 처참한 추돌 사고를 어떻게 연출할 수 있겠습니까."

교스케는 정색을 하고 말했다.

"그건 그래. 하기야 여섯 명이나 죽고 세 명이 중상을 입었으니까. 그런 대형 사고를 연출해 낼 수는 없겠지. 그래, 그럴 거야."

술에 취한 후루야는 고개를 끄떡거렸다.

"혹시 그렇게 의심하는 사람이 있는 건가요?"

교스케의 머릿속에 나카노 신이치가 떠올랐다. 그런 사람이 또 있단 말인가?

"아니, 그런 게 아니야. 그런 사람은 없네. ······다만, 좀처럼 보기 힘든 우연이었는데 자네가 너무나 정확하게 그 현장에 있었다는 얘기를 동료 사진가한테 듣기는 했네. 물론 그거야 그 사람이 시샘해서 한 말일 뿐이야. 신경 쓸 것 없네. 음, 전혀 신경 쓸 일이 아니야."

후루야는 「격돌」이 연출 사진이 아니라는 확답을 듣고 안도했는지 이제는 그런 잡음 따위에 신경 쓰지 말라며 그를 위로했다. 그러고 나서, "다음달이나 다다음달쯤에는 A사의 뉴스사진에 응모해 보는 게 어떤가? 자네 작품이라면 이번에도 연간상 후보가 될 게 틀림없어. 연속해서 최고상을 받는다면 쓸데없는 잡음도 사라지겠지" 하고 더욱 격려했다.

후루야로서도, '이렇게 시시한 작품들만 들어와서는 선정할 방법이 없으니까 개중에 연출한 사진이 있어도 좋지 않느냐'는 자신의 발언이 의외로 동료 사진가들에게 알려져 있어 신경을 쓰는 눈치였다. 그의 격려는 그런 소문을 씻어내고 싶은 마음에서 비롯된 것 같기도 했다.

그러나 나카노 신이치는 상황이 다르다. 그렇게 생각하며 교스케는 손을 꼭 쥐었다.

나카노는 야마우치 미요코와 도메이 고속도로 사고 현장에 다녀왔다. 두 사람 말고는 생각할 수 없다.

도로 옆에 놓여 있던 꽃다발뿐이라면 희생자의 가족이 공양했다고 봐도 좋다. 일반적인 관행이기 때문이다. 그러나 추돌 현장뿐만 아니라 추돌의 원인을 만든 장소에까지 꽃다발이 놓여 있다는 건 특별한 의미를 띤다.

거기에 꽃다발을 갖다 놓은 자는 나카노 신이치가 틀림없다. 그러고 나서 안면이 전혀 없는 고객을 소개하겠다는 구실로 자신에게 접근한 것이다. 그것도 한두 명이 아니라, 그의 말에 따르면 그의 인맥으로 많은 고객을 소개하겠다고 했다.

그 시작이 야마우치 미요코였다. 다른 사람은 아직 소개하지 않았고, 구체적인 인적 사항도 입 밖에 내지 않았다. 왜일까?

나카노와 야마우치 미요코가 잘 아는 사이이기 때문이다. 말하자면 양해를 구했다기보다, 둘 사이에 이미 상의가 끝나 있었던 것이다. 즉 야마우치 미요코는 그의 협력자인 것이다. 야마우치 미요코는 추돌 사고로 죽은 야마우치 아키코의 언니가 분명하다. 이것은 분쿄 구 구청에 가서 주민표를 보면 금방 확인할 수 있다. 하지만 그래도 나카노 신이치에 대해서는 알 수 없다.

나카노 신이치가 자신에게 접근한 의도는 추돌 사고의 원인이 무엇인지 밝히기 위해서다, 그것 말고는 생각해 볼 만한 게 없다.

나카노도 분명히 야마가가 그 대형 사고 현장에 운 좋게 있었다는 '10만 분의 1의 우연'에 의혹을 품고 있는 것이다. 나흘 전 후루야 구라노스케도 그와 비슷한 의혹을 품고 있는 사진가가 있다고 했다. 그래서 후루야도 불안을 느끼고, 자네의「격돌」은 괜찮겠지, 하고 확인했던 것이다.

다만 나카노 신이치는 다른 이들보다 한두 걸음 앞서 가고 있다. 그는 추돌의 원인을 만든 장소에 다녀갔다. 불쑥 자신에게 접근한 것도 그 연장선상에 있는 행동인에 틀림없다.

자신에게 접근한 것은 사고 원인을 구체적으로 파헤치고 싶기 때문이다. 나카노 신이치는 장소를 추정할 수는 있었지만 원인이 된 공작이 무엇이었는지를 알아내지 못했다.

그것은 누구라도 쉽게 알아낼 수 없다. 자신이 고안한 독자적인 방법이기 때문이다.

하지만 현장에 다녀갔다는 사실만으로도 나카노는 다른 자들보다 자신에게 더 바짝 다가서고 있다. 저널리스트의 직감일까? 나카노가 보도사진 촬영 현장을 견학하게 해 달라고 강력히 부탁한 까닭도 자신의 촬영 방식을 보면서 해결의 실마리를 잡아내려고 하는 것 아닌가ㅡ.

교스케는 몸이 희미하게 떨리는 것을 느꼈다.

저녁을 먹은 뒤 교스케는 신문을 펼치고 무심코 사회면을 훑어보았다. '최근의 폭주족ㅡ그 생태'라는 제목이었다.

> 도쿄 도를 중심으로 폭주족이 부활하고 있다. 위험한 집단 주행을 금지한 1978년 12월의 도로교통법 개정 이래 잠잠해졌지만, 올해는 여름철을 앞두고 일찌감치, 일제히 모습을 드러냈다. 경시청이 4월 말까지 확인한 차량 대수만 해도 작년 같은 시기의 다섯 배나 된다. 쇠파이프나 각목을 동원한 패싸움이 두드러지는 한편, 집단의 중심이 16~17세로 저연령화하는 동시에 이륜차가 증가하였고 집단의 규모가 작아진 것이 특징이다. 처음부터 흉기를 준비하고 적대 그룹을 찾아 몰려다니며, 정차중인

차량에서 연료를 절취하는 등 이제는 "폭주족을 지나 소년 갱단이 되었다"(경시청 소년2과)라고 평가할 정도다.

경시청 조사에 따르면 현재 도쿄 도내의 폭주족은 주요 그룹만 해도 40개, 구성원은 약 3천5백 명. 작년 같은 시기에 비해 5개 그룹이 늘고 멤버도 3할 가까이 증가했다. 특히 청소년이 전체의 96퍼센트를 차지하며, 이 가운데 17세가 35퍼센트, 16세가 30퍼센트다. 이렇게 연령층이 낮은 탓에 차량도 이륜차가 중심이 되어, 작년보다 6할이나 늘어난 전체의 4분의 3이 된다.

이들 그룹은 토요일마다 도쿄 주변을 돌며, 전체 주행 대수는 작년의 5배다. 올해는 그룹 간의 패싸움과 린치가 많아졌다는 것이 특징이다. 폭주족의 폭력 사건은 4월 말까지 120건으로 작년 같은 시기의 약 4배이며, 패싸움도 작년 같은 시기에 3건인데 비해 올해는 이미 10건에 달한다. 2월 초순에는 신주쿠 구내의 야마노테도리를 달리던 30명에게 잠복중이던 다른 그룹이 돌이나 벽돌을 던지며 난투극을 벌였다. 그 후에도 대립하는 그룹의 멤버들이 서로 린치를 가하는가 하면 4월 말에는 에도가와 구내에서 적대 그룹을 습격하기 위해 화염병까지 준비한 폭주족 멤버가 체포되었다.

이 밖에 일반 차량을 쫓아다니며 위협하거나 운전자를 끌어내 구타하고 현금을 강탈하는 등 강도 행각까지 저지르는 사례(세타가야구), 정치중인 차량에서 고무 호스로 연료를 빼내는 사례

(고다이라 시, 에도가와 구) 등도 증가하고 있다.

폭주족이 좋아하는 도로는 진구가이엔보다는 시나가와 구에서 오타 구에 걸쳐 있는 시나가와 부두와 오이 부두를 중심으로 한 완간灣岸 도로다. 최근에 건설된 만큼 도로 폭도 넓고 주변에 민가가 전혀 없으며, 도쿄 화물 터미널 선, 도쿄 세관, 국제 컨테이너 터미널, 각 선박 회사의 도크, 화력발전소 등이 늘어서 있어서 통행 차량도 적다. 게다가 일종의 순환도로로 되어 있어, 그 안쪽에는 터미널 선과 입체 교차로를 통해 지바 방면으로 빠지는 도쿄 만 해저터널의 유료도로 등이 있고, 바깥쪽은 드넓은 초원이 있어 폭주족에게는 최고의 입지 조건이다. 따라서 이곳은 야간 폭주족의 해방구가 되었다.

올해는 3, 40명의 소집단이 많고, '순찰차 2, 3대 정도라면 그냥 밀어붙인다', '다른 그룹을 만나면 반드시 본때를 보여 준다'는 등 태도가 몹시 호전적인데다 연령층이 낮은 탓에 리더의 통제력이 약해서 무질서한 폭주가 되는 경향이 있다.

그들은 왜 폭주할까? 현재 가장 큰 그룹 가운데 한 곳의 리더 역할을 하고 있는 A군(17세)은 '오토바이는 내가 시키는 대로 움직이고, 그 엄청난 속도는 모든 것을 잊고 몰두하게 만든다. 폭주족 세계에서는 배짱만 두둑하면 특공대장이 될 수 있다. 여럿이 함께 움직이면 뭐든지 할 수 있을 것 같은 기분이 든다'라고 폭주족의 심리를 말했다.

교스케는 이 기사에 강하게 끌렸다. 두 번이고 세 번이고 읽었다.

폭주족—. 요즘 젊은이의 심리나 생태를 단적으로 보여 주는 소재 아닌가. 이것이야말로 현대적인 주제다. 후루야 구라노스케는 '보도사진은 시대의 증언'이라고 입버릇처럼 말하지만, 이게 바로 시대의 증언이 아니겠는가.

좋아, 이번에는 이것을 찍자, 하고 교스케는 결정했다.

그 순간, 촬영 현장을 견학하게 해 달라고 조르던 나카노 신이치가 떠올랐다.

현장 사전 답사

야마가 교스케는 이튿날 아침 9시 30분에 사무실에 얼굴을 비쳤다. 영업부는 아직 아무도 출근하지 않았다. 그는 평소처럼 칠판에 '행선지-요코하마 방면. 목적-고객 상담'이라고 적어 놓고 사무실을 나섰다.

교스케는 자주색 투도어 소형차를 운전하여 요코하마로 향했다. 차를 바꾼 지 이제 겨우 2년째다. 시내로 들어가지 않고 제1게이힌 국도를 한참 달렸다. 도로는 차량으로 붐볐다. 연방 지도를 확인하며 오모리히가시에서 동쪽으로 꺾었다. 후지사와에서 여기까지 오는데 세 시간이나 걸렸다.

우회전을 하고 보니 폭이 20미터는 될 법한 포장도로가 나왔다.

새로 닦은 도로인 만큼 납빛 노면은 푸르스름한 기운을 발했고, 깨끗한 백선이 선명하게 그어져 있었다. 중앙분리대의 나무들도 꼭 정원수 같다.

이곳은 바다를 대대적으로 매립해서 만든 인공 평야로, 광활한 땅이 수평으로 뻗어 있다. 북쪽과 서쪽 끝에는 시내의 잡다한 건물들이 파도에 밀린 물가의 쓰레기 더미처럼 나란히 서 있다. 동쪽 끝은 도쿄 만일 테지만 바다는 보이지 않았다. 지평선 끝에 빨갛고 작은 연필 끝 같은 것들이 30개쯤 나란히 늘어서 있다. 시선을 모아보니 거대한 크레인이었다. 낮고 하얀 건물들이 그 옆에 자리 잡고 있다. 그곳이 부두인 모양이다.

교스케는 콘크리트 육교 옆에 차를 세웠다. 육교 끝에 '오이 남부 육교'라는 이름이 새겨져 있다. 남북으로 뻗은 무수한 철로와, 그것과 평행으로 난 도로가 5, 6미터 눈 아래로 내려다 보인다. 터미널은 지도에 나오는 신칸센 조차장으로 쓰이고 있고, 팬터그래프용 전선이 그 위를 복잡하게 가로지른다. 완간 도로는 유료 고속도로이고, 그 너머에 지바 방면으로 가는 해저 터널이 있다. 상하행선을 차량 몇 대가 달리고 있었다. 이것이 이 광막한 평야의 '고랑'에 해당한다. 그것 말고는 넓은 자동차 도로의 한 줄기가 부두 쪽으로 뻗어 가다가, 그 끝에서 북쪽으로 꺾인 뒤 직선으로 달린다. 그러다가 다시 서쪽으로 꺾이고 이윽고 남쪽으로 꺾여 직진하다가 처음 지나온 이 도로와 만난다. 워낙 광활한 평야여서 여기서 바라보기만 해서는 도로의 구조를 파악할 수 없지만, 지도에는 그렇게 전체적으로 변형된 사각형을 이루고 있다. 그 사각형 한

복판에 신칸센의 조차용 노선과 해저 터널로 향하는 유료도로라는
'고랑'이 지나가는 것이다. 그 외에 사각형 안쪽은 풀만 마구 자라
는 망망한 들판이다.

착륙 태세에 들어간 여객기가 머리 위를 저공으로 지나갔다. 하
네다 공항이 남쪽에 있다.

사각의 자동차 도로는 일종의 순환도로인데, 총 길이가 10킬로
미터가 넘을까 말까 했다. 밤에 몰려나오는 폭주족에게는 마음에
꼭 드는 놀이터임이 틀림없다. 순환도로를 뺑뺑 돌면 되는 것이다.
그 놀이에 싫증이 나면, 시바우라로 가는 '가이간 도로'라는 직선
코스가 연결되어 있다. 해가 지면 부두에 있는 선박 회사 창고에
볼일이 있지 않고서야 통행하는 차량도 없을 것이다. 실제로 햇볕
이 쨍쨍한 지금도 트럭과 승용차는 대여섯 대밖에 보이지 않았다.

차로 변 보도 옆으로 철쭉나무와 버드나무가 자라고, 그 뒤쪽에
각종 식물의 덤불이 담을 이루고 있었다. 조성된 숲에는 메밀잣밤
나무 같은 것도 보이고 열대식물 비슷한 것도 보인다. 교스케가 뱀
이 나올까 경계하며 그 속으로 들어가 보니 숲은 폭이 3미터 정도
되었고, 숲을 통과하자 바로 앞에 널찍한 벌판이 나타났다. 풀이
무성하게 자라고 있다. 자동차 도로를 따라 4층 정도 되는 건물이
나 창고 같은 것들이 띄엄띄엄 눈에 띈다. 몇 만 헥타르나 되는 공
간에서 건물들은 프라모델처럼 빈약해 보였다.

교스케는 차를 타고 자동차 도로를 달렸다. 커브 구간으로 접어
들었다. 서행하며 오른쪽을 내다보니 도로가 갈라져 있고 신호등
아래 '남부 육교-동쪽 입구'란 표식이 보였다. 도로에는 넓은 간격

으로 가로등이 서 있었다. 왼쪽으로는 관목의 담이 이어진다.
경륜 선수가 훈련을 하고 있었다. 핸들에 상체를 바짝 붙이고 질주하는 선수도 있고 자동차 타이어 한 개를 끈으로 매달고 가는 선수도 보인다. 하체를 단련하는 모양이다.
그들을 추월할 때 경륜 선수가 운전석의 교스케를 힐끔 쳐다보았다. 그대로 달리자 왼쪽으로 도쿄 세관 사무소가 나타났다. 아까 멀리서 장난감처럼 보였던 건물이다. 오른쪽에는 선박 회사의 매우 살풍경한 창고들이 나란히 서 있다.
여기까지 오니, 멀리서는 뾰족한 연필 끝처럼 보였던 하역 크레인이 거대한 모습으로 늘어서서 창고 지붕 위로 우뚝 솟아 있었다. 상부에 사다리처럼 공중을 향해 뻗어 올린 것은 화물선에서 화물을 매달아 내리거나 부두의 화물을 화물선으로 실어 올리는 암이었다. 크레인은 다리 네 개를 벌리고 있어서 마치 기린처럼 보였다. 다리 중간쯤에 냉동 상자처럼 생긴 하얀 구조물이 있었는데, 아마도 기계실 같았다. 어느 크레인이나 작업을 하지 않고 죽은 듯 가만히 있다.
교스케는 차를 계속 몰았다. 도로가 왼쪽으로 커브를 이루는 근방부터 오르막이 되면서 곧 육교가 나왔다. 그곳에 차를 세우고 내렸다. 육교 밑에 아까 본 터널로 가는 완간 도로와 신칸센 터미널 선로가 있었다. 육교의 내리막이 끝나는 곳은 입체 교차로로, 하네다-하마마쓰초 구간 모노레일 고가와 고속 하네다선 고가가 나란히 달리고, 자동차 도로는 그 밑을 지나 서쪽으로 향하고 있었다. 지도를 보면 이 도로는 가이간 도로라고 부르는 남북 자동차 도로로 연결되며 사각형의 한 변을 이룬다.

상당히 높은 육교 위에 서 보니 주변 지형이 한눈에 들어왔다. 이 네모난 순환도로는 굉음을 내지르며 집단으로 질주하는 폭주족의 놀이터로 썩 어울려 보인다.

그뿐만이 아니다. 야간에는 난투극을 벌일 장소로도 제격이리라. 신문 기사에 따르면 서로 적대하는 그룹들이 각목이나 쇠파이프를 들고 정면으로 결투를 벌이거나 매복을 하고 있다가 습격한다고 한다. 한낮에 조용한 이 도로도 캄캄한 한밤중에는 속도와 폭력에 열광하는 청소년들의 무대가 된다—.

육교 오른쪽에 굴뚝을 높이 세운 공장이 있었다. 지도에는 쓰레기 처리장이라고 나와 있다. 저 굴뚝 중간까지 사다리를 타고 올라가 폭주족의 난투극을 부감으로 촬영하면 어떨까. 하지만 굴뚝에 부착된 계단 중간에는 두 명이 머물 만한 자리가 없다.

가능하면 특이한 환경으로 상대방을 끌어들여 심리적으로 압박해 속셈을 토로하게 해야 한다. 호락호락한 상대가 아니다. 평범한 장소에서는 아무것도 털어놓지 않을 게 틀림없다. 상대방이 그 일을 어디까지 눈치채고 있는지를 알아야 한다—.

이 쓰레기 처리장의 굴뚝은 너무 높다. 자동차 도로에서도 너무 멀다. 망원 렌즈를 사용한다고 해도 볼만한 화면이 나올 것 같지 않았다. 밤이라는 조건을 고려해야 한다. 광원은 가로등과 오토바이 무리의 헤드라이트밖에 없다. 좀 더 가까운 곳은 없을까.

시선을 왼쪽으로 옮겼을 때 아까 보았던 크레인의 '연주^{列柱}'가 눈에 들어왔다. 부두에 일렬을 이루고 있는 약 30기 중에서 자동차 도로와 가장 가까운 것을 찾아보았다. 적당한 것이 눈에 들어온다.

다시 차를 타고 일단 육교를 건너, 중앙분리대를 오른쪽에 끼고 크게 유턴하여 반대 차선으로 들어섰다. 육교로 돌아올 때 왼쪽에 화력발전소가 보였다. 왔던 길을 돌아갈 때는 서행하며 도로 왼쪽을 살펴보았다. 관청 같은 건물이 두 채 나란히 서 있었다. '요코하마 식물방역소'라고 되어 있다. 담으로 구획된 다음 건물 출입구에 '게이힌 외무부두공단'이란 이름이 박혀 있다. 크레인들은 그 배후에 커다란 자태로 총총히 서 있다. 가까이서 보니 일부 크레인에는 빨간색과 흰색 페인트가 얼룩덜룩 칠해져 있었다.

두 건물 사이에 부두로 나가는 골목이 있다. 차 한 대가 겨우 지나갈 만한 폭이다. 교스케는 식물방역소 담 앞에 차를 세웠다.

내렸을 때 출입구를 나오던 직원이 그를 힐끔 쳐다보았다. 특별히 주목하는 기색도 없이 반대 방향으로 보도를 걸어간다. 뒷모습이 수척했다.

골목은 포장이 되지 않아서, 빗물에 물러진 땅이 깊이 새겨진 차량의 바퀴 자국 그대로 말라 있었다. 도로 양쪽의 방역소와 공단 벽 가에는 쓰레기가 쌓여 있다. 골목을 30미터쯤 걷자 부두의 안벽岸壁이 나왔다. 비로소 바다가 보이고 바다 냄새가 났다. 배는 한 척도 없었다. 지도를 보니 국제 컨테이너 터미널이라고 되어 있다. 각 선박 회사의 창고가 늘어서 있고 하역장에는 크레인이 정렬해 있었다.

바로 앞에 있는 크레인은 안벽에 거대한 다리 네 개를 버티고 우뚝 서 있었다. 밑동부터 꼭대기까지 크레인의 모습을 온전하게 보는 것은 여기에 와서야 가능했다. 크레인이라기보다 타워였다. 작업을 쉬고 있었기 때문에 화물을 들어 올리는 암을 위로 쳐들고 있는데, 첨탑 같기도 하고 기린의 목 같기도 했다. 그 끝에 하얀 구름이 걸려 있었다. 높이가 30미터는 될 것 같았다.

지면에 접한 다리에 철제 사다리가 붙어 있다. 사다리는 다리를 따라 똑바로 올라가다가 가랑이를 벌려 건너편 다리로 비스듬히 건넌 뒤, 거기에서 다시 이쪽 다리로 비스듬하게 건너 오게 되는 구조다. 사다리는 그렇게 두 다리 사이를 왕복하는 방식으로 꼭대기까지 닿아 있다. 교스케는 사다리의 첫 번째 왕복이 끝나는 지점에 설치돼 있는, 냉동고처럼 하얀 페인트를 칠한 기계실로 눈길을 던졌다. 그것은 돌출된 철골 가로대 한쪽에 위치하고 있었다. 기계실 옆에도 철제 사다리가 달려 있어서 기계실의 평평한 옥상으로 올라갈 수 있게 되어 있다. 옥상 가장자리에는 하얗게 칠한 난간이 설치되어 있어서 면적은 좁아도 전망대 겸 광장으로 쓸 수 있게 만들어 놓은 듯했다. 눈대중으로 높이가 지상에서 14, 5미터는 돼 보였다.

저 기계실 옥상에 올라가면 자동차 도로를 부감할 수 있을 것이다. 도로까지의 거리는 사선으로 100미터쯤 될 것 같은데, 300밀리 망원 렌즈를 사용하면 충분할 듯하다―나카노에게 그렇게 설명하고 저 기계실 옥상으로 유인하자. 작업이 없는 야간이므로 주위에는 아무도 없다. 다리에 붙어 있는 철제 사다리를 오르는 일도, 기계실 옥상까지 올라가는 데도 아무 문제가 없을 것이다. 이렇게 크레인에 접근하는 데도 아무 방해가 없었다. 화물선이 입항하지 않을 때는 감시인도 없으리라.

교스케는 야간의 크레인 위를 상상해 보았다. 작업이 없으니 조명도 꺼져 있다. 하지만 부두의 창고 앞 외등이 켜지고 자동차 도로에는 가로등이 줄지어 켜진다. 그밖에 건물마다 문등이 켜진다. 그 외에는 암흑 속에 광대한 초원 지대만 펼쳐져 있을 뿐이다. 지역 외곽을 시가지 조명이 둘러싸고 있다. 어두운 바다에는 마스트의 등이 움직이리라. 도쿄 만의 윤곽을 따라 크게 호를 그리는 시가지의 불빛이 띠를 이루며 반짝이고, 이곳 부두 지역은 다시 해저에 가라앉아 버린 듯이 고독 속에 누워 있을 것이다. 특이한 환경이라면 이보다 좋은 장소도 없다—.

공기를 찢는 음향이 위쪽에서 떨어져 내렸다. 올려다보니 착륙하는 여객기가 기수를 내리고 머리 바로 위를 지나는 중이다. 창문으로 사람 모습이 보일 정도로 가까웠다.

교스케는 골목으로 향했다. 외무공단 뒤에서 파란 작업복 상의를 걸친 여직원 두 명이 산책을 하려는 분위기로 걸어 나왔다. 둘은 그에게 시선을 던졌지만 별로 관심을 보이는 눈치는 아니었다.

그는 천천히 자기 차로 돌아갔다.

후지사와로 돌아온 저녁, 교스케는 요코스카의 호텔 캐널에 전화를 했다. 이 시간이면 나카노 신이치가 호텔에 있을지 모른다.

예상한 대로 호텔 교환수는 나카노와 연결해 주었다.

"야마가입니다. 안녕하십니까?"

"오. 마침 잘 거셨어요. 지금 막 호텔에 돌아온 참입니다."

"여전히 바쁘신 모양입니다."

"매일 허둥거리고 있죠. ……아, 참, 도쿄의 야마우치 씨한테는 연락해 보셨습니까?"

"그게 아직입니다. 죄송합니다. 가까운 시일 안에 그분께 꼭 전화를 드리겠습니다."

지금은 야마우치 미요코에 대해서는 언급하지 않는 편이 좋다.

"이렇게 전화를 드린 용건은 다름이 아니라, 나카노 씨께서 전부터 제가 촬영할 때 함께하고 싶다고 하신 것 때문입니다만……."

"예. 촬영 현장을 꼭 견학하고 싶습니다. 어디로 정하셨습니까?"

"한 가지 테마가 떠올랐습니다. 폭주족의 생태입니다."

"오, 폭주족이라. 과연 보도사진에 잘 어울리겠습니다."

"그럴 것 같습니다. 해서 이번 주 토요일 밤 오이 부두에 가 보기로 했습니다."

"오이 부두? 하네다 근처 말입니까?"

"네. 거기 광활한 매립지에 훌륭한 자동차 도로가 있어요. 폭주족이 제 집 마당처럼 몰려다니는 곳이랍니다. 게다가 그룹 간 패싸움도 벌이고……."

"아, 그 기사라면 저도 어제 봤습니다."

나카노도 알고 있었다. 그렇다면 더욱 잘됐다.

"폭주족은 현대적이고 흥미로운 소재 아닙니까? 젊은이들의 폭력적 에너지를 잡아낸다. 저도 같이 가 보고 싶군요."

예상대로 나카노가 냉큼 호응했다.

"가실래요?"

"방해가 되지 않는다면 꼭 같이 가고 싶습니다."

가게 된다면 무슨 일이 있어도 시간을 만들어 보겠다고, 전에 말했던 대로 나왔다.

"그럼 7시 30분에 그곳에서 만날까요?"

"그런데 제가 오이 부두를 잘 모릅니다. 이름은 들어 본 적 있지만 아직 가 본 적이 없어서."

이것도 반가운 말이었다.

"그래요? 그럼, 그곳에 오이 남부 육교라는 곳이 있습니다. 그 육교 위에서 만나는 걸로 하죠."

"오이 남부 육교."

나카노는 메모를 하는 것 같다.

"네. 저는 제 차로 갈 겁니다. 실은 요코스카의 호텔에 들러서 나카노 씨를 모시고 가면 좋겠지만, 도로가 혼잡한 시간대라 늦어질 것 같아서요."

"아뇨, 저는 전철로 직행하겠습니다. 시나가와 역에 내려서 택시를 타고 갈게요."

"그렇게 해 주시겠습니까? 죄송합니다."

이것도 자신에게 안성맞춤인 상황이었다.

"오늘이 화요일이니까 토요일이면 나흘 뒤로군요?"

나카노가 확인하며 물었다.

"그렇습니다. 토요일 오후 7시 30분에 뵙겠습니다."

"7시 30분이라면 너무 이르지 않나요? 폭주족은 더 늦은 시간대에 출몰한다고 들었는데."

"11시경부터 새벽까지 활동한다더군요. 하지만 촬영 준비도 해야 하니까 현장에 일찌감치 도착해야 합니다. 장소도 미리 정해 두어야 하고요. 폭주족이 질주할 장소나 난투극을 벌일 만한 장소는 대충 짐작이 갑니다만."

"그렇군요. 그런데 위험하지 않을까요? 공연히 휩쓸려서 봉변을 당하면 안 될 텐데요."

"그런 사태를 피하기 위해서라도 장소를 미리 정해야 합니다. 그 사전 작업부터 나카노 씨와 함께하고 싶습니다."

"아주 재미있겠군요."

나카노의 목소리에 흥분이 묻어났다.

"지정한 시간과 장소에 늦지 않게 가겠습니다. 제가 준비할 건 없나요?"

"아무것도 없습니다. 그냥 제가 어떻게 촬영 작업을 하는지 지켜보시기만 하면 됩니다."

교스케는 확실하게 못을 박았다. 아마추어가 쓸데없이 촬영 도구를 들고 오면 방해만 될 뿐이다.

어둠 속을 함께 걷다

요즘은 오후 6시 30분은 지나야 어두워지기 시작한다. 7시는 돼야 밤이 된다. 5월 24일 토요일이었다.

오모리 시내에서 오이 부두 방면으로 가는 넓은 도로로 들어선 야마가 교스케는 의외다 싶었다. 요전번 화요일 한낮에 보러 왔을 때는, 시내만 벗어나면 들판과 창고, 입체 교차로 밑의 완간 도로, 터미널 선밖에 없으므로 아무래도 이 지역은 밤에는 캄캄하겠다고 짐작했기 때문이다.

교스케는 오이 남부 육교에서 차를 세우고 내렸다. 밑에는 완간 도로가 교차하고 있다. 이곳은 조금 높은 곳이라 광대한 매립지를 전체적으로 둘러보기에 좋다. 대낮에 왔을 때 가로등이 있다는 것은 알았지만 낮과 밤은 의외로 달라서, 밝은 조명이 넓은 지면 구석구석까지 설치되어 있었다. 여기에서 보니 마치 빛의 꽃들이 들판에 흐드러지게 피어난 듯했다.

멀리 동쪽을 응시하니 밤하늘에 보일 듯 말 듯 작고 붉은 등 서너 개가 세로로 쓸쓸히 켜져 있고, 그런 불빛들이 일정한 간격을 두고 옆으로 여러 개 늘어서 있다. 붉은 등은 부두 안벽에 서 있는 크레인들의 기린같이 생긴 철제 암에 부착된 것이었다.

교스케는 육교의 콘크리트 난간에 기대어 담배를 피웠다. 화요일에 와서 점찍어 둔 자리는 왼쪽에서 세 번째 크레인이다. 그곳이 요코하마 식물방역소나 게이힌 외무부두공단 앞 도로와 가장 가깝다. 그 크레인의 높은 곳에서도 붉은 등이 어둠을 배경으로 힘없이 빛나고 있었다.

지나가는 차량은 거의 보이지 않았다. 5분 동안 트럭 두 대, 승용차 한 대가 전부였다. 창고가 있는 쪽에서 시내로 나가는 차량뿐이고 반대 방향으로 들어오는 차량은 없었다.

공중에서 굉음이 쏟아졌다. 올려다보니 커다란 여객기의 검은 그림자가 지나간다. 거기에도 빨간 등 세 개가 삼각형을 이루며 별처럼 박혀 있다. 착륙 태세에 있는 기체의 그림자는 매우 컸다. 객석의 둥근 창문으로 흘러나오는 하얀 빛들이 재봉틀 바늘로 누빈 것처럼 나란히 박혀 있다.

교스케는 손목시계를 들여다보았다. 7시 45분이다. 약속 시간이 15분 지났다. 나카노 신이치는 요코스카에서 여기로 올 때 전철을 타고 시나가와 역에서 내려 택시를 타겠다고 했다. 그렇다면 오모리히가시 교차점을 돌아서 오리라 짐작하고 교스케는 그쪽을 주시했다. 하지만 헤드라이트는 보이지 않았다. 약속을 착각했을 리는 없다. 촬영 현장을 견학하길 그렇게 바라던 사람이니까 반드시 올 것이다. 도로가 막혔거나 운전사가 이곳을 몰라서 헤매고 있을지도 모른다.

행인은 보이지 않았다. 물론 대낮에 보았던 훈련중인 경륜 선수들도 없었다. 인적도 없는 곳에 가로등만 밝게 빛나고 있는 게 아까울 정도였다.

두 번째 담배를 뽑아 물고 라이터로 불을 붙여 두어 모금 빨았을 때, 땅속에서 솟은 것처럼 육교 밑에서 사람 그림자가 불쑥 나타났다. 교스케는 흠칫 놀랐다.

"안녕하세요, 야마가 씨."

틀림없이 나카노 신이치의 목소리다.

순간 경륜 선수가 나타난 줄 알았다. 챙이 긴 검은 모자에 검은 셔츠, 깊은 상의, 껌은 바지 차림이다. 가보능 물빛에 모자 밑 수염은 보였지만 모자챙의 그림자 때문에 얼굴 절반은 컴컴했다.

나타난 장소도 놀라웠지만 까마귀 같은 모습에 교스케는 어안이 벙벙했다.

"오래 기다리게 해서 죄송합니다."

나카노는 수염 가운데로 하얀 이를 드러냈다.

"어디에 계셨어요?"

교스케는 나카노의 검정 일색의 차림을 빤히 쳐다보며 물었다.

"이 육교 밑입니다."

"육교 밑?"

"여기는 자동차 도로 육교지만, 이 밑에 보도 전용 육교도 있더군요. 택시를 타고 도착해 보니 7시 20분쯤이었는데 너무 일찍 왔구나 싶어서, 아래 육교를 통해 도로로 나가 주변을 천천히 돌아다녔습니다. 그러다 보니 어느새 늦고 말았군요. 죄송합니다."

"그랬어요? 통 몰랐네요. 그런데 복장이 참 특이하십니다. 제 이름을 부르지 않았으면 나카노 씨인 줄도 몰랐을 겁니다."

교스케는 그의 검은 옷차림을 보며 말했다.

"이거 말입니까?"

나카노가 시선을 밑으로 던지며 제 복장을 살핀다.

"아는 사람 중에 야구 심판이 있어요. 그 사람한테 심판복을 빌렸습니다."

"아, 그렇군요."

"이렇게 검은 옷을 입고 있으면 폭주족한테 들키지 않을 것 같아서요. 요즘 젊은 폭주족들은 지나가는 행인까지 마구잡이로 공격한다니까요."

"심판복을 입으시니 닌자 같군요. 아마 괜찮으실 겁니다."

교스케는 슬쩍 야유를 섞어 웃었다.

"이제 촬영 준비를 시작하셔야죠? 시간은 아직 충분할 듯합니다만. 폭주족이 나오는 시각이 10시쯤 아닙니까?"

나카노가 말했다.

"그때까지 카메라 위치를 정해 둡시다. 자동차 도로를 한 바퀴 돌아 볼 테니까 차에 타시죠."

"알겠습니다."

교스케가 운전석에 올라탔지만 나카노는 바로 차에 타지 않고 도로 건너편으로 걸어가 모습을 감추었다. 그곳은 아까 그가 불쑥 나타난 쪽이었다. 무엇을 하려나 지켜보니 2분도 채 지나기 전에 다시 심판복 차림의 나카노가 나타났다. 이번에는 골프 가방을 메고 바삐 돌아온다. 발소리가 나지 않는다 했더니 고무 밑창이 달린 운동화를 신고 있었다.

어? 여기 오기 전에 골프장에 들렀나? 하고 교스케는 생각했다.

"자, 타시죠."

투도어 차량이므로 교스케는 조수석 의자를 앞으로 쓰러뜨렸다. 어둠 때문에 자주색 차체가 검게 보였다.

"고맙습니다."

나카노는 검은 모자를 쓴 머리를 수그리고 골프 가방을 안은 옹색한 자세로 차 안으로 들어와 뒷좌석 한쪽에 앉았다. 골프 가방을 양 무릎 앞에 세우고 손으로 잡고 있는데, 가방 속에서 금속성 소리가 딸깍딸깍 울린다. 좌석 한쪽에는 교스케의 커다란 카메라 가방이 실려 있었다.

"골프 치고 오셨습니까?"

교스케는 운전석에서 몸을 기울이고 한손을 뻗어 문을 닫은 뒤 헤드라이트를 켜며 물었다. 도로 전방이 별안간 새하얗게 빛난다.

"아뇨, 골프는 안 칩니다. 이건 골프 가방이지만 안에 있는 것은 전혀 다른 물건입니다. 지금은 조금 부끄러워서 뭔지는 말씀드릴 수 없지만요, 필요하면 나중에 꺼내서 보여 드릴게요."

나카노는 망설이면서 대답을 회피했다.

"그보다 야마가 씨가 촬영하는 모습을 얼른 구경하고 싶군요. 어떤 신선한 앵글로 폭주족을 포착하실지. ……오늘 밤을 무척 기대했습니다. 부탁을 들어주셔서 정말 고맙습니다."

"아뇨, 천만에요. 너무 기대하지는 마세요. 보도사진 촬영은 그때그때 운에 달린 거니까요."

"하지만 야마가 씨 머릿속에는 이미 콘티가 있겠지요? 어떤 상황을 담아낼지, 어떤 구도를 택할지……."

교스케는 시동을 걸고 자주색 차량을 움직이기 시작했다.

"물론 막연하기는 해도 콘티가 있습니다. 안 그러면 마냥 헤매게 되거든요. 하지만 현장에 가 보면 상황이 예상과는 또 다를 수 있으니까 조건에 따라 바뀔 때도 있습니다."

"그렇군요."

헤드라이트가 전면의 넓은 도로를 비추며 천천히 움직였다. 가로등 빛이 양쪽에서 쏟아져 내린다. 역시 차량은 한 대도 보이지 않았다.

"예상보다 주변이 밝군요. 가로등이 이렇게 많을 줄이야."

뒷좌석에서 나카노가 말했다.

"나카노 씨는 여기 처음 오시죠?"

"오이 부두라는 이름은 들어 봤지만 와 본 적은 없습니다."

나카노는 신기한 듯이 양쪽 창밖으로 시선을 던지다가 교스케의 등에다 대고 물었다.

"저어, 저쪽 멀리 띄엄띄엄 보이는 붉은 등은 뭐죠?"

"아, 저거요?"

저곳이 바로 당신을 데려가려고 하는 곳이야, 하고 속으로 생각하며 "크레인입니다. 저기가 부두라서 선박을 위한 하역 전용 크레인이 여러 대 설치되어 있지요"라고 설명했다.

"아하."

나카노는 무언가 말하고 싶은 눈치였지만 왼쪽 창문을 보더니 문득 말했다.

"아, 죄송합니다만 여기서 세워 주세요."

교스케는 천천히 브레이크를 밟았다. 나카노가 무엇을 봤는지 궁금했다.

"잠깐 내려 보고 싶군요."

교스케가 조수석 의자를 앞으로 넘겨 주자, 나카노는 조수석 위에 생긴 공간을 엉금엉금 기는 자세로 움직여 문 밖으로 나갔다.

도로 변에 선 그는, 이름도 알 수 없는 식물이 무성히 자라 거뭇한 나무숲을 등지고 좌우를 열심히 둘러보았다. 기로등 밑이라 식물의 잎들이 빛을 받아 하얗게 보인다.

무엇을 보고 있는 거지? 하며 교스케도 엔진을 켜 둔 채 운전석에서 내렸다.

"폭주족들이 이 도로를 달리는 거죠?"

옆으로 다가간 교스케에게 나카노가 물었다. 가로등 불빛 아래서 그의 심판복은 새까맣게 보였다.

"그럴 것 같습니다. 조금 전 우리가 만난 오이 남부 육교에서 자동차 도로를 타고 여기로 와서 북쪽으로 직진합니다. 그러다 서쪽으로 꺾은 뒤 잠시 달리다가 남쪽으로 방향을 틀어 다시 오이 남부 육교로 가는 거죠. 이 자동차 도로는 대충 그렇게 네모난 순환선으로 되어 있습니다."

교스케는 가로등이 두 줄로 늘어선 도로를 가리키며 말했다. 자동차 도로의 저쪽은 원근법 도해를 보는 것처럼 좁아졌다. 그에 따라 가로등도 간격이 좁아지고 빛도 작아졌다. 하지만 차로는 이 넓은 지역에 걸쳐 사통팔달이라고 해도 좋을 만큼 많이 깔려 있었으므로, 도로마다 서 있는 가로등이나 창고 따위의 불빛이 겹쳐서 교스케가 지난번에 느낀 것처럼 어두운 광야에 흐드러지게 피어난 빛의 꽃처럼 보였다.

"이곳은 완만하게 커브를 이루고 있군요."

나카노가 방금 지나온 길을 바라보며 말했다.

도로는 부드럽게 휘어 있고, 따라서 보도의 뒤로 나무들의 담이 불룩하게 튀어나와 있었다.

"그렇군요."

교스케도 그와 함께 그쪽을 바라보았다. 나카노가 차를 세운 것은 이 커브가 눈에 들어왔기 때문일까?

"완만해 보이지만 곡률이 R=500미터쯤 되지 않을까요?"

나카노가 말했다.

"그게 무슨 뜻이죠?"

"커브를 이루는 원의 반지름이 500미터라는 뜻입니다. 도로공학을 하는 친구한테 들은 적이 있어요. 커브 비율에 대해서 말이죠. 보세요, 도메이 고속도로에도 커브 구간이 흔하지 않습니까? 시속 100킬로 이상으로 달리는 차가 많아서 커브 설계를 완만한 곡률로 한다고 합니다. 대부분 R=1200미터 정도라고 하더군요. 그렇게 하면 차량 운전자가 조망할 수 있는 거리가 500미터 정도라네요."

교스케의 심장박동이 빨라졌다.

"이 도로의 커브 구간에서 조망 가능한 거리는 200미터 정도군요. 도메이 고속도로의 약 3분의 1이죠. 문외한의 추측입니다만, 대체로 R=500미터쯤으로 보입니다."

그는 눈앞의 커브 구간을 지그시 바라보며 말했다.

"나카노 씨는 도메이 고속도로에 가서 그런 커브 구간에 대해 조사해 보신 적이 있습니까?"

교스케는 나카노 신이치의 표정을 시야 한쪽에 두며 짐짓 아무렇지도 않게 물었다.

"아뇨, 일삼아 알아본 건 아니에요. 도메이 고속도로를 지나다니다 보면 커브 구간이 많이 보이니까요."

나카노의 목소리는 평온했다. 그가 내처 말했다.

"제 생각입니다만, 오토바이를 모는 폭주족은 시속 150킬로 정도는 낼 겁니다. 그런 엄청난 속도로 이 커브를 제대로 통과할 수 있을까요?"

나카노는 이야기를 폭주족 쪽으로 돌렸다.

"커브를 돌 때는 속도를 줄이겠죠. 그 아이들은 집단으로 달린다고 하니까 한 대라도 도로 밖으로 튀어 나가면 큰 혼란에 빠질 겁니다."

교스케는 말했다.

"바로 그겁니다."

"네? 뭐가요?"

"적대 그룹과 패싸움을 한다잖아요. 이 커브 구간이라면 200미터 앞까지밖에 보이지 않아요. 서로의 모습이 커브에 가려져서 보이지 않을 겁니다. 속도도 떨어뜨렸겠다, 마주쳐서 난투극 벌이기에 딱 좋은 장소 아닙니까?"

"저는 폭주족의 난투극을 목격한 적이 없어서 모르겠군요."

"하지만 가능성은 있어요. 카메라를 여기 커브 구간에 쑥 들어간 구석에 놓는 게 어떻습니까? 마침 여기 무성한 덤불이 있군요. 저 속에 숨어서 폭주족이 몰려오기를 기다리는 겁니다."

그렇게 말하고 나카노는 성큼성큼 보도 쪽으로 가다가 우뚝 멈춰서 팔짱을 끼고 커브 쪽을 응시했다.

"음, 비슷해."

그가 혼잣말을 중얼거렸다.

"뭐가, 아니, 무엇과 비슷하다는 겁니까?"

교스케가 물었다.

"여기는 마치 도메이 고속도로의 커브 구간을 축소해 놓은 것 같다는 생각이 문득 들었어요. 폭이 20미터는 돼 보이는 도로잖아요. 이렇게 차량이 없으니 속도는 얼마든지 낼 수 있어요. 고속도로와 거의 똑같아요."

일삼아 그 현장에 가서 조사한 적은 없다, 도메이 고속도로를 여러 차례 지나다니면서 경험했을 뿐이다, 라고 나카노는 말했다.

교스케가 적당한 대답을 찾고 있는데, 그렇죠, 야마가 씨? 하며 나카노가 내처 말했다.

"폭주족은 잠복하고 있다가 적대 그룹을 공격하기도 한다고 합니다. 그렇다면 이 장소야말로 잠복하기에 딱 좋은 곳 아닙니까?"

"글쎄요."

잘 모르겠네요, 라는 듯이 교스케는 고개를 갸웃했다.

그러자 나카노는 담처럼 자란 덤불로 다가갔다.

"이 덤불 너머는 어떻게 생겼을까."

당장이라도 그 안으로 발을 들여놓으려고 한다.

"그 너머에는 아무것도 없어요. 풀만 자라는 망망한 벌판입니다."

교스케는 저도 모르게 그렇게 말했다. 말하고 나서 아차 싶었다. 이곳을 사전에 조사했다는 사실을 나카노 신이치에게 알려서는 곤란하다.

"아니, 저도 여기 와 본 적은 없지만 지도에 그렇게 나와 있거든요."

나카노 신이치가 발소리를 내지 않고 돌아왔다―.

죽마

"그럼 이 자동차 도로를 조금 더 돌아보면서 폭주족의 생태를 잘 찍을 수 있는 장소를 찾아볼까요?"

교스케가 재촉하자 나카노는, 그럴까요, 하고 대답하고 차에 올라탔다. 길을 조금 달리자 나카노는 오른쪽으로 얼굴을 돌리며 말했다.

"저기서 길이 갈라지는군요."

50미터쯤 앞에 빨간빛이 점멸하고 있는 교통신호기가 있었다. 둘은 그곳에서 내렸다.

"지도를 보고 알았습니다만, 저 도로는 하네다 공항 북쪽에 있는 인공섬 조난지마까지 똑바로 나 있습니다."

교스케는 그쪽을 바라보는 나카노에게 말했다.

"아, 그래요?"

"지금 우리가 가려고 하는 이 길 정면에도 육교가 있는데, 거기서 서쪽으로 건너면 아까 말했던 대로 한 바퀴를 도는 셈입니다. 폭주족이 꼭 그 순환도로만 달린다고 할 수는 없어요. 육교에서 유턴하여 부두 앞 도로라든지 시바우라 쪽으로 가는 가이간 도로, 혹은 이 조난지마행 도로 등 내키는 대로 코스를 바꾸면서 자유자재로 달립니다."

"미리 조사를 많이 해 놓으셨군요?"

"그야, 폭주족의 코스 정도는 사람들한테 물어서 미리 파악해 두지 않으면 카메라를 어디에 설치해야 하는지 알 수 없을 테니까요.

안 그러면 허탕을 치겠죠."

"그렇겠죠."

나카노는 수염을 기른 얼굴로 빙글빙글 웃으며 작고 빨간 등이 점점이 늘어선 쪽을 바라보았다.

"폭주족들이 저기 크레인 앞 도로를 달리기도 할까요?"

"그렇다더군요. 여하튼 어디가 좋을지 더 돌아보도록 하죠."

운전석으로 돌아간 교스케는 뒤이어 올라타는 나카노를 위해 조수석 의자를 앞으로 쓰러뜨려 주었다.

"번번이 귀찮게 해 드리는군요."

나카노는 몸을 구부리고 들어와 뒷좌석에 앉았다. 헤드라이트 불빛이 다시 전면의 도로를 달렸다. 옆에 '도쿄 세관'이라는 간판이 달린 3층짜리 작은 건물이 보인다. 오른쪽으로 창고들이 지나가고 문마다 잠겨 있는 긴 울타리가 이어졌다. 직선 도로였고, 오가는 차량은 없었다.

"야마가 씨."

뒤에서 나카노가 골프 가방을 부스럭거렸다.

"예."

핸들을 쥔 채 교스케가 대답했다.

"아까부터 얻어 타고 있습니다만, 이거 좋은 차군요. ○○입니까?"

나카노는 자주색 차량의 제조사를 알아맞혔다.

"맞아요. 2년 전에 샀습니다."

"업무를 보러 다니실 때는 늘 이 차를 타고 다니십니까?"

"네. 그래서 일찌감치 부실해졌습니다. 요전번에도 정비소에 들어갔다 나왔지요."

"포도어보다 투도어를 좋아하시나 봐요?"

"일하러 혼자 타고 돌아다니는 데는 투도어가 좋죠. 이건 소형차니까요. 좁은 도로에서도 잘 달립니다. 게다가 가격이 싸거든요."

교스케가 살짝 웃었다.

"그럼 업무뿐만 아니라 촬영하러 다니실 때도 이 차를 이용하시겠군요."

교스케는 2초쯤 뜸을 들이다가, "뭐, 그렇죠" 하고 낮은 소리로 대답했다.

작년 10월 3일 밤, 도메이 고속도로 고텐바-누마즈 구간에서 추돌 사고가 일어났을 때도 이 차를 타고 갔다. 나카노가 그것을 확인하는 듯해 대답하는 목소리가 무거워졌다.

"저기가 오이 북부 육교입니다."

교스케는 그 이야기를 계속하려는 나카노의 입을 틀어막듯 조금 커다란 목소리로 말했다. 정면의 자동차 도로는 오르막이 되었고, 그 도로를 올라가 왼쪽으로 핸들을 틀자 긴 육교 위로 나왔다.

"잠깐 내려 볼까요?"

교스케는 나카노에게 권유하고 문을 열었다.

육교는 꽤 높았고, 밑으로 신칸센 터미널 노선이 달린다. 해저 터널로 들어가는 완간 도로도 그 철로와 나란히 달리고 있다. 두 사람은 육교 난간에 나란히 기대어 함께 주변을 둘러보았다.

이 광대한 매립지에는 많은 가로등이 켜져 있지만, 매립지의 북쪽 끝에 해당하는 이 자리에서는 빛들이 중첩되어 한 무리를 이룬 것처럼 보였다. 그것은 이곳의 대극에 해당하는 오이 남부 육교 위에서 바라본 야경과 비슷했다.

"아주 높은 굴뚝이 있군요."

나카노가 오른쪽 건물로 시선을 던지며 말했다.

"쓰레기 처리장 같습니다."

교스케는 말했다. 연기는 나오지 않았다.

나카노는 조금 뒤쪽을 돌아보았다.

"저 공장은요?"

"화력발전소입니다. 지도에 그렇게 나옵니다."

사전에 답사를 마쳤다는 사실을 감추려고 교스케는 전부 지도에서 얻은 지식인 것처럼 말했다.

둘은 몸을 돌려 반대쪽을 바라보며 난간에 등을 기댔다.

인기척도 없이 쥐죽은 듯 조용한 창고 거리가 가로등 아래 펼쳐져 있었다. 가로등들은 사람 없는 자동차 도로도 비추었다.

하늘에는 희미하게 흩어진 별들이 보인다. 그 동쪽 아래에는 전갈자리의 안타레스와 헷갈리는 작고 빨간빛들이 정렬해 있다.

"여기에서는 부두의 크레인이 가깝게 보이는군요."

나카노는 검은 모자챙 밑의 눈길을 점점이 늘어선 빨간 별들로 던지며 담배를 입에 물었다.

"폭주족이 이 육교 위를 통과할까요?"

나카노가 담배 연기를 토하며 물었다.

"그럴 거라고 예상됩니다. 제 예상으로는 우리가 방금 지나온 도

로를 달려서 이 육교를 건너고 저기 쓰레기 처리장 앞 도로를 남쪽
으로 달리다가 아까 본 오이 남부 육교 쪽으로 돌아갈 겁니다. 즉
순환 코스가 되는 거죠. 또는 저기 보이는 하네다행 유료 고속도로
와 모노레일 고가를 지나 가이간 도로를 달려 시바우라를 왕복할
수도 있습니다. 그리고 아까 말씀드린 것처럼 남쪽의 조난지마로
가는 도로가 있죠. 지도에 따르면 다양한 도로가 있는 것 같습니
다."

교스케는 각각의 방향을 손으로 가리켰다.
"폭주족은 어느 도로를 통해서 이 매립지로 올까요?"
나카노가 계속 담배를 피우며 물었다.
"여러 가지가 있겠지만, 환상 7호선을 타고 북쪽에서 남하해 올
확률이 큽니다. 간부들은 휴게소 같은 곳에 모여서 요기를 하죠.
그러다가 인원수가 적당히 모이면 휴게소 주차장에 세워 둔 오토
바이를 타고 환상 7호선을 달립니다. 도로변에서 오토바이를 타고
기다리던 소년들이 그들에게 합류하면서 차차 인원이 불어나는 겁
니다. 쇠파이프 같은 무기를 들고."
"무섭네요. ……아, 요기라고 하시니까 말인데, 저녁은 드셨습니
까?"

나카노는 문득 생각난 것처럼 물었다.
"먹었습니다."
"댁에 들러서요?"
"아뇨, 사무실에서 곧장 여기로 왔어요. 식사는 도중에 휴게소에
서 했고요. 저녁에 고객을 만나러 돌아다닐 때는 늘 그렇게 하죠.

집사람도 제가 어디로 가는지는 모릅니다."

"그럼 오늘 밤 폭주족을 촬영하러 여기 오신 것도?"

"그렇습니다. 집사람이나 사무실 사람들한테는 얘기하지 않았습니다. 폭주족을 찍으러 간다는 말은 아무래도 말하기가 거북하니까요."

아무한테도 말하지 않은 것은 사실이었다. 나카노를 만나려는 목적이 있었기 때문이다.

"부인께서 걱정하시지 않나요?"

"괜찮아요. 업무 때문에 새벽 한 시, 두 시에 귀가할 때도 있으니까요. 이제는 늦으면 늦나 보다 합니다."

나카노는 모자챙 밑에서 미소를 짓고 안심한 듯이 고개를 끄덕였다.

"나카노 씨는 저녁을 드셨나요?"

"저도 먹어 두었습니다. 하지만 폭주족 촬영이 끝나면 늦어질 테니까, 끝나고 어디 24시간 영업하는 가게에 같이 가시죠. 그때쯤이면 아무래도 출출할 테니까요."

"그러죠. 폭주족들은 11시 가까이 돼야 나타날 테니."

"이제 겨우 8시 30분이네요."

나카노는 손목시계를 가로등 불빛에 비추어 보며 말했다.

"촬영을 준비하기에 적당한 시간이네요. 카메라를 설치하고 기다릴 장소를 선택해야 하니까요."

"아까 그 커브 지점은 어떻습니까?"

"그 자리도 나쁘지는 않지만……."

교스케는 부두 안벽 쪽으로 눈길을 돌렸다.

"저는, 저기 하역 크레인 위로 올라가서 앞 도로를 달리는 폭주족을 부감으로 찍고 싶군요. 누구한테 들었는데, 저쪽 도로에서 종종 난투극이 벌어진다고 합니다."

"저렇게 높은 곳에 올라간다고요?"

나카노는 눈을 동그랗게 떴다.

"아뇨, 물론 위로 쭉 올라가 있는 암 끝까지 올라가자는 건 아닙니다. 그건 높이가 30미터쯤 되니까요. 거기까지 가기는 힘들고, 무엇보다 도로에서 너무 멀어집니다. 그 중간에 크레인을 운전하는 기계실이 있어요. 그 지붕이 평평하니까 거기로 올라가 보고 싶어요. 지상에서 14, 5미터쯤이나 될까요? 거기에서 망원 렌즈 카메라를 설치하고 촬영하는 겁니다. 색다른 앵글이 될 겁니다."

"오, 그거 재미있겠군요. 커브 구간에서 기다리면서 평면 촬영을 하는 것보다 더 기발한 구도가 될 것 같네요."

나카노는 담배를 버리고 조금 흥분한 듯이 양손을 비볐다.

"하지만 야마가 씨, 저기에서 보면 이쪽 도로가 어두울 텐데 제대로 찍힐까요?"

그는 그 방향을 바라보며 말했다. 크레인의 작고 빨간빛들이 변함없이 밤하늘에 예쁘게 정렬해 있다.

"괜찮습니다. 가로등 빛이 상당히 밝고, 5, 60 대나 되는 오토바이들의 헤드라이트가 알맞은 광원이 돼 줄 겁니다."

"오, 그런가요? 하지만 크레인과 도로의 거리가 꽤 멀 것 같은데요. 강력한 스트로보를 사용하나요?"

"스트로보를 터뜨리면 아무것도 안 됩니다. 그랬다가는 폭주족들한테 들키고 말 겁니다. 그냥 느린 셔터 속도로 찍습니다."

"그럼 상이 흔들리거나 흐르게 될 텐데요?"

"그 점이 매력이죠. 운동감이 표현될 테니까요. 피사체가 정지해 있는 그림이 되면 폭주족의 질주든 난투극이든 느낌이 살아나질 않아요. 300밀리 렌즈로 조리개를 2.8이나 3.5로 맞추고, 셔터 속도는 60분의 1이나 30분의 1로 찍는 게 좋겠어요. 그 정도라면 피사체가 적당히 흔들려서 운동감을 만들어 낼 수 있습니다."

교스케는 일찌감치 현장 강의를 했다.

"그럼 가 볼까요?"

교스케가 차를 향해 걷기 시작하자 나카노는 다시 한 번 안벽의 크레인을 바라보며 허리에 손을 받치고 말했다.

"야마가 씨. 도로와 최대한 가까운 곳이라면 왼쪽에서 세 번째 죽마에 오르는 건가요?"

"죽마? 죽마라뇨?"

교스케가 어리둥절한 얼굴로 나카노에게 반문했다.

"아, 미안해요. 안벽에서 낚시하는 사람들이 저 크레인을 그렇게 부른답니다. 크레인이 죽마를 닮았다고 해서."

"아."

듣고 보니 하역 크레인은 기린보다 죽마라고 부르는 편이 더 어울릴 것 같았다. 크레인 다리에 교차되게 부착한 철근 기둥이 죽마의 다리를 닮았다.

교스케는 흠칫 놀랐다.

"나카노 씨는 저 안벽에서 낚시를 해 본 적이 있으십니까?"

"아뇨, 저는 여기 와 본 적이 없어요. 낚시에는 전혀 취미가 없어서요. 도쿄에 있는 친구 중에 낚시를 좋아하는 녀석이 있는데, 그 친구한테 들은 이야기입니다. 낚시하는 사람들끼리 부두 안벽에서 모이기로 약속할 때는 크레인을 죽마라는 애칭으로 부르는데, 왼쪽에서 네 번째 죽마에서 보자거나 오른쪽에서 일곱 번째 죽마 밑에서 모이자는 식으로 얘기한다더군요."

이거 방심하면 안 되겠군, 하고 교스케는 생각했다. 나카노는 낚시하러 와 본 적이 없다고 하지만 그 친구한테 크레인 부근의 지형에 대해 들어 보았는지도 모른다.

"하지만 크레인이 늘어선 안벽에서 낚시를 할 수 있나요? 저기는 선박 회사 구내여서 외부인이 들어갈 수 없잖아요. 경비 초소 같은 것이 있을 테고 경비원도 근무하고 있을 텐데."

"아뇨, 저기에 샛길이 있대요."

"샛길?"

"친구 말에 따르면 왼쪽에서 세 번째 죽마 쪽으로 가려면 세관 구내와, 뭐라더라, 무슨 공단 구내의 담장 사이로 좁은 길이 나 있는데, 그곳은 담이 없어서 자유롭게 출입할 수 있다고 합니다."

'요코하마 식물방역소'와 '게이힌 외무부두공단'을 말하는 것이로군, 하고 교스케는 알아들었다. 그 사이로 난 좁은 골목길이라면 나흘 전에 가보았다. 오늘 밤에 가기로 한 곳도 그 왼쪽에서 세 번째 죽마 위였다.

"하지만 낚시를 해도 경비원한테 쫓겨나지 않습니까?"

"아뇨, 어차피 낚시나 하는 사람이란 걸 알기 때문에 경비원도 못 본 척해 준다고 합니다. 이것도 친구 얘기입니다만."

"밤에도 낚시하러 오는 사람이 있을까요?"

교스케는 그 점이 마음에 걸렸다.

"아뇨, 장소가 장소인지라 낚시하기엔 쓸쓸해서 밤에는 들어가지 않는다고 합니다. 저도 언젠가 택시 운전사한테 들은 적이 있어요. 종종 야간에 오이 부두에 정박중인 화물선까지 가는 선원을 승객으로 태울 때가 있는데, 돌아올 때 혼자 운전하는 게 영 으스스해서 마음에 안 든다더군요. 지금 여기서 봐도 별로 기분 좋은 곳은 아니네요."

나카노는 추위를 느끼는 듯 심판복 어깨를 움츠리며 말했다.

그 모습을 본 교스케는 나카노 신이치를 자신이 구상한 분위기로 충분히 몰아넣을 수 있겠다고 생각했다.

"그럼 이제 가 볼까요?"

교스케는 나카노에게 말하고 차로 돌아갔다. 그를 맞아들이기 위해 다시 조수석 시트를 넘어뜨려 주었다

중앙분리대 때문에 즉시 유턴을 하지 못하고 육교를 건너 내리막을 다 내려가, 다음 교차로에서 크게 선회했다. 육교 밑 도로를 달리자 빨간 등을 켠 죽마가 금방 다가왔다.

도로는 식물방역소 담에 막혀 있어 우회전을 했다. 가로등이 양쪽에 늘어선 자동차 도로가 다시 직선으로 뻗어 원근 구도가 선명한 풍경이 나타났다.

교스케는 천천히 차를 몰다가 방역소 담 옆으로 붙여서 조용히

멈추고 라이트를 껐다.

"저기 경비원 초소가 있는 것 같군요. 창에 불이 보이네요."

나카노는 앞 유리창을 내다보며 말했다. 높지는 않지만 검고 큰 건물은 아래쪽 한 구석만 불을 밝히고 있었다. 요전번에 보아 둔 '게이힌 외무부두공단'이다. 경비원 초소는 다행히 건너편 모퉁이에 있었다.

"제가 내려서 크레인 밑을 살펴보고 올까요?"

교스케는 나카노를 차에 남겨 두고 밖으로 나가 어두운 주변을 둘러보며 골목 안으로 걸어갔다.

크레인 위

야마가 교스케는 부두 안벽에 늘어선 하역 크레인 가운데 북쪽 끝에서 세 번째에 있는 크레인 밑에 섰다. 누군가 있다면 랜턴을 비추며 돌아다닐 텐데, 그런 불빛은 보이지 않았다. 시선을 모아 보았지만 배경의 불빛을 스쳐 지나가는 그림자도 없었다. 발소리도 없고, 들리는 것은 안벽을 치는 파도 소리뿐이다.

가까이 와서 올려다보니 크레인의 빨간 경계등이 망대에 점점이 쌓아 올려져 있었다. 생각보다 그 수가 많고 당연히 밑에 있는 불빛은 크게, 위의 불빛은 밤하늘 속에 작게 빛난다. 중간에 설치되어 있는 네모난 기계실은 부옇게 보였지만, 거기에도 빨간 등이 켜져 있었다. 눈대중으로도 지상에서 14, 5미터는 된다.

지상에 설치된 크레인의 커다란 다리 네 개에는 철제 사다리가 달려 쉽게 오를 수 있도록 되어 있다. 바다를 향해 안벽에 일렬로 늘어선 30기 가까운 하역 크레인은 어느 것도 가동되지 않고 경계등만 반짝이며 죽은 듯이 서 있다. 정박하고 있는 화물선은 한 척도 없다.

교스케는 이 점만 확인하고 식물방역소와 외무부두공단 사이에 난 좁은 골목으로 돌아갔다.

라이트를 끈 차량의 창문에 앉아 있는 나카노 신이치의 까만 모습이 비친다.

"보고 왔습니다."

교스케가 문을 열고 말했다.

"괜찮습니까?"

"아주 좋아요."

교스케는 그렇게 대답하며 미소를 지었다.

"현장에는 아무도 없어요. 아, 미안하지만 좌석에 있는 가방 좀 주시겠어요?"

나카노는 무거운 카메라 가방을 양손으로 안아 들고 바깥으로 내밀었다.

"고맙습니다."

"꽤 무겁네요. 카메라를 여러 대 가져오셨나 봐요?"

"뭐, 일단 준비는 해 왔습니다."

가방을 어깨에 멘 교스케는 나카노가 나오기를 기다렸지만, 그는 좌석에서 몸을 구부리고 뭔가를 만지고 있었다.

"기다리게 해서 미안합니다."

나카노는 조수석 시트를 넘어뜨린 뒤 긴 골프 가방을 안고 내렸다.

"그 가방을 들고 크레인을 올라가시게요?"

골프 가방 속에 무엇이 들어 있는지 교스케는 짐작이 되지 않았다.

"그럴 생각입니다."

"저 높은 곳에 그런 걸 들고 올라가자면 위험하지 않을까요?"

"아뇨, 가벼워서 괜찮아요. 어깨에 멜 거니까 두 손은 자유롭고요. 야마가 씨야말로 무거운 카메라 가방을 메고 올라가셔야 하니 부디 조심하십시오."

나카노는 도리어 주의를 주었다.

"저야 걱정 없지만. ……그 가방엔 뭐가 들어 있습니까?"

"조명기구입니다."

"조명기구? 라이트 말입니까?"

"네. 너무 어두워서 제대로 찍을 수 없을 때를 대비해서 가지고 왔습니다."

조명기구용 스탠드, 전등, 전등갓 따위를 분해하여 골프 가방에 담아 온 모양이다.

"그런 건 필요 없어요. 아까도 말씀드렸지만 가로등도 있고 폭주족 오토바이의 헤드라이트도 있고, 게다가 밝은 렌즈에 셔터 속도를 느리게 해서 찍을 테니까요."

교스케는 쓸데없는 것을 들고 온 나카노에게 조금 강한 어투로 말했다.

"그렇습니까."

나카노는 조금 주눅 들어 보였지만 이내 작은 목소리로 말했다.

"모처럼 가져온 거니까 일단 가지고 올라가지요. 폭주족을 찍지 않더라도 나중에 제가 이걸 사용해서 가까운 풍경을 찍을 수도 있겠죠. 크레인 위에서 보는 부두의 야경도 재미있을 것 같은데요."

교스케는 카메라 가방을, 나카노는 골프 가방을 어깨에 메고 걷기 시작했다. 심판복 차림의 나카노는 꼭 골퍼 같았다.

건너편 외무공단 주변의 경비원 초소에서 희미한 불빛이 작은 창문으로 새어 나오고 있다. 여기에서 멀었지만 교스케를 선두로 둘은 몸을 숙이고 발소리를 죽여 골목을 걸었다.

조심스레 걷느라 크레인 밑까지 오는 데 13분이나 걸렸다.

"오, 가까이서 보니까 죽마가 엄청 크네요."

나카노는 크레인을 올려다보며 말했다.

"쉿, 목소리를 낮추세요. 순찰하는 경비원이 있을지도 몰라요."

그 말에 나카노는 미안한 기색이다.

"자, 그럼."

교스케는 크레인 다리에 달린 철제 사다리를 아래에서 위까지 훑어보고 기계실 쪽으로 시선을 모았다.

"나카노 씨는 고소공포증 같은 건 없으시죠?"

뒤를 돌아보며 낮은 소리로 물었다.

"**특별히** 그런 건 없지만, 높은 곳에 올라가는 건 역시 기분 **좋은** 일이 아니죠. 저 기계실도 꽤 높아 보이네요."

나카노는 빨간 등이 켜져 있는 하얀 상자를 올려다보며 작은 소리로 대답했다.
"역시 14, 5미터는 되겠죠. 하지만 대낮과 달리 야간에는 아래가 보이지 않으니까 올라가도 그리 무섭지는 않을 겁니다. 거리나 창고의 불빛만 보일 테니까."
교스케가 말하자 나카노도 고개를 끄덕였다.
"그렇겠죠. 눈 아래 이런저런 것들이 보이면 다리가 후들거릴 테니까요."
"자, 그럼 천천히 올라가 볼까요."
교스케가 어깨에 멘 카메라 가방을 한 번 흔들자 나카노도 골프 가방을 고쳐 멨다. 준비해 온 작업용 장갑을 끼면서 곁눈으로 슬쩍 살펴보니 나카노는 벌써 장갑을 낀 상태였다. 아까 차에서 내릴 때부터 장갑을 끼고 있었던 듯하다.
이번에도 교스케가 먼저 빨간 페인트를 칠한 철제 사다리를 오르기 시작했다. 요소마다 경계등이 켜져 있어서 그 빨간빛이 두 사람의 발치를 비추어 주었다. 빨간 페인트는 어두운 곳에서 진갈색으로 보였다.
철제 사다리는 수직으로 서 있는 하역 크레인의 빨간 다리를 지그재그로 올라가게 되어 있어, 도중에 비스듬하게 올라가 반대쪽 다리의 상부에 도착한다. 둘은 사다리를 밟고 계속 위로 올라갔다. 붉은 등 덕분에 어디서나 발치는 잘 보였다.
나카노는 고무 밑창 신발을 신고 있어서 소리가 나지 않았고 다리 움직임도 유연했다. 심판복도 가벼운 몸놀림을 도왔다. 어깨에 멘 골프 가방도 별 부담이 되지 않는 듯했다.

나이는 나카노 신이치가 몇 살 아래인 것 같긴 하지만, 움직임이 젊어 보이는 것은 심판복 덕분인 듯했다. 이럴 줄 알았으면 나도 운동복으로 갈아입고 올걸, 하고 앞장 서 오르던 교스케는 후회했다.

"여기서 잠깐 쉴까요."

교스케는 철제 사다리와 굵은 다리가 연결되는 지점에서 작은 소리로 말했다. 그곳에서 철제 사다리는 좁은 층계참처럼 평평한 바닥이 되어 있었다. 하지만 두 사람이 나란히 앉을 만한 면적은 아니어서 나카노는 한 칸 아래의 발판에서 난간을 잡고 섰다.

"여기서 아래를 보니 역시 불빛만 보이네요. 다른 건 전혀 안 보여요."

나카노가 말했다. 지상에서 봤을 때와는 반대로 가로등 무리가 아래쪽에 빛의 꽃밭을 이루고 있었다. 창고 지붕 위와 자동차 도로가 도처에서 빛을 반사하고 있다.

"바다 냄새가 진하군요."

한 칸 아래 발판에 서 있는 나카노가 코를 움찔거렸다. 바람이 밑에서 올라온다. 검정 일색으로 차려입은 나카노는 어둠에 녹아든 것처럼 보였다. 붉은 등이 없었다면 그 위치도 알기 힘들었을지 모른다.

"기계실까지 3분의 2 정도 올라왔을까요?"

그는 위를 올려다보며 말했다.

"그렇겠죠. 15미터의 3분의 2니까 10미터 정도 올라왔겠군요.

"······나카노 씨, 혹시 속이 불편하지는 않습니까?"

앉아 있던 교스케는 자기 무릎 앞에 있는 나카노의 검은 모자를 향해 물었다.

"네, 역시 그다지 편하진 않군요. 만약 대낮처럼 아래쪽으로 차량이나 사람들이 조그맣게 보였다면 견디기가 힘들겠죠. 아무것도 안 보여서 다행입니다."

그렇게 말하는 나카노의 목소리는 조금 떨리는 기색이었다. 입으로는 가볍게 말하지만 역시 두려운 것이다. 저 기계실 위로 올라가면 더욱 동요하겠지, 하고 교스케는 생각했다.

"자, 조금만 더 고생하면 됩니다. 올라갈까요?"

그러나 고생하는 것은 교스케 쪽이었다. 수직으로 설치된 사다리는 물론이고 사선으로 설치된 사다리도 경사가 급했다. 숨이 턱까지 찼다. 하지만 뒤를 따르는 나카노의 호흡은 차분했다. 교스케를 바짝 뒤쫓는 듯한 자세였다. 교스케가 발을 헛디뎠을 때 밑에서 잡아 주려는 것처럼 보이기도 했다.

갑자기 가까운 허공에서 작렬하는 굉음이 쏟아져 내렸다. 실제로 교스케는 한쪽 발을 헛디딜 뻔했다. 고막을 찢을 듯한 그 폭음은 심장으로 파고드는 전류처럼 닥쳐 왔다.

교스케가 저도 모르게 한손으로 왼쪽 귀를 막았을 때 커다란 여객기의 양 날개와 꼬리날개에 달린 빨간 등이 아래로 향한 기수를 따라 남쪽의 하네다 공항 쪽으로 멀어져 갔다.

"와, 깜짝 놀랐네."

교스케는 여객기를 노려보며 나카노에게 말했지만 급한 박동은 여전히 가라앉지 않았다.

"기사라즈에서 진입해 오는 착륙 비행기가 도쿄 만 상공을 선회해서 이 크레인 바로 위를 통과하는군요. 지상에서 볼 때보다 훨씬 아슬아슬하게 머리 위를 스치는 것처럼 보이는 건 우리가 높은 곳까지 올라왔기 때문이겠죠."

나카노가 차분한 목소리로 말했다.

"높은 곳이라야 지상에서 겨우 10미터 남짓이잖아요. 이 근방에서는 비행기가 약 800미터, 아니 600미터나 될까, 그 정도 고도를 날고 있습니다. 밤에는 빛이 선명해지니까 가까워 보이는 겁니다."

교스케는 부주의하게 드러낸 경악을 감추려는 듯이 말했다.

"그렇습니까? 밤에는 빛이 선명해지니까……."

교스케가 한 말을 나카노가 그대로 따라했다.

"기사라즈라면, 저쪽에 있는 불빛이겠군요. 여기에 올라오니까 잘 보이네요."

교스케는 애써 기운을 냈다.

검은 도쿄 만에는 조명을 밝힌 선박 한 척이 움직이고 있는지 정박한 것인지 알기 힘들 정도로 느리게 항행하고 있었다.

마침내 기계실 옆까지 올라왔다.

교스케는 거친 숨을 가라앉히려고 심호흡을 했다.

하얀 페인트를 칠한 기계실의 어두운 창은 닫혀 있었고 출입구도 잠긴 상태였다. 담당자가 없다는 것은 알고 있었지만 확실하게 확인하기까지는 안심할 수 없었다. 까만 옷을 입은 나카노가 조심스레 창가로 다가가 귀를 기울여 보기도 하고 닫힌 문에 볼을 대 보기도 하다가 비로소 목소리를 냈다.

"역시 아무도 없네요."

"그럼 곧장 기계실 옥상으로 올라갑시다. 저기에 사다리가 있어요."

교스케는 카메라 가방을 고쳐 들었다. 나카노도 그를 따라 골프 가방을 흔들었다. 이쪽 가방에서는 금속 부딪히는 소리가 났다.

교스케가 나흘 전에 이 크레인 밑에서 올려다보며 짐작했던 대로 하얀 기계실 옥상은 튀어나와 있는 환기 장치 말고는 전망대처럼 평평했다. 둘레에는 난간이 쳐져 있었다.

둘은 각자 어깨에서 가방을 내려 난간에 붙여 놓았다. 그러고는 숨을 깊이 들이마시며 잠시 말없이 있었다.

지상에서 15미터 정도까지 오르자 전망이 넓게 트여서 북으로는 신바시, 긴자 쪽으로 이어지는 빛의 무리가 우라야스 근방까지 꼬리를 끌고 있었다. 남으로는 하네다 공항 너머 가와사키, 요코하마의 불빛 줄기가 완만한 호를 그렸고, 서로는 제3게이힌이나 도메이 고속도로를 달리는 차량들의 불빛 행렬이 멀리 바라다보였다. 바다 건너 지바 현의 연안 시가지는 빛의 알갱이를 한 가닥 선을 따라 뿌려 놓은 듯했다.

"정말 멋지네요."

나카노는 미제 담배를 꺼내, 옆에 있는 교스케에게 한 대 권하고 라이터를 켰다.

"조금 춥네요."

그는 좋은 냄새가 나는 연기를 내뿜고 어깨를 움츠렸다.

"역시 15미터나 올라오니까 도쿄 만에서 오는 바닷바람을 고스란히 받는군요."

교스케도 담배를 피웠다.

"9시가 조금 지났군요. 이쯤에서 슬슬 저 아래 도로로 폭주족들이 몰려왔으면 좋겠는데."

나카노는 윗몸을 내밀며 바로 아래를 내려다보았다. 가로등 불빛을 받고 있는 긴 도로는 아직 텅 비어 있었다.

"그러게요. 예상보다 일찍 올지도 모르죠. 이 담배를 다 피우고 나서 천천히 준비합시다."

교스케는 짐짓 자연스레 나카노의 기색을 살폈다. 한밤중에 크레인 위에 단 둘이 있다니, 역시 이상한 상황이었다. 하지만 상대방은 생각했던 것보다 차분해 보였다. 높은 곳에 오르는 것은 기분 좋은 일은 아니라고 말했지만 철제 사다리를 오를 때는 내내 태연했다. 조금이라도 고소공포증이 있다면 저 수직, 혹은 급경사의 사다리를 오를 때부터 두려움에 떨었어야 한다. 하지만 자신보다 더 차분했다.

이런 곳에 와서도 나카노 신이치는 아무런 불안도 느끼지 않는 걸까? 예상이 조금 어긋난 듯한 기분이 들었다. 하지만 자기와 함께 있기 때문에 안심하고 있는 걸지도 모른다. 곧 자신이 선의의 친구가 아니라는 사실을 알면 그도 불안해하리라. 도망갈 데도 없는 15미터 허공이다. 왜 나를 이런 곳으로 유인했을까, 하는 의혹이 그의 마음속에서 고개를 쳐들면 불안은 공포로 변할 게 틀림없다. 나카노가 그 일을 어느 정도까지 추측하고 있는지를 캐묻는 것은 그때부터다—.

자, 그럼 이야기를 어디서부터 시작할까. 실은 교스케도 아직은 결정하지 못했다. 담배를 다 피우고 나서도 여전히 이야기 순서를 정리하지 못했다. 섣불리 이야기를 꺼냈다가는 상대방이 교묘하게 빠져나가 정작 듣고 싶은 이야기를 들을 수 없게 될 것이다.

교스케는 일단 촬영을 준비하면서 계획을 세우기로 했다.

"그럼 시작할까요?"

그는 카메라 가방 앞에 쪼그리고 앉았다.

"도울 일이 있으면 얼마든지 말씀해 주세요. 저야 오늘 밤은 야마가 씨의 촬영 기술을 견학하러 온 거니까요."

나카노가 곁으로 다가왔다.

"고맙습니다. 부탁할 일이 있을지도 모르겠군요."

교스케는 가방을 열고 안을 들여다보았다.

"역시 어둡네요. 미안하지만 랜턴 좀 비춰 주시겠어요? 빛이 밖으로 새지 않도록 가방 속만 비춰 주세요."

나카노는 시키는 대로 했다.

교스케는 카메라를 하나하나 꺼냈지만, 마음은 질문 순서로 채워지고 있었다.

촬영 문답

크레인을 움직이는 기계실 옥상의 자동차 도로 쪽 난간 옆에 삼각대를 세우고 300밀리짜리 긴 망원 렌즈를 설치했다. 기계실 15미터 아래 지점에서 서쪽으로 30미터쯤 되는 지점, 그러니까 기계실에서 삼각형의 빗변 끝에 해당하는 자동차 도로로 카메라 각도를 정하고 나서, 마치 폭주족의 질주를 추적하듯이 망원 렌즈를 좌우로 돌려보았다. 나카노 신이치는 야마가 교스케의 그런 동작을 뒤에서 열심히 지켜보았다.

세팅이 일단락되자 교스케가 뒤를 돌아다보았다.

"나카노 씨도 한번 들여다보시겠습니까?"

"그럴까요? 그럼."

나카노는 까만 심판용 모자의 챙을 살짝 쳐들고 카메라 파인더를 들여다보았다.

"오, 아주 가까워 보이네요. 도로가 바로 눈앞에 있는 것 같아요."

나카노가 조금 큰 목소리로 말했다.

"도로 옆에 빈 깡통이 떨어져 있죠? 가로등 불빛을 받고 있는."

"보입니다, 보여요. 맥주 회사 상표까지 잘 보이네요."

"일단 거기를 중심으로 구도를 생각해 봤어요. 물론 폭주족의 행동에 따라서 좌우로 중심을 자유롭게 움직여야 하겠지만."

"아하, 이 렌즈는 줌이 아니군요. 야마가 씨?"

"줌렌즈는 아닙니다. 요즘 유행하는 줌이 영 익숙해지지가 않아서요."

파인더에서 눈을 뗀 나카노에게 교스케가 말했다.

"하지만 줌이 더 편리한 것은 사실이죠?"

"편리하기는 하죠. 일반 일안 리플렉스 카메라라면 초점거리가 다른 각종 렌즈, 초광각에서 초망원까지 교환 렌즈를 여러 개 구비해야 하고 전부 들고 다녀야 하니 그것도 고역이죠. 또 상황에 따라 렌즈를 재빨리 교환하는 일도 번거롭고요. 그 수고를 덜기 위해서는 서로 다른 렌즈를 장착한 카메라를 서너 대 준비해야 합니다. 그러자니 짐이 너무 많아지죠. 그래도 저는 아직 줌렌즈를 전적으로 신뢰하지 않습니다."

"왜죠? 성능이 아주 좋아졌다던데요."

"전에 줌을 써 본 경험으로는 해상력이 나빠요. 말씀하신 것처럼 요즘은 해상력도 많이 좋아졌다고 하지만, 일단 머리에 박힌 느낌은 좀처럼 사라지지 않거든요. 게다가 줌이 너무나 편리하다는 점이 도리어 렌즈에 대한 불신감을 부채질하는 겁니다. 아무래도 일반 렌즈가 예리하게 찍혀서 신뢰할 수 있으니까 불편하더라도 렌즈를 교환해서 쓰는 쪽이 안심돼요."

"야마가 씨는 정말 프로나 다름없군요."

"아뇨, 요즘은 프로 카메라맨도 줌렌즈를 사용합니다. 하지만 역시 후루야 선생 같은 대가는 줌을 쓰지 않아요. 고루하다고 할지 모르지만 매사 가볍고 편한 것만 찾는 경향 속에서는 그런 장인 기질도 중요하다고 봅니다."

"마음에 새길 만한 말씀입니다. 야마가 씨는 후루야 선생의 문하생이신가요?"

"후루야 선생은 따로 제자를 두지 않지만, 저는 스스로 제자라고 믿고 있습니다."

교스케는 그렇게 말하고 나서 서둘러 덧붙였다.

"그렇지만 후루야 선생은 무슨 심사를 하실 때 결코 자기 사람을 편애하는 분이 아닙니다. 절대적으로 공평하시죠."

A신문사의 '독자 뉴스사진' 선정에 대한 오해를 피하기 위해 한 말이었다.

"후루야 씨 작품을 가끔 잡지에서 봅니다만, 요즘은 일본의 유구한 전통이라고 할까요, 옛 사찰이나 신사, 고미술품, 그리고 고고학적 유물이나 유적 같은 것을 많이 찍으시는 모양이더군요."

나카노는 교스케에게 새로 담배를 권했다.

"아뇨, 저도 있습니다."

교스케가 세븐스타가 들어 있는 자기 주머니를 더듬자, "그냥 이걸 피우시죠" 하며 계속 권하고 라이터를 켜 주었다.

둘은 폭주족이 나타나기를 기다리면서 편안히 잡담을 나누었다. 애연가 교스케는 나카노의 담배를 받아서 피웠다. 미제 담배의 좋은 향기가 난다.

"방금 말씀하신 후루야 선생의 최근 테마 말입니다만,"

교스케는 연기를 토하고 말했다.

"그렇게 오래된 것에 끌리는 이유는 역시 선생이 전기를 맞았기 때문이겠지요. 대가가 되면 대개 테미기 고갈돼시 고미술로 눈을 돌린다고들 하지만, 후루야 선생의 테마는 이른바 고담枯淡의 경지 같은 것과는 다릅니다. 오히려 종래의 오래된 것에서 새로운 미를, 기존과는 다른 미, 안티테제적인 미를 재발견하기 위해 노력하시는 겁니다. 고담이 아니라 열정이죠. 대단히 의욕적이고요. 그 점은 우리 젊은 사람들이 본받아야 합니다. 선생은 다른 대가와 다릅니다. 아오야마나 롯폰기 근처의 클럽에 가서 젊은이들과 함께 춤도 추시죠."

담배를 피우다 보니 점점 기분이 좋아지는지 교스케는 거침없이 말했다. 아래쪽 풍경은 자잘한 빛 알갱이들이 반짝이고 있는데, 어떤 곳은 빛 알갱이가 무성히 빛났고 어떤 곳은 성기게 보였다. 바다 냄새를 품은 바람은 쌀쌀할 정도로 시원했다.

"야마가 씨도 나중에는 후루야 씨와 같은 경향을 추구하실 생각이십니까?"

함께 담배를 피우며 나카노가 물었다. 외국 담배의 향이 흘러온다.

"그렇게 될지도 모르지만, 한참 뒤의 일이죠. 저는 아직 젊으니까요. 지금은 보도사진에 집중하고 있습니다."

교스케의 힘 있는 말에 나카노의 검은 얼굴이 끄덕였다. 여기는 경계등의 붉은빛이 닿지 않아 모든 것이 어둠 속에 묻혀 있기 때문에 밑에서 누가 올려다보아도 들킬 염려는 없었다.

"아까 말씀하셨지만, 야마가 씨는 보도사진을 찍을 때도 줌렌즈를 사용하지 않으십니까?"

나카노는 질문을 바꾸었다.

"네. 망원과 표준과 광각 렌즈를 위해 카메라를 적어도 세 대는 가지고 다닙니다. 상황에 따라서는 또 다른 렌즈로 교환하기도 합니다. 경황이 없죠."

"그렇군요. 「격돌」을 촬영하실 때는 어땠습니까?"

나카노는 스스럼없이 질문했다. 하지만 교스케는 상대방의 손가락에 심장을 찔린 기분이었다.

질문의 순서는 정작 자기가 궁리하고 있었는데, 그 순서를 정하기도 전에 상대방이 먼저 핵심을 건드리며 들어왔다.

그러나 차라리 이대로 잘됐다 싶었다. 교스케는 아예 나카노가 이끄는 대로 응해 주면서 자연스럽게 이쪽의 목적을 이룰 수 있겠다고 생각했다.

"아, 그때 말입니까? 그때는 85밀리 렌즈를 단 카메라와 35밀리 렌즈 카메라를 번갈아 사용했습니다."

"렌즈도 교환했나요?"

"어떻게 했더라? 아, 그래요, 85밀리 렌즈를 105밀리로 바꾼 것 같네요."

"원래는 그곳에서 누마즈 방면의 야경을 찍을 계획이셨다고요? 신문에 나온 야마가 씨의 수상 소감에 그런 내용이 있었던 걸로 기억합니다만."

"그래요. 그럴 계획이었지요."

"망원 풍경이라면 넓은 각도로 찍는 게 효과적일 테니까 105밀리 망원보다 85밀리 정도가 좋겠군요?"

"85밀리나 105밀리나 크게 다르지는 않지만 85밀리가 조금이라도 더 넓게 잡을 수 있어서 좋을수 있죠."

"이것도 수상 소감에 있는 내용입니다만, 도메이 고속도로 절개지 위의 높은 지대에서 누마즈 방면의 야경을 촬영할 계획이었는데 원하는 구도를 얻을 수 없었다. 그래서 절개지 동쪽에서 촌도를 따라 내려가며 적당한 장소를 찾으셨죠?"

"그렇습니다."

"촌도를 내려가면 절개지 위쪽보다 지대가 낮아져서 먼 곳의 풍경을 확보하지 못할 거란 염려는 없었습니까?"

이자는 그 장소의 지리를 잘 알고 있다. 추돌 사고 뒤 그곳을 찾아가 살펴본 것이 분명하다, 라고 교스케는 짐작했다. 마침내 나카노가 자신이 추측한 대로 행동하기 시작한 것이다.

섣불리 대답할 수 없다고 생각한 교스케가 이번에는 자기 주머니에서 세븐스타를 꺼내어 천천히 피웠다.

"나카노 씨는 그 장소를 잘 아십니까?"

반문해 보았다.

"예. 1년 반쯤 전에 시즈오카 현에서 토목 사업 관련 스캔들이 있었는데, 현청 지소의 공무원이 그 근방에 살고 있어서 가 본 적이 있어요. 새로 개발된 주택지더군요."

대체로 예상한 대답이었다. 현청 공무원을 찾아갔다는 이야기는 둘러댄 말이 틀림없다.

"그렇다면 잘 아시겠지만, 그 주택지는 저지대인데 거기에서 동쪽으로 가면 구릉이 또 하나 있습니다. 그 위로 올라가면 누마즈 방면도 조금 더 가까워지고 시야를 막는 것도 없을 듯해 그쪽으로 걸어갔던 겁니다. 신문에는 제 얘기가 많이 생략되었기 때문에 그

점을 이해하기 힘드셨을지도 모르겠군요."

"그렇습니까? 그렇다면 이해가 가는군요."

어두워서 확인할 수는 없었지만 긴 모자챙 밑의 수염 난 얼굴이 자신의 설명에 왠지 미소를 짓는 것처럼 보였다.

"그때 도메이 고속도로 방면에서 커다란 소리가 들려온 거군요?"

"그렇습니다. 그래서 얼른 그쪽으로 돌아간 거죠."

"그래도 역시 실력이 대단하십니다."

"네?"

"신문에 실린「격돌」은 초점이 조금도 흔들리지 않았잖습니까?"

"……."

"굉음을 듣고 고속도로 절개지 위로 뛰어 올라갔다면 경사가 급한 언덕이라 그것만으로도 숨이 많이 차셨을 겁니다. 상당한 거리니까요. 그렇게 절개지 위에 도착해 보니, 뜻밖의 대형 추돌 사고가 일어나 눈앞에서 차량 여러 대가 뒹굴고 불길을 뿜어내고 있었어요. 밤이니까 화염은 새빨갛고 연기도 불빛에 물들어 무시무시한 광경이었을 겁니다. 아마추어 카메라맨이라면, 아니, 아마추어가 아니라 일반 카메라맨이라도, 숨이 턱에 닿도록 뛰어 올라온데다 눈앞에 엄청난 광경이 펼쳐졌으니 마음이 급해져서 카메라를 쥔 손도 흥분으로 떨렸겠지요. 그런데 화면에는 손을 떤 흔적이 전혀 없어요. 마치……."

이야기하면서 나카노는 거기에 설치된 삼각대를 가리켰다.

"마치 삼각대에 세팅해 둔 카메라로 촬영한 것처럼 화면에 떨린 흔적이 없고 선명합니다. 야마가 씨의 실력이 감탄스럽군요. 아울러 비상한 상황에서 야마가 씨가 보여 준 냉정함에도 감탄하지 않을 수가 없네요."

교스케는 나카노의 말을 분석했다.

―분명 나는 그때 그곳에 삼각대를 놓고 그 세 개의 다리를 지면에 단단히 고정시킨 뒤, 85밀리 망원 렌즈를 장착한 카메라를 고정시킨 채로 대기하고 있었다…….

나카노는 화면에 떨림이 없는 점을 지적하며 삼각대라는 말을 꺼냈지만, 그것은 그의 추리일 뿐이다. 아니, 떠보려는 것이다. 실제로 그는 곁눈으로 이쪽을 빤히 쳐다보고 있었다.

"아, 별말씀을요."

교스케는 촬영 솜씨를 칭찬해 준 데 대한 반응을 보였지만 삼각대에 대해서는 언급하지 않았다. 또 그 정도로는 나카노가 사실을 전부 알고 있다고 할 수 없다. 그가 어디까지 알고 있는지, 그것을 정확히 알아내야 한다.

"아까 추돌 사고 현장을 촬영할 때 85밀리 카메라와 35밀리 카메라를 번갈아 사용했고 105밀리 망원 렌즈도 교환해서 사용했다고 말씀하셨죠. 그렇게 하면 몇 장 정도 찍게 됩니까?"

나카노는 배우는 자의 태도로 물었다.

"글쎄요. 24장짜리 필름 4통 정도는 찍을 수 있지 않을까요."

"4통이요? 그럼 사진이 96장이로군요?"

"아뇨, 필름 수는 그렇지만 그중에는 중복도 있고 쓸모없는 것도 있어서 인화하는 필름은 10장 정도입니다. 그중에 마음에 드는 것을 골라서 응모했는데 월간상이 되고 연간 최고상이 된 거죠. 우리는 필름을 10통 찍어도 마음에 드는 사진 1장만 얻을 수 있으면, 그것으로 만족하는 편입니다."

그것이 아마추어와 프로의 차이라고 나카노에게 가르치는 듯한 말투다.

"그렇습니까."

나카노는 감탄한 듯이 말했다.

"저 같은 아마추어는 필름을 낭비한 것 같아서 아까운 기분이 들 텐데요. 필름 4통을 현장에서 찍으셨는데 시간은 어느 정도 걸렸습니까?"

"글쎄요. 정신없이 찍어서 잘 모르겠지만, 그래도 30분은 걸렸을 겁니다."

"30분이라······."

나카노는 잠시 생각하고 나서 물었다.

"촬영이 끝날 때까지 현장에 구급차나 경찰차가 도착하지 않았습니까?"

"도착하지 않았습니다. 촬영이 끝나고 20분쯤 뒤에 구급차가 왔던 것 같습니다. 아마 신고가 늦었던 거겠죠."

"구경꾼이나 근처 주민들이 사고 현장을 보러 모여든 것은 언제쯤입니까?"

"그것도 비교적 늦었던 것 같습니다. 제가 촬영을 마치고 나서 5분쯤 지났을 때 사람들이 모여들었던 것 같습니다."

교스케는 기억에 있는 대로 대답했다.

"호오. 촬영 후 5분이라면 야마가 씨가 촬영을 시작하고 나서 35분 후로군요. 그곳 주민들은 잠자리에 일찍 들 뿐만 아니라 굉음에 둔감한 걸까요?"

"그게 무슨……?"

"야마가 씨가 고속도로 쪽에서 굉음을 들은 것은 촌도인지 현도인지를 내려가서 동쪽에 있는 또 다른 구릉으로 향하고 있을 때였잖아요? 커다란 굉음을 들은 것은 그 주변 주민들도 마찬가지였을 겁니다. 오후 11시경이었으니까 집집마다 덧문을 걸어 닫고 텔레비전을 보고 있었다 해도 그렇게 굉장한 소리가 났으니 그 소리를 놓쳤을 리는 없고, 당장 밖으로 뛰어나갔을 겁니다. 뛰어나가 보니 고속도로 쪽 하늘이 붉게 물들어 있었다. 누구라도 큰불이 났다는 것을 알았겠죠. 그곳 주민들은 야마가 씨와 거의 동시에 현장으로 달려가기 시작했을 겁니다. 그런데 야마가 씨보다 35분이나 늦게 현장에 도착했다니, 그곳 주민들이 이상해도 보통 이상한 게 아니잖습니까."

교스케는 내심 실수했구나, 하고 생각했다.

―처음부터 삼각대에 카메라를 장착하고 그곳에서 기다리고 있었다. 예정대로 사고가 일어나서 촬영을 시작했다. 그러고 나서 30분쯤 지나자 절개지 쪽에서 사람들 목소리가 들려서 그들 눈에 띄지 않도록 카메라를 서둘러 해체하여 가방에 넣고 삼각대를 접었다. 그 뒤 절개지를 몰래 내려가 구경꾼들 뒤쪽에 가세했다…….

그런 기억이 있어 '사람들이 한참 뒤에야 나타났다'라고 그만 어설프게 털어놓고 말았다. 조금 더 생각하고 대답해야 했다.

교스케는 뱉은 말을 주워 담고 싶었지만 섣불리 수정하지 않는 편이 좋겠다 싶어 딴전을 피우기로 했다.
"글쎄요. 왜 그랬을까요."
하지만 교스케는 어느새 수세에 몰려 있는 자신을 깨달았다. 죽마의 다리 밑에서 바람이 불어 올라왔다.

사고 현장 이야기

"야마가 씨는 다음번에도 A사의 뉴스사진 연간 최고상을 받으실 겁니다."
나카노는 어둠 속에서 담배의 빨간 불빛을 살리며 말했다.
"글쎄요. 별로 자신 없는데요."
교스케는 겸손하게 말했다. 실은 나카노가 다음에 무슨 말을 할지 들어 보기 위해서였다.
"틀림없이 또 받으실 겁니다. 테마가 좋지 않습니까."
"그럴까요? 폭주족이 그다지 참신한 것도 아닌데요. 신문에도 종종 사진이 실리고."
"아뇨, 그건 기사에 곁들인 부록 같은 겁니다. 이해를 돕기 위한 사진이니까요. 그런 사진과 달리 야마가 씨의 사진은 본격적인 보도사진입니다. 추구하는 마음가짐도 다르고 박력도 다릅니다. 폭주족은 분명히 현대 젊은이의 전형적인 생태죠. 그들을 찍은 보도사진은 화면의 예술성과 함께 시대의 증언이 됩니다. 흔해 빠진 소재 같지만, 카메라맨의 예리한 눈을 통해 그 무엇보다 현대적인 테마로 살아날 겁니다. 게다가 흔해 빠진 소재처럼 보여서 다른 보도 사진가들이 주목하지 않는 모양이니, 야마가 씨는 그 맹점을 정확히 찔러서 평범한 소재를 훌륭하고 생생한 테마로 살려내시겠죠."

"그렇게 칭찬해 주시니 부끄럽습니다. 작품을 만들어 보기 전에는 아무것도 알 수 없어요."

"이렇게 만반의 준비를 마치고 셔터 찬스를 기다리고 계시잖아요. 정말 기대해도 좋을 겁니다."

만반의 준비를 마치고, 라는 나카노의 말을 교스케는 그냥 흘러 들었다. 이때는 그것도 칭찬으로 받아들였다.

"게다가 말입니다."

나카노는 내처 말했다.

"이번에는 폭주족이 대상입니다. 그런 사진이라면 아무도 비난하지 않을 겁니다."

"비난?"

"설령 사진에 폭주족의 잔혹한 난투극 장면이 나오더라도 폭주족한테는 여론이 부정적이니까 비난하는 목소리가 나오지 않을 거라는 뜻입니다. 지난번 야마가 씨의 최고상 수상작에 대해서, A신문에서 읽었지만, 독자들의 비판이 여러 개 실렸지 않습니까."

"……."

"잘은 기억나지 않지만, 사진이 너무 참혹하다는 의견이었죠. 여러 사람의 목숨이 사라지는 대형 추돌 사고가 눈앞에서 벌어지고 있는데도 촬영자는 냉정하게 셔터를 누르고 있었다, 셔터 누를 틈이 있었으면 왜 달려가서 구조하지 않았느냐, 예전의 시운마루 사진을 예로 들면서 비난했었지요."

"저도 그 글을 읽었습니다만, 그런 주장은 옳지 않습니다. 후루야 선생과 A신문 사진부장이 지면에서 잘 해명했지요."

"물론 옳지 않죠. 감정에 치우친 비판이니까요. 희생자의 가족이나 친척의 심정을 동정하는 마음에서 나온 의견이라고 봅니다."

바닷바람과 함께 그의 목소리가 교스케의 가슴으로 곧장 불어 닥쳤다.

나카노 신이치는 대체 어떤 사람인가.

―주소도 전화번호도 밝히지 않았다. 묵고 있는 곳은 요코스카의 호텔이다. 저널리스트라고 하지만, 어떤 잡지에서 일하는지도 분명하지 않다. 이제는 나카노 신이치가 가명이라고 단정할 수밖에 없다.

나카노의 정체, 그리고 그가 지금까지 무엇을 조사했는지를 어떻게 캐내야 할지를 놓고 교스케는 새삼 궁리하기 시작했다. 잠시 침묵이 드리웠다.

"야마가 씨."

나카노가 스스럼없는 투로 다시 불렀다.

"그건 그렇고, 야마가 씨는 묘가다니의 야마우치 미요코 씨 댁에 찾아가 보셨습니까?"

"아뇨, 아직."

교스케는 침을 꿀꺽 삼키고 대답했다.

"그럼 전화는 하셨습니까?"

"모처럼 소개해 주셨는데, 죄송합니다만 전화도 아직입니다."
"많이 바쁘십니까?"
"예, 이런저런 잡일들―때문에 경황이 없어 놔서."
"하지만 그 뒤로 시간이 꽤 지났는데요."
"그렇죠. 정말 죄송합니다."
"이상하군요. 보험 판매가 본업이신데, 유망한 고객을 보름씩이나 방치해 두시다니. 고객 상담을 위해서 도쿄에 종종 간다고도 말씀하셨는데, 제가 소개한 사람은 찾아가지도 않고 전화도 하지 않으셨군요. 경쟁이 심한 분야일 텐데 여유가 많으시군요."
"아뇨, 그런 것은 아닙니다."
"야마가 씨. 야마가 씨가 야마우치 미요코 씨한테 찾아가지도 않고 전화도 하지 않은 것은 혹시 야마우치 미요코 씨의 무언가가 마음에 걸려서 그러시는 건가요?"
"그런 거 없습니다."
"아니, 제가 보기에는 아무래도 그런 것 같습니다. ……그 대형 사고의 희생자 이름이 신문에 보도되었는데, 그중에 분쿄 구 묘가다니의 야마우치 아키코라는 이름도 있었죠. 야마가 씨도 당연히 그 기사를 보셨을 겁니다. '분쿄 구 묘가다니 4-107'이라는 주소도 똑같고 야마우치라는 성도 똑같습니다. 그렇다면 이 사람은 야마우치 아키코 씨의 언니인지도 모른다, 야마가 씨는 그렇게 생각했겠지요. 그래서 야마우치 미요코 씨를 만나러 가기가 괴로웠을 겁니다. 전화를 걸면 보험 계약 상담을 위해서 면담 날짜를 정하고 그 집을 방문해야 합니다. 야마가 씨는 차마 그렇게 할 수 없었어요. 동생으로 짐작되는 야마우치 아키코 씨의 차량이 불길에 휩싸인 사진을 찍었으니까요. 잔혹한 사진이죠."

지상 15미터의 기계실 위로 불어오는 밤바람이 더욱 차가워졌다. 교스케가 희미하게 몸을 떨었다.

"나카노 씨. 야마우치 미요코 씨와 업무상 아는 사이라고 하셨는데, 실제로는 어떤 사이입니까?"

교스케는 마침내 대결하기로 작심했다.

하지만 말투는 둘 다 차분했다. 만약 이 자리에 다른 사람이 있었다면 두 사람이 세상 살아 가는 이야기를 나누고 있다고 여겼으리라. 목소리도 낮았다. 크레인 위에서 오가는 목소리가 지상까지 닿을까 경계한 탓이었다.

"야마우치 자매와 사촌지간입니다."

나카노는 온화하게 말했다.

"저도 그렇게 짐작하고 있었습니다."

교스케도 조용히 대답했다.

"오호."

"나카노 씨는 아무래도 그 사고를 촬영했다는 이유로 제게 의혹을 품고 계신 모양인데…… 사촌인 야마우치 아키코 씨의 사고사를 놓고 사고의 원인을 꼼꼼히 조사하던 거군요. 처음에는 보험 계약을 구실로 저에게 접근하셨지요. 그 뒤로 카메라 기술을 배우고 싶다는 구실을 내세우고."

"후들 사고의 원인을 알고 싶있던 것은 사실입니다. 아바가 씨는 사고 현장을 촬영한 사람이고요. 더구나 누구보다 빨리 현장으로 달려갔죠. 야마가 씨에게 진실을 듣는 것이 최선이라고 생각했습니다."

"저는, 고속도로 상의 굉음을 듣고 달려갔을 뿐이고, 도착했을 때는 이미 사고가 발생한 뒤였습니다. 그러므로 저를 통해서 사고 원인 같은 것을 알아낼 수는 없을 겁니다."

"그렇습니까?"

나카노의 목소리에 불신의 울림이 드러났다. 이것이 교스케의 마음을 조급하게 만들었다.

"나카노 씨는 사고 현장을 살펴보고 오셨지요?"

"어떻게 아셨습니까?"

"여기로 오는 도중에 있던 커브 구간에서, 나카노 씨는 차에서 내려 커브 지점의 주변 지형을 살펴보셨어요. 그리고 폭주족을 촬영하려면 그 자리가 좋지 않으냐고 제게 말씀하셨지요. 커브라는 점에서 그곳이 도메이 고속도로 사고 현장과 일치했기 때문이죠. 나카노 씨가 그 커브 지점에서 주변을 살펴볼 때, 아하, 나카노 씨가 도메이 고속도로 사고 현장을 살펴보고 왔구나, 하고 직감했습니다."

"과연 야마가 씨의 직감은 예리하군요."

"실은 저도 열흘쯤 전에 도메이 고속도로의 사고 현장에 가 보았습니다. 그곳에서 고속도로 갓길에 놓여 있던 장미꽃 다발을 보았습니다. 많이 시들었더군요."

"사고 현장에 꽃다발을 놓아 두는 거야 흔한 일 아닙니까?"

"그런데 그곳에서 누마즈 방면으로 절개지 비탈을 돌아오니 거기에 꽃다발이 하나 더 있었습니다. 복사꽃과 유채꽃으로 만든 꽃다발이었는데 많이 시들었더군요. 더구나 거기에는 종이를 접어 만든 히나 인형이 달려 있었습니다. 그래서 저는 이 복사꽃 다발이 먼저 갓길에 놓여 있었고, 그것을 장미꽃 다발로 바꿔 놓은 뒤 묵은 복사꽃 다발을 비탈로 옮겨 놓았구나, 하고 추측했습니다. 그런데 더 오래된 복사꽃 다발에 달려 있는 히나 인형을 보고 그 꽃다발이 여성 희생자에게 공양되었음을 알았습니다. ……사망자 중에 여성은 둘뿐입니다. 신문 보도에 따르면 한 사람은 35세의 부인이고, 또 한 사람은 23세의 독신 여성입니다. 야마우치 아키코 씨죠. 그래서 먼저 공양한 복사꽃 다발과 나중에 공양한 장미꽃 다발을 보고 야마우치 아키코 씨의 가족분이 현장에 두 번 찾아왔다고 추측했습니다. 복사꽃에 히나 인형이 묶여 있었으니, 꽃다발을 공양한 사람도 여성일 겁니다. 나카노 씨가 제게 보험 가입자라고 소개한 야마우치 미요코 씨가 바로 그 사람이겠죠."

교스케는 단숨에 여기까지 말했다.

검은 심판복의 나카노는 그의 이야기를 가만히 들었다. 감탄하는 기색이다.

"나카노 씨는 야마우치 미요코 씨와 함께 사고 현장에 찾아갔겠죠. 두 번째는 혼자 가셨던 것 같고."

"그건 어떻게 아셨습니까?"

"장미꽃 다발은 손수 만든 것처럼 보이지 않더군요. 처음에 공양한 복사꽃 다발에 히나 인형을 매달아 놓은 사람이라면 나중에 공양한 장미꽃 다발에도 뭔가 여성적인 느낌이 있을 거라고 생각했습니다."

"놀랍군요. 다 맞췄습니다. 두 번째는 저 혼자 갔습니다. 꽃집에서 장미꽃 다발을 사 들고 갔죠. 예전에 갓길에 놓아 둔 복사꽃 다발과 바꿔 놓은 사람도, 그것을 비탈에 옮겨 놓은 사람도 접니다. 무성한 산철쭉 밑으로요."

"나카노 씨는 왜 그 자리를 택하셨죠?"

"추돌 사고 현장은 장미꽃 다발을 놓아 둔 지점입니다. 길을 안내했던 누마즈 경찰서의 교통계장이 가르쳐 줬으니까 틀림없습니다. 그러나 그곳은 추돌 사고가 일어난 곳이지 사고의 원인이 된 곳은 아닙니다······."

나카노는 문득 입을 다물었다. 아래쪽에서 랜턴 불빛이 다가오는 것을 보았기 때문이다. 지상에 나타난 그 작은 빛은 지면을 훑으며 천천히 움직이고 있었다. 야간 순찰을 하는 경비원이었다. 랜턴은 좌우만 비출 뿐 그 빛을 위로 쳐들어 크레인 위쪽을 살펴보지는 않았다. 그저 묵직하게 자리 잡은 튼튼한 철골 다리를 아무렇게나 비추어 볼 뿐이었다.

경비원은 안벽에 멈춰 서서 도쿄 만의 야경을 감상하며 소변을 보았다. 볼일이 끝나자 어깨를 부르르 떨며 바지 앞섶을 여미고 다시 랜턴 빛을 땅바닥으로 향하며 골목 안으로 걸어갔다. 그 너머에 자동차 도로가 있고, 거기에는 헤드라이트를 끈 교스케의 투도어 차량이 주차되어 있을 것이다.

작은 빛과 경비원의 모습이 사라지자 아래쪽은 다시 인기척 없는 암흑 세계로 돌아갔다.

"추돌 사고의 원인이 된 장소는……."

아래쪽 상황을 확인한 나카노는 다시 입을 열고 이야기를 계속했다.

"사고가 발생한 장소에서 진행 방향을 따라, 그러니까 누마즈 방면으로 약 100미터 지점이어야 합니다. 선두를 달리다 전복된 탑차 트럭과 그 후속 차량이 시속 120킬로 속도로 달렸단 걸 근거로 추정해 보면 그 정도 거리일 것으로 생각됩니다. 바로 말라비틀어진 복사꽃 다발을 옮겨다놓은 산철쭉 밑입니다."

"추돌 사고의 원인은 무엇이었을까요?"

교스케는 옆에 나란히 있는 모자챙 밑의 검은 얼굴을 곁눈으로 보며 물었다.

"선두를 달리던 트럭의 운전자가 뭔가를 보고 놀라서 순간적으로 급브레이크를 밟은 것은 사실입니다. 그래서 전복된 겁니다. 그건 경찰의 현장검증으로도 알 수 있습니다. 검증으로 알아내지 못한 것은 트럭 운전사가 갑자기 무엇을 보았느냐 하는 점입니다."

"……."

"트럭 운전사가 뭘 보았다고 해도 야간이었어요. 그 근방은 가로등이 없습니다. 보았다면 자기 트럭의 헤드라이트 빛에 비친 물체를 보았을 겁니다. 그러나 도메이 고속도로를, 더구나 밤 11시경에 누군가 걸어서 횡단하고 있었다고 볼 수는 없어요. 트럭이 커브를 다 통과했을 때 갑자기 전방에서 시야로 날아든 것은 아마 빛이었을 겁니다. 이둠 속에서 눈에 획 띄는 거리면 강력한 빛밖에 없습니다."

"강력한 빛이라면, 그게 뭘까요?"

"그걸 아직 모르겠습니다."

나카노는 고개를 갸웃하며 말했다.

"그러나 운전자가 급브레이크의 위험을 감수하면서까지 본능적으로 브레이크를 밟았다면 그것은 위험 신호가 아니었을까 싶습니다. 즉 빨간빛이죠. 그것도 도로 측면에서가 아니라 트럭이 질주하는 도로 한복판에서 말입니다."

"도로 한복판에서?"

교스케가 놀란 목소리를 냈다.

"그렇습니다. 트럭이 달려가는 정면에서요. 그 빨간빛이 측면에서 보였다면 트럭이 급브레이크를 밟지는 않았겠죠."

"그 빨간빛을 누군가 그 자리에 설치했던 건가요?"

"그랬다면 현장검증 때 설치한 흔적이 발견되었어야 합니다. 하지만 그런 흔적은 없었어요. 대형 사고여서 경찰의 현장검증은 아주 철저했습니다."

"그렇다면 누군가 그 빛을 들고 도로 위에 서 있었다는 뜻인가요?"

"글쎄요, 그 근방에는 육교가 없습니다. 육교가 있다면 그 위에서 누군가 빨간빛을 줄에 매달아 도로 가까이까지 내려뜨리고 있었으리라 짐작해 볼 수도 있지만, 육교가 없으니 그런 추측도 성립할 수 없습니다."

"그럼 역시 누군가 빨간빛을 들고 고속도로 한복판에 서 있었다는 이야기가 되겠군요. 그러나 100킬로가 넘는 속도로 달리는 차량의 정면에 버티고 서 있는 게 가능할까요? 너무나 위험합니다. 선두 차량이 용케 빛을 비켜서 정지한다면 좋겠지만, 그렇지 않으면 치여 죽을지도 모릅니다. 나카노 씨가 말씀하신 누군가가 그런 생명의 위험까지 감수했을까요?"

교스케는 그렇게 말하며 믿기지 않는다는 듯이 고개를 두어 번 가로저었다.

"저도 그렇게 생각하지는 않습니다. 연출한 사람은 좀 더 안전한 방법을 취했겠죠. 안전하고 효과적인 방법을."

"뭘까요, 그게?"

이번에도 나카노는 절망적으로 고개를 저었다.

"모르겠습니다. 그 방법을 도저히 모르겠습니다. 통 짐작이 가질 않아요."

아래 자동차 도로 저쪽에서 빛이 움직이며 다가오고 있었다. 나카노는 이야기를 그치고 그 차량으로 시선을 모았다.

"폭주족일까요?"

나카노가 숨죽인 목소리로 말했다. 9시 30분이었다.

교스케는 나카노가 방금 한 이야기를 머릿속에서 곱씹어 보면서 시선을 헤드라이트 쪽으로 던졌다.

15미터 아래

모습을 드러낸 차량은 크레인 밑 자동차 도로가 아니라 창고 거리 너머에 있는 또 다른 서쪽 도로를 천천히 달려오고 있었다. 크레인 위치에서 500미터쯤 떨어져 있기 때문에 아무리 가로등이 있어도 금방 판별할 수가 없을 만큼 차체가 작게 보였다.

"뭘까요?"

나카노가 말하자 교스케도 그곳으로 시선을 모았다.

"어쩌면 정찰중인 폭주족인지도 모르겠군요."

"정찰?"

"적대 그룹이 어디 숨어 있을지도 모르니까 먼저 승용차가 상황을 살피러 왔는지도 모릅니다. 폭주족은 승용차를 탄 아이들이 지휘한다더군요. 저렇게 천천히 달리면서 상대방이 숨어 있는지 살펴보고, 안전하다고 확인되면 부하들의 오토바이를 불러들일 생각이 아닐까요."

"……."

"셔터 찬스가 멀지 않았군요, 야마가 씨."

나카노는 교스케에게 준비를 권했다.

실제로 승용차는 아주 천천히 움직이다가 종종 멈추기도 했다. 그 모습은 주변 상황을 살피는 거라고밖에 볼 수 없었다.

교스케는 허리를 구부리고 쌍안경 대신 망원 렌즈 파인더를 들여다보았다. 300밀리 렌즈는 원경을 충분히 확대해서 보여 준다.

차량이 천천히 움직이고 있어서 망원 렌즈를 많이 움직이지 않고서도 파인더에 포착할 수 있었다.

어? 하고 교스케는 생각했다. 차량 지붕 위에 통 같은 것이 얹혀 있었다. 시선을 더욱 집중해 보니 차량은 하양과 검정의 투톤 컬러를 한 경찰 순찰차였다.

지붕 위의 통으로 보인 것은 뱅뱅 도는 빨간 경광등이다. 경광등을 끄고 사이렌도 없이 움직이고 있는 건 은밀하게 순찰하기 위함인 듯했다.

"순찰차네요."

교스케가 나카노에게 말했지만 대답이 없었다. 망원 렌즈에서 얼굴을 떼고 옆을 보니 나카노가 보이지 않았다.

두리번거리며 살펴보니 환풍기 뒤에서 금속이 딸각거리는 소리가 들렸다. 무엇을 하려는 걸까? 뒤에서 다가가 보니 나카노는 어두운 곳에 쪼그리고 앉아 있었다. 그는 골프 가방을 열고 파이프들을 꺼내 길게 연결했다. 나카노가 아까 했던 말을 떠올리면, 가까이 가 보지 않더라도 그가 지금 라이트를 준비하는 중임을 알 수 있었다. 폭주족이 온다고 믿고 나름대로 준비를 시작한 것이다.

교스케는, 자기가 그렇게 말했거늘, 초보자는 이래서 곤란하다니까, 하고 발끈했다.

"나카노 씨, 라이트 같은 건 필요 없어요!"

낮지만 강한 어투로 말했다.

"아, 예, 하지만……."

나카노는 어둠 속에서 등을 돌린 채 웅크리고 앉아 새카만 모습으로 파이프를 연결하고 있었다. 파이프끼리 닿는 소리, 콘크리트 바닥에 닿는 소리—거기에 골프 가방에서 조명용 전구와 갓을 꺼내 파이프에 부착하는 듯했다.

"저건 순찰차라니까요. 폭주족이 아닙니다."

교스케는 그 자리에 선 채 말했다.
"그래요? ……하지만 순찰차가 왔다면 폭주족이 나타날 전조가 아니겠습니까? 폭주족을 단속하러 순찰차가 먼저 온 게 아닐까요?"
그런가, 그렇게 생각할 수도 있나.
"만약 그런 거라면 극적인 장면이 벌어질 것 같네요. 폭주족들이 순찰차를 습격해서 불을 지르기도 한다니까."
나카노는 여전히 등을 돌린 자세로 움직이고 있었다. 기구가 부딪히는 소리는 계속되고 있다. 그가 손목시계를 들여다보고 다시 말했다.
"틀림없어요, 야마가 씨. 곧 폭주족들이 몰려올 겁니다. 지금이 9시 45분이니까요."
"그럴지도 모르지만, 나카노 씨, 라이트를 쓰는 건 참아 주세요. 그걸 펑펑 터뜨려서 도로를 비추면 폭주족이 우리 위치를 알아 버릴 테니까요."
"알겠습니다. 가능하면 사용하지 않겠지만, 준비는 해 두고 싶어요. 폭주족이 난투극을 벌이면 싸움에 열중하느라 라이트 따위는 까맣게 모를 겁니다. 그렇게 되면 천재일우의 기회일 테니, 저도 싸구려 카메라지만 사진을 찍고 싶습니다."
"그래도 라이트를 터뜨리겠다니, 그건 말도 안 됩니다."
"알겠습니다. 최대한 터뜨리지 않도록 하지요."
말은 그렇게 하면서도 나카노는 여전히 어두운 곳에서 꿈지럭거리며 작업을 계속했다.

교스케는 당장 달려들어 파이프를 빼앗아 버리고 싶었다. 차마 그럴 수도 없어서, 참자, 나카노가 도로를 향해 강력한 라이트를 터뜨리려고 하면 그때 말리자, 하고 망원 카메라 앞으로 돌아왔다.

파인더를 들여다보니 은밀하게 움직이던 순찰차는 아까 그 위치에서 북쪽으로 물러나 지금은 오이 북부 육교의 오르막으로 접어든 참이었다.

교스케는 망원 렌즈를 반대로 움직여 오이 남부 육교 방향을 살펴보았다. 하지만 그곳에는 가로등만 늘어서 있을 뿐 움직이는 건 아무것도 없었다.

그림자 같은 새카만 심판복 차림을 한 남자가 그제야 곁으로 다가왔다. 그의 손에는 아무것도 들려 있지 않았다.

"순찰차는 저쪽으로 가 버렸습니다. 그 외에 특이한 움직임은 없네요."

교스케는 망원 렌즈에서 눈을 떼고 나카노에게 말했다.

"그래요? 그럼 상황을 살펴보러 온 거로군요. 아마 경찰은 폭주족이 이리로 온다는 정보를 무선으로 듣고 왔을 겁니다. 조금 더 기다려 보면 어떨까요? 모처럼 여기까지 와서 이렇게 준비해 두었으니까요."

나카노는 아래쪽을 둘러보며 말했다.

둘은 다시 난간에 나란히 기대고 섰다.

"헌데 야마가 씨. 셔터 찬스라는 건 그저 기다려야 하는 거군요."

나카노는 차분한 어투로 말했다.

"네, 그렇죠."

"이렇게 야마가 씨가 카메라를 준비해 놓은 것을 보니 그런 생각이 드네요. 만 분의 1, 10만 분의 1의 우연도 결국 기다리다가 만나는 것이라고요."

"……."

교스케는 긴장했다.

"우연을 기다린다는 것은 그 우연이 예상되지 않는 우연이 아니라 반드시 일어나는 우연, 결국은 필연이군요. 필연이니까 기다릴 수 있는 말이죠."

"그건 무슨 뜻입니까?"

"추돌 사고가 발생한 도메이 고속도로의 그 지점에서, 야마가 씨는 카메라를 준비해 놓고 기다리고 있었던 겁니다. 야마가 씨가 동쪽 촌도를 걷다가 굉음을 듣고 돌아왔다는 말은 거짓입니다. 아까 제가 말했듯이 야마가 씨 이야기는 앞뒤가 맞지 않거든요."

"그럼 그 추돌 사고를 제가 연출했다는 겁니까?"

"그렇습니다. 10만 분의 1의 우연은 야마가 씨가 만들어 낸 겁니다. 공명심을 채우려고."

"아까부터 나카노 씨가 한 이야기를 들어보면 추돌 사고의 원인이 된 지점은 사고 발생 현장에서 누마즈 쪽으로 100미터 정도 진행한 곳, 즉 나카노 씨가 복사꽃 다발을 옮겨 놓은, 산철쭉이 있는 지점의 도로 위일 텐데요?"

"그런 고속도로 위에서는 누군가 빛을 발하는 물건을 들고 서 있을 수는 없다는 얘기였지요, 야마가 씨의 말씀은?"

"그렇죠. 아까 말씀드린 대로입니다."

"그런데 방법이 있어요. 고속도로 옆에 서서 도로 중앙을 향해 빨간빛을 내미는 겁니다."

나카노는 거기까지 말하고 환풍기 뒤로 걸어갔다. 또다시 금속성 소리가 잠시 들렸다. 그러더니 어두운 구석에서 문득 빨간빛이 빛나기 시작했다. 빨간빛은 두 개인데, 하나가 꺼지면 그 옆에서 또 다른 빨간빛이 빛났다. 그것은 마치 철로 건널목에 장착되는 신호등처럼 번갈아 가며 켜졌다.

가만 보니 나카노가 한 손에 긴 파이프를 들고 난간 밖으로 내밀고 있다. 다른 손은 상자형 배터리에 연결된 코드의 스위치 버튼 두 개를 번갈아 누르고 있었다. 스위치를 번갈아 누를 때마다 파이프 끝에서 빨간빛이 명멸했다.

라이트가 아니었다. 파이프 끝에는 스트로보 두 개가 달려 있었다. 스트로보는 빨간 셀로판지에 싸여 빨간빛을 냈다. 스트로보 뒤에는 매우 커다랗고 까만 나사지가 붙어 있었다.

"이 폴캣의 길이는 약 4미터입니다. 도메이 고속도로 사고 현장의 한쪽 폭이 약 8미터니까 이것을 도로변에서 내밀면 정확히 도로 중앙에서 위험 신호등이 번갈아 가며 번쩍이게 됩니다. 어떻습니까? 스트로보가 하나면 충전되는 데 3, 4초는 걸립니다. 그래서는 연속 발광이 힘듭니다. 하지만 이렇게 스트로보 두 개를 폴캣에 장착하고 발광체를 연결한 코드에 스위치를 장치하는 겁니다. 보세요, 이렇게 손 가까이에 말입니다. 이렇게 번갈아 가며 스위치를 누르면 베디리 충전 긴격이 1.5초 징도가 되어서 거의 언속해서 삼빡이게 되죠."

나카노는 이야기를 하면서 두 개의 스위치 버튼을 마치 장난이라도 하는 듯한 손놀림으로 번갈아 가며 눌러, 긴 파이프 끝에 있는 스트로보의 빨간빛을 점멸시켰다.

"고텐바 방면에서 달려오던 탑차 트럭 운전사는 이 빨간빛을 보고 100미터 앞에서 급브레이크를 밟았습니다. 커브 구간을 다 돌았을 때 갑자기 위험 신호를 발견하고 본능적으로 급브레이크를 밟으며 핸들을 오른쪽으로 꺾었지요. 그 충격으로 트럭이 넘어졌어요. 고속으로 달리던 후속 차량은 그 트럭에 추돌하면서 금방 불길에 휩싸였고요. 야마가 씨. 당신은 그걸 확인하고 이 스트로보가 달린 폴캣을 정리한 뒤 불타는 차량을 촬영하러 그 지점으로 이동한 겁니다."

순간 어두운 허공에서 고막을 찢는 듯한 굉음이 쏟아져 내렸다. 그것이 교스케의 심장을 덮쳤다.

양 날개와 꼬리날개에 빨간 등을 밝힌 여객기가 폭음을 내며 지나갈 때까지 나카노는 스트로보를 계속 명멸시키며 입을 다문 채 하늘을 올려다보고 있었다. 기체가 바로 위를 통과할 때는 기체 그림자가 머리를 아슬아슬하게 스치는 것처럼 가깝게 느껴졌다. 객석의 동그란 창문으로 비치는 조명이 한 줄기 하얀 빛으로 지나간다. 교스케의 가슴은 여전히 쿵쾅거렸다.

폭음이 하네다 공항 쪽으로 멀어지자 나카노는 다시 입을 열었다.

"……그래서, 여기까지는 알아냈는데, 제가 계속 풀지 못했던 것은 고속도로 상행선을 달리던 차량들이 반대 차선인 하행선에서 명멸하는 이 빨간빛을 보지 못했다는 점입니다. 하지만 그 트릭도 쉽게 알 수 있더군요. 이 까만 나사지입니다. 지업사에서 전지를 한 장 사다가 적당한 크기로 잘라서 스트로보 뒤를 가리면, 보세요, 이렇게 빨간빛이 반대쪽으로는 새어 나가지 않습니다. 절연테이프를 이용해서 쉽게 만들 수 있었습니다."

그 말대로 스트로보 뒤는 까만 종이에 막혀서 캄캄했다. 앞쪽으로는 두 개의 빨간 빛이 계속 명멸하고 있는데도.

"상행선을 달리는 차량들까지 적신호를 보게 된다면 그 차량들이 하행선 차량보다 먼저 정지해 버릴지도 모르는데, 그렇게 되면 곤란하겠죠. 반대 차선의 차량들이 정지하는 걸 보면 하행선 차량의 운전자들도 급브레이크가 아니라 침착하게 정차할 테니까요. 그러면 추돌이 일어나지 않을 테고 당신도 목적을 이룰 수 없겠죠. 그래서 반대 차선의 차량을 위해서 이런 검은 나사지 가리개가 필요했던 겁니다."

교스케는 술렁이는 가슴을 진정하려고 애쓰면서 나카노의 그런 몸짓을 지켜보다가 이윽고 고개를 크게 끄덕였다.

"용케 거기까지 알아내셨군요. 저도 나카노 씨가 현장에 가서 조사를 했다는 사실은 알고 있었지만, 어디까지 파악했는지는 모르겠더군요. 그래서 이 오이 부두까지 오게 한 겁니다. 어지간한 장소에서는 그런 얘기를 꺼낼 수 없을 테니까."

"당신이 저를 오이 부두로 유인할 때부터 당신의 계산을 짐작하고 있었어요. 전화 통화를 화요일에 했죠. 오늘 토요일까지 사흘

간, 저는 사실 낮에 여기 오이 부두에 와서 사전 조사를 했습니다."

"……."

"낚시꾼들이 이 크레인을 죽마라고 부른다는 사실도 그때 창고 직원한테 들은 겁니다."

교스케는 양손을 꼭 쥐었다. 밤바다에서 불어오는 강풍이 교스케의 발치를 불안하게 만들었다.

"하지만……."

교스케는 메마른 목구멍으로 목소리를 쥐어짜냈다.

"하지만 그건 당신의 추리일 뿐입니다. 증거가 전혀 없어요. 물적 증거가 아무것도 없지 않습니까. 제가 그 기묘한 스트로보를 사용해서 추돌 사고를 일으켰다는 건 어디까지나 당신의 상상이죠. 그 증거는 없어요."

"그래요. 증거는 없습니다."

나카노가 고개를 숙이고 서글픈 말투로 중얼거렸다.

"그래서, 나는 당신을 고소할 수가 없어요. 야마가 씨. 다만, 내 추리가 맞는지 아닌지만 말해 주세요."

"당신의 추리는 대단히 훌륭합니다, 라고만 대답하기로 하죠. 그러나, 그것이 맞는지 어떤지까지는 말하지 않겠습니다."

교스케의 머리에 승리라는 글자가 떠올랐다.

"그래요? 그럼 저로서는 당신의 그 대답으로 만족하는 수밖에 없을 것 같군요. 증거가 없는데 어쩌겠습니까."

패자는 맥없이 말했다.

그때 나카노가 문득 뭔가를 발견한 듯 시선을 멀리 던졌다.

"야마가 씨. 도로에 차 한 대가 이쪽으로 오고 있는 것 같은데요."

"예?"

교스케가 돌아다보았다.

"제가 켠 스트로보 불빛을 보고 크레인 위에서 위험 신호를 보내고 있다고 착각했을까요? 경비원 차량일지도 모르죠. 망원 렌즈로 확인해 보세요."

교스케는 삼각대에 장착한 카메라의 파인더를 들여다보았다. 차량은 렌즈에 금방 포착되지 않았다. 그는 몸을 엉거주춤하게 구부렸다.

"어, 어!"

그때 나카노가 난간 옆에서 난데없이 소리를 질렀다.

"뱀이다! 당신 발밑에 뱀이 있어요! 아, 움직이지 말아요! 그대로 오른발을 들고!"

교스케는 저도 모르게 발치를 내려다보았다. 크레인의 붉은 경계등이 뱀의 번들거리는 등을 비추었다. 천천히 움직이는 것처럼 보인다.

교스케는 비명을 지르며 오른발을 들었다.

"잘 들어요! 그대로, 그대로. 제가 이제 뱀을 잡아 볼 테니까 가만히 계세요. 움직이면 위험합니다. 물릴지도 몰라요!"

나카노가 교스케의 발 앞에 쪼그리고 앉았다. 교스케의 등에서 땀이 배어 나왔다.

"지금, 잡습니다. 그대로, 가만히 있어요."

나카노가 꽉 잡은 것은 바닥을 딛고 있던 교스케의 한쪽 발이었다. 그것을 있는 힘껏 가슴께까지 번쩍 들어 올렸다. 교스케의 몸뚱이가 허공에 떠올랐다가 앞쪽의 어두운 공간으로 기울었다. 교스케는 양손을 허우적거렸지만 경악 때문에 목소리도 나오지 않았다. 중심을 잃은 그는 난간을 넘어 15미터 밑의 어둠으로 추락했다. 10시 16분이었다.

―수염을 기른 남자는 바닥을 치는 둔탁한 소리를 듣자 장난감 뱀을 주워 주머니에 쑤셔 넣었다.

현장검증

5월 25일 아침 7시, 추락한 시체를 발견한 사람은 어느 선박 회사의 창고 경비원이었다. 장소는 제3호 크레인 밑이었다. 흥건하게 고인 피 한가운데 머리가 깨진 얼굴이 있었다. 그날은 일요일이었다.

관할서에서 구급차와 순찰차가 도착한 것은 한 시간 뒤였다. 시체는 이미 경직이 반쯤 진행된 상태였다.

노타이셔츠에 감색 상하의, 한쪽 구두는 벗겨져 1미터 옆에 뒹굴고 있었다. 콘크리트 바닥이었다.

간단한 검시를 마치고 경관의 사진 촬영이 끝나자 시체를 구급차에 실어 경시청 감찰의무원으로 보냈다. 일단 자살·사고사를 조사하는 행정해부를 실시하기로 했다.

상의나 바지 주머니에서 꺼낸 소지품은 콘크리트 바닥에 펴 놓은 신문 위에 늘어놓았다. 명함 지갑, 지갑, 차 키, 수첩, 생명보험 회사가 가입자에게 주는 영수증 책 한 권, 볼펜 두 자루, 개봉하지 않은 필름 세 통, 담뱃갑, 라이터, 손수건 두 장.

담배는 여섯 개비가 남아 있었다. 손수건은 땀으로 지저분했다.

수사요원이 그것들도 일일이 촬영한 뒤 조사하고 기록했다.

옆 바닥에는 하얀 초크로 시체 윤곽이 그려져 있다.

위쪽에서 목소리가 들렸다. 올려다보니 크레인 위 기계실에서 얼굴 두 개가 아래를 내려다보고 있다. 한 사람은 검은 운동모에 검은 작업복 같은 옷을 입은 수사관이었다. 나란히 있는 또 한 사람은 이 크레인을 소유한 선박 회사 직원이다. 그는 지난밤 숙직이었다.

수사관이 위에서 커다란 소리로 뭐라고 말했다. 밑에 있던 고이케라는 계장이 목이 뻐근할 정도로 고개를 쳐들고 귀 뒤에 손을 댄 채 위쪽의 목소리를 들으려고 했다. 너무 높은데다 옆에서 불어오는 바닷바람이 목소리를 흩어놓았다.

"카, 메, 라, 가 있어요."

크레인 위의 수사관이 입 앞에 양손으로 나팔 모양을 만들고 말했다.

"뭐어? 카…… 뭐라고?"

위에서는 셔터를 누르는 손놀림을 했다.

"아하, 카메라?"

올라와서 보라고 위에서 손짓을 한다.

"되게 높네."

고이케는 새삼 크레인을 올려다보았다.

"저기까지 몇 미터나 됩니까?"

옆에 멍하니 서 있는 선박 회사 경비원에게 물었다.

"위로 뻗은 암 끝까지는 30미터입니다. 기계실이 있는 위치는 그 절반쯤이니까 대략 15미터는 됩니다."

거기까지 크레인 다리에 수직으로 붙어 있거나 건너편 다리를 향해 비스듬하게 걸쳐 있기도 한 좁은 철제 사다리를 통해 올라가야 한다고 생각하니, 마흔에 가까운 몸이 움츠러든다. 그는 원래 높은 곳을 좋아하지 않는다. 멀리서 보면 그리 높아 보이지 않는 크레인이지만 이렇게 거대한 기구 바로 밑에 서 보니, 하늘을 향해 철골을 층층이 쌓아 올린 건축공학의 위압감과 시야를 가리는 게 없는 높은 공간의 거리에 압도되었다.

저런 곳에 왜 카메라가 있는 걸까.

"생명보험회사에 근무하나 봐요, 떨어진 사람이."

부하가 신문 위에서 명함 지갑을 가져왔다.

'후쿠주 생명보험 주식회사 후지사와 지사 영업부 야마가 교스케'

안에 들어 있는 것은 이런 명함 25장이었다. 나머지 12장은 각각 다른 명함으로, 만난 사람들한테 받은 것임을 알 수 있었다. 수사관이 그것들을 일람표에 기록했다.

"근처 사무소에서 전화를 빌려서 후지사와에 있는 보험회사에 전화를 해야겠군. 가족한테는 회사에서 연락하라고 해."

영업용 명함이므로 근무처 주소와 전화번호만 있을 뿐 자택 주소나 전화번호는 없었다.

"아, 오늘이 일요일이었지."

고이케는 그제야 생각이 나서 말했다.

"게다가 이제 겨우 8시가 지났군. 그래도 당직은 있겠지."

"가족한테는 크게 다쳤다고만 말하라고 해. 일단 경찰서로 나오라고 해서 감찰의무원으로 안내해 주고."

전화는 저희 경비실에 있는 걸 쓰셔도 됩니다, 하고 경비원이 말했다.

"아, 잠깐 물어봅시다. 떨어진 사람이 어젯밤에 이 크레인 위에 올라갔던 모양인데, 아무나 올라가도 되는 겁니까?"

고이케가 경비원에게 물었다.

"그렇지 않습니다. 금지돼 있지요."

"하지만 출입을 막는 울타리 같은 것도 없던데."

"울타리를 설치하면 작업에 방해가 돼서요."

"저기 자동차 도로에서 여기로 들어오는 좁은 골목 말인데, 그 입구에도 차단하는 문이 없더군요. 여기에는 누구나 들어올 수 있는 겁니까?"

"관계자가 아니면 발견되는 대로 우리 경비원들이 쫓아냅니다. 배가 접안해서 화물 하역이나 선적 작업을 할 때는 말할 것도 없고, 이렇게 크레인이 쉬고 있을 때도 일절 접근하지 못하게 합니다. 전에는 낚시꾼들이 여기 부두로 찾아오곤 했지만 요즘은 일절 금지하고 있어요."

"아하, 낚시꾼들이."

고이케는 바다를 바라보았다.

"지난밤 크레인 위에 사람이 있다는 걸 모르셨습니까?"

"예, 그게 아무래도."

경비원은 한손으로 모자챙을 만졌다.

"야간 순찰은 하지 않습니까?"

"합니다. 지난밤에도 10시쯤에 돌아봤는데, 전혀 몰랐습니다. 설마 크레인 위에 누가 올라가 있으리라고는 짐작도 못 했으니까요."

고이케 계장은 철제 사다리를 타고 올라갔다. 아래 풍경을 보지 않고 시선을 위로만 향하려고 애썼다. 크레인의 철골 조직은 위로 갈수록 좁아지는 것처럼 보였다. 그 너머로 구름이 흐르고 있다. 조금 살이 찐 그의 뒤를 감식과 촬영 담당 수사관이 카메라를 메고 바짝 따르고 있었다. 계장이 발이 미끄러지면 밑에서 받아 주려는 듯한 모습이었다. 도쿄 만에 떠 있는 선박들이 점점 아래쪽으로 보인다. 철제 사다리가 한 구간 끝날 때마다 휴식을 취하며 숨을 골랐다.

마침내 마지막 사다리 구간을 다 오르자 기다리고 있던 수사관과 선박 회사 직원이 양쪽에서 손을 내밀어 끌어올려 주었다.

고이케는 숨을 길게 토했다.

"조금만 더 올라가시면 됩니다. 여기가 기계실인데, 이 사다리를 올라가면 옥상입니다. 거기에 유류품이 있습니다."

기계실에 수직으로 붙어 있는 짧은 사다리를 오르자 옥상이 나왔다. 바닥은 콘크리트이고, 둘레에 쇠파이프로 난간이 둘러져 있었다. 옥상에는 큰 환풍기 두 대가 튀어나와 있었지만 전망이 좋은 전망대였다. 발치가 평평해서 사다리를 오를 때와 같은 불안감은 없었다.

"계장님. 이겁니다."

수사관이 가리켰다.

난간 옆에 삼각대가 서 있고, 긴 렌즈가 달린 카메라가 놓여 있다.

"망원 렌즈예요."

먼저 와 있던 부하가 말했다.

"옆에 카메라 가방이 있습니다."

가방을 가리키며 말한다.

고이케는 허리를 구부려 카메라 파인더를 들여다보았다.

"우와, 이거, 아주 가깝게 보이네!"

깜짝 놀라 얼굴을 떼어내고 그 방향을 살펴보았다. 그러고는 다시 파인더에 눈을 가까이 댔다.

"저쪽 자동차 도로가 바로 앞에 있는 것 같네. 도로 옆에 굴러다니는 맥주 캔의 상표까지 똑똑히 보여."

"300밀리 렌즈니까요."

중간에 있는 창고 지붕들은 시야에서 사라지고 자동차 도로가 눈앞에 바짝 당겨져 있었다.

고이케는 망원 렌즈 파인더와 육안을 번갈아 가며 서너 차례 살펴보다가 카메라가 향하고 있는 방향을 바라보았다. 오이 북부 육교와 오이 남부 육교를 잇는 직선 코스의 자동차 도로인데, 카메라의 초점은 북부 육교 가까이로 맞춰져 있었고, 그곳은 여기 3호 크레인의 서쪽 정면에 해당했다.

"무엇을 찍으려고 했을까?"

렌즈에 비치는 화면이 특별할 것도 없는 자동차 도로여서 계장은 고개를 갸웃거렸다.

"렌즈 캡은 벗겨져 있지만, 장착한 필름은 아직 한 장도 찍지 않았네요."

"어떻게 알아?"

"카메라 창에 필름 넘버가 나와요."

"음. 그럼 한 장도 찍지 않은 채 밑으로 추락한 건가."

"그렇죠."

"경직이 절반 이상 진행된 상태였어. 하악, 목덜미 같은 상부 근육에서 시작되어 어깨, 가슴, 손에 이르고 있더군. 복부나 다리에는 아직 경직이 나타나지 않았어. 사람마다 차이가 있지만 그런 상태라면 일반적으로 사후 아홉 시간이나 열 시간쯤 지난 거야. 사체를 검시한 것이 8시 10분이니까 추락해서 사망한 시각은 지난밤 10시나 11시쯤 되겠지. 해부해 보면 정확히 알 수 있을 거야. 사망자는 지난밤 이 크레인에 올라와 촬영을 하려고 했던 모양인데. 야간에 무엇을 찍으려고 했을까?"

혼잣말처럼 말하고 고이케는 숙직 직원을 돌아다보았다.

"밤 10시나 11시쯤 저 자동차 도로로 뭐가 지나가죠?"

"거의 아무것도 지나가지 않습니다. 물론 사람도 다니지 않고요.

그런 늦은 시간이면 승용차도 없습니다. 가끔 트럭이나 다니는 정도죠."

"트럭을 촬영해서 뭐하겠어. 통 모르겠네."

"고이케 계장님. 죽은 사람은 사진을 정말 좋아했나 봅니다."

촬영 담당이 말했다.

"가방 속을 살펴보니 200밀리와 105밀리 교환렌즈, 박스도 뜯지 않은 필름이 20통이나 들어 있더군요. 모두 ASA400 고감도 필름인 걸 보면 애초부터 야간 촬영을 하러 온 겁니다."

"그게 뭐야, 고감도 필름이란 게?"

"어두운 곳에서 스트로보 없이 찍을 수 있는 필름입니다. 이 근방은 가로등이 많아서 그 정도 불빛이면 피사체를 찍는 데 충분하거든요."

"자넨 역시 카메라에 해박하군."

"그 정도는 상식입니다. ……가방에 로마자가 씌어 있네요. K. YAMAGA라고 되어 있군요."

"오, 주인 이름이군. 주머니에 명함이 들어 있었어. 후쿠주 생명 후지사와 지사의 직원이고, 이름이 야마가 교스케였어."

"야마가 교스케? 그거, 어디서 들어 본 이름인데……."

촬영 담당 수사관은 이마에 손을 댔다.

"아아, 생각났어요."

수사관은 이마에 있던 손을 급히 뗐다.

"야마가 교스케라면 A신문사의 작년도 뉴스 사진 공모전에서 연간 최고상을 받은 사람입니다. 「격돌」이라는 제목인데, 작년 10월 도메이 고속도로에서 일어난 대형 추돌 사고를 촬영해서 호평을 받았죠."

그는 그렇게 말하고 나서 얼굴에 놀라움을 드러내며 말했다.

"호오, 사망자가 야마가 교스케 씨라니."

과연 촬영이 본업인 만큼 그 분야에 해박했다.

"명함에는 보험회사 영업사원이라고 나오더군."

고이케가 말했다.

"A사 뉴스사진 공모전에는 다양한 직업을 가진 아마추어가 응모합니다. 그런 공모는 B신문사와 C신문사에서도 하는데, A사가 더 권위가 있다고 알려져 있죠. 「격돌」이라는 제목의 교통사고 현장 사진은 굉장히 박력 있어서 저도 잘 기억하고 있습니다. 이 야마가 교스케라는 사람은 지금까지 월간상 가작에 종종 선정되는 등 단골 수상자인 모양입니다. 프로 카메라맨처럼 이렇게 촬영 기자재를 잘 갖춘 것도 이해가 되네요. ……그랬군요, 보험회사에서 일하는 줄은 몰랐네요."

"추돌 사고는 도메이 고속도로, 이 카메라가 향한 곳도 자동차도로. 도로만 찍는 사람이었군."

고이케가 중얼거렸다.

이 대화를 듣고 있던 선박 회사 직원이 끼어들었다.

"저어, 괜한 참견인지는 모르지만, 혹시 야마가라는 사람이 여기에서 폭주족을 촬영하려고 한 것은 아닐까요?"

"폭주족?"

"어제가 토요일이었으니까요. 토요일 밤 11시경이 되면 이 자동차 도로에 폭주족이 나타나 제 집 안방처럼 함부로 휘젓고 다녔거든요."

"오, 과연."

계장은 고개를 끄덕이며 웃음을 지어 보였다.

"그거 참 좋은 얘기를 해 주셨네요."

"하지만 그건 지난봄까지의 얘기고, 요즘은 어찌 된 일인지 폭주족이 자취를 감추었습니다."

"호오."

"야마가라는 사람은 그걸 모르고 여기 와서 폭주족을 찍으려고 했던 게 아닐까요? 후지사와에 사는 사람이라면 모를 만도 하지만."

"그럴지도 모릅니다."

듣고 있던 촬영 담당 수사관이 고이케에게 말했다.

"그 사람은 올해도 A사의 뉴스사진 공모전에 참가할 생각으로 폭주족을 테마로 정했을 겁니다. 틀림없이."

"그런데 왜 이렇게 높은 크레인 위에서 촬영해야 했을까? 도로변에서 찍으면 될 것을."

"카메라 앵글로 의표를 찌르는 사진을 찍으려고 했던 거겠죠. 도로변에서 찍으면 평면적인 화면이 되니까 흔해 빠진 구도가 될 거라고 생각했을 겁니다."

"음. 하긴 크레인 위에서 찍는다니, 기발하군. 아무도 눈치채지 못하겠지."

계장은 카메라가 설치된 난간 앞으로 가서 아래를 내려다보았다. 바로 밑 지상에는 하얀 선으로 시체의 윤곽이 그려져 있었다. 작게 보이는 경관 넷이 그 옆에 모여 있다. 고이케는 등줄기로 스치는 한기를 느꼈다.

"추락한 위치를 보니 여기 난간을 넘은 거로군."

고소공포증을 숨기며 고이케는 부하 두 사람에게 말했다. 두 부하도 아래를 내려다보려고 나란히 다가왔다. 밑에서는 동료들이 일제히 고개를 쳐들었다.

난간은 고이케 가슴께까지 닿았다. 높이는 1미터 10센티미터 정도다.

"왜 이 난간을 넘었을까?"

난간 바깥에는 15센티미터 폭의 테두리가 테라스처럼 튀어나와 있었다.

"좀 더 좋은 촬영 위치가 없는지 찾고 있었던 게 아닐까요? 까다로운 카메라맨은 지나치게 촬영에 몰두하느라 신변의 위험도 잊곤 합니다. 이 난간에 걸터앉고 나서야 문득 높은 위치에 공포를 느끼고, 그 순간 뇌빈혈을 일으켜 난간을 쥔 손에서 힘이 풀린 게 아닐까요."

자살이 아닌 것은 분명하다. 과실사가 확정적이었다.

고이케는 난간에서 물러나 콘크리트 바닥으로 시선을 던지며 주변을 둘러보았다.

"담배꽁초가 하나도 안 보이네."

이상한데, 하며 그는 고개를 갸웃거렸다.

"주머니에서 나온 담뱃갑에는 여섯 개비가 남아 있었어. 스무 개비가 들어가는 담뱃갑이니까 열네 개비를 피운 거지. 열네 개비를 전부 여기서 피우지는 않았다고 해도 꽁초가 하나도 보이지 않는 것은 이상하군. 폭주족을 기다리고 있었을 테니 그 사이에 서너 개비 정도는 피웠을 텐데 말이야."

담배꽁초와 부인

고이케 계장은 주변에 담배꽁초가 하나도 보이지 않는 것을 의아하게 여겼다.
"잠깐 물어봅시다."
고이케는 선박 회사 직원과 이 크레인에 먼저 올라와 있던 작은 체구의 부하에게 말했다.
"두 사람은 담배를 많이 피우는 편입니까?"
"골초라고 할 정도는 아니지만, 비교적 많이 피우는 편입니다."
"추락한 사람…… 야마가라는 사람은 여기에서 삼각대에 카메라를 장착하고 폭주족이 오기를 기다리고 있었어. 폭주족인지 뭔지는 확실하지 않지만, 여하튼 뭔가를 찍으려고 기다리고 있었던 것 같아. 그러자면 오래 기다려야 하겠지. 그럴 때는 담배를 피우게 되지 않을까?"
"피우죠, 당연히. 입과 손도 심심할 테고, 할 일이 담배 피우는 것밖에 더 있겠습니까?"
"사망자의 옷 주머니에 있던 담뱃갑에는 여섯 개비가 남아 있었으니까 열네 개비가 없어진 거지. 그런데 이 콘크리트 바닥에는 꽁초가 하나도 보이질 않아."

고이케는 부하보다 자신에게 묻는 투로 말했다.

"열네 개비를 다 이 자리에서 피웠다고 할 수는 없겠지요. 이 크레인에 올라오기 전에 다른 데서 피우고 왔을지도 모릅니다."

애연가인 부하가 대답했다.

"음. 그럼 열네 개비의 절반을 다른 데서 피우고 왔다고 치자고. 그럼 꽁초 일곱 개비 정도는 여기 떨어져 있어야 해."

"꽁초를 밑으로 던져 버렸을 수도 있죠."

"그렇지. 여기 버리기가 미안해서 말이야. 허락도 없이 올라온 처지니까."

고이케는 그 말에 고개를 끄덕였다.

"그럼 이 크레인 밑에 떨어져 있을까?"

"글쎄요. 바람이 강하니까 어디로 날아가 버렸는지도 모르죠."

"음. 바다에서 불어오는 바람이 꽤 강하군. 높은 곳이라 더 강하게 불겠지."

고이케는 자기 주머니에서 담배를 꺼냈다. 한 대 물자 체구가 작은 부하가 곁으로 다가와 라이터를 켜 주었다. 불은 즉시 꺼져 버렸다. 부하는 몸으로 바람을 막고 손으로 라이터를 감싸 불을 켰지만 이번에도 즉시 꺼졌다. 선박 회사 직원도 가까이 다가와 둘이서 바람을 막았다.

"상당히 거칠게 부는군."

한 모금 빨아서 토했지만, 연기는 즉시 수평으로 흘러가 버렸다.

"바람 때문에 먼지가 쌓여 있질 않네."

시선을 아래로 향하며 고이케가 말했다. 콘크리트 바닥은 비로 쓸어 놓은 듯이 깨끗했다. 먼지가 쌓여 있지 않으니 발자국을 찾을 수도 없다.

고이케는 입에서 담배를 빼내 손가락으로 가볍게 쳤다. 담뱃재는 바닥에 떨어질 새도 없이 바람에 날려 흩어졌다.

"강풍이군."

폭음이 들려오자, 기계실 옥상에 서 있던 넷은 공중을 올려다보았다. 기수를 내린 점보기가 다가오고 있다. 서쪽으로 비켜 가기는 해도 꼭 머리 위를 스치고 지나갈 것 같았다. 터지는 듯한 소리가 날카롭게 고막을 때렸다.

"엄청 크네."

촬영 담당 수사관이 입을 멍하니 벌리고 있다가 말했다. 비행기는 이내 하네다 공항 쪽으로 사라졌다. 멀어져 가는 제트 엔진 소리만 남았다. 고이케는 담배를 계속 피우며 공항을 향해 내려가는 기체의 그림자를 응시했다.

"여기는 여객기의 착륙 코스입니다."

선박 회사 직원이 고이케에게 말했다.

"기사라즈 방면에서 날아오는군요."

고이케가 담뱃재를 떨어뜨렸다. 그 순간 바람이 재를 낚아채 갔다.

"그렇습니다. 착륙을 위한 진입 코스가 몇 개 있는데, 여기 상공을 지나가는 비행기는 C활주로에 착륙하는 거라더군요. 남풍이 부는 여름철에 특히 이 코스를 많이 이용하는데, 기사라즈 방면에서 도쿄 만 상공으로 와서 남쪽으로 선회하여 착륙 태세에 들어간 다음, 그대로 일직선으로 하네다에 진입합니다. 즉 감속하기 위해 역풍인 남풍을 맞으며 가는 겁니다. 대체로 모노레일 바깥쪽을 따라 공항으로 들어가는 것 같습니다."

오이 부두 사무소에 근무하는 선박 회사 직원이라 역시 주변 사정에 밝았다.

"머리 위를 아슬아슬하게 스쳐 지나가는 것처럼 보이던데, 고도는 어느 정도나 됩니까?"

고이케가 담배를 뻑뻑 피우며 물었다.

"이 근방에서는 지상 5, 600미터 정도라고 합니다."

"5, 600미터라면 가깝군요. 게다가 여기가 크레인의 15미터 높이니까 그만큼 더 가까운 셈이네요. ……여객기가 여기를 수시로 통과하겠죠?"

"아침부터 밤까지 수시로 지나갑니다. 밤에는 10시쯤에 마지막 착륙을 하는 것 같습니다. 사무소에 있으면 그 폭음을 계속 듣게 되죠. 주택가라면 주민들이 소음 공해라고 항의하는 운동이 일어날 테지만 이곳은 창고밖에 없으니까요. 사실 저희는 폭음에 익숙해졌습니다."

"그렇습니까."

고이케의 손가락에 끼워진 담배가 짧아졌다. 그는 꽁초를 바닥에 버렸다. 비행기 착륙에 관해 한가롭게 얘기를 나눈 것도 이 담배가 짧아지기를 기다리기 위한 시간 때우기였다.

가벼운 꽁초는 바람에 밀려 바닥을 떼구르르 굴렀지만, 곧 바람에 날려 난간 사이를 지나 밖으로 날아가 버렸다.
고이케는 난간에 기대어 아래를 내려다보았다. 꽁초의 행방은 알 수 없었다.
체구가 작은 부하도 옆에 나란히 서서 아래를 내려다보았다.
"이러니 저기 콘크리트 바닥에 담배꽁초가 없는 거군요. 이렇게 높은 곳인데다 밤에는 바람이 더 강할 테니까요."
"음."
밑에 있던 수사과 형사들이 이쪽을 올려다보고 있었다. 한 사람이 양손을 모아 입에 대고 뭐라고 외치고 있다.
"안 들려! 뭐라는 거야?"
15미터 높이인 만큼 바람이 목소리를 흩뜨려 놓았다.
부하가 귀에 손을 대고 겨우 알아들었다.
"부인이 경찰서에 왔다고 하네요."
"부인? 아, 추락사한 사람의 부인? ……좋아, 바로 내려가자고."
환풍기 뒤로 돌아가 있던 촬영 담당이, 계장님, 잠깐 이리로 와 보세요, 하고 말했다.
"여기 무엇에 긁힌 자국이 있습니다."
촬영 담당은 어깨에 멘 카메라를 등으로 돌려 놓고 바닥에 쪼그리고 앉아 있었다.
고이케도 허리를 굽혔다. 얼굴을 가까이 대지 않으면 알 수 없을 만큼 작았는데, 먼지도 없는 바닥을 긁은 자국 몇 기닥이 히얗게 나 있었다.

"무엇에 긁힌 걸까?"

"카메라 삼각대인 듯합니다. 여기에서 조립했겠지요. 삼각대의 마운트나 다리 끝이 뾰족하거든요. 여기에서 만지작거리다가 바닥을 긁었을 겁니다."

고이케는 난간 옆에 서 있는 삼각대와 카메라로 시선을 던졌다. 그 아래에 카메라 가방과 삼각대를 넣는 가죽 케이스가 놓여 있었다.

"여기서 저기까지 7미터쯤 되는군. 여기에서 삼각대를 조립하고 저쪽 난간 앞까지 옮겼단 말인가?"

"그렇죠."

"왜 삼각대를 난간 앞에서 조립하지 않았지? 저기서 조립했으면 굳이 여기서 저기까지 옮기지 않아도 될 텐데. 카메라 가방과 삼각대 케이스도 저기 같이 있잖아."

"그렇긴 합니다만, 그 사람의 버릇 아닐까요?"

"버릇?"

"버릇이랄까 습관이랄까, 카메라를 좋아하는 사람의 개성 말입니다. 제가 아는 카메라 애호가 중에도 그렇게 비효율적인 짓을 하는 사람이 있거든요."

"예술가 기질이라는 건가?"

이야기는 그것으로 끝났다.

―고이케 계장은 중요한 대목에서 의문을 접어 버렸다. 담배꽁초가 떨어져 있지 않았다는 문제를 포함해서.

"이렇게 높은 곳에 밤중에 혼자 올라왔으니, 야마가라는 사람,

쓸쓸하지 않았을까?"

고이케는 아래 풍경을 둘러보며 말했다. 전망대에 오른 것처럼 풍경은 뛰어났지만 밤에는 불빛만 반짝였을 것이다.

혼자였으리라 판단한 까닭은 여러 사람의 지문이 나오지 않았기 때문이다. 난간 등에 남아 있는 것은 망자의 지문뿐이었다. 꼈다 벗은 두꺼운 면장갑은 추락사한 야마가 교스케의 주머니에 들어 있었다. 크레인의 철제 사다리를 올라가려면 장갑을 껴야 한다. 촬영 준비를 시작할 때 야마가는 그것을 벗었을 것이다.

"카메라맨들은 촬영이 시작되면 정신없이 몰두하게 마련입니다. 평소 소심하던 사람도 촬영 작업을 할 때는 대담해지죠. 특히 야마가 교스케처럼 공명심이 강한 아마추어 카메라맨은요."

"공명심이 강하다? 그걸 어떻게 알지?"

"그야 그 사람의 「격돌」만 봐도 짐작할 수 있죠. 그렇게 박력 넘치는 사진을 찍은 걸 보면 공명심이 대단한 거예요. 신문사가 주최하는 그런 보도사진 공모에 출품하는 아마추어 카메라맨은 경쟁심이 대단하거든요. 하기야 돈과 명예가 걸려 있으니까 그럴 만도 하죠. 공명심에 몸이 달아오른다고 할까. 이렇게 높은 크레인 위에 밤중에 혼자 올라온 것도 그런 야심 때문이겠죠."

"그런가. ······그럼 이제 내려가 볼까. 자네들 둘이 저 카메라와 기자재 일체를 아래로 옮겨 주게."

"저도 도울까요?"

선바 회사 직원이 나섰다.

"그래 주시겠습니까. 고맙습니다."

높은 곳에서 내려가는 것은 오를 때보다 더 겁난다. 오를 때는 위만 올려다보면 되지만 내려갈 때는 싫더라도 아래 풍경이 눈에 들어온다. 고이케는 철제 사다리 난간을 손가락이 저리도록 꽉 잡고 한 단씩 차근차근 발을 옮기며 내려갔다. 옆에서 불어 오는 바람이 몸을 흔들었다. 발을 헛디디면 야마가 교스케 꼴이 날 판이다.

마침내 지상에 발을 디뎠을 때는 등에 땀이 흐르고 있었다.

그 지면을 고이케가 두리번거리며 살펴보았다.

"뭘 찾으세요?"

밑에서 기다리던 부하들이 곁으로 다가왔다.

"담배꽁초가 떨어져 있지 않았나?"

담배꽁초는 대여섯 개 보였다. 다 새것뿐이었고 전부 부하들이 피운 것이다.

"지난밤 이 크레인 위에서 떨어진 꽁초 말이야."

고이케는 고소공포증이 있다는 약점을 부하들에게 들키지 않으려고 애써 차분한 목소리로 말했다.

부하들은 주변으로 흩어졌다가 금방 다시 모였다.

"없네요, 하나도."

"음, 없어? 뭐, 할 수 없지. 바람에 쓸려 갔나 보군."

크레인을 올려다보니 부하 두 명과 선박 회사 직원이 야마가 교스케의 카메라, 삼각대, 카메라 가방을 나눠 들고 철제 사다리를 민첩하게 내려오고 있었다. 역시 젊은 사람들한테는 당할 수 없다.

창고 앞 도로에는 자주색 투도어 승용차가 지난밤부터 주차되어 있었다. 죽은 야마가 교스케의 차다. 크레인에서 발견한 카메라 기자재를 싣고 경관 한 명이 그 차를 운전하여 경찰서로 돌아갔다.

고이케는 수사과장에게 보고했다.

야마가 교스케는 크레인 기계실 위에서 실수로 추락한 것으로 추정하는 수밖에 없다고 말했다.

과장은 고개를 끄덕이고, 감찰의무원에서 실시한 행정해부가 아까 끝나서 그곳에 갔던 서원이 전화로 결과를 알려 온 참이라고 전했다.

사인은 추락에 의한 후두부 두개골절. 전신 타박상은 지상에 충돌할 때 생겼고, 그 밖에 생전에 입은 외상은 없었다. 질식(액살 및 교살 등에 의한) 흔적도 없다. 체내에서는 수면제나 기타 독극물도 검출되지 않았다. 사후 경과로 볼 때 추락하여 즉사한 것으로 추정―즉 누군가 사체를 크레인 위로 옮겨서 떨어뜨린 것은 아니라는 뜻이다.

이로써 야마가 교스케의 죽음은 과실사로 결정되었다.

"죽은 야마가 씨의 부인이 와 있네. 다른 방에서 기다리고 있으니 만나 보게. 감찰의무원에서 시신을 확인하고 이쪽으로 보냈다고 하더군."

"알겠습니다."

별실에 가 보니 서른둘이나 셋쯤으로 보이는 여인이 조금 화사한 양장 차림으로 혼자 의자에 앉아 있었다. 들어오는 고이케를 보고도 일어서지 않고 맥없이 앉아 있나.

고이케는 명함을 내밀고 위로를 전했다.

야마가의 아내 야스코는 눈과 얼굴이 눈물로 붉어져 있었다. 손에 꼭 쥔 손수건은 눈물에 담갔다 건져낸 것처럼 푹 젖어 있다. 두어 가지 질문을 해도 괜찮겠습니까, 하며 고이케가 슬픔에 잠긴 부인에게 말했다.

"고인께서는 지난밤 오이 부두 제3호 크레인 위에서 사진을 찍으려다가 실수로 떨어진 걸로 보입니다만, 지난밤에 혼자 그곳으로 가신 겁니까?"

야스코는 손수건을 얼굴에 댄 채 고개를 가로저었다.

"그건 모릅니다. 하지만 아마 혼자 갔을 거예요. 남편은 저한테 아무 말도 하지 않았으니까요."

야스코는 띄엄띄엄 대답했다.

"촬영을 나갈 때는 늘 혼자 가셨나요?"

"예. 사진을 찍는 동료들이 있지만, 촬영은 늘 혼자 다녔습니다. 그래야 더 집중할 수 있다면서—."

"부인께 행선지를 알리지 않은 적도 있었나요?"

"늘 그랬어요. 생명보험회사에 다니는 남편은 보험 가입을 권유하는 게 주요 업무였습니다. 그렇게 밖을 돌아다니면서 일하다 보니 저한테 일일이 행선지를 알리지는 않았어요. 저녁 시간에 고객을 방문할 때도 많아서 집에는 연락을 하지 않는 것이 오랜 습관이었습니다."

고이케는 사망자의 주머니에서 나온 명함에 '후쿠주 생명보험 주식회사 후지사와 지사 영업부'라는 내용이 적혀 있던 걸 떠올렸다.

"아뇨, 제가 묻는 것은 고인께서 촬영하러 나갈 때를 말하는 겁니다만."

"예. 사진도 업무차 돌아다니면서 그때그때 찍었으니까요. 남편은 보도사진을 주로 찍어서, 언제 어디서 촬영 기회가 생길지 알 수 없다며 고객을 만나러 갈 때도 늘 카메라 가방을 메고 다녔습니다."

"아, 그랬습니까. ……고인은 A신문사의 연간 최고상을 수상하셨다고 하더군요. 제목이 「격돌」이고 차량 추돌 사고의 현장 사진이라고 들었습니다. 저는 몰랐는데, 우리 직원이 그러더군요."

"예. 그 사진은 많은 분들께 칭찬을 받았지요."

야스코는 그 기억을 떠올리는지 어깨를 떨며 오열했다.

"그럼 어제도 고인은 출근할 때 저녁에 오이 부두에 갈 거라는 사실을 부인께 알리지 않았겠군요?"

"예. 어제도 평소처럼 오전 9시쯤에 집을 나갔으니까요."

"낮에 고인한테서 연락이 없었습니까?"

"없었어요."

"그럼 부인은 고인이 지난밤 그 높은 크레인 위에서 무엇을 찍으려고 했는지도 모르십니까?"

이제 막 미망인이 된 부인은 고개를 가로저었다.

"어제는 토요일이었죠. 얼마 전까지만 해도 오이 부두에는 토요일마다 폭주족이 출몰하곤 했습니다. 고인은 그들을 찍으려고 했던 것 아닙니까?"

"방금 말씀드렸지만 남편은 저에게 아무 말도 없이 들이디녔어요. 도메이 고속도로에서 추돌 사고 현장을 찍은 「격돌」 때도 마찬가지였습니다. 무엇을 찍을 거라는 말도 없이 잠자코 나갔어요. 나중에 그런 큰 상을 받고 신문에 보도되고 나서야 저도 알게 된 겁니다."

야스코는 다시 어깨를 들썩이며 울었다.

늘 혼자

해부가 끝난 시체는 감찰의무원에서 후지사와 자택으로 운구한다. 이때는 유족이 가까운 장의사에 의뢰하여 영구차를 임대하게 된다. 물론 유족은 그 영구차로 귀가한다.

부두에 주차되어 있다가 경찰서 주차장으로 옮겨진 야마가 교스케의 승용차는 야마가 가에서 인수인이 올 때까지 경찰서에 세워 두기로 했다. 차량에는 고인의 카메라 기자재가 실려 있었다.

"그럼 차량은 제가 댁까지 가져다 드리겠습니다."

고이케는 야마가의 부인 야스코에게 말했다.

"실은 경찰서 주차장도 여유가 없어서 차를 계속 맡아 두기가 힘듭니다. 오후나에서 통근하는 직원이 있으니까 그 직원한테 운전을 부탁해서 오늘 중에 후지사와 댁으로 가져다 드리겠습니다."

"고맙습니다."

"그런데 고인은 무슨 담배를 피우셨습니까?"

"세븐스타입니다."

"하루에 얼마나?"

"집에 있을 때는 열 개비 정도지만, 출근하면 많이 피우니까 하루에 마흔 개비 정도는 피웠을 거예요."
"물론 차를 운전할 때도 피우셨겠지요?"
"예. 차에서도 자주 피웠습니다."
"그럼 운전석 옆 재떨이에는 늘 꽁초가 있었겠군요?"
"예. 재떨이가 꽁초로 가득 차 있을 때가 많았어요."
"고인은 재떨이를 자주 비우셨나요?"
"가끔 비우는 것 같은데, 아무래도 그런 데는 무심한 편이었어요. 차의 재떨이는 주로 제가 비우곤 했어요."
"뒷좌석 쪽 재떨이는 어떻습니까? 뒷좌석에 태운 고객이 담배를 피우는 사람이라면 뒷좌석 재떨이에도 꽁초가 있겠군요?"
"예. 그것도 제가 비우곤 했어요."
"최근 뒷좌석 재떨이를 비우신 게 언제입니까?"
"글쎄요. 일주일쯤 전이었나?"
"그 일주일 전에, 뒷좌석 재떨이에 마지막으로 남아 있던 담배꽁초가 무슨 담배였는지 기억나십니까?"
"글쎄요, 그것까지는……."
"담배 필터 부분이 흰색이었는지 갈색이었는지도?"
외제 담배는 필터가 갈색인 경우가 많다.
"아마 흰색이었던 것 같아요, 분명하진 않습니다만. ……그게 무슨?"
"아뇨, 그렇다면 됐습니다. 아무것도 아닙니다."
부두 현장에 방치되어 있던 야마가의 차량은 경찰서로 옮기기 전에 고이케가 조사했다. 운전석 재떨이에는 세븐스타의 꽁초가 일곱 개 남아 있었고 뒷좌석 재떨이에는 하나도 없었다.
 운전석 재떨이에 남아 있던 세븐스타 꽁초 일곱 개는 야마가 교스케가 피운 것이 틀림없다. 하루에 마흔 개비나 피웠다고 하므로 운전중에 그 정도는 피웠을 것이다. 조수석에 누군가 타고 있다가 같이 담배를 피웠다면 재떨이에는 더 많은 꽁초가 남아 있어야 한다.
 —크레인 위 기계실 주위에 꽁초가 하나도 없었던 건 역시 강풍에 날아가 버린 탓일까?
 "고인은 카메라 실력이 전문가 수준이었다고 하니까, 아마 사진을 좋아하는 동료가 많았겠지요?"
 "그렇지도 않아요. 남편은 꽤 까다로운 성격이라서 사람들과 어울리는 데 서툴다고 할까, 동료가 많지 않았어요. 후지사와 시의 사진 동호인들하고도 어울리지 않았습니다."
 "역시 예술가 기질이 있었군요. 고독을 좋아하신 걸 보면······."
 야스코는 슬픈 얼굴로 인사를 하고 다시 감찰의무원으로 향했다. 그러자 고이케는 감식 담당자를 불렀다.
 "혹시나 해서 확인해 보려는데, 부두에서 가져온 차에서 지문 채취를 해 주지 않겠나?"
 "자주색 투도어 차량 말이죠?"
 감식 담당자는, 이미 과실사로 정해졌는데, 하는 표정을 슬쩍 드러냈지만 재문 채취를 위한 도구 상자를 들고 경찰서 뒤 주차장으로 나갔다.

고이케는 오늘 아침 부두에 같이 갔던 나카다라는 사진 촬영 담당자를 불렀다.
"야마가라는 사람이 사진을 한 장도 찍지 않았다고 했지?"
"네. 카메라에 필름을 끼워 두기는 했지만 필름 카운터 숫자를 보면 한 장도 찍지 않았습니다."
"그냥 확인해 보고 싶어서 그러는데, 그 필름을 현상해 주지 않겠나?"
"예······."
필름 카운터 숫자를 보면 한 장도 찍지 않은 것을 알 수 있는데 굳이 현상까지 해 보다니 공연한 수고다, 라고 촬영 담당자의 표정이 말한다. 하여간 고이케 계장은 병적일 정도로 꼼꼼하다니까.

고이케가 나흘 전에 체포한 강도 용의자를 검찰로 넘기기 위해 서류를 작성하고 있는데, 투도어 차량에서 지문을 채취하러 나간 감식 담당이 밖으로 나간 지 40분쯤 지나 돌아왔다.
그는 사진 두 장을 고이케 앞에 늘어놓았다.
"이게 크레인에서 채취한 지문입니다. 이건 차량에서 채취한 거고요."
동일한 지문이었다. 모두 야마가 교스케의 지문이다.
"차량에 다른 지문은 없었나?"
"너무 오래돼서 채취할 수 없는 것이 몇 개 있었지만 새로 생긴 지문은 이것뿐입니다. 차 문, 핸들, 운진식, 거기에 카네라, 삼각대, 카메라 가방, 가방 속의 카메라와 교환렌즈 등에 찍혀 있더군요. 이걸로 보아 어제 낮부터 밤까지 그 차에 있던 사람은 운전자인 야마가 한 사람뿐이었습니다."

오늘 아침 재떨이를 조사할 때, 고이케는 물론 장갑을 끼고 있었다. 사진 담당 나카다가 하얗고 긴 필름을 가져왔다.

"현상해 봤지만, 이렇게 아무것도 찍혀 있지 않습니다. 역시 한 장도 찍지 않았어요."

고이케는 콧방울을 부풀린 채 나카다에게, 그 필름은 버려도 돼, 라고 말했다.

"아, 그리고 말이야."

멀어져 가는 나카다에게 고이케가 말했다.

"야마가 씨 차량은 오후나에서 통근하는 야마구치 군이 운전해서 오늘 저녁에 후지사와의 사망자 집에 가져다주기로 했네. 그러니까 지금 바로 그 차를 컬러 사진으로 찍어 놔. 아, 일반 사진과 폴라로이드 두 종류로 말이야."

다나카는 즉시 컬러로 나온 폴라로이드 사진을 고이케에게 전해 주었다. 차체를 옆, 앞, 뒤 등 세 방향에서 찍었다. X사의 ○○년형 투도어 차량의 특징이 카탈로그처럼 잘 찍혀 있다.

고이케는 다른 부하에게 그 폴라로이드 사진을 건네주었다.

"야마가의 차량은 어젯밤부터 오늘 아침까지 그 장소에 방치되어 있었네. 그러니까 차량을 그 장소에서 본 사람이 있을 거야. 하지만 행인이 없는 곳이니까 우선은 부근 경비원부터 알아봐. 경비원이라면 야간 순찰을 했을 테니까 차량을 봤을지도 몰라. 가서 탐문해 보게."

병적으로 꼼꼼하다는 원성을 듣는 고이케의 본령이 이 대목에서 잘 드러났다.

한 시간 반쯤 지나자 수사과 직원이 돌아왔다.

"계장님 예상대로 그 차를 지난밤에 보았다는 경비원이 한 사람 있습니다."

그는 보고를 시작했다.

"외무부두공단 소속의 45세 경비원인데, 지난밤에 야근을 했습니다. 그 사람 말에 따르면 9시경 초소를 나와 순찰을 돌았는데, 제3호 크레인에는 별 이상이 없었다고 합니다. 그 주변을 둘러보았지만 밤낚시를 하러 온 사람도 없어서 안심하고 안벽에서 소변을 보았답니다."

"소변을? 흠, 도쿄 만 야경을 앞에 두고 볼일을 보다니, 꽤 시원했겠군."

고이케는 흐흐, 하고 웃었다.

"나중에 추락 사고가 있었다는 사실을 알고, 그때 밤바다를 볼 게 아니라 크레인 위를 올려다보았으면 거기 사람이 올라가 있는 것을 알았을지도 모른다고 하더군요. 하지만 설마 그런 곳에 누가 올라가 있으리라고는 상상도 못 했기 때문에 소변을 다 보고 랜턴으로 주변을 비추면서 골목을 통해 자동차 도로로 나갔습니다. 거기에 라이트를 끈 채 서 있는 차량을 보고 창문을 통해 랜턴 불빛으로 내부를 살펴보았지만, 운전석과 뒷좌석에 아무도 없었다고 합니다."

"폴라로이드로 찍은 차량 사진을 그 경비원에게 보여 주었겠지?"

"물론입니다. 경비원도 사진을 보고 사진 속에 나온 자주색 차체에 투도어 차량이었다, 랜턴으로 자세히 보았으니까 틀림없다고 말했습니다."

"그래? 그 경비원은 아무도 없는 차량이 방치되어 있는데도 수상하게 여기지 않았단 말인가?"

"가끔 그런 차가 있다고 합니다. 남녀가 타고 와서는 차량을 세워 두고 어디 으슥한 곳에 들어가 재미를 본다고 하더군요. 거기에는 후미진 곳이 많으니까요."

"차 안에서는 안 한대?"

"저도 그렇게 물어봤는데, 넓은 도로에는 가로등도 환하게 켜져 있고 가끔 트럭 같은 차량이 지나가기 때문에 카섹스는 무리라고 합니다."

그가 웃으며 말했다.

"그래서 그냥 지나친 건가?"

"굳이 후미진 곳을 뒤져서 남녀 커플을 끌어낼 필요는 없을 테니까요. 주위를 살펴보면서 초소에 돌아왔을 때가 10시쯤이었다고 합니다."

"경비 초소는 밤새 운영되겠지?"

"네 명이 근무하는데, 2인조로 두 시간씩 교대로 눈을 붙인다고 합니다."

"크레인 위에서 사람이 떨어졌다면 땅에 부딪히는 소리가 제법 컸을 텐데, 그런 소리를 못 들었다고 하던가?"

"제3호 크레인과 외무부두공단 경비 초소는 300미터쯤 떨어져 있습니다. 소리는 들리지 않았답니다. 게다가 교대로 깨어 있던 두 사람도 2시까지 텔레비전을 보고 있었다니까요."

"심야 2시까지? 텔레비전이 그렇게 늦게까지 하나?"

"지난밤은 토요일이니까요. 텔레비전에서는 그때까지 심야 영화를 방영하고 있었다고 합니다."

"그래? 아, 토요일 밤이었지."

이때까지만 해도 고이케는, 야마가가 크레인 위로 올라간 까닭은 매주 토요일 밤 오이 부두에 출몰하는 폭주족을 촬영하기 위한 것이 아닐까, 하는 추측을 떠올렸다. 그러나 폭주족은 요즘 놀이터를 바꾸었는지 오이 부두 쪽에는 나타나지 않는다. 만약 야마가가 정말 폭주족을 촬영할 생각이었다면 그는 그 사실을 몰랐다는 이야기다.

오후 7시 텔레비전 지방 뉴스에서 추락사 사건을 보도했다. 고이케가 텔레비전 방송국의 경찰서 출입 기자에게 기삿거리를 귀띔해 주자 기자는, 부두의 대형 크레인에서 사람이 떨어져 죽다니, 별일이네, 라고 하며 의욕적으로 사건을 취재했다. 더구나 사망자가 A 신문사의 '독자 뉴스사진' 연간 최고상을 수상한 인물이라고 하니 더욱 관심을 끄는 기삿거리였다. 고이케는 그때 기자에게 폴라로이드로 찍은 야마가의 차량 사진도 건네주었는데, 그 사진도 화면에 등장했다.

이튿날 아침, 고이케가 경찰서에 도착하자 어제 7시 텔레비전 뉴스를 보았다는 사람으로부터 전화가 왔다.

"뉴스에 나온 그 차를 엿새쯤 전에 오이 부두 도로에서 보았습니다."

젊은 남자의 목소리였다.

"실례합니다만, 무슨 일을 하시는 분이시죠?"

"저는 경륜 선수입니다. 6일 전 오후 1시쯤이었어요. 저는 그 도로에서 사이클 훈련을 하고 있었습니다. 자동차 폐타이어를 자전거에 매달고 달리고 있었죠. 그때 텔레비전 화면에 나온 것과 똑같이 생긴 자주색 투도어 차량이 저를 추월했어요. 제가 폐타이어를 끌고 가는 것이 신기해 보였는지 속도를 줄이더군요."

"그때 운전하던 사람을 보았습니까?"

고이케는 정중하게 물었다.

"보았습니다. 옆얼굴이었지만요. 서른두셋쯤 돼 보였습니다. 텔레비전에 나온 사진을 꼭 닮았습니다."

텔레비전에 나왔다는 야마가 교스케의 얼굴 사진은 「격돌」로 상을 받을 때 신문에 실렸던 것으로, 텔레비전 방송국이 당시의 신문을 뒤져서 찾아냈다. 추락사한 사람이 A사의 작년도 뉴스사진 연간 최고상을 수상했다는 사실도 방송국은 빠짐없이 보도했다.

"사진의 그 사람이 운전을 하던가요?"

"그렇습니다."

"다른 사람이 같이 타고 있지는 않았나요?"

"아뇨, 다른 사람은 없었습니다. 그 사람 혼자 운전하고 있었습니다."

고이케는 새삼 텔레비전의 영향력에 놀랐다.

6일 전에 야마가가 혼자 차를 타고 그 도로를 달리고 있었다면, 아마도 촬영 장소를 물색하기 위해서였을 것이다. 그 결과, 야마가는 크레인 위를 점찍은 게 틀림없다.

동승자가 없었다고 하므로 그의 죽음이 추락사라는 건 더욱더 틀림없는 사실이 되어 갔다.

고이케는 급하게 마지막 질문을 했다.

"그때 운전하던 사람이 담배를 피우고 있던가요?"

"예, 담배를 입에 물고 운전하고 있었어요."

"그렇군요, 고맙습니다."

30분 뒤 또 전화가 걸려 왔다. 이번에는 중년 남자의 목소리였다.

"저는 오이 부두 창고에 출입하는 트럭을 운전하는 사람입니다. 어젯밤 7시 텔레비전 뉴스를 보고 전화하는 겁니다. 그제 오후 7시 30분쯤이었나, 텔레비전에 나온 것과 똑같이 생긴 자주색 투도어 승용차가 오이 남부 육교에 서 있는 것을 보았습니다. 그러니까, 서른 전후의 남자가 차 옆에 서서 주변을 둘러보고 있더군요. 어딜 찾는 듯한 모습이었습니다. 그 사람 얼굴이요? 얼굴까지는 자세히 보지 못했습니다. 그때 제가 조금 급해서 속도를 내고 있었거든요. 그 차를 힐끔 보았을 뿐입니다. 예, 그 사람은 차 옆에 서서 담배를 피우고 있었어요. 아뇨, 다른 사람은 없었어요. 그 사람뿐이었습니다. 정말 놀랐습니다. 거기 서 있던 사람이 그날 밤 크레인에서 떨어져 죽다니. 저야 육교에서 슬쩍 목격한 사람일 뿐이지만, 너무 놀라서 이렇게 알려드리는 겁니다."

야마가 교스케는 크레인에서 실수로 추락했음이 확실해졌다.

대마의 계절

6월 하순. 경시청 관할 각 경찰서에 본청에서 다음과 같은 통지가 내려왔다.

> 오늘 도치기 현경에서 본청으로 다음과 같은 연락이 있었음.
>
> 6월 20일 오후 9시경 도치기 현 가미쓰가 군 니시카타무라에서 가누마 시 방면으로 국도를 질주한 중형 승용차가 있는데, 앞유리에 지역 거주민임을 표시하는 스티커가 붙어 있어 검문 경찰도 확인하지 않고 통과시켰다. 그런데 이튿날인 21일 아침 니시카타무라의 농민 시라이 센페이 씨가 지난밤에 자경지의 대마 상당량이 베어져 사라진 것을 발견하고 관할서에 신고했다. 같은 군의 아와노초, 니시카타무라, 가누마 시의 가미쿠가, 이타가, 구사규 등은 전국 최고의 대마(마직물이나 마끈의 원료) 산지로, 요즘 수확기를 앞두고 도벌을 경계하고 있었다. 도회지 등에서 대마 상습 흡연자나 밀매자가 야간에 차량으로 마을에 들어와, 어둠을 틈타 대마를 몰래 베어 차량 트렁크에 싣고 도주하는 불상사가 종종 발생하고 있다. 때문에 대마 수확기가 가까워

> 지면 관할서 경관뿐만 아니라 보건소 직원이나 지역 유지가 순찰을 맡고 있는 한편, 지역 내 거주자에게는 스티커를 교부하여 이를 차량 앞 유리에 게시하면 검문 없이 통과시키고 있었다. 이에 20일 오후 9시경 가누마 방면으로 국도를 달리던 차량은 니시카타무라 주민 시라이 센페이 씨의 대마 밭에서 대마를 절취하여 도주하였으며, 스티커도 위조되었을 가능성이 높다. 야간에 발생한 일이라 목격자는 운전자 얼굴을 모르고 차량의 형태나 색깔도 확인되지 않고 있다. 가누마 시에서 도쿄 방면으로 도주했을 가능성이 높으므로 경시청 관내에서는 엄중히 경계하기 바란다.

―뭐야, 대마 절도 사건인가……?

고이케는 슬쩍 훑어만 보고 별 흥미를 느끼지 못한 채, 타자체로 인쇄된 통지문을 책상 위로 던져 버렸다.

  도치기 현은 일본의 유일한 대마 산지라고 해도 좋다.

  하지만 최근 경작 면적과 생산량이 모두 격감하고 있다. 원인은 마섬유에서 얻는 마포, 마 로프, 마유, 그리고 니스나 공업용 비누를 위한 제유 원료로써의 수요가 격감했기 때문이다.

  농림성의 최근 조사에 따르면 경작 면적은 57헥타르, 생산량은 34톤이다(5, 6년 전에는 경작 면적 200헥타르, 생산량 100톤).

생산지로는 가누마 시, 가미쓰가 군 아와노초, 같은 군의 니시카타무라 및 도치기 시 등이 있다.

가누마 시에서는 서북부 산간 지대, 주로 시모쿠가, 가미쿠가, 가미난마, 구사규, 이타가 등과 같은 산골 경작지에서 생산된다.

대마 밭에서 대마가 도난당하는 사건이 적지 않기 때문에 현 환경위생부 약무과와 지역의 대마대책협의회는 매년 대마 수확기가 다가오면 대마 취급자(재배자)에게 주의서를 배포하고 있다.

> 평소 주민 여러분께서 대마 남용에 의한 보건위생상의 위해 방지 등을 위하여 대마대책협의회에 협력해 주시는 데 대해 깊이 감사드립니다.
>
> 대마 남용은 1970년경부터 매년 증가하여, 작년에는 대마 사범으로 검거된 사람이 전국적으로 1천 명에 가까워 근래 최고치를 기록했습니다.
>
> 대마 재배자 여러분은 다음 사항을 유의하시고 대마초 도난 방지에 협력해 주시기 바랍니다.
>
> (1) 대마 재배자는 면허를 취득해야 합니다.
>
> 대마 취급자가 되려면 대마단속법에 의거해 지사의 면허를 취득해야 합니다. 무면허로 대마를 취급하면 처벌을 받습니다. 허가 없이 재배한 자는 징역 7년 이하, 부정하게 소지한 자, 부정하게 양도한 자, 부정하게 사용한 자 등은 징역 5년 이하의 처벌을 받으므로 주의하시기 바랍니다.

또한, 이웃에 면허 없이 대마를 재배하는 사람이 있으면 보건소로 연락해 주십시오.

(2) 대마를 재배하는 경우.

① 국도, 현도 등에 면한 경작지는 피해서 파종해 주십시오.

② 특히 종자 채취용 대마는 밭에 오랫동안 남아 있으므로 집 앞이나 집 근처처럼 늘 감시할 수 있는 장소에 파종해 주십시오.

③ 원칙적으로 신청지에서만 재배할 수 있으며, 경작지를 변경할 때는 반드시 보건소에 변경신고서를 제출해 주십시오.

(3) 대마 줄기와 잎의 처리.

대마를 채취한 후 잎이나 줄기는 밭에 방치하지 말고 즉시 소각하거나 밭에 묻어 주십시오.

(4) 대마 경작지는 종종 살펴보시기 바랍니다.

대마초가 정상적으로 자라고 있는지 확인하면서, 동시에 절취되지 않았는지도 확인하시기 바랍니다.

특히 타 현의 번호판을 단 차량이나 낯선 사람이 대마 경작지 근처를 서성거릴 때는 주의를 하시고, 잎 등이 절취되지 않도록 재배자끼리 연락해 주십시오. 이때 차량 번호 등의 특징을 기억해 두시기 바랍니다.

(5) 대마초가 도난당했을 시, 경찰서 및 보건소에 신고.
대마 경작지가 어지럽혀져 있거나 대마초가 도난당했을 때는 즉시 보건소나 경찰서에 신고해 주십시오. 또한 도난 현장에는 함부로 출입하지 않도록 하십시오.

(6) 야생 대마를 발견한 경우.
야생 대마를 발견하면 즉시 보건소에 신고한 뒤 제거하고 매몰해 주시기 바랍니다.

(7) 대마 종자 취급은 신중히.
대마 종자는 낯선 사람에게 함부로 건네지 마시기 바랍니다. 대마 취급자에게 양도하는 것은 상관없습니다.

이렇게 현청이 대마 재배자에게 엄중한 규제와 경계를 요청하는 공문을 보내는 까닭은 대마 흡연자가 늘어났기 때문이다.

외국산 대마의 반입은 공항의 엄격한 화물 검사로 세관에 적발되는 일이 많다. 그러자 국내 재배지에서 은밀하게 조달하는 자가 나타나게 되었다. 일본산 대마도 열대산 대마만큼은 아니지만 마취 성분이 포함되어 있다는 것을 알았기 때문이다.

연예인이나 레이서 등이 마리화나를 피우다 검거되어 신문을 요란하게 장식하는 일이 종종 일어나게 되었다. 체포 이유는 '대마단속법 위반 혐의'다.

마리화나의 실체는 대마의 잎이나 그 암술의 수지樹脂이다. 예전에 대마는 어디에서나 재배되었고 길가에 야생하기도 했다.

전쟁 이전에는 일본산 대마에 도취성이나 마취성이 있다는 사실이 일반에 널리 알려지지 않았다. '대마단속법'은 1948년에 제정되었다(그 후 여러 차례 개정되었다). 당시는 미 점령군이 주둔하던 시절로, 이 법률은 GI(미군) 등이 동남아시아 근방에서 군용기로 반입하여 담배로 만들어 피웠고, 그것이 미군을 상대하는 여성들이나 기지 주변 젊은이들 사이에 유행하였기 때문에 성립됐다.

대마단속법 제1조에는,

> 이 법률에서 '대마'란 대마초(cannabis sativa L.) 및 그 제품을 말한다. 단, 대마초의 성숙한 줄기 및 그 제품(수지를 제외)은 제외한다.

라고 되어 있다.

대마초와 일반 마는 구별이 쉽지 않다. 열대지방에서 많이 재배되는 대마는 마의 지방적 변종이다. 인도 대마도 마찬가지인데, 학명이 Cannabis sativa Linne이며 분류학상으로는 '마'와 동일하다.

일본에서는 6~8세기부터 마의 섬유질로 천을 짜고 실을 자았다. 그 사실은 『만요슈萬葉集』의 '베옷을 입으니 그립구나 기니 지방의 이모세 산(제1195수)', '새하얀 베옷 입으니(제3324수)' 등이나, 『하리마노쿠니후토키播磨国風土記』에 '아사우치야마麻打山, 두 여인이 한밤중에 대마 껍질을 벗기는데(이보군揖保郡의 조條)' 등을 보더라도 알 수 있다. 하지만 당시에도 마에 도취성이 있다는 사실은 알려져 있지 않았다. 에도 시대가 되고 나서 그 사실을 알게 된 사람이 일부 있었으나 일반에는 여전히 알려지지 않았다.

중국에서는 매우 일찍부터 마에 마취성이 있다는 사실이 알려져, 후한 말에는 화타라는 외과의가 마불산麻沸散이라는 약으로 환자에게 전신 마취를 하고 외과수술을 했다. 일본에서는 에도 시대 말기에 하나오카 세이슈가 전신 마취 수술을 했는데, 화타는 세이슈보다 1600년이나 빠르다. 세계 최초의 전신 마취 수술인 셈인데 마불산이 대마를 정제한 약임은 의심할 나위가 없다.

화타는 아마 이란계 이민족일 것이다. 이란 고원에는 야생 대마가 번식하여, 이란인은 그 식물에 마취성이 있다는 것을 일찍부터 알고 있었다. 마르코 폴로의 『동방견문록』에는 13세기 페르시아의 '산의 노인'이 젊은이들에게 하시시(대마)를 주어 황홀경을 맛보게 하였고, 젊은이들은 그 약을 계속 얻을 욕심에 '산의 노인'이 시키는 대로 정적이나 종교적 적수를 암살했다고 나온다. '산의 노인'은 엘부르즈 산맥의 일부인 아라무트 산에 근거지를 둔 이스마일파였다. 이들은 '암살 교단'으로 알려진 급진 이슬람교도였으며 이란 시아파의 분파였다. 하시시가 변하여 '아사신'이란 단어로 유럽에 전해지고, 어새서네이션(암살)의 어원이 된 것은 잘 알려진 사실이다.

그러나 신기하게도 중국에서는 대마를 도취용으로 흡입하는 풍습이 없었다. 일본에서 예로부터 대마를 흡입하지 않았던 것은 중국의 영향인지도 모른다.

후생성 약무국 마약과가 1976년 내부용으로 편집한 〈대마〉에서 필요한 부분을 요약해 본다.

> 대마초는 삼과 식물로, 암수딴그루의 한해살이 풀이다. 줄기는 녹색이며 줄기의 단면은 무딘 네모꼴이고, 직경은 2센티미터 정도이며 높이 2~3미터까지 곧게 자란다. 성장기에는 하루에 10센티미터나 자랄 수도 있다. 작은 잎 3~9장이 모여 손바닥 모양을 이루며, 테두리는 톱니 모양을 하고 있다. 잎은 줄기 하부에서는 마주나기, 상부에서는 어긋나기. 작은 잎뿐만 아니라 꽃받침, 턱잎 등 거의 모든 부분에 선모가 있으며, 이것이 대마를 현미경으로 감정할 때 판정 근거가 된다.
>
> 꽃은 여름에 피며, 수꽃은 원추형으로 담황색 꽃잎 다섯 장에 다섯 자루의 수술이 있고, 꽃밥은 황색으로 아래로 매달려 있고 황백색 꽃가루를 다량 맺는다. 암꽃은 녹색으로 잎겨드랑이에 밀생하며 꽃잎은 없고 암술머리는 두 개로 갈라져 있지만 자방은 하나이다. 그래서 꽃이삭이라 불린다. 또 암꽃 암술머리 주변에서 수지를 분비한다.
>
> 일본에서는 대마초를 일반적으로 '대마' 또는 '마'라고 부른다. 옛날에는 '고오리구사', '기누구사', '후사' 등이라 일컬었고, 통칭 '오' 혹은 '소'라고도 했다.
>
> 나중에 '아사'가 통칭이 되었는데 '아자나우('꼬다'라는 동사)' 등의 단어에서 파생되었다고도 하고, 또는 중앙아시아 투르키스탄의 지방명 Nasha, Asarath의 어원 Asa, Asha에서 유래한다고

도 한다. 또한 훗날 인도에서 들어온 호마, 저마, 황마, 아마 등과 구별하기 위하여 '대마'라 불리게 되었다.

대마는 세계적으로 보자면 아편, 헤로인, 코카인 같은 마약보다 광범위한 지역에서 흡입되고, 그 형태나 방법도 다양하다.

형상은 다음 세 가지로 대별된다.

① 잎이나 꽃이삭을 건조하여 분쇄한 것

② 잎이나 꽃이삭 등을 수지로 굳힌 것

③ 수지만을 굳힌 것

사용법은 다음 세 가지로 대별된다.

① 담배로 피우는 방법

② 그대로 먹는 방법

③ 용액으로 마시는 방법

인도나 이집트 등지에서는 수지 함량이 많으므로 수지를 추출하여 덩어리로 만들어 그것을 흡연하거나, 혹은 잎이나 줄기를 분쇄하여 조미료, 향료를 보태어 음료나 과자로 난용하고 있다. 미 대륙에 생육하는 대마초는 수지의 양이 적어 오로지 담배 형태로 난용되고 있다.

■ 대마의 독성

쥐를 이용해 대마 추출물의 독성을 조사한 실험에 따르면, 반수치사량은, 경구 투여로는 21.6그램, 피하주사로는 11.0그램, 복강내 주사로는 1.5그램, 정맥 주사로는 0.18그램이라고 한다. 쥐가 죽음에 이르기까지의 징후를 관찰하면 운동 실조, 이상 흥분, 우울 상태, 정향반사 소실, 호흡 정지로 이어지는 호흡 곤란, 떨림, 눈물, 설사가 나타난다.

■ 단기 섭취의 영향(급성중독)

대마의 작용은 그 제품의 종류, 섭취 방법, 섭취량, 섭취시의 환경에 좌우되지만, 일반적으로는 내복하는 것보다 흡연하는 것이 3~4배 강하다고 한다.

예를 들면 흡연을 한 경우 그 주관적 작용은 대단히 빠르며, 경험을 쌓은 자는 몇 분 안에 증상을 느끼게 되는데 지속 시간은 3~4시간으로 비교적 짧다. 내복한 경우에는 30분~1시간 후에 영향이 나타나며 8시간 정도 지속된다.

(1) 신체에 미치는 작용

- 눈 - 안구결막에 충혈이 나타난다. 동공의 크기는 변하지 않는다.
- 소화기계 - 오심(惡心), 구토, 구갈, 코와 입의 점막이 메마르며 식욕이 항진한다.
- 호흡기계 - 호흡수는 대개 감소한다.
- 순환기계 - 혈압은 상승 혹은 하강한다는 상반된 의견이 있다.
- 근육계 - 근력 감퇴가 나타난다. 나아가 근력장애나 눈꺼풀 치짐이 나타난다.

- 신경계 - 촉각, 미각, 취각이 강화되고 지각·감각의 변용, 특히 시간 및 공간 감각에 이상이 일어나며, 시계가 실제로 가리키는 것보다 시간을 길게 느끼거나 공간이 실제보다 넓게 느껴지기도 한다. 청각이 예민해진다는 사실도 실험으로 알려져 있다. 다량을 섭취하면 환각이 나타나고 정신착란이 일어난다.
- 비뇨기계 - 소변양은 늘지 않지만 빈뇨가 나타난다.
- 성선계 - 성감에 관해서는 의견이 일치하지 않지만, 이른바 최음 효과는 없으며 성 능력의 항진감과 시간 및 공간 감각의 착란이 나타나므로 오르가슴이 길고 강한 것처럼 착각하는 것으로 짐작된다.

(2) 정신에 미치는 작용

대마 섭취로 인한 가장 특징적인 작용은 정신적 작용이라고 할 수 있다. 1845년 프랑스의 정신과 의사 J. J. Moreau는 하시시를 이용한 실험 등을 통해 그 정신 증상을 다음 열 가지로 분류하고 설명했다.

① 행복감, 즉 뭐라고 표현하기 힘들 만큼 무한히 행복한 느낌이 든다. 또 말이 많아지고 남이 웃으면 충동적으로 웃는다.

② 흥분 상태에 빠지고 사고가 분열하며 현재와 과거 및 미래 시제가 뒤섞여 관념의 혼란을 겪는다.

③ 청각이 과민해짐에 따라 음감이 영향을 받는다. 즉 어떤 음을 들으면 잠재되어 있던 슬픔이 표출되고, 그 슬픔을 견디기 힘들어한다.

④ 대마 중독 상태가 더욱 진전된 경우 고착관념(망상)이 생겨난다.

⑤ 정신장애(감정 불안정)를 일으킨다.

⑥ 충동적인 행동을 한다. 과도한 흥분에 따라 광란에 빠지고 도발적·폭력적이 되며 무책임한 행동을 한다.

⑦ 환시나 환각이 나타나 공포에 빠진다.

⑧ 이들 증상은 일시적이어서 몇 시간 만에 사라지는 경우가 많지만, 개중에는 1~3일간 지속된 사례가 있고, 심한 경우에는 일주일이나 지속된 사례도 있다. 또 감수성이 예민한 사람인 경우, 예를 들어 대마초 담배 한 개비 정도의 소량으로도 이런 증상을 일으킨다.

⑨ 손가락을 빠르게 폈다 오무렸다를 반복하는 매우 단순한 동작에서도 혼란스러워하는 모습을 보인다. 어떤 물건을 순간적으로 본 뒤에 그 모양을 기억하거나 도형을 재현하는 능력이 상당 정도 손상된다. 일정한 점수를 얻을 수 있는 산술 계산에서도 명백히 저하된 능력을 보여 준다. 연속 더하기 계산에서 정확도가 떨어지고 독해력에도 손상이 나타난다.

⑩ 이야기를 명료하고 조리 있게 하는 능력, 시간 인식 능력에서도 두드러진 저하가 나타나고, 자유 연상이나 꿈과 같은 몽롱한 상상은 풍부해진다.

도치기 현의 관계 당국에서는 초여름이 되자 '대마를 재배하는 여러분께'라는 제목의 호소문을 배포했다.

올해도 대마 철이 되었습니다만, 작년에는 여러분의 협력에도 불구하고 우리 현에서 25건의 도난 사건이 발생했습니다.
도난당한 대마를 악용하면 환각에 의해 정신장애나 광란 상태에 빠질 수 있고, 범죄를 일으킬 수도 있습니다.
때문에 대마 재배자들이 대마 밭을 자주 살펴보고 자경단을 조직하여 야간 순찰을 하고 있습니다만, 아무래도 넓은 지역을 제한된 인원으로 감시하다 보니 충분하지가 못합니다. 대마 재배자뿐만 아니라 일반 가정에서도 부디 협조를 부탁드립니다. 여러분 한 분 한 분이 감시자가 되었다 생각하시고 다음과 같은 사례가 발견될 경우 가까운 주재소, 경찰서, 보건소 또는 농협으로 연락해 주십시오.
(1) 낯선 사람이 대마 밭 근처를 어슬렁거리는 경우.
(2) 수상한 차량이 대마 밭 근처에 서 있는 경우. 특히 타 현의 번호판을 단 차량일 경우는 차량 번호, 차종 등의 특징을 기억

> 해 두시기 바랍니다.
> (단, 몇몇 지역에서는 해당 지역 거주자의 차량임을 표시하는 스티커를 발행하여 차량의 눈에 잘 띄는 곳에 부착하도록 하고 있습니다.)

―시나가와 구 오이의 ××서의 고이케 수사계장이 '대마 절도 차량'에 대한 도치기 현경의 보고를 전하는 본청의 통달문을 슬쩍 훑어본 것은 마침 이런 '대마의 계절'이었다.

가노잔 산으로 가다

도쿄발 14시 30분 '사자나미 11호' 그린 칸열차에 편성된 차량 중에 보통 차량보다 1인당 좌석 면적이 넓고 설비가 고급스러워 요금이 더 비싼 차량에는 해수욕이나 골프를 즐기러 가는 승객이 많았다. 그물 선반에는 슈트케이스들이 나란히 놓여 있고 골프 가방이 누워 있다. 승객의 절반은 가족 동반 여행객이나 볕에 적당히 그을린 신사들이다. 아이들은 재잘거리고 신사들은 위스키 잔을 부딪치고 있었다.

보소 반도의 도쿄 만을 따라 달리는 이 나이보선을 따라 해수욕장과 골프장이 흩어져 있다. 해수욕장과 골프장은 반도 끝을 돌아 소토보까지 이어진다. 칠도와 나란히 놓인 국도에도 차량이 줄지어 달리고 있다. 대부분 해수욕장이나 골프장으로 가는 차량들이다. 강렬한 햇빛 아래 차량들의 지붕은 반짝반짝 빛나고, 그 뒤로 바다 건너 미우라 반도의 기다란 구릉을 떠받치고 있는 도쿄 만의 바다가 눈부시게 빛난다.

후루야 구라노스케는 창가에 앉아 있었다. 옆에 오십대로 보이는 부인이 어딘지 쓸쓸한 인상으로 앉아 있었는데, 아무래도 등을 보이고 나란히 앉아 있는 앞 좌석 젊은 부부의 남자 쪽 어머니 같았다. 어깨를 붙이고 재미나게 이야기를 하고 있는 젊은 부부는 뒤쪽의 어머니를 거의 돌아보지 않았다.

열차는 고이-기사라즈 구간을 달리고 있다. 사누키마치까지는 30분 정도 남았다.

후루야의 짐은 작은 여행 가방 하나와 갈색 가죽으로 만든 카메라 가방 하나가 전부다. 여행 가방에는 하룻밤 묵는 데 필요한 간단한 옷가지가 들어 있다. 카메라 가방에는 카메라 두 대에 교환렌즈 네 개, 짧은 신축용 삼각대, 스트로보, 그리고 필름 네 다스 정도가 들어 있다.

후루야는 카메라 가방을 어깨에 묵직하게 메고 다니는 요란한 차림은 겉멋 든 아마추어가 프로 시늉을 내는 것으로 여겨 별로 좋아하지 않았지만, 오늘은 고건축과 불상을 촬영할 생각이었기 때문에 어쩔 수 없었다.

후루야가 다테야마 사진동호회라는 모임으로부터 7월 12일 야외 출사에 지도 강사로 와 달라는 초대를 받은 것은 열흘 전이었다. 다테야마 사진동호회라는 이름은 처음 들어 보았지만, 아마추어 카메라클럽은 전국 곳곳에 있다.

두 달 전인 5월에 후루야는 기타카마쿠라에서 있었던 야외 출사에 지도 강사로 초대받은 적이 있다. 전부터 알고 지내던 니혼바시의 상점 주인들로 구성된 카메라 동호회의 초대였다. 그렇게 인연이 깊은 동호회도 있지만 미지의 동호회에서 초대를 받을 때도 있다. 후루야는 그런 제안에도 흔쾌히 응했다. 어딜 가도 사진계의 대가로 존경을 받는다. 게다가 사례비도 쏠쏠하다. 상당한 금액이지만 원천징수세도 없는 사례비이므로 세무서에 신고하지 않아도 된다. 그것이 매력이었다.

그날 후루야는 A신문사 사진부에 앉아 있었다. '독자 뉴스 사진' 월간 마감을 맞아 응모 작품을 대강 훑어보기 위해서였다. 본격적인 심사는 닷새 후에 다른 심사위원들과 함께하도록 되어 있지만, 심사위원장 후루야는 사진부장과 함께 600매가량 되는 응모 사진들을 대충 훑어보았다. 월간 우수상 작품은 연간 최고상 후보가 되므로 제법 신경이 쓰이기 때문이다. 예상한 대로 이거다 싶은 수작은 없었다. 테크닉은 나아지고 있지만 질은 점점 떨어지고 있다. 개중에는 연출임이 뻔한 사진도 있어서 사진부장의 낯을 찌푸리게 했다. 좋은 작품이 보이지 않자 부장은 초조해했다.

그러는 중에 외부에서 후루야에게 전화가 걸려왔다. 다테야마 사진동호회 총무 가와하라 슌키치라는 사람입니다만, 선생님 댁에 전화를 드렸더니 지금 A신문사 사진부에 계시다고 하셔서 실례를 무릅쓰고 신문사로 전화했습니다. 저희 사진동호회에서 7월 12일 야외 출사를 나가는데, 저희 회원들이 그날 선생님을 꼭 지도강사로 모시고 싶다고 해서 이렇게 연락을 드렸습니다. 전화로는 자세히 말씀드리기가 어려우니 신문사 근처 찻집에서라도 잠깐 뵐 수 있을는지요, 실은 저도 신문사 근처에 와 있습니다만, 하고 말했다.

30분 후 후루야가 지정한 찻집에 가 보니 안쪽 자리에서 한 남자가 일어나 정중하게 인사했다. 스물일고여덟 살 정도 되어 보이고 여름 양복을 단정하게 차려입었다. 후루야 선생님이시죠? 아까 결례를 무릅쓰고 전화를 드렸던 다테야마 사진동호회의 가와하라입니다, 하고 탁자에 양손을 짚으며 다시 공손하게 고개를 숙인다. 내놓은 명함에는 '다테야마 사진동호회 총무 가와하라 슌키치'라고 되어 있고, 주소도 다테야마 시내로 되어 있다. 다만 전화번호는 어찌 된 일인지 펜으로 줄을 그어서 지워 놓았다.

가와하라 슌키치는 눈매가 선선했고, 입가에서 턱밑까지 물감을 칠해 둔 것처럼 면도 자국이 푸르스름했다. 말투도 단정하여 지적인 느낌을 주었다.

바쁘실 텐데 시간을 빼앗아서 송구합니다. 그런데 신문사에는 뉴스사진 월간상 심사를 위해 들르셨습니까? 하고 정중하게 묻는다. 아마추어 카메라맨이라면 누구나 A신문사의 공모에 관심을 가지고 있다. 후루야가 그렇다고 대답하자 가와하라 슌키치는, 이번에도 우수한 작품들이 모여들었겠군요, 하고 말했다. 붙박이 심사위원장인 후루야가 언급하기 거북한 이야기이므로, 음, 뭐, 그럭저럭, 하고 모호하게 말해 두었다.

작년도 연간 최고상을 받은「격돌」은 대단한 걸작이더군요, 신문에 발표된 사진을 보고 저희는 정말 충격을 받았습니다, 하고 가와하라가 덧붙여 말했다. 「격돌」처럼 장안에 화제가 된 작품이 없었다. 그에 필적할 만한 작품은 당분간 나오지 않겠지, 하고 후루야는 뚱한 얼굴로 대답했다.

그 사진가가 이번에도 응모했습니까? 하고 가와하라가 물었다. 그는 야마가 교스케의 죽음을 모르는 모양이다. 신문에도 야마가의 추락사 기사가 나왔는데 보지 못한 것 같다. 안타깝게도 그 사람은 급사해서, 하고 후루야가 말하자 가와하라는 몹시 놀랐다.

가와하라 슌키치는 마침내 후루야에게 용건을 꺼냈다.

야외 출사 장소는 지바 현 가노잔 산이라고 한다. 가노잔 산은 기미쓰 시 남서부 구석에 있는 산으로, 표고 352미터로 가즈사 지방에서 가장 높다. 산 위에는 명찰名刹로 알려진 진야지 절이 울창한 삼나무 숲에 둘러싸여 있다. 가와하라는, 12일 출사에는 현재 50명 정도가 참가할 예정인데 후루야 선생이 지도 강사로 오신다면 80명으로 불어날 것이 분명하다, 모델도 도쿄에서 2명 정도 부르기로 되어 있다고 이야기했다.

한창 더운 철이라 죄송하지만, 가노잔 산 위는 평야 지대보다 훨씬 선선하고, 그 격이 높기로 유명한 나리타야마 산 신쇼지 절에 버금가는 진야지 절에는, 중요문화재로 지정된 오래된 건물과 쇼토쿠 태자의 작품이라고 전해지는 군다리명왕 고불상, 에도 성을 모방했다고 하는 정원도 있으니 선생도 흥미를 느끼실지 모르겠다는 말도 보탰다.

아직 가노잔 산에 가 본 적이 없는 후루야는 그의 설명에 마음이 동했다. 마침 그는 요즘 옛 조각이나 건물에 집중하고 있다. 게다가 그의 흥미를 끄는 것이 또 하나 있었다.

"선생님, 진야지 절이라는 이름에서 뭐 떠오르는 것이 없습니까?"

가와하라 슌키치는 푸르스름한 입가에 미소를 띠며 물었다.

"글쎄, 별로……."

"예전에 호랑이 탈출 소동으로 신문을 떠들썩하게 했던 사찰입니다."

아, 그 절이었군. 후루야도 그제야 기억이 났다. 절에서 사육하던 호랑이 세 마리가 우리를 탈출했는데, 한 마리는 우리로 돌아왔지만 두 마리가 행방을 감추었고, 나중에 사살될 때까지 신문들이 사냥 소동과 인근 주민의 공포에 대해 요란하게 보도했다. 호랑이 소동은 후루야도 기억하고 있었지만, 절 이름은 기억하지 못했던 것이다.

"탈출한 호랑이가 아직도 산속에 숨어 있는 건 아닌가?"

"그럴 리가 있겠습니까. 남은 호랑이는 모두 다른 동물원으로 옮겨졌습니다. ……하지만, 혹시 모르지요, 그 절에서는 호랑이를 무척 아끼니까 한 마리 정도는 산속에 몰래 풀어 주었을지도요. 그렇다면 그거 정말 스릴 넘치겠네요."

가와하라 슌키치는 튼튼해 보이는 이를 드러내며 웃었다.

"출사에 가도록 하지."

후루야가 흔쾌히 대답하자 가와하라는 다시 양손을 탁자에 짚고 윗몸을 숙였다.

"감사합니다. 선생님께서 승낙해 주셨다고 하면 모두 기뻐할 겁니다. 출사는 틀림없이 성황을 이룰 겁니다. ······그와 관련해서, 사례비 말씀입니다만 아무래도 저희가 작은 동호회라서, 정말 송구스럽습니다만 50만 엔으로 양해해 주실 수 있으신지요?"

50만 엔!

후루야는 잘못 들었나 싶었다. 지금까지 받아 본 사례비 중에 가장 큰 액수가 25만 엔이었다. 니혼바시 상가의 젊은 주인들 동호회에서도 매번 20만 엔을 받았다.

후루야는 얼굴에 기쁨을 드러내지 않으려고 애쓰며, 괜찮네, 하고 짐짓 무뚝뚝한 목소리로 대답했다.

재떨이에는 후루야의 담배꽁초가 대여섯 개 담겨 있었다.

출사 당일은 아침 9시부터 시작해서 오전 중에 촬영을 끝내고, 정오부터 사찰의 요사에서 점심 식사와 후루야의 강연이 계획되어 있다. 도쿄에서 꼭두새벽에 출발하기가 힘들 테니 전날 저녁에 미리 가노잔 산에 올라가 진야지 절 요사에 묵는 편이 좋겠다. 그 왕복 교통비와 숙박비는 동호회에서 부담한다. 집에서 도쿄 역을 오가는 교통비도 동호회에서 부담한다. 말하자면 다테야마 사진동호회의 풀 서비스였다. 물론 후루야에게는 이견이 없었다.

"출사 당일 전까지 제가 선생님께 몇 차례 전화를 드릴 테니, 필요한 것이 있다면 그때 말씀해 주시면 됩니다."

가와하라 슌키치는 그렇게 말했다.

그는 자기 명함에 전화번호가 지워져 있는 것에 대해, 동호회에 사무실을 임대해 준 상가가 현재 대대적인 보수 공사에 들어간 터라 전화를 잠시 전화국에 반납한 상태다, 그래서 후루야와의 전화 연락은 자신이 할 텐데 자신은 요즘 치성을 드리기 위해 집을 떠나 진야지 절 요사에 장기간 묵고 있다. 그러니 필요한 것이 있으면 요사로 전화를 주셔도 좋지만 요사에는 숙박객이 많아서 전화 연결이 쉽지 않다. 그러니 제가 자주 전화를 드리도록 하겠다, 라고 말했다.

일정이 정해졌으니 내가 특별히 전화할 용건이 있을 것 같지는 않지만, 출발하기 전날 만일을 위해 자네가 전화해 주면 되겠네, 라고 후루야는 대답했다. 지금까지 그런 식으로 해 왔지만 별 문제가 없었다.

"자네는 진야지 절 요사에 묵고 있다고 했는데, 그 절의 신도인가?"

후루야가 묻자, 실은 저희 집안 가업이 어망 제조입니다, 그래서 조부 대부터 진야지 절의 신도였습니다, 나리타야마 산도 마찬가지지만 부동명왕 신앙과 개운, 특히 어업 번창에 효험이 있다고 알려져서 인근 어업 관계자들 중에 진야지 절 신도가 많습니다, 라고 가와하라는 설명했다.

후루야는 가만히 고개를 끄덕였다. 다테야마 사진동호회라는 모임은 어업에 관련된 사람들로 구성된 모양이다. 고기잡이 경기가 좋을 때는 업자들이 떼돈을 번다고 들었다. 50만 엔이라는 사례비도 그 덕분일 거라고 짐작했다.

사흘 전에 가와하라에게서 전화로 연락이 왔다. 승차권, 특급권, 좌석권을 우편으로 보내 드렸으니 11일 '사자나미 11호'를 타고 오시면 됩니다, 사누키마치 역에서 기다리고 있겠습니다. 역에서 가노잔 산 위까지는 택시로 30분 정도 걸리는데 제가 절까지 모시겠습니다, 라고 말했다.

그 전에도 가와하라는 두 번 정도 전화를 해서, 뭐 필요하신 것은 없습니까, 하고 물었다. 참으로 자상하고 꼼꼼했다. 그럴 때마다 후루야는 별다른 건 없다고 대답했다—.

사누키마치 역이 가까워짐에 따라 후루야 구라노스케는 담배를 피우며 야외 출사에 강사로 초대받게 된 그간의 과정을 돌이켜보았다.

15시 52분 정시에 열차는 사누키마치 역에 도착했다. 타고 내리는 사람은 그리 많지 않았다. 골프 가방을 어깨에 멘 예닐곱 명의 무리와 열 명 미만의 해수욕객, 그리고 나머지 일고여덟 명은 인근 주민이었다. 골프장은 여기에서 남쪽으로 몇 군데가 있고, 해수욕장도 여기서 가까운 이와이를 시작으로 소토보까지 여러 군데 흩어져 있다.

플랫폼에서 그린 칸이 정차하는 위치에, 훤칠한 가와하라 슈키치가 반소매 차림으로 서 있었다. 후루야를 발견하자 얼른 다가온다.

"더위가 기승을 부리는데 멀리까지 오시느라 고생하셨습니다, 선생님. 정말 감사합니다."

공손하게 인사하고 양손을 내밀어 후루야의 여행 가방과 카메라 가방을 받아들었다. 오후 4시지만 구름 한 점 없는 하늘에는 태양이 여전히 활활 타고 있었고, 그 강렬한 빛을 얼굴 절반에 받고 있는 가와하라는 썩 늠름해 보였다.

그는 출구를 향해 앞장서 걸으며 대기시켜 둔 택시로 후루야를 안내했다.

"바쁘실 텐데 이렇게 와 주셔서 고맙습니다. 뭐라고 감사를 드려야 할지 모르겠습니다."

후루야와 뒷좌석에 나란히 앉은 가와하라는 새삼 고개를 깊이 숙였다.

"아니, 괜찮네."

"회원뿐만 아니라 일반 사진 애호가들도 크게 기뻐하고 있습니다. 사진의 대가 후루야 선생께서 정말로 강사로 와 주시냐고 반신반의하는 사람도 많았습니다. 그만큼 감격하고 있는 겁니다. 내일 오전 9시부터 시작되는 출사에 80명 이상이 신청했습니다. 이것도 선생님을 존경하는 사람들이 선생님에게 다만 2, 3분만이라도 직접 지도를 받고 싶어 하기 때문입니다. 내일 아침에는 7시경부터 아마추어 카메라맨들이 전세 버스와 소형 버스로 속속 산을 올라올 예정입니다."

"총무를 맡은 자네가 힘들겠구먼."

겸연쩍어진 후루야가 가와하라에게 노고를 치하하는 말을 했다.

"아뇨, 저야 고생이랄 게 전혀 없지요. 선생님을 직접 모실 수 있으니 좋습니다. 영광입니다."

가와하라 슌키치는 지극한 말로 예의를 갖췄다.

"모델을 부른다고 했는데, 그 사람들도 오늘 절에 와 있나?"

후루야는 다시 화제를 슬쩍 바꾸었다.

"그 아가씨들은 내일 새벽에 도쿄를 출발해서 출사 모임에 늦지 않게 도착하기로 되어 있습니다. 제 친구 중에 어느 패션 모델 클럽의 관계자가 있는데, 그 친구한테 두 명쯤 보내 달라고 부탁해 두었습니다."

대화를 나누는 와중에도 택시는 도로를 계속 오르고 있었다. 하얀 포장도로는 푸른 잡목림 사이를 구불구불 돌면서 달리고 있다. 숲이 끝날 때마다 평야와 도쿄 만이 시야에 들어왔고, 그때마다 그 풍경은 점차 밑으로 가라앉았다. 위로 올라갈수록 삼나무가 많아졌다.

상하행선 모두 차량이 꼬리에 꼬리를 물고 있었다. 버스가 사이로 끼어들었다. 도로끼리 만나는 지점이 있는데, 다른 도로에서도 차량들이 올라오고 있다.

"무척 붐비는군. 이게 다 진야지 절로 가는 사람들인가?"

"아뇨, 도중에 마더 목장이라는 테마파크가 있습니다. 아이들을 데리고 당일로 여행하기에 딱 좋은 곳이죠. 진야지 절 북쪽에는 골프장도 있습니다. 이 차들 중에는 골프장으로 가는 차도 섞여 있습니다. 물론 근방에서 제일 높은 산이니 피서를 겸하여 부담 없이 절에 들러 참배하는 당일치기 여행객이나 며칠 묵어 가려는 사람들도 있고요."

"묵어 가는 사람들은 절 요사에 묵나?"

"아뇨, 산 위에 호텔도 있고 여관도 있습니다. 사찰 초입에 발달한 마을이라 레스토랑도 있고 대중 식당도 있습니다."

"다카노야마 산이랑 다를 게 없군. 그러고 보니 이 도로도 하시모토에서 다카노야마 산으로 오르는 도로랑 비슷하군."
"다카노야마 산처럼 사찰이 많지는 않고 규모도 작죠. ······아, 선생님은 헤비스모커이신 모양이군요."
좌석 재떨이에 모인 담배꽁초를 보고 가와하라가 말했다. 후루야는 하루에 예순 개비 이상을 피웠다.

밀교 사원

가노잔 산으로 오르는 구불구불한 도로를 올라가는 택시 안에서 가와하라 슌키치와 후루야 구라노스케는 대화를 계속했다.
"진야지 절은 규모는 작지만 매월 공덕일에는 경내가 참배객으로 붐빕니다. 사흘 전인 7월 8일이 4만6천 일 참배하면 4만6천 일 동안 참배한 것만큼 공덕을 얻을 수 있다는 날이어서, 참배하러 온 신도 단체로 요사가 북적거렸습니다. 저도 매년 7월에는 2주 정도 머물며 기도를 올립니다. 조부 대부터 내려온 집안의 관습이라 어쩔 수 없죠."
가와하라는 쓴웃음을 흘렸다.
"기도라면 호마수법護摩修法 밀교에서 정한 규정대로 단을 쌓고 목적에 부합한 본존을 모시고 불 속에 공물을 던져 넣어 그 연기를 바치는 제식 같은 것에 참여하는 건가?"
"그렇습니다. 본당 내진內陣에서 승정이 행자가 되어 호마수법을 집행하시는데, 저희 신도들은 외진外陣에 자리 잡고 그 공덕을 나눠 받습니다."
"얘기는 들어 본 적이 있지만 나는 아직 참여해 본 적이 없어."

"사흘 전 4만6천 일에는 신도가 2만 명 이상이나 모였는데 정말 대단했습니다. 본당 앞에도 커다란 호마로를 놓습니다. 신도들은 그 향로 주위에 모여 향연을 손에 쐬고 몸에 바릅니다."

"호오. 아사쿠사의 관음보살 앞에서 참배객들이 하는 것과 똑같이 하나?"

"그렇습니다. 그것보다 규모는 훨씬 큽니다. 참배객들이 계속 들어오고 나가고 하기 때문에 경관이 출동해서 인파를 정리합니다. 그렇게 하지 않으면 다치는 사람이 나올 테니까요. ……아, 다 왔네요."

자동차 도로가 끝나는 평평한 곳이 진야지 절 앞이었다. 왼쪽 높은 곳에 삼나무 숲이 무성하고 주칠을 한 건물이 그 사이로 보였다. 삼나무 숲 건너편에 대숲이 자리 잡고 있다.

후루야는 자신의 여행 가방과 카메라 가방을 양손에 든 가와하라를 따라 택시를 내렸다. 주차장은 차량으로 가득했지만 벌써 시간이 4시 30분이나 되었기 때문에 떠나는 차량이 많았다. 하산하는 버스 앞에도 승객이 장사진을 이루고 있다. 그래도 해는 아직 높았고 주변에는 인파가 여전했다. 사찰 앞의 식당이나 선물 가게는 손님들로 붐볐다. 가와하라는 주변을 둘러본 다음, 고개를 숙이며 사과했다.

"죄송합니다, 선생님. 동호회 사람들이 여기서 마중하기로 했는데 아직 도착하지 못한 모양입니다. 출사 때문에 내일 하루 종일 시간을 내야 하니, 오늘 중으로 업무를 끝내느라 바쁜 것인지도 모르겠습니다. 내일은 아침 일찍 와서 반드시 선생님께 인사를 올리게 하겠습니다."

"괜찮네. 어차피 내일 다들 만날 텐데 뭘. 오늘은 자네 한 사람이 안내해 주는 것으로 충분하네."

후루야도 마중하는 사람이 없어 조금 불만이었지만 너그러운 모습을 보였다.

"죄송합니다."

비행기의 굉음이 들렸다. 후루야가 올려다보니 무성한 삼나무 사이를 하얀 기체가 스치듯 지나갔다. 굉음은 이내 서쪽으로 멀어졌다.

"후쿠오카나 오사카에서 나리타로 오는 여객기입니다. 이 주변이 그 항로에 있어서 종종 폭음이 들립니다. 모처럼 신비한 의식과 독경이 시작되어도 그 폭음 때문에 분위기가 망가지곤 합니다. 밀교 의식은 헤이안 시대 초기부터 전승된 것인데, 갑자기 첨단 제트기의 폭음이 파고드니까요."

"항공사에 항의해서 코스를 변경하지 못하나?"

"글쎄요, 요즘 비행기 소음 문제로 항공사가 여기저기서 항의를 받고 있는데, 코스를 바꾸라고 하면 다른 지역에서 반대하고 나서 겠지요."

"어려운 문제로군."

"숙소는 경내에 있습니다. 어차피 본당 앞을 지나가야 하니까 본당을 잠깐 살펴보고 가시겠습니까?"

돌을 깔아 놓은 참배로를 걸어서 붉은 누문을 지나갔다. 돌계단을 올라가자 삼나무 숲을 배경으로 주칠을 한 중층의 본당이 나타났다. 높이 15미터쯤 되는 거대한 지붕은 팔작八作지붕 양식의 청록색 동판 지붕이었고, 정면에는 가라하시박공지붕 양식의 하나로, 중앙은 활 모양이고 양 가장자리는 곡선으로 젖혀 올라간 양식 고하이본당에 채양처럼 돌출시킨 부분으로, 그 밑에서 참배를 한다 밑에 기보시고란양파꽃 모양으로 장식한 난간 기둥머리 층계가 있다. 그 너머로 어둑한 내부가 들여다보였다. 도리와 대들보는 모두 다섯 칸, 호마단을 놓는 내진은 가장 안쪽에 있다고 가와하라가 후루야에게 설명했다.

"호마수법은 정말 장엄합니다."

가와하라는 후루야 옆에 나란히 서서 설명했다.

"승정이 집행하시는데, 군다리명왕상 앞 화로에는 유목을 태우는 멸업의 불이 피어오르고, 향연이 몽롱하게 떠다니는 내진의 네 구석에는 촛불이 희미하게 빛나서 뭐라고 형용키 힘들 정도로 그윽하고 미묘합니다. 그 가운데 꽃병과 호마단 앞에 늘어 놓은 삼고령이나 오고화상오고저 모양의 금속 화로, 약종기 등의 장엄한 법구가 금빛으로 반짝입니다. 이 호마단에는 십이천十二天 십이궁十二宮 칠요七曜 이십팔숙二十八宿의 천지가 응축되어 있습니다. 죽 늘어 앉은 승려와 대중이 범어로 제창을 하는 가운데 승정이 불 속으로 약종을 던져 넣고 향수 뿌리기를 일곱 번 반복합니다. 그러고 나서 꽃병의 꽃을 들어 올려 불 속에 던지면 그것이 연화蓮華가 되고 하엽좌가 되고 오지五智의 여래제존을 현현하는 것이 됩니다. 이 대목이 의식의 절정입니다."

"호오, 신도리디니 징밀 해박하군."

"아닙니다, 저야 그저 구경해 봤을 뿐 아무것도 모릅니다."

가와하라는 후루야에게 본당 뒤의 고하이를 보여 주었다. 처마 위에 똬리를 튼 뱀이 조각되어 있다.

"저것이 진고로17세기 초에 활약했다는 전설적인 조각 장인의 작품이라고 하는데, 물론 신빙성은 없습니다. 어느 가람에서나 조각품이라면 다들 운케이13세기에 활약한 조각가 작품이니 히다리 진고로 작품이니 하며 위세를 부리죠."

"어째서 뱀 조각 같은 것을 올려 두었을까? 설마 변천님은 아닐 테고."

"이 사찰은 십이지와 관계가 깊은 것으로 유명합니다. 십이지는 십이천, 이십팔숙 세계관에서 왔습니다. 이 진야지 절이 호랑이를 사육하다가 소동을 일으킨 까닭도 십이지의 인寅과 관련이 있습니다."

"오, 그렇군."

본당 앞을 떠나자 오른쪽에 종루가 있고 띠 지붕을 얹은 고풍스러운 양식의 관음당이 그 옆에 나란히 보인다. 삼나무 숲 외에 대숲도 많았다.

그 사이를 지나가면 입장료를 거두는 오두막이 있고, 그 앞을 통과하면 이내 대문이 나온다. '중요문화재 지정'이란 표지가 있다.

"에이쇼 연간, 그러니까 16세기 초에 개축한 문이군요. 사각 문이 특징입니다. 선종 양식으로 아주 잘 다듬어진 수작이라고 합니다."

"내일 아침 출사가 시작되기 전에 촬영하고 와야겠군. 본존인 군다리명왕 고불상도 자네가 사찰 측에 말을 잘해 주면 촬영할 수 있을까?"

"아마 가능할 것 같습니다."

"부탁하네. 그럴 생각으로 교환렌즈 한 벌을 준비해 왔으니까."

대문에 들어서니 객전과 부엌이 나오고, 그 옆으로 비탈을 살린 정원이 있다. 손질이 잘된 나무들이 보기에도 상쾌했다.

"이건 에도 성의 전체 풍경을 모방해서 조성한 정원이라고 합니다. 어디를 어떻게 모방했다는 건지는 모르겠지만, 이 뒤쪽에 둘레가 3미터, 높이가 11미터나 되는 뽕나무가 있습니다. 뭐, 굳이 볼 만한 것은 아니니까 지금 일찌감치 숙소로 가시지요. 선생님도 욕탕에 들어가 땀을 씻어내셔야죠. 그다음에 저녁 식사를 대령하게 하겠습니다."

"벌써 시간이 그렇게 되었나?"

"6시가 지났습니다."

"여름 해가 길긴 길군. 게다가 여기가 산 꼭대기라서 해가 아직도 높아."

"그렇습니다. 그래도 아랫동네보다는 시원하시죠?"

"역시 공기가 선선하군."

"밤이 되면 더 선선해집니다. 저녁을 먹고 산 위에 올라가 야경을 보시지요."

요사채는 2층 목조 건물이지만 벽을 크림색으로 칠하고 2층에 장식 난간을 두른 전통호텔풍 건물이었다. 다만 한눈에도 오래되었음을 알 수 있다.

가와하라는 후루야를 안내해 현관에서 복도를 지나 제일 안쪽에 있는 객실로 들어갔다. 그곳은 세 평짜리 객실로 장지문에 국화꽃 무늬가 장식되어 있었다. 객실이 만원이라 복도에는 욕의 차림의 숙박객들이 어슬렁거렸다.

"이 방은 선생님을 위해 예약해 두었습니다. 출사 모임의 지도 강사로 모시기로 결정된 열흘 전에 즉시 예약을 했는데도 간신히 잡을 수 있었습니다."

"많이 붐비는군."

"기도를 위해 장기간 머무는 단체 숙박객이 많기 때문입니다. 사찰 앞에 여관이나 호텔이 잔뜩 있긴 하지만 여기는 숙박료가 저렴하거든요. 그 대신 정진요리를 내줍니다."

"정진요리 좋지. 기타카마쿠라에 야마바토테이라는 후차요릿집이 있는데, 내가 그곳을 종종 이용하지."

"다행이군요. 사실 시중 요릿집처럼 맛있지는 않은 것 같습니다. 서빙도 스님들이 하시니까요. 아, 제 방은 2층입니다. 선생님께서 목욕을 마치고 방으로 돌아오시면, 저녁은 저랑 함께 드시는 게 어떻겠습니까?"

"음, 그렇게 하자고—."

욕탕도 사람들로 붐볐다. 목욕하는 손님들은 과연 보슈 사투리에서 도호쿠 사투리까지 말투가 다양했고, 도쿄 토박이들의 말투도 섞여 있었다. 에도 시대에는 이 진야지 절로 각지에서 참배객들이 모여들어, 윗마을 아랫마을 모두가 나란히 간판을 내건 역참 지역이었다. 지금도 이 산지를 오르는 도로는 가즈사에서 아와로 가는 가도로 이용되고 있다.

후루야가 욕의를 걸친 개운한 얼굴로 객실로 돌아와 보니 가와하라 슌키치가 먼저 와서 기다리고 있었다. 가와하라도 욕의를 입고 있다.

"오, 벌써 와 있었나?"

"송구스럽게도 멋대로 들어와 기다리고 있었습니다."

"욕탕에서 자네를 보지 못했는데."

"욕탕이 콩나물시루 같았으니까요. 방금 식사를 내오라고 시켜두었습니다."

목욕을 마친 후루야는 뒤통수에만 자리 잡은 긴 머리칼에 포마드를 바르고 빗질을 한 모습이었다. 땀 범벅으로 홍조를 띠었던 얼굴도 지금은 기름기를 씻어내서 제법 하얘져 있다. 살이 쪄 욕의 앞섶이 벌어져 있었고 쉰 살이 넘었어도 가슴팍은 실했다.

가와하라는 욕의 목깃을 여미며 단정하게 무릎을 꿇고 있었다. 어디까지나 대선배에 대한 예의를 잃지 않았다.

검은 법의에 다스키일할 때 소매를 어깨에 고정시키는 끈를 맨 젊은 스님이 소반 두 개를 포개 들고 방으로 들어와 후루야와 가와하라 앞에 하나씩 놓았다.

소반 위에는 운펜각종 야채를 썰어 참기름으로 볶고 그 위에 갈분 소스를 끼얹은 정진요리, 산채 튀김, 맑은 국, 슌칸죽순을 비롯한 채소를 볶아서 만든 정진요리, 고마 두부대두가 아닌 참깨나 갈분을 쑤어 두부 형태로 굳힌 음식, 채소 무침 등이 놓여 있다. 거기에 까만 칠기 밥통까지.

고맙습니다, 하고 가와하라는 신도답게 시중드는 스님에게 합장을 했다.

후루야가 청해, 차가운 맥주를 주문했다. 이때도 가와하라는 스님에게 합장을 했다.

맥주로 건배를 하고 나자 가와하라는 후루야에게 머리를 깊이 숙였다.

"방금 다테야마 사진동호회 회원들에게 전화를 했는데, 선생님께서 정말로 와 주셨다고 하니까 모두들 크게 기뻐하더군요. 설마 우리 같은 시골 사진 클럽을 위해 선생님처럼 유명한 분이 와 주실 줄은 몰랐다고 하면서 다들 영광스러워하고 있습니다. 덕분에 저도 면목이 섰습니다. 정말 감사합니다, 선생님."

"그렇게 자꾸 인사할 거 없네. 다들 기뻐한다니 나도 기쁘구먼."

"황송합니다."

물론 50만 엔의 사례비는 내일 출사가 끝난 직후에 내놓으리라. 아마 포장용 끈으로 예쁘게 장식한 꾸러미를 건네겠지.

후루야는 식욕이 왕성했다. 소반에 있는 음식을 척척 해치워가며 맥주잔을 기울였다. 그때마다 가와하라는 맥주를 따라 주었다.

"자네도 한잔하지."

"예, 감사히 받겠습니다. 하지만 술을 잘 못합니다."

"오호, 술을 못 마셔? 꽤 잘 마실 것 같은 체격이구먼."

후루야는 가와하라의 훤칠한 체격을 훑어보는 시늉을 했다. 살집이 있지는 않지만 근육이 발달해서 욕의 목깃으로 보이는 가슴팍과 양 소매로 나온 손아귀가 건장해 보인다. 목욕을 마치고 나온 푸르스름한 면도 자국도 윤기 나는 얼굴과 잘 어울려 후루야 눈에는 부러울 만큼 정력적으로 비쳤다.

"아까 본당의 호마수법 말씀을 잠깐 드렸습니다만, 호마라는 것에는 뭔가 꿈속으로 끌어들이는 듯한 도취성이 있는 것 같습니다."

가와하라는 가벼운 얘기라도 하듯이 후루야에게 말을 건넸다.

"그런가? 아까도 말했지만 나는 아직 본격적인 호마수법을 본 적이 없어서 잘 모르겠군."

후루야는 맥주잔과 젓가락을 잠시 쉬고 담배를 꺼냈다. 가와하라가 재빨리 라이터를 켜서 내밀었다.

"정말 도취성이 있는 것 같습니다. 저는 외진에 앉아 있었는데, 본당에서 흘러나오는 향연을 조금씩 마시고 있기만 해도 졸음이 오더군요. 실은 의미를 알 수 없는 단조로운 범어 독경 탓도 있겠죠. 바사라다토반센지키야소와카, 아라탄나우산반바누라키야소와카, 이런 소리를 자꾸자꾸 반복해서 듣게 되면 졸음이 오는 게 당연하겠지요."

"신도라더니 과연 경을 잘 알고 있군."

후루야는 웃으며 담배를 피웠다.

"아뇨, 저야 그저 엉터리 흉내일 뿐입니다. 독실한 신도는 스님 못지않게 경에 해박합니다. 아무튼 그 지루한 독경 소리도 원인이겠지만, 역시 졸음의 원인은 호마의 연기 때문인 것 같습니다. 선생님은 그 연기에 무슨 성분이 들어 있는지 아십니까?"

"그냥 유목을 태우는 것 아니었나?"

"물론 불은 유목을 태우는 것이 맞지만, 예반에 앉은 행자 승정이 종종 앞에 놓인 야종을 집어서 회로에 던져 넣습니다."

"약종이라니?"

"주로 육계나 자소 등이고, 그 밖에 천문동, 지황, 구기자, 정향 이라는 둥 낯선 것들이 약종으로 쓰입니다. 제가 생각하기에 이런 약종은 본래 마약성 식물의 잎이나 꽃의 즙 같은 게 아닐까 싶습니다. 예를 들면 대마 같은 거요."

"대마라고?"

"아, 그냥 상상입니다. 근거는 없습니다. 하지만 그렇지 않고서야 호마 연기를 마신다고 기분이 좋아지고 꿈속으로 빨려 들어가는 기분이 되지는 않을 것 같습니다."

"하지만 대마는 금지되어 있잖아. 그걸 사용하면 죄가 될 텐데."

"그러니까 요즘은 대마를 사용하지 않고 대용품 따위를 쓰는 게 아닐까 생각됩니다. 정체를 알 수 없는 이름의 약종 혼합물에 대마와 비슷한 도취 효과가 있는 것 같습니다."

바깥에서는 그제야 해가 넘어가고 있었다. 또다시 상공으로 폭음이 지나간다.

산 위의 밤

"원래 밀교에는 주술적 성격이 있지 않나? 신자를 몽환의 경지로 도취시키면 주술을 걸기도 쉬워질 테지."

가와하라 슌키치의 이야기를 듣고 후루야 구라노스케는 말했다. 다 피운 담배꽁초를 재떨이에 버리고 다시 맥주잔을 든다.

"그렇습니다."

가와하라는 두 번째 병을 기울였다가 빈 병임을 깨닫고 말했다.

"선생님, 스님께 자꾸 맥주를 가져오라고 하기도 뭣하니 위스키로 바꿀까요? 위스키라면 제 방에서 가져올 수 있습니다."

"호오, 술을 못하는 자네가 위스키를 가지고 있다고?"

"선생님이 드시지 않을까 해서 딱 한 병 준비해 두었습니다. 잠깐만 기다려 주십시오, 금방 가져오겠습니다."

가와하라는 옷의 자락을 펄럭이며 나갔다가 5분도 안 돼 한손에 위스키 병을 들고 돌아왔다.

"아직 마개도 따지 않았군."

후루야는 병을 들고 라벨을 살펴보더니 흡족한 표정이 되었다.

그는 마개를 열고 컵에 남은 맥주를 재떨이에 따라 버린 뒤, 위스키를 잔에 4분의 1 정도 따랐다.

"물을 가져올까요, 선생님?"

"아니, 번거로우니까 그냥 스트레이트로 마시자고."

그러더니 잔을 가와하라의 얼굴 앞으로 쳐들고, "잘 마시겠네" 하고 술을 입에 흘려 넣었다.

"스트레이트로 드시다니, 약주가 세시네요."

"그렇지도 않아. 조금 마시는 편이지. 자네가 술을 못한다니 유감이로군."

"죄송합니다."

"아니, 뭐, 나한테 미안할 건 없지."

"부디 편안히 드십시오. ······그런데 아까 말씀하신 밀교의 주술성 말입니다만, 말씀하신 대로 도취성과 매우 깊은 관계가 있는 것 같습니다. 시술자가 피시술자에게 최면을 거는 것과 비슷한 효과겠죠. 최면에 걸린 사람은 시술자가 암시하는 대로 움직입니다. 호마 향연에는 그렇게 사람을 마취시키는 요소가 있는 듯합니다. 불 속에 던져 넣는 약종이 그런 기능을 하는 게 아닌가 짐작해 보는 겁니다. 이 절 안에서 공공연하게 말할 수 있는 이야기는 아니지만요."

"음, 흥미롭군. 이 절에서 가지 기도_{밀교에서 질병, 재난 따위를 면하기 위해 신불에게 올리는 기도}로 호마수법을 받는 사람들은 대체 무슨 소망은 비는 거지?"

"대부분 일반적인 것들입니다. 사업 번영, 가내 화목, 무병 무재, 요즘은 교통안전도 있습니다."

"일반적이고 현세적인 이익이로군. 그 밖에 특수한 가지 기도는 없나?"

"퇴마, 질병 쾌유의 가지, 방화 가지, 금신_{도교나 음양도의 흉신} 퇴치, 병충해 퇴치, 도적 퇴치, 순산 기원, 옛날이었다면 창병 치료, 여우 귀신 퇴치도 있습니다."

"과연 밀교의 가지 기도답군."

"옛날에 창병 퇴치에 쓰던 부적을 어느 선배가 보여 준 적이 있는데, 귀신 귀(鬼) 자가 아홉 단으로 쌓여 있는 그림이었습니다. 제일 위에 귀 자가 옆으로 아홉 자 나란히 있고, 그다음 단에는 여덟 자, 세 번째 단에는 일곱 자, 이런 식으로 내려가서 제일 밑에는 귀 자가 한 글자 있어서 전체적으로 역삼각형을 이루고 있더군요."

"귀 자로만 역 피라미드 형태가 그려져 있다고? 조금 섬뜩하군."

후루야가 위스키를 조금 마셨다.

"부적에 적힌 글자는 대개 그렇게 섬뜩한 인상을 풍기죠. 옥편에 없는 특별한 글자를 만들어서 씁니다. 일종의 저주니까요."

"저주라고 하면 인형 따위를 만들어 놓고 대못을 박고 하는 거 아닌가?"

"맞습니다. 원수를 저주해서 죽게 만드는 거죠. 민간에서 해 오던 주술인데 사찰에서도 의뢰를 받으면 원적조복 기도원적(怨敵)이나 마귀의 항복을 받아내는 기도를 해 주었다고 합니다. 다만 이것은 제대로 계승이 되지 않더군요. 나라에 아키시노데라 절이라는 고찰이 있지 않습니까?"

"그래, 알지."

"그 절의 비불秘佛은 대원수명왕大元帥明王이라고 합니다. 부동명왕처럼 분노한 얼굴에 목과 손목과 발목에 뱀을 주렁주렁 감고 있죠. 머리카락도 뱀이고 옷고름도 뱀입니다."

"끔찍하군."

"그 비불을 원적조복의 부처라고 해서, 선거철이 되자 어떤 후보가 상대 후보자를 낙선시켜 달라고 부탁해서 절에서도 곤혹스러웠다고 합니다."

"그건 꽤 현대적이군."

후루야는 고개를 가로저으며 웃었다. 그러고는 위스키를 두 잔째 마셨다.

"닉신 정도는 그나마 낫죠. 생명에는 지장이 없으니까요."

"목숨이 달린 기도도 있단 말인가?"

"원적조복이니까요. 원한이 깊은 상대방을 저주로 죽이고 싶어 하는 것은 인간적인 충동 아니겠습니까."

"그런 기괴한 가지 기도가 요즘에도 있단 말인가?"

"드러내고 기도하지 못할 뿐이지 지금도 예전처럼 어디선가 그런 기도가 이루어지고 있지 않겠습니까? 이렇게 번듯한 사찰에서는 그러지 않겠지만, 슈겐도_{깊은 산속에서 고행을 하며 주술을 익히는 불교의 일파}의 경우는 아주 기이한 기도를 하고 있다더군요."

"슈겐도? 산속에서 도를 닦는다는 자들 말인가?"

"그렇습니다. 대체로 밀교의 호마는 인도 바라문교의 호마에서 유래했다는 게 통설입니다. 바라문교에는 인도의 원시 종교가 많이 포함되어 있습니다. 그래서 호마에 기괴한 인도적인 요소가 포함되어 있는 것이죠. 사에키 고진이라는 밀교 학자에 따르면 호마護摩는 범어 '호-마'의 한역이라고 합니다. 저는 이 '호-마'가 고대 이란의 조로아스터교에 있는 '하오마', 즉 마약 술과 관련이 있는 게 아닌가 하고 짐작하고 있습니다. 불교인에 따르면 호마는 조복_{악마를 굴복시키는 것} 호마처럼 무서운 목적을 가지고 있다고 해도. 원적악인을 단순히 증오하여 굴복시키는 것도 아니고 악인이 악행의 업을 스스로 짊어지게 되는 것을 불쌍히 여겨, 악행을 하지 않도록 이끄는 것이다. 즉 조복 호마는 긍휼심으로 악인을 선도하고 그 궁극적 목표인 정신적 해탈을 얻도록 돕겠다는 의도에서 나온 거라고 합니다. 하지만 이것은 불교의 어느 일파의 주장일 뿐, 본래의 조복 호마는 그렇게 안이하지 않았을 겁니다. 원적에게 더욱 가차 없는 복수와 통렬한 징벌을 내리는 것이겠지요."

가와하라 슌키치는 그렇게 말하며 후루야 구라노스케의 얼굴을 날카롭게 쳐다보았다. 하지만 후루야의 취한 눈은 거반 감겨 있었다.

얼마나 잤을까, 누가 어깨를 흔들어 깨우는 바람에 후루야는 눈을 떴다. 바로 위로 가와하라의 웃는 얼굴이 보인다.
"깨워서 죄송합니다, 선생님."
"어, 자넨가."
후루야는 눈을 비볐다.
"……아, 잘 잤네."
"그렇지도 않습니다. 겨우 한 시간 정도 주무셨는데요."
"자네, 내내 여기 있었나? 내가 결례를 했구먼."
"아뇨, 천만에요. 숙면을 방해해서 도리어 제가 송구합니다. 실은 문득 생각난 것이 있어서요. 선생님께선 혹시 야경 촬영은 좋아하시지 않나요?"
"특별히 싫어하지는 않네만. 왜?"
"이곳은 가즈사 지방에서 제일 높은 곳입니다. 동쪽으로 보이는 시내 근처에 시라토리 신사라는 곳이 있는데, 그 앞 전망대에서 바라보면 보소 반도의 능선이 파도처럼 넘실거려서 흔히 구십구곡의 경치라고들 하지요. 서쪽으로는 훗쓰 곶까지 해안선을 따라 자리 잡은 평야 지대가 한눈에 내려다보이고, 도쿄 만을 넘어 미우라 빈도, 하코네 산꾀, 후시산까시 멀리 바라다보입니다. 한낮에도 볼 수 있는 경치지만 야경도 훌륭합니다. 구십구곡은 산밖에 없어서 밤이면 까맣게 보이지만 서쪽 평야 지대는 가즈사미나토, 사누키, 훗쓰, 이치하라, 지바에서 후나바시, 우라야스의 불빛들이 도쿄 만을 따라 커다란 호를 그리고 도쿄의 불빛들이 그 뒤를 잇지요. 불빛은 다시 가와사키, 요코하마, 요코스카로 이어지고 미우라 반도의 미사키에서 즈시까지 반짝거립니다. 더불어 오시마의 불빛까지 희미하게 빛나지요."

"거참 볼만하겠군."

후루야는 잠기운이 달아난 듯했다.

"어떻습니까, 이 가노잔 산에서 제일 높은 곳에 올라가 그런 야경을 촬영해 보는 것이. 오늘은 날이 맑아서 별이 많이 떴으니까 카메라를 삼각대에 얹고 렌즈를 칠팔 분쯤 개방해 두면 불빛뿐만 아니라 도쿄 만의 해안선이나 항해중인 선박의 불빛, 게다가 별의 광적까지 담겨서 꿈같은 사진이 나올 것 같은데요. 아, 대가 앞에서 건방진 소리를 지껄이고 말았군요, 죄송합니다."

"아니, 아니야, 자네 말이 맞아. 그럼 일단 거기로 가서 야경을 구경해 볼까?"

"당장 안내하겠습니다."

"근데 지금 몇 시지?"

"선생님께서 한 시간쯤 주무셨으니까, 8시 20분쯤 됐습니다. 야경을 보기에는 딱 좋은 시간입니다. 시원한 바람도 쐴 겸해서요."

"제일 높은 곳이라면 산꼭대기일 텐데, 숲을 지나서 올라가야 하나?"

"천만에요. 아까 올라온 자동차 도로에서 동쪽으로 조금만 들어

가면 높은 대지가 나옵니다. 차로 갈 수 있는 도로도 있죠. 대지 위에는 나무고 풀이고 아무것도 없습니다."

"이 절에서 먼가?"

"걸어서 15분쯤 걸립니다. 포장도로니까 걷기 편합니다. 여관들이 줄지어 있는데, 여관의 줄이 중간에 끊기는 지점에서 위로 올라가면 됩니다."

"그래? 걸어서 쉽게 갈 수 있는 곳이라면 가 보지 뭐."

"양복으로 갈아입으시지요, 선생님. 움직이기에는 욕의에 나막신보다 양복에 구두 차림이 훨씬 편합니다. 저도 위층에 올라가 옷을 갈아입고 오겠습니다."

후루야가 양복을 다 입었을 때 가와하라가 옷을 갈아입고 돌아왔다.

"겉옷은 벗어 놓고 가시는 게 편할 겁니다, 선생님. 저도 이렇게 셔츠 하나만 입었습니다."

가와하라는 반소매 셔츠 차림이었다. 후루야가 상의를 벗기 시작하자 가와하라가 거들어 주었고, 몸을 돌려 붙박이 장롱에 상의를 걸어 두었다. 알뜰하게 시중을 들 줄 아는 남자였다.

"카메라 가방은 제가 들고 가겠습니다, 선생님."

그는 가방을 어깨에 멨다.

"대지에 땀 식히러 올라온 사람이 많지 않을까?"

"그렇지는 않을 겁니다. 여기는 산 위라서 다들 일찌감치 밤을 맞이하니까요. 숙박객들도 밖에 나가 봐야 놀 거리가 전혀 없으니까 냉방이 잘되는 여관이나 호텔에 머물죠. 거기다 일찌감치 잠자리에 듭니다. 선생님의 촬영을 방해할 사람은 없을 겁니다."

둘은 숙소를 나와 본당 앞으로 왔다. 거기에서 돌 계단을 내려가 누문을 나섰다. 주변의 삼나무 숲은 검은 덩어리를 이뤘고, 희끄무레하게 번진 것 같은 별이 총총한 밤하늘이 머리 위에 들러붙어 있다. 바람은 불지 않는다.

경내에는 열 명 정도가 여기저기 흩어져 있었다. 다들 젊은 커플인데 욕의 차림도 있고 여전히 산행 차림인 사람도 보인다. 노래를 부르는 사람도 있다.

하늘에서 폭음이 다가와 머리 바로 위에서 금속음을 흩뿌렸다. 올려다보니 빨간 별 세 개가 서쪽으로 직선을 그리며 이동하고 있다. 기체는 보이지 않고 양 날개의 등과 꼬리날개의 등이 빠르게 흘러간다.

마을 상가로 나가서 오른쪽으로 꺾었다. 상점들은 물론 이미 문을 닫았다. 여관만 띄엄띄엄 문을 열고 도로로 불빛을 흘려보내고 있지만 인기척은 없었다.

"아까 택시를 타고 올라온 길이 바로 이 도로입니다."

가와하라는 후루야에게 말했다.

그 도로는 올 때와는 반대로 내리막이 되어 있다.

"아직 멀었나?"

"금방입니다. 이 건물들의 행렬이 끝나는 곳에서 올라갑니다. 커다란 여관에서 꺾으면 됩니다."

가와하라는 어깨로 카메라 가방을 추켜올렸다.

"차가 다니질 않는군."

"늦은 시간이니까요. 당일 여행을 하는 차량은 물론이고 숙박하러 오는 손님들의 차량도 없습니다. 어느 여관이나 만원이라는 것을 알고 있으니까요. 여름철에는 예약을 안 하면 안 됩니다."

"국민숙사온천 등 자연 휴양지에 세운 저렴한 숙박 시설 같은 곳도 있나?"

"있습니다. 하지만 여기에서 꽤 떨어져 있죠."

산책하는 사람 네다섯과 마주쳤다.

"시원하군. 쌀쌀할 정도야."

후루야가 중얼거렸다.

"상의를 가져오는 편이 나았을지도 모르겠군요. 제 생각이 짧았나 봅니다, 죄송합니다."

"아냐, 괜찮아."

"그런데 이런 산 위에도 열대야 현상이 있습니다. 남풍이 불면 바다에서 더운 공기가 밀려오거든요."

후루야가 바지 주머니를 더듬다가 말했다.

"아, 이런!"

"왜 그러십니까?"

"담배. 상의에 넣어 둔 걸 깜빡했군."

"담배라면 여기 있습니다."

멈춰 선 가와하라가 셔츠 주머니에서 세븐스타 갑을 꺼내 손가락으로 바닥을 가볍게 탁탁 쳤다. 한 개비가 튀어나오자 후루야가 빼어 들고 입에 물었다. 가와하라가 라이터 불을 댕겨 주었다.

"맛나네."

후루야가 연기를 깊이 빨아들이더니, "골초가 담배를 깜빡하고 나오면 안절부절못하거든" 하고 내뿜었다.

"제가 상의를 벗고 가자고 한 탓이죠."

"아냐, 그게 왜 자네 탓인가."

"담배 가게는 벌써 문을 닫았고 자판기도 없습니다. 제 것을 피우십시오. 한 갑밖에 없지만, 아직 열 몇 개비는 남아 있습니다. 생각이 나시면 언제든지 말씀만 하십시오."

"고맙네."

가와하라는 담뱃갑을 셔츠 주머니에 넣었다.

다시 걷기 시작해서 5분쯤 지나자 가와하라는, "여기에서 길이 꺾입니다" 하며 앞장섰다. 경사가 매우 급한 비탈길이 왼쪽으로 갈라져 있다. 모퉁이에 커다란 여관이 눈에 띄었는데 출입문은 닫혀 있었다. 주변에는 아무도 없다.

포장된 언덕길은 완만하게 휘어 있다. 가와하라는 꽤 급한 비탈길을 앞장서서 성큼성큼 걸었다. 후루야는 처지지 않으려고 애썼지만 호흡이 가빠졌고 벗어진 이마는 땀으로 젖었다.

대지 위에 먼저 도착한 가와하라는 그 자리에 멈춰 서서 주변을 둘러보았다.

뒤이어 올라온 후루야는 이내 야경에 시선을 빼앗겼다. 아래 세상은 흡사 해저처럼 검푸르렀다. 야광충 같은 빛의 군집이 완만하게 휜 해안선을 따라 선을 그렸다.

"이야, 멋있다."

후루야는 저도 모르게 말했다.

"그렇죠? 꼭 일루미네이션전구나 네온관을 이용한 조명 장식이나 광고 부감 모형 같지 않습니까?"

"그러게 말이야."

"바로 아래 보이는 것이 기사라즈와 홋쓰 시내의 불빛입니다. 저 불빛이 지바로 이어지고, 거기부터 크게 호를 그리다가 우라야스에서 도쿄의 불빛과 합쳐져서…… 아, 숨이 차시군요, 선생님."

"언덕을 올라와서 그래. 젊은 자네와 달리 나한테는 좀 힘들군."

"죄송합니다. 그럼 저기에 잠깐 앉아서 담배나 한 대 피우시죠. 그 다음 천천히 카메라 앵글을 골라 보시죠."

대지 위에는 나무도 없고 집도 없었다. 인기척도 전혀 없다.

앉을 자리를 찾는 가와하라를 보고 있던 후루야의 시선이 새로운 대상을 포착했다.

대지 위에 망루처럼 조립해서 세운 철탑이었다. 그런 철탑이 한두 개가 아니었다.

"이건 뭐지?"

후루야는 하얀 페인트로 칠한 철탑을 올려다보았다.

최고점 352미터

하얀 철탑의 끄트머리가 밤하늘을 찌르고 있다.

한 기, 두 기, 히며 헤이며 보니 모두 다섯 기였다. 높이는 제각각이지만, 30미터에서 4, 50미터는 될 성싶다. 그 위에는 역시 하얀색의 금속 파라볼라 안테나가 사방을 향해 나팔꽃 같은 아가리를 벌리고 있다. 그 철탑들이 대지 위에 다리를 박고 무리 지어 서 있다. 그 끝마다 작고 빨간 경계등이 반짝인다.

"무선탑 같은데."

고개를 모로 쳐들고 다섯 기의 철탑을 둘러보던 후루야가 말했다.

"그렇습니다. 제일 끝에 있는 낮은 탑은 화재 감시탑이고, 나머지 네 기는 무선탑입니다. 가노잔 산 정상인데다 가즈사 지방에서 가장 높은 표고 352미터 지점이라 이런 시설이 있죠."

가와하라 슌키치도 함께 올려다보며 말했다.

"저 철탑은 꽤 높은걸."

"50미터는 될 겁니다. 전신전화공사가 시외 전신과 전화의 극초단파 송수신에 사용한다고 합니다."

"저기 두 번째로 높은 철탑은?"

"45미터 정도 될까요? 건설성에서 세운 겁니다. 국도 관리를 위해 강우량 등의 정보를 무선으로 연락하는 데 사용한다더군요."

"그럼 낮은 두 기는?"

"모두 30미터쯤 됩니다. 하나는 지바 현청이 세웠는데, 소방, 방재, 행정 등을 무선으로 연락하는 용도랍니다. 나머지 하나는 지바 현경에서 세웠고 범죄 등의 긴급 연락용으로 쓰입니다."

"음, 그런가."

후루야는 새삼 고개를 돌렸다.

"이렇게 높은 철탑이 한 자리에 모여 있으니 장관이라기보다는 왠지 위압감이 느껴지는군."

다시 고개를 똑바로 돌리고 한숨을 내쉬었다.

"아무래도 이 산에서 제일 높은 곳이고 걸리는 것이 없으니까요. 다테야마, 가쓰우라 같은 태평양 연안 도시와 지바 시의 무선을 중계하기에는 딱 좋은 장소입니다. 하지만 산 뒤로는 구십구곡의 구릉이 죽 이어져 있어서 그쪽으로는 전파가 가기 어렵습니다. 그래서 방송국에서는 후나바시, 기미즈, 홋쓰, 가즈사미나토 같은 도쿄 만 연안 도시에 따로 중계용 철탑을 세워 놓았죠."

"자네, 꽤 해박하군그래."

"다테야마에 사니까요. 대강은 알죠."

"아무튼 좋은 곳을 안내해 주었어. 야경이 훌륭해."

후루야는 전면에 내려다보이는 빛의 연쇄에 시선을 빼앗기고 있었다.

"선생님이 만족하셔서 다행입니다. 벤치가 없으니 저기 돌에 앉아 담배나 한 대 피우시죠. 그러면서 카메라 앵글을 구상하시는 게 어떻습니까?"

"그렇군, 그렇게 하자고."

둘은 작은 바위에 나란히 앉았다.

"자, 여기 있습니다."

가와하라 슌키치는 세븐스타 담뱃갑에서 한 대를 뽑아 후루야에게 권했다.

"이, 고맙네."

담배를 받아 입에 물자 가와하라가 라이터 불을 대 주었다.

"골초라는 사람이 담뱃갑을 잊고 오다니 한심하군. 계속 자네 담배만 축내서 미안하이."

폐부 깊이 빨아들인 연기를 아래 세상의 불빛을 향해 토해냈다.

"이야, 맛있다."

저도 모르게 말했다.

"이런 데서 피우면 맛이 각별하죠."

"자넨 안 피우나?"

"피우겠습니다."

담뱃갑 구석에서 한 대를 꺼냈다. 후루야에게 권한 담배를 꺼낸 곳과는 다른 자리였다.

"선생님, 이제 앵글을 정하셨습니까?"

가와하라도 연기를 내뿜고 후루야에게 물었다.

"뭘 그리 서두르나. 지금 한창 구상하는 중이야."

후루야는 눈길을 앞으로 던진 채 담배를 뻐끔뻐끔 피웠다.

"구상이 끝나면 말씀만 하십시오. 제가 삼각대 설치를 비롯해서 뭐든 조수 역할을 하겠습니다."

"고맙네."

"역시 처음부터 망원 렌즈를 쓰실 건가요? 망원 렌즈라면 비교적 사각寫角이 넓은 105밀리 같은 것으로 시작하실 건가요? 훗쓰 근처가 중심이 될 만한?"

"글쎄. 조금 더 생각해 보세."

후루야는 손가락 사이에 담배를 끼운 채 양손을 들고, 손가락을 둥글게 말아 눈앞에 대고 그 틈새를 들여다보며 여기저기 방향을 바꾸었다. 손가락으로 만든 동그라미는 파인더 대용이다. 화가가 그림을 구상할 때 하는 몸짓과 같다.

"선생님, 이 대지에는 따로 높은 곳이 없어서 어디서나 평면적인 각도가 나올 겁니다. 고저가 없어요. 좀 더 높은 곳에서 촬영하려면 이 철탑 위로 올라가야 하는데, 그건 어떨까요?"

"뭐? 이 탑을 올라가?"

후루야는 빨간 등이 켜져 있는 철탑 꼭대기를 올려다보고 단호하게 고개를 저었다.

"안 돼, 안 돼. 난 고소공포증이 있네. 저런 철탑에는 도저히 못 올라가."

"철탑에 사다리가 달려 있어요. 제가 선생님을 도와 같이 올라갈 수 있습니다."

"안 돼, 아무리 도와 줘도 못 해."

후루야는 연거푸 담배를 피웠다.

"그래요? 유감이군요. 철탑에 올라가면 한결 훌륭한 부감 앵글이 나올 듯한데요."

가와하라는 자못 유감스럽다는 듯이 말하고 곁눈으로 후루야를 쳐다보았다.

"아, 담배가 짧아졌네요. 여기 있습니다."

그는 다시 담뱃갑에서 한 개비를 빼내어 후루야에게 권했다. 요 전번과 같은 자리에 꽂혀 있던 담배였다.

'기외히리 슈기치'를 자처한 누나이 쇼헤이는 후루야 규라노스케의 상태를 은근히 관찰했다.

후루야의 입에서 빨간 불이 숨을 쉬며 연기를 흘린다.

〈환시 혹은 환각은 감수성이 예민한 사람인 경우, 대마초 담배 한 개비 정도의 소량으로도 증상이 나타난다.〉

누마이 쇼헤이가 읽은 책 『대마』에는 그렇게 나와 있었다.
후루야 구라노스케는 대마초 담배를 세 대째 피우고 있다. 그래도 아직 그의 모습에서 변화가 보이지 않는다.
'감수성이 무딘 사람인가?'
첫 한 대를 다 피운 뒤로 30분은 지났다.
누마이는 세븐스타 담뱃갑에 대마초 담배 여섯 개비와 일반 담배 네 개비를 구별해서 꽂아 두고, 그 사이에 까맣고 얇은 종이를 끼웠다. 누마이가 담뱃갑을 톡톡 쳐서 한 개피씩 튀어나오게 한 것은 대마초 담배였고, 후루야는 그것을 손가락으로 뽑아서 피웠다. 누마이 자신은 일반 담배를 골라 피웠다.
―후루야가 피우는 담배에는 건조시킨 대마 꽃이삭과 잎을 가루로 만들어서 넣었다. 필터가 달린 담배를 손가락으로 주물러 속에 들어 있던 담뱃잎 가루를 빼내고 대마와 담배 가루를 섞어서 다시 채워 두었다. 대마 냄새를 감추기 위해 향이 강한 외제 담배 가루와 섞었다. 세븐스타에도 버지니아 담배를 조금 섞어 놓았다. 담배는 조금 물렁해졌지만 후루야는 눈치채지 못했다. 어두운데다 취기가 올라서 모르는 것이다.
이 대마를, 누마이는 3주 전에 도치기 현 가누마까지 차를 몰고 가서 훔쳐 왔다. 훔치기 닷새 전 한낮에 그 지역을 답사해 두었다. 산골 밭에 대마가 누마이의 키를 넘길 만큼 자라고 있었다. 그 근방은 경계가 심하다는 사실도 알았다.

도로를 달리는 차량의 앞 유리에 스티커가 붙어 있었는데, 그건 지역 주민이라는 표시였다. 도안이 간단해서 색과 형태를 그 자리에서 수첩에 메모하고 집으로 돌아와 위조 스티커를 한 장 만들었다.

실행은 물론 밤에 했다. 걱정되는 것은 차량 번호판이었다. 번호판을 목격당하면 금방 체포되고 만다.

신문에 나오는 은행 강도 등은 주차해 둔 남의 차량을 훔쳐서 범행에 사용하지만, 누마이에게 그만한 용기는 없었다.

어두운 시골길을 달릴 테니 차량 번호판을 보더라도 숫자를 읽기는 힘들 거라고 생각했다. 가로등이 드문 곳이고 한밤중에는 행인도 없다.

문제는 감시원이었다. 보건소 직원이나 경관, 마을 자경단원 같은 사람들이 순찰을 돌고 있었다. 그들의 시선에 대비하여 위조한 주민 스티커를 차량 앞 유리에 붙였다. 이렇게 하면 경계의 눈길이 느슨해지리라 짐작했다.

차량은 그들의 앞을 빠르게 달려갈 것이다. 의심을 산다면 상대방이 번호판에 주목할 테지만, 의심하지 않는다면 번호판에는 신경 쓰지 않을 것이다.

실행은 계획대로 되었다. 대마가 2미터쯤 자란 대마 밭에 몰래 들어가 30분가량 대마 십여 그루의 잎과 꽃이삭을 따서 준비해 간 비닐봉지에 채웠다. 퉁퉁해진 비닐봉지는 뒤 트렁크에 넣었다. 밤 9시경이었다. 대마 밭 옆에 농가가 한 채 있었지만 아무도 나와 보지 않았다.

촌도에서 국도로 진입하여 달리고 있을 때, 차를 타고 순찰을 돌던 자경단원으로 보이는 주민 둘과 마주쳤다. 마주치기 전에 그쪽에서 경적을 짧게 두 번 울렸다. 멈추라는 신호일 거라 생각했지만 그냥 계속 달렸다. 차 앞 유리에 붙어 있던 스티커를 헤드라이트 불빛으로 본 것이다. 백미러를 들여다보았지만 추적하는 기미는 없었다. 국도에서 우회전하여 6킬로미터를 더 달렸다.

가누마 나들목으로 들어서기 전에 스티커를 떼어냈다. 이것이 붙어 있으면 요금소에서 시선을 끌 테니까.

고속도로는 의외로 차량이 많았다. 도호쿠 방면에서 도쿄나 간사이로 가는 심야 트럭이 뒤를 이었다. 닛코나 기누가와 온천에 다녀오는 차량도 많았다. 누마이 쇼헤이는 그 속에 섞여 막힘없이 돌아왔다—.

굉음이 쏟아져 내렸다.

손가락 끝으로 담배를 잡고 가만히 있던 후루야 구라노스케가 위를 올려다보았다. 밤하늘에 빨간 불빛 세 개가 삼각형으로 빛나며 날아간다. 아주 가깝다. 머리 바로 위를 아슬아슬하게 스쳐 지나갔다.

"비행기로군."

후루야가 말했다. 엉뚱하다 싶을 정도로 굵은 목소리였다.

"그렇습니다. 하네다에 착륙하는 여객기입니다."

누마이는 대답했다.

"런던에서 북쪽을 돌아 앵커리지를 경유해 온 비행기로군."

"아뇨. 국제선은 모두 나리타 공항에 착륙합니다. 하네다에 착륙하는 비행기는 국내선입니다."

"아냐, 저건 런던에서 온 비행기야."

폭음과 함께 멀어져 가는 빨간 불빛을 바라보며 후루야가 말했다.

"아닙니다."

"아니라고? 자네, 바보 같은 소리 하지 말게. 저건 내가 런던에서 타고 왔던 그 비행기야. 눈에 익구먼."

후루야는 커다란 목소리로 단호하게 말했다.

날개 끝의 빨간 불빛만 보일 뿐 기체가 보이는 것은 아니었다.

"어떻게 그걸 아십니까?"

"날개에 번호가 적혀 있잖아. 음, 그게······ 124였어. 내가 유럽을 돌아다니다가 런던 히드로 공항에서 탑승한 비행기가 JAL 124였다고."

"그렇다면, 그럴지도 모르겠군요."

누마이는 후루야의 상태를 살피면서 말했다.

"틀림없다니까. 그 비행기를 타 본 내가 말하잖아."

"······."

"게디기 조종석 칭문으로 파일럿 얼굴이 보였거는. 비행기가 낮게 날고 있어서 얼굴이 똑똑히 보이더군. 그 사람이 바로 요코야마

기장이야. 6년 전에 내가 탔던 비행기에 그 기장이라고. 어때, 이래도 못 믿겠나?"

"아뇨, 그렇게까지 분명하게 말씀하시니까 틀림없을 것 같군요."

"이제야 알아듣는군. 하, 하하하."

후루야는 유쾌하게 소리 높여 웃었다.

―이제야 대마 약효가 돌기 시작했다. 후루야 구라노스케에게 환각이 일어나고 있었다.

"자네, 유럽에 가 봤나?"

"아뇨, 아직."

"꼭 가 보게. 시야가 넓어져. 나는 벌써 다섯 번쯤 다녀왔어. 마지막으로 다녀온 게 6년 전이야. 이집트, 터키, 그리스, 이탈리아, 프랑스를 도시고 시골이고 가리지 않고 골고루 돌아다녔어. 원 없이 셔터를 눌렀지. 그걸 현상한 필름을 파리의 유명한 사진가 샤가르니에한테 보여 주었더니 얼마나 격찬을 하던지. 자기가 반드시 포토 살롱 드 파리의 회원으로 추천하겠다는 거야. 알지? 그 세계적으로 권위 있는 프랑스의 사진 단체 말이야."

"선생님께서는 거기 회원이 되셨습니까?"

"아니, 아니야, 내가 거절했지. 그런 단체에 가입해 보라고. 전람회에 작품을 출품해라 심사를 해 달라 해서 파리에 뻔질나게 드나들어야 하거든. 물론 여비나 체재비는 저쪽에서 다 부담하겠지만 그래도 정말 귀찮은 일이야. 아이고, 다 귀찮아서 딱 잘라서 거절했지."

"선생님은 국제적으로도 대가로 인정받고 계시군요?"

"그야 그렇지. 파리에 가면 그쪽 사진가들한테 가르쳐 주고 싶
군. 하, 하하하."
후루야는 어깨를 흔들며 밝은 목소리로 웃었다.

〈대마를 섭취하면 뭐라고 형용키 힘든 행복한 기분을 느낀다.
또 말이 많아지고 충동적으로 웃는다.〉

후루야가 '대마에 의한 정신 증상'을 드러내기 시작했다. 누마이
가 도서관에서 뒤져 본 관련서에 그렇게 설명되어 있었다.
"그게 6년 전이군요. 그때 파리에서 귀국편에 탑승하셨군요?"
"파리? 파리 하면 오를리 공항이지. 아니, 히드로였구나, 런던에
서 출발했으니까."
"JAL의 기종 번호는 몇 번이었나요?"
"으음, 그게, 216이었어. 음, 맞아, 216."
조금 전에는 124라고 해 놓고 이번에는 216이라고 단언한다. 대
마로 인한 증상 가운데는 숫자에 약해지고 전에 한 말을 금방 망각
해 버리는 것도 있다.
"하긴 국제적으로 권위 있는 포토 살롱 드 파리의 회원으로 추천
받은 나잖아. A신문사 사진부 고문이고 말이야. 그러니 뉴스사진
공모의 심사위원장을 의뢰받는 것은 당연한 거지. 다른 심사위원
이야 내가 정해 주는 대로 따를 뿐이야. 다 내 후배들이고, 모두 내
기 챙겨 준 놈들이거든. 뉴스사진 같은 선 내가 혼자 설성하는 거
나 마찬가지야."

"작년도 연간 최고상을 받은 야마가 교스케 씨의 「격돌」도 선생님이 선정하신 겁니까?"

"당연하지. 내가 처음 보자마자 딱 정해 버렸어. 그런 걸작은 앞으로 반세기 동안은 나오지 않을걸."

후루야의 목소리는 우렁찼다. 기분이 한껏 좋은 듯했다.

환시 환각

"이봐, 담배 하나 더 부탁할까?"

후루야 구라노스케는 다시 담배를 요구했다.

"물론이죠. 자, 여기 있습니다."

누마이는 세븐스타 담뱃갑을 톡톡 쳤다. 구획해 둔 쪽에서 대마초 담배가 살짝 삐져나왔다.

후루야가 맛있게 연기를 뿜었다. 향이 강한 외제 담배 가루를 섞어 놓아서 눈치를 채지 못한다. 게다가 이제 벌써 네 대째여서 맛도 분간하지 못하는 상태였다.

"이봐, 벌써 12시가 지났나?"

후루야가 문득 물었다.

"아뇨, 이제 막 9시가 지났을 뿐입니다."

누마이는 손목시계를 먼 가로등 불빛에 비춰 보았다.

"시간이 그렇게밖에 안 됐어? 나는 또 12시가 지난 줄 알았지."

"주위가 캄캄하고 쥐 죽은 듯이 조용하니까 그럴 만도 하지요."

누마이는 그렇게 대답하고 후루야의 상태를 빤히 살펴보았다.

〈대마 섭취(흡연)의 경우 시간 감각에 이상이 생기고, 시계가 실제로 가리키는 시간보다 길게 느낀다.〉

그 징후가 후루야 구라노스케한테서 나타난 것이다. 만약 눈에 빛을 비추어 본다면 동공 크기에는 변화가 없어도 안구결막은 충혈되어 있을 것이다. 눈 밑도 처져 있을지 모른다.
"선생님, 위를 좀 보십시오."
"응."
후루야는 굵은 목을 뒤로 틀어 올렸다.
"별을 보라고? 아름답군."
"아뇨, 철탑이요. 세 번째로 높은 저 철탑 말입니다. 약 30미터 되는 것이 두 기가 있습니다. 아까도 말씀드렸지만 앞에 있는 철탑이 지바 현경에서 사용하는 무선 중계탑입니다. 매주 토요일, 일요일이 되면 저 중계탑 주위가 밤새 시끄러워집니다."
"왜?"
"나리타 공항 반대 운동 활동가들이 몰려오거든요. 저 무선 중계탑을 부숴 버리기 위해서요."
"나리타 공항과 이 철탑이 무슨 관계가 있다고?"
"공항 경비와 관련이 있습니다. 지바 현경에서 내보내는 공항 경비에 관한 지령은 이 철탑을 통해서 공항 경찰에게 전해집니다. 만약 이 철탑이 파괴되면 무선 지령이 끊겨서 경비 체제와 기동대 활동이 엉망이 되고 큰 혼란이 일어납니다. 활동가들은 그런 혼란을 노리고 여기로 몰려드는 겁니다."

"오, 그런 사정이 있었나. 나리타 공항과 이 산이 그런 관계인 줄은 몰랐네."

"매주 토요일과 일요일에는 그런 활동가들로부터 무선탑을 보호하기 위해서 기동대가 5, 60명 정도 여기로 출동합니다. 그래서 활동가 집단과 대치하거나 몸싸움을 벌이기도 하죠. 고함과 욕설, 돌멩이와 곤봉이 난무하지요."

"참 대단하구먼."

"이 무선탑이 파괴되거나 고장 나면 공항 경비에 관한 지령뿐만 아니라 현의 중요 범죄 사건에 따른 긴급수배령도 꽉 막힐 수밖에 없습니다. 그 밖에도 교통 정보, 재해 정보 등도 이 무선탑이 중계하고 있죠. 현경이 나리타 공항 반대 활동가들로부터 이 무선탑을 필사적으로 지키는 것도 당연한 일입니다."

"금시초문이로군. 설마 이런 산속에서 한밤중에 그런 소동이 일어나고 있을 줄이야. 별일도 많지."

"그런데, 선생님."

누마이는 바람처럼 자연스럽게 말투를 바꾸었다.

"만약 야마가 교스케 씨가 이 얘기를 들었다면 큰 기대를 품고 여기로 올라왔겠지요?"

"어? 죽은 야마가 교스케 말인가?"

"그렇습니다. 뛰어난 카메라맨으로서는 외면하기 힘든 소재가 아니겠습니까?"

"듣고 보니 그렇겠군."

"선생님은 야마가 씨가 왜 위험을 무릎쓰고 그 높은 크레인에 그 위험을 무릅쓰며 올라갔는지 아십니까?"

"음, 그쪽 도로에 주말마다 출몰한다는 폭주족을 촬영하기 위해서였다고 들었는데."

"그렇습니다. 야마가 씨는 폭주족의 생태를 카메라에 담고 싶어서 크레인에 올라가서 기다리고 있었죠. 잘하면 앙숙 관계에 있는 폭주족 그룹끼리 난투극을 벌이는 장면을 찍을 수 있었을 테니까요. 그 사진 기자의 혼 같은 것이 추락사라는 불행을 부른 겁니다."

"안됐어. 안타까운 일이야."

"안타깝지요. 더구나 그날 밤에는 거기에 폭주족이 오지도 않았거든요."

"야마가 군은 올지도 모른다는 확률을 보았겠지."

"확률? 그렇죠. 확률이죠."

그 순간 누마이의 목소리가 무거운 울림을 띠었다.

"확률이라면 여기처럼 높은 곳도 없을 겁니다. 매주 토요일과 일요일이면 나리타 공항 반대 활동가들과 기동대가 현경의 무선탑을 놓고 싸움을 벌이니까요. 오이 부두에서 폭주족을 기다리는 것보다는 훨씬 확률이 높죠. 더구나 나리타 공항 반대 운동과 관련되었으니까 그야말로 선생님이 야마가 씨의 「격돌」 심사평에서 말씀하셨듯이 현대의 기록이 아닙니까."

"암, 뉴스사신은 시대의 기록이야. 그야말로 시대의 증언이지."

후루야는 만취한 사람처럼 커다란 목소리로 흥분해서 말하기 시작했다.

"야마가 쿄스케는 그런 카메라맨다운 감각이 있었어. 그 예리한 감각에 따른 목적 의식이 있었지. 목적 의식이란 결국 노리는 거야. 기획성이지. 다른 카메라맨처럼 우연히 얻어걸리는 사진이 아니었어. 임기응변의 착상으로 사진을 찍는 사람이 아니었다고. 그러니까 「격돌」 같은 걸작이 나온 거지."

"기획성이라……. 그 말을 계획성이란 말로 바꿔도 좋겠습니까?"

누마이는 제자라도 된 듯 후루야에게 물었다.

"아무렴 어떤가. 표적을 정하고 그 표적을 촬영하기 위해 효과적으로 준비한다는 것이 중요하지."

후루야는 귀찮다는 듯이 대답했다.

"표적을 촬영하기 위하여 효과적으로 준비한다는 것은, 예를 들어 「격돌」의 경우, 도메이 고속도로에서 대형 사고가 일어나도록 인위적으로 손을 썼다는 말인가요?"

"인위적으로 손을 써? 마치 야마가 군이 그 사고를 일으켰다는 말처럼 들리는군?"

"똑 부러지게 말할 수는 없어도, 그럴 가능성이 어느 정도는 있는 게 아닙니까?"

"아무리 그래도 그렇지, 그건 아니야. 그런 대형 사고를 어떻게 조작할 수 있다는 거지?"

"하지만 너무나 완벽하지 않았습니까. 선생님은 1만 분의 1, 혹은 10만 분의 1의 우연을 멋지게 잡아낸 보도사진이라고 심사평에서 칭찬하셨죠?"

"그랬지."

"그 우연을 너무나 정확하게 포착하지 않았습니까. 의심이 지나친 것인지 모르지만."

"행운이란 것도 있어."

"요즘 A사 응모 작품 중에 그런 우연한 기회를 포착한 작품, 바로 이거다 싶은 수작이 있습니까?"

"없어. 「격돌」의 10분의 1일에 미치는 것도 없더군. 흉작이야."

후루야 심사위원장은 담배를 연거푸 빨았다.

"그러면 A사 사진부장님의 실망이 크겠군요?"

"음, 실망이 크지. A사뿐만 아니라 B사나 C사처럼 보도사진을 공모하는 신문사들이 다들 난처해하고 있어."

"그런 경우, 심사위원은 연출 사진이라는 것을 알더라도 입선시키기도 하나요?"

"조금은 관대하게 봐줘야지. 기막힌 셔터 찬스는 그렇게 쉽게 만날 수 있는 게 아니거든. 너무 엄격하게 심사하면 당선작이 하나도 없을 거야. 그러면 심사 결과를 발표할 때 지면에 평범한 작품들만 실리게 돼. 그러다가는 독자들한테 외면을 당하지."

"선생님은 연출 사진이라도 어쩔 수 없다고 말씀하셨다면서요?"

"어디서 그런 소리를 들었나?"

"저희 사진동호회 회원들은 다들 그런 소문을 듣고 있습니다. 사실 보도사신으로 한 건 터뜨리려고 노리는 사람들뿐이니까요. 특히 A사의 공모가 권위가 있다고 해서 모두들 심사위원장이신 선생님 말씀에 귀를 기울이고 있습니다."

"이거 곤란하군, 그건 오프더레코드로 몇몇 사람한테만 말했던 건데. 아하하, 하하하."

후루야는 아마추어들에게 자신이 그렇게 주목의 대상이 되었다는 사실이 그리 기분 나쁘지 않은 모양이다. 오히려 즐거운 듯이 웃음소리를 높였다.

"그렇습니까."

"혹시 그런 얘기가 돌아다니더라도 그냥 농담으로 여겨 주면 좋겠군. 하하하."

"잘 알겠습니다. 하지만 선생님, 저한테만 살짝 말씀해 주시겠습니까? 이렇게 좋은 인연도 맺었으니까요. 절대 아무한테도 말하지 않겠습니다. 선생님께서 야마가 씨에게 연출 사진을 권하셨나요?"

"아니, 권하지는 않았네. 약간의 연출은 어쩔 수 없다는 말은 했지만."

"선생님은「격돌」사진을 보고 연출한 냄새가 난다고 생각하지는 않으셨습니까?"

"그렇게 생각하지 않았네. 그런 대형 추돌 사고를 어떻게 연출할 수 있겠나? 도메이 고속도로 상에서 일어난 사고야. 무슨 수로 연출한다는 거지?"

"모르겠습니다. 그러나 10만 분의 1의 우연이 그렇게 쉽게 만날 수 있는 걸까요? 이 가노잔 산 꼭대기의 무선 중계탑이라면 주말마다 나리타 공항 반대 활동가들이 몰려온다는 게 확실하지만요. 야마가 씨는 실제로 오이 부두에서 폭주족을 기다렸지만 폭주족은 나타나지 않았잖아요. 그 기나긴 도메이 고속도로의 바로 그 지점에서 대형 사고가 일어난다는 것은 신이라도 예상하지 못할 겁니다. 그 특정 지점에 야마가 씨가 어쩌다 딱 한 번 카메라를 들고 갔다가, 바로 그 시간에 그 장면을 정확히 촬영했습니다. 이것은 10만 분의 1의 우연이라고만 말할 수는 없다고 봅니다. 어떻습니까, 선생님.”

누마이는 어둠 속에서 바로 옆에 있는 후루야의 옆얼굴을 지그시 응시했다.

“으음. 그 점은 나도 마음에 걸렸어. 선정할 때가 아니라 나중에 말이야. 나도 걱정이 돼서 야마가 군을 야마바토테이로 불러서「격돌」은 괜찮겠지, 하고 확인한 적이 있었네.”

“괜찮겠지, 라고 물으신 까닭은?”

“그러니까 연출은 아니겠지, 라는 뜻이지.”

“야마가 씨가 뭐라고 하던가요?”

“물론 결코 아니라고 단호하게 부정했네.”

“그러나…… 과연 그 대답이 사실일까요?”

“무슨 뜻이지?”

“선생님이 말씀하신 10만 분의 1의 우연이 야마가 씨에게는 너무나도 자연스럽게 일어났다고 생각하지 않으십니까? 그건 기적이라고밖에 말할 수 없습니다.”

“세상에 기적이 전혀 없는 것도 아니잖아.”

“기적은 만들어 낼 수도 있겠죠.”

“자네는 그 기적에 의심을 품고 있나?”

"선생님도 의심하시잖아요? 야마가 씨를 불러서 그 사진은 괜찮냐고 슬쩍 물어보셨으니까요. 선생님도 그렇게 의심이 돼서 걱정하셨던 거죠."

"하지만 야마가 군은 내 앞에서 분명히 부정했네."

"본인이 부정했다고 의혹이 해소되는 것은 아닙니다."

후루야 구라노스케는 말없이 빙긋 웃었다. 대화 내용 때문이 아니라 흘러넘치는 내면의 행복감에 취해서 전혀 다른 생각을 하며 미소를 지은 것이다.

"주변에 고산식물이 흐드러지게 피었군. 어두워도 내 눈에는 다 보여."

"……."

"촬영해 두고 싶군. 어둠의 꽃, 아니, 밤의 꽃인가. 그 제목이 더 에로틱해서 좋군."

"어떤 꽃입니까?"

누마이 쇼헤이는 후루야의 급격한 변화를 관찰했다.

"철쭉이 있어. 새빨갛구나. 앵초도 있고. 미나리아재비도 있고. 빨강 노랑 원색이라서 밤에도 똑똑히 보여. 그 밖에 석남, 흑패모, 멧용담 같은 것도 보이는군. 내가 이래 봬도 소싯적엔 고산식물 사진에 심취해서 산 적이 있거든. 그래서 이름과 종류에 환하지. 하하, 하하하."

그 웃음소리를 뚝 그치고 후루야는 손차양을 하며 앞쪽을 응시했다.

"오, 저기 사찰이 있군."

"그쪽엔 사찰 같은 건 없는데요. 진야지 절은 반대쪽이라 여기서는 보이지 않거든요."

"진야지 절이 아니야. 다른 절이야. 그것도 아주 오래된 절이군. 다보탑이 우뚝 서 있잖아. 저건 아주 오래된 절이야. 헤이안 시대까지 거슬러 올라갈 것 같아. 내가 요즘에 주로 고찰을 찍고 있거든. 척 보면 창건 시대를 알 수 있지. 여기서 바라봐도 훌륭하군그래. 저 절은 꼭 찍어 둬야겠어. 카메라 가방 좀 가져다주게, 자네."

이제 후루야 구라노스케는 환각에 완전히 빠져 있었다.

"후루야 씨."

누마이는 정기를 잃은 사진의 대가에게 서글픈 듯 말했다.

"보도사진가에 뜻을 둔 야마가 교스케에게 연출 사진을 유도한 것은 당신이야. 야마가의 공명심이 당신 말에 자극을 받았어. 당신은 가장 권위 있다는 A사 뉴스사진 공모전의 심사위원장을 맡고 있지. 그 자리에 자부심이 대단했어. 좋은 작품이 모이지 않으면 당신도 체면을 잃겠지. A사에서 심사위원장을 교체하려고 할지도 모르고. 그러면 사진계에서 당신의 위신은 깎이고 세력도 수그러들지 몰라. 그걸 걱정했겠지. 야마가 교스케에게 공명심이 있었던 것처럼 당신에게도 영예욕에 대한 집착이 있었어. 공명심과 영예욕이 만나서 대형 추돌 사고가 일어난 거야······."

"이런 곳에 헤이안 시대의 고찰이 있을 줄이야. 저 다보탑은 중요문화재 정도가 아니라 국보급이로군. 촬영하고 싶어, 여기에서 저 풍경을 말이야."

"그 공명심과 영예욕 때문에 억울하게 희생된 사람이 있다. 야마우치 아키코가 그중 하나였어. 내 약혼녀. 작년 가을에 결혼식을 올릴 예정이었지. 그녀가 당신들에게 죽임을 당한 뒤 내 앞에는 아무 희망도 없는, 잿빛 황무지만 펼쳐져 있을 뿐이야. 원한에 사무친 아키코의 목소리가 내 귓가를 떠나지 못하고 있어…….”

"사람들 목소리가 들리는군. 뭐라고 얘기를 하고 있어. 귓가에서 와글거려. 안 돼, 이자들이 저 고찰을 촬영하러 가겠다는군. 빌어먹을 생초보 카메라맨 놈들 같으니, 저리 꺼져! 산에서 내려가!"

후루야 구라노스케가 두 팔을 함부로 휘둘러댔다.

"시끄러! 슛! 슛!"

무언가를 쫓아 버리는 시늉을 했다.

그 옆에 45미터 무선탑이 서 있었다. 누마이의 눈이 그 꼭대기를 올려다보았다.

최후의 불빛

"후루야 씨."

누마이 쇼헤이는 후루야의 둥근 어깨를 두드렸다.

"이 무선탑에 올라가 저 다보탑을 촬영하시지 않겠습니까? 멋진 앵글이 나올 겁니다."

주위가 어둡기도 했거니와 후루야의 환각 속에 있는 '고찰'이 어느 쪽에 있는지 누마이는 알 수 없었다. 하지만 누마이는 후루야의 시선에 맞춰 손으로 가리켰다.

"음, 그럴까."

후루야는 시선을 철탑 위로 향했다. 그는 대각 브레이스로 보강하고 지주를 짜 맞춘, 밤하늘에 높이 솟은 희끄무레한 철탑으로 시선을 모으고 고개를 크게 끄덕였다.

"최대한 높은 곳이 좋겠어. 부감 촬영이 돼야 하니까."

352미터 정상의 고지라지만 평평하기 때문에 어디에서 촬영을 해도 앵글이 밋밋하다고 부추기자, 후루야는 30미터가 넘는 무선탑의 꼭대기를 올려다보며 문득 의욕이 솟구친 듯했다. 대마초를 너무 피워서 정신착란 상태에 빠졌지만, 역시 사진 작가의 근성은 본능적으로 움직이고 있었다.

〈대마를 흡입한 경우 그 주관적 작용은 대단히 빠르며, 경험을 쌓은 자는 몇 분 안에 증상을 느끼고 지속 시간은 3~4시간으로 비교적 짧다.〉

하물며 경험도 없는 후루야가 대마초 담배를 네 대나 피웠음에야. 신경계에서 빠르게 착란이 일어나는 것은 당연한 일이다.

더구나 대마 흡연에 따른 증상은 세 시간 내지 네 시간이면 사라진다. 검시나 해부를 해도 그 흔적은 검출되지 않는다. 이것이 주사기를 이용한 상습 투약과 다른 점이다.

후루야는 무거운 카메라 가방의 끈을 늘여서 등 뒤로 오도록 어깨에 메고 즉시 철탑의 사다리를 잡고 오르기 시작했다. 가방이 허리에서 흔들리며 소리를 냈다.

"후루야 씨. 괜찮겠습니까? 이렇게 높은 탑에 올라가셔도?"
누마이의 눈은 과학자처럼 후루야의 동작에 집중하고 있다.
"괜찮아."
"하지만 아까는 고소공포증이 있다고 하시지 않았습니까?"
"내가 그랬어? 하지만 이 탑은 별로 높지 않은데. 이렇게 낮잖아. 무서울 게 뭐 있겠나. 괜찮아, 암."
후루야가 팔다리를 움직여 한 발 한 발 높은 곳으로 올라간다. 나이도 쉰을 넘겼고 상당히 살이 찐 몸이라 움직임이 둔하다.

〈대마를 지나치게 흡입하면 공포심이 옅어지고 대담해진다. 게다가 거리 감각이 마비된다.〉

등반하는 뒷모습은 오이 부두의 하역 크레인에 매달려 있던 야마가 교스케와 똑같았다.
"후루야 씨. 제가 뒤따라 올라가면서 선생님을 붙들어 드리지 않아도 되겠습니까?"
누마이는 위를 보며 소리를 질렀다.
"아니, 안 와도 돼. 나 혼자서도 괜찮아."
15미터 위에서 후루야의 대답이 내려왔다. 사다리 중간이라도 상당한 높이였다. 후루야의 목소리는 쾌활했다.
"정말 기분 좋군. 고이 근방인 것 같아. 용광로를 비롯해서 공장의 불빛들이 수없이 반짝이고 있어. 도쿄 시내 불빛도 바로 저기 보이는군."

"다보탑이 있다는 고찰도 보입니까?"

"그럼. 아주 잘 보여. 좋아, 아주 좋아. 조금만 더 올라가면 훌륭한 앵글이 나올 것 같군. 아하하, 하하하."

후루야가 허공에서 유쾌한 웃음소리를 날렸다.

"하지만 역시 밤이라 어둡겠지요. 제가 여기서 스포트라이트를 켜겠습니다."

"그런 걸 가져왔나?"

"혹시 필요할까 싶어서 준비해 왔습니다."

"그럼 부탁하네."

설비가 복잡한 스포트라이트를 준비하겠다고 해도 의문을 품지 않았다. 이미 사고 작용이 무너진 것이다.

누마이는 고지에서 떨어진 삼나무 숲으로 들어갔다. 무성하게 자란 조릿대나무 숲 속에 숨겨 둔 긴 막대를 꺼냈다. 오늘 오전에 가져다 놨는데, 이런 삼나무 숲에 들어오는 사람은 없어서 발견될 염려가 없었다.

다시 돌아와 보니 하얀 셔츠 차림의 후루야는 철탑의 3분의 2 이상을 올라간 상태였다. 철탑에 장착된 빨간 경계등에 그의 작은 모습이 희미하게 비춰지고 있었다.

누마이는 폴캣과 스트로보 두 개, 배터리 두 개, 거기에 코드 등을 자루에서 꺼내 땅바닥에 쪼그리고 앉아 조립했다. 등을 보인 채 철제 사다리를 오르고 있는 후루야는 캄캄한 아래쪽에서 누마이가 뭘 하고 있는지 알 수 없었다.

손목시계를 보았다. 9시 31분이었다.

"히엑, 히엑!"

위에서 후루야가 소리치는 기묘한 소리가 들렸다. 마침내 무선탑 꼭대기의 테라스에 도달한 것이다. 사위의 경계등이 콩알처럼 작게 보이는 그를 빨갛게 물들이고 있었다—오이 부두의 크레인에 있던 야마가 교스케로 착각할 정도였다.

"후루야 씨—!"

그 모습을 보며 누마이가 불렀다.

"잘 보입니까—?"

누마이가 한손을 쳐들어 크게 휘둘렀다.

"보여, 보여, 자알 보여! 멋지군. 훌륭한 각도야, 딱 좋아!"

위에서는 후루야가 환성을 질렀다.

"그렇게 좋습니까—?"

"최고라니까. 자네도 이리 올라와."

"아뇨, 저는 여기서 라이트를 설치하고 있습니다. 그러니 어서 카메라를 삼각대에 설치하고 촬영 준비를 시작하시지요."

"알았네, 알았어."

위에서 삼각대 따위를 꺼내는 소리가 들렸다.

"이야, 정말이지 흠잡을 데 없는 구도야. 거뭇거뭇한 삼나무 숲 사이로 다보탑이 신기루처럼 솟아 있어. 탑 위의 상륜도, 상층의 방형 지붕도, 그 아래 새하얀 원형부도, 하층의 큰 지붕도 낱낱이 다 보여! 정말이지 생김새도 잘 다듬어졌고, 위용도 당당하군. 주칠이 정말로 선명해. 꼭 불꽃같아."

후루야에게 일어나고 있는 환각은 흠잡을 데가 없었다.

위에서 짝짝짝, 하고 손뼉 치는 소리가 났다.
"왜 그러십니까?"
"너무 좋아서 견딜 수가 없네. 지금껏 이렇게 훌륭한 풍경 사진을 찍은 놈이 있던가? 아무도 없어. 게다가 말이야, 전경 오른쪽으로는 산속의 고찰이 있고 왼쪽으로는 도쿄 만 쪽 공장 지대의 불빛들이 들어오고 있어. 기막힌 대비야. 하하, 하하하."

〈대마 흡연에 의한 신경 장애는 공간을 실제보다 넓게 느끼게 한다.〉

"그럼, 촬영을 시작하시죠."
"찍어야지. 찍어야 하지만, 잠깐 기다리게. 앵글을 신중하게 정해야 하니까."
후루야는 손가락 끝으로 동그란 꼴을 만들어 파인더로 삼고 여기저기 움직이며 구도를 찾고 있다. 착란을 일으키고 있기는 해도 노련한 사진가였다.
"어딜 봐도 그림이 되는군. 걸작이 나올 거야, 틀림없이. 나의 대표작 가운데 하나가 될 거야. 아직은 젊은 것들의 젖비린내 나는 사진에 밀리지 않아."
"야마가 교스케의 사진을 능가하는 작품이 되겠습니까?"
누마이가 다시 큰 소리로 물었다.
민기기 모여 있는 곳에서 멀리 떨어진 고지대의 정상이다. 마음껏 소리를 질러도 들을 사람은 없다.

"야마가의 사진?"

"「격돌」말입니다. 도메이 고속도로의 추돌 사고를 촬영한 사진 말이요."

"아, 그거 말인가. 그자는 운이 좋았을 뿐이야. 10만 분의 1의 우연을 야마가가 붙잡았을 뿐이지. 나의 이번 사진은 그런 우연에 의지하는 게 아니거든. 아하하, 하하하."

유쾌하게 거침없이 웃었다.

"야마가 교스케의 우연을 만든 장치를 지금 보여 드리겠습니다."

누마이는 폴캣을 장대처럼 겨드랑이에 끼우고 두 개의 스트로보를 번갈아 점멸시켰다. 스트로보에는 빨간 셀로판지를 붙여 두었다. 어둠 속에서 그것은 마치 철도 건널목의 빨간 신호등처럼 번쩍였다.

"이겁니다, 후루야 씨. 야마가 교스케는 깜깜한 도메이 고속도로에 이렇게 점멸하는 빨간 불빛을 들이민 겁니다. 때문에 선두에서 120킬로미터의 속도로 달리던 트럭의 운전사가 급브레이크를 밟고 전복됐습니다. 그 뒤를 달리던 승용차들이 전복된 트럭에 잇달아 추돌해서 희생자가 나온 겁니다."

"오호, 재미있군."

후루야는 한참 아래를 보며 기이한 소리를 질렀다.

"디스코 클럽의 조명 같은걸! 아주 좋아. 록 음악 분위기가 나게 파박, 팍팍, 하고 번쩍이게 해 봐. 그거 정말 재밌네!"

30미터 위에서 큰 소리로 지껄인다. 박자에 맞춰 발을 구르고 있는 것 같다.

무슨 말을 들려주어도 후루야는 이해할 수 없는 상태였다.

누마이는 절망에 빠졌다. 그 어떤 원한과 복수의 말을 뱉어도 상대방은 전혀 받아들이지 못하는 상태가 된 것이다…….

이때 야심한 상공에서 금속음이 다가왔다.

후루야는 온몸을 움직이며 춤추기 시작했다.

"어이, 밴드, 소리를 더 키워서 피가 끓게 연주해 봐! 조명도 좋군! 바로 그거야, 그거! 하하, 하하하."

제트 엔진의 소음이 강렬한 비트의 록 음악처럼 들리는 모양이다.

〈대마 흡연자는 음감이 예민해진다.〉

그의 귀에는 일렉트릭 베이스 기타, 키보드, 관악기, 드럼 등 온갖 악기가 어우러져 작렬하는 디스코 음악처럼 들리는 듯하다.

여객기는 머리 위를 아슬아슬하게 스치며 지나갔다. 후루야의 열광은 정점에 달했다. 그의 몸은 록 음악의 최고조에 맞춰 흔들리고 있었다. 좁은 테라스에서 양팔을 휘두르고 허리를 움직이고 다리를 쳐들며 빙빙 돌았다.

"업사이드다운이로군! 아하하, 하하하하."

음악의 곡명을 외치고 행복의 절정에 오른 듯이 웃어 댔다. 대마에 취한 몸이 좌우로 흔들린다.

'연주'는 밀리 사라져 갔다. 30미터 무선탑 위에서 납덩이처럼 추락한 후루야 구라노스케의 몸뚱이는 땅바닥에 곤두박질쳤다.

누마이 쇼헤이는 슬픈 얼굴로 두 개의 빨간 스트로보를 분리하고 폴캣을 접어서 자루에 넣었다.

여객기 파일럿 한 명이 7월 12일 석간을 들고 시나가와 구 오이에 있는 ××서를 찾아왔다. 가까운 곳에 산다고 한다. 13일 한낮에 고이케 수사계장이 그와 만났다.

"어제 석간에서 12일 아침 유명한 사진가가 지바 현 가노잔 산의 무선탑에서 추락한 시체로 발견되었다는 소식을 보았습니다. 그 사고가 일어난 것이 그 전날인 11일 밤이었습니까?"

파일럿은 석간의 제목을 고이케에게 보여 주며 물었다.

"그렇습니다. 11일 밤 무선탑에서 추락사한 시체가 이튿날인 12일 아침에 발견된 겁니다."

고이케는 추락사한 사람이 이번에도 사진가라는 사실에 충격을 받았다. 신문을 본 즉시 지바 현경의 관할서에 문의하자 추락 시간은 정확히 알 수 없지만 검시 결과, 11일 오후 9시부터 11시 사이라고 했다. '과실사'로 처리되었다.

"무선탑에서 떨어진 게 몇 시쯤이었답니까?"

"정확히는 알 수 없지만, 밤 9시에서 11시 사이라고 합니다."

"그 사람은 왜 무선탑 위에 올라간 겁니까?"

"사진가니까 그 위에서 도쿄 만 연안의 야경을 찍기 위해서였겠지요. 카메라와 촬영 도구도 함께 떨어져 있었다고 하니까요."

"그 촬영 도구 중에 빨간 불빛이 2초 정도의 간격으로 깜빡이는 조명도 있었나요?"

"빨간 불빛?"

"철도 건널목의 경보등처럼 반짝반짝 빛났거든요."

어이, 잠깐 다나카 좀 불러 줘, 하고 고이케가 주변에 있던 사람에게 말했다. 감식과의 촬영 담당자가 다가왔다.

"그런 조명은 없습니다."

다나카는 망설임 없이 고개를 가로저었다.

"이상한데요."

파일럿이 의아한 듯이 중얼거렸다.

"뭐가 말입니까?"

"11일 밤, 저는 후쿠오카에서 도쿄로 가는 마지막 비행기 376편에 타고 있었습니다. 이타즈케 공항에서 정시인 20시 30분에 이륙했죠. 오시마를 지나서 스펜서를 북상한 것이 21시 28분이었습니다."

"그 스펜서라는 게 뭐죠?"

"아, 실례했습니다. 저희 파일럿의 전문 용어로, 오시마를 통과한 뒤 동쪽으로 잡고 있던 침로를 북동쪽으로 바꾸는 변경점을 말합니다. 대개 북위 34도 43분, 동경 139도 20분 위치입니다. 거기부터 북동쪽으로 직진하면 소토보슈의 온주쿠 남쪽 10킬로미터 지점으로 가게 됩니다. 거기는 웨스턴이라고 부르는 변경점이죠. 그 웨스턴에서 침로를 북서쪽으로 바꾸어 보소 반도를 횡단해 기사라즈에서 도쿄 만을 넘어 하네다 공항에 착륙합니다."

"그렇군요. 하네다가 붐빌 때는 종종 기사라즈 상공을 빙빙 선회하며 기다린다죠?"

"나리타 국제 공항이 생기고 나서는 그런 일이 줄어들었습니다. 아무튼 가쓰우라에서 기사라즈로 가는 직선 코스 상에 표고 352미터의 가노잔 산이 있어서, 우리는 그 산을 하나의 목표로 삼고 있습니다. 11일 밤은 맞바람 때문에 예정보다 조금 늦게 가노잔 산 상공에 접어들었는데, 그때가 21시 40분이었습니다."

"오후 9시 40분이군요?"

"그렇습니다. 그때 밑을 내려다보고 있었는데, 가노잔 산 정상 근처에서 반짝, 반짝, 하고 점멸하는 빨간빛이 눈에 들어왔습니다."

"그게 아까 말씀하신 건널목 경보등 같은 빛이었군요?"

"그렇습니다. 지금까지 그 지점에서 그런 불빛을 본 적이 전혀 없었거든요. 그때 기체는 착륙 태세에 들어가 있어서 고도가 1150미터였습니다. 가노잔 산이 표고 352미터로, 고도차가 800미터니까 그만큼 지상에 가까이 있어서 잘 보였던 겁니다. 빨간 등이라도 밤에는 의외로 강렬하게 빛납니다. 왜 있잖습니까, 교차로 신호등도 실제로는 70와트 정도지만 그렇게 강렬하게 반짝이죠. 자동차 미등도 10와트 정도의 작은 촉광인데 정지 신호나 좌우 회전 신호를 낼 때는 20와트가 됩니다. 그러나 실제 촉광보다는 더 밝게 보이잖아요? 그래서 가노잔 산 위에서 반짝이는 빨간 불빛이 조종석에서 아주 선명하게 보인 겁니다."

"……"

"그것뿐이었다면 이렇게 신고하러 오지도 않았을 겁니다. 얼마 전에도 똑같은 빨간 불빛이 반짝이는 것을 본 적이 있습니다. 근무

수첩을 뒤져 보니 그게 5월 24일 토요일, 역시 이타즈케발 마지막 비행기인 376편이었습니다. 오이 부두에 하역 크레인이 죽 늘어서 있잖아요? 그 북쪽 크레인 위에서 빨간 불빛이 반짝, 반짝, 하고 깜빡거리고 있었습니다. 착륙 직전이어서 고도가 500미터였으니까 아래가 아주 잘 보였습니다. 저는, 아, 크레인 경계등이 점멸 방식으로 바뀌었나, 하고 생각했습니다. 그런데 이틀 뒤인 5월 26일 조간에 24일 밤 카메라맨이 크레인에서 추락하여 25일 새벽에 시체가 발견되었다고 보도된 겁니다. ……오이 부두든 이번 가노잔 산 사건이든 빨간 불빛이 깜빡였고, 높은 곳에서 카메라맨이 추락사 했다는 점이 너무나 유사해서 이렇게 신고하러 왔습니다."
─경시청과 지바 현경의 합동 수사가 시작되었다.

조종사가 경찰에 신고한 날 밤, 누마이 쇼헤이는 소토보슈 지방의 시라하마에 묵고 있었다.
노지마자키 등대의 점멸하는 불빛이 여관 창을 통해 보인다. 20초에 한 바퀴를 회전하는 그 불빛이 이쪽을 향했을 때 눈 앞이 캄캄할 만큼 눈부셨다.
시라하마 해안은 암초가 많고, 태평양에서 밀려온 거친 파도가 암초들 사이에서 폭포처럼 떨어지는 곳이다. 깎아지른 절벽도 있다.
누마이 쇼헤이는 오후 10시에 떠난다고 여관 측에 일러 두었다. 택시를 불러 드릴까요, 하고 여관 종업원이 물었지만 필요 없다며 거절했다. 11시쯤이면 어느 암초 위에 서 있게 될 터였다. 오후 11

시는 작년 10월 3일 도메이 고속도로에서 야마우치 아키코를 '교통사고'로 잃은 시각이었다. 그것은 곧 「격돌」이 촬영된 시간이기도 하다.

노지마자키 등대의 회전하며 깜빡이는 불빛은 영구운동이었다.

소름이 돋을 만큼 현대적

미야베 미유키

소름이 돋을 만큼 현대적

미야베 미유키

예전에 〈이로하의 '이'〉라는 조금 색다른 제목의 텔레비전 드라마가 있었다.

어설픈 기억에 의지하기 불안해서 잠깐 조사를 해 보니 니혼TV에서 1976년 8월부터 1977년 3월까지 매주 화요일 오후 9시에 방영한 드라마였다.

내용은 이른바 '사건기자물'. 조사이 경찰서에 드나드는 네 군데 신문사의 기자 여덟 명으로 구성된 기자 클럽이 매회 특종 경쟁을 펼치며 사건의 진상을 추적한다는 설정의 드라마인데, 다케와키 무가와 모리모토 레오 같은 인기 배우와, 가네코 노부오와 후지오카 다쿠야 같은 베테랑 연기파 배우가 함께 출연한 호사스러운 캐스팅이었다.

당시 나는 고등학생이었다. 텔레비전이 집에 한 대씩밖에 없던 시절이라 서른네 개 일화를 다 보지는 못했지만(예전에는 가족 간에 '채널 다툼'이라는 것이 있었다) 과연 도호에서 제작한 드라마답게 오프닝에 미니어처 가스탱크가 폭발하는 장면이 있던 것을 또렷이 기억한다.
그런데 그 서른네 개 일화 가운데「관에 올라선 남자」라는 것이 있었다.
먼저 양해를 구해 두지만, 이 일화의 결말이 어떻게 되었는지를 나는 기억하지 못한다. 인터넷에서 찾아본 자료를 통해서도 각 일화의 줄거리까지 확인할 수는 없었다. 그러므로 여기에서는 도입 부밖에 소개하지 못한다. 드라마가 DVD로 제작되었을지도 모르고 케이블 텔레비전 같은 데서 재방송을 하고 있을지도 모르니, '아무래도 궁금해서 못 견디겠다'는 분은 찾아보시기 바란다.
이 일화의 발단은 일련의 보도사진이다. 한 남성이 강(바다였나?)에 떨어져 필사적으로 허우적거리면서 구조를 요청하다가 익사하는 장면을 촬영한 사진이었다.
조사이 경찰서 기자 클럽의 멤버들은 생생하고도 비참한 이 사진에 충격을 받고 분노에 사로잡힌다. 이 사진을 촬영한 카메라맨은 눈앞에 사람이 빠져 죽어 가고 있는데 구조는 안 하고 냉정하게 카메라를 들이댔던 것이다. 이 쓰레기 같은 놈은 대체 누구야! 하며 취재를 시작하자 곧 어느 카메라맨이 드러난다. 그 카메라맨은 과거에도 비슷한 '사건'을 일으킨 적이 있었다. 많은 사상자가 나온 사고를 취재할 때 시체를 안치한 관이 여러 구 놓여 있는 영안실에 들어가 자기가 원하는 앵글을 얻기 위해 관 위에 구둣발로 올라갔던 것이다.
내 기억은 여기까지인데, 다케와키 무가와 모리모토 레오가 "저널리스트라고 할 수도 없는 놈이군" 하며 격노하는 장면이 있었던 것 같다. 하지만 이것도 확실치는 않다. 독자들께 면목이 없다.

다만 내가 기억하는 부분만 보더라도 이 일화의 주제는 명확하다.

〈둘 중에 하나를 선택해야 할 처지에 몰렸을 경우 저널리스트는 보도의 사명과 인명 구조 중에 무엇이 더 중요할까?〉

애초에 거기에 우선순위를 부여할 수 있는가? 그럴 수 있다면 그 논거는 무엇인가? 기자나 카메라맨 같은 저널리스트는 현실의 비극 앞에서 그렇게까지 특별한 존재가 될 수 있을까?

이는 예전부터 제기되어 온 참으로 골치 아픈 명제이며, 똑떨어지는 해답은 아직까지 없다. 최근에 다국적 보도 카메라맨 집단 '매그넘'을 다룬 다큐멘터리 영화를 역시 텔레비전을 통해 본 적이 있는데, 유명한 카메라맨 다수가 이 질문에 고뇌하는 표정을 지었다.

이 책 『10만 분의 1의 우연』은 신문사에서 주최하는 보도사진 콩쿠르가 중요한 요소로 등장하는 장편 미스터리이지만 저널리스트는 등장하지 않는다. 그래도 독자들은 내가 해설 첫머리에 「관에 올라선 남자」의 단편적인 기억을 소개한 까닭을 쉽게 알 수 있을 것이다.

이 책의 (부정적) 주인공 야마가 교스케는 아마추어 카메라맨이다. 콩쿠르에서 연간 최고상을 수상한 것은 그에게 크나큰 승리였지만, 그렇다고 그걸 지렛대 삼아 신문사나 텔레비전 방송국에 취직하겠다는 현실적인 계획이 있는 것 같지는 않다. 그는 보도사진에 대한 '격렬한 혼의 연소'를 원하고 그를 위한 노력을 아끼지 않지만, 그렇다고 보도사진이라는 매체를 이용해 예술적 자기표현을 지향하고자 하는 사람처럼 보이지는 않는다.

그러므로 그의 작품이 소설이나 회화 같은 완전한 창작물이었다면 아무런 문제도 갈등도 생기지 않았을 것이다. 그러나 사진은 생생한 사물을 다루고 현실을 비춰내는 작업이다. 고로 야마가 교스케의 구도자와 같은 '노력'은 바로 그 격렬한 혼의 연소 때문에 더욱 난폭한 일탈과 범죄로 치닫는 것이다.

저널리스트는 아니지만 저널리스트적인 자세로 현실을 대하는 아마추어 보도 카메라맨이라는 존재는 앞서 제기한 명제 앞에서 참으로 절묘하고도 모호한 처지이며, 자기 형편에 따라 오른쪽으로 갔다가 다시 왼쪽으로 돌아올 수도 있는 존재다. 조사이 경찰서 기자 클럽의 분노하는 멤버가 될 수도 있고 구둣발로 관에 올라서는 카메라맨이 될 수도 있다.

이런 존재를 사건의 주역으로 세우고, 이 책은 두 가지 질문을 우리 독자들에게 던지고 있다.

- 개인이 자기표현을 위해서 하는 행동을 사회는 어느 선까지 용인할 수 있는가?
- 우리 사회는 개인이 자기표현을 위해 공동체에 해를 끼치는 행동을 제지할 논리를 가질 수 없는 것인가?

마쓰모토 세이초는 늘 사회의 치부나 인간의 본성을 묘사하고자 애쓰는 작가는 아니었다. 다만 어떤 사건을 다루든 디테일을 꼼꼼하게 처리하고, 거기에 관련된 인간들의 욕망이나 고뇌를 구체적인 언어로 뱉어내게 하였으며 결코 추상론에 의지하지 않았다. 그 결과 세이초의 작품들은 시간의 벽을 가볍게 뛰어넘어 지금도 많은 독자들을 매혹하고 있다.

그중에서도 이 책이 품고 있는 주제는 소름이 돋을 만큼 현대적이다.

2008년 6월 도쿄 아키하바라 번화가에서 미증유의 묻지마 살인 사건이 발생했다. 보도를 통해 사건을 차차 파악해 가던 나는 사건 자체에도 무척 놀랐지만 그에 못지않게 충격적인 사실도 확인할 수 있었다. 사상자와 구조를 위해 뛰어다니는 사람들 곁에서 휴대전화의 동영상 촬영 기능과 통신 기능을 활용하여 살인사건의 진행 상황을 처음부터 끝까지 자세히 전하는 시민들이 있었다는 것이다.

'보도의 사명과 인명 구조 중에 무엇이 더 중요할까?'

예전에 이 명제는 저널리스트만의 것이었다. '사명'이 없는 아마추어 카메라맨이라도 양질의 보도사진을 찍으려면 그에 걸맞은 테크닉이 필요하고 일정한 수준의 훈련을 꾸준히 쌓아야 한다. 카메라를 들고 사건 현장에 있다고 해서 누구나 당장 야마가 교스케가 될 수 있는 것은 아니었다. 그런 의미에서는 야마가 교스케도 저널리스트'적'이기는 하다.

그러나 시절은 변했다. 촬영과 통신을 위한 기기가 발달하고 저렴해졌으며 인터넷이 충실해져서 사회가 원하는 정보를 누구나 언제든지 제공할 수 있게 되었다.

현대를 사는 우리는 그럴 마음만 있다면 누구라도 야마가 쿄스케 정도의 촬영자 및 정보 제공자가 될 수 있다. 뿐만 아니라 '사명'의 뿌리인 사회적 지위와 보수에 개의치 않는다면 '적#'을 떼어 버리고 단숨에 저널리스트 자체가 될 수도 있다. 바꿔 말해 우리는 저널리즘과는 거리가 먼 일반 시민 한 사람 한 사람이 기회만 된다면 '보도'라는 행위를 통해서 쉽게 자기표현을 할 수 있는 시대를 살고 있는 것이다.

기회만 있다면.

아키하바라의 묻지마 살인사건 자체는 자기표현이 좌절된(그렇게 믿은) 젊은이가 저지른 참사였다. 자신을 받아 주기는커녕 좌절과 실의만 떠안긴 사회에 대한 보복심에서 묻지마 살인극 같은 흉악 범죄를 저지른다. 이런 유형의 범죄는 이 사건만으로 그치지 않는다. 이는 곧 범죄가 자기표현의 수단이 되었다는 것을 뜻한다. 아키하바라 사건은 범죄로 자기표현을 하려고 한 범인과, 그 범죄를 보도함으로써 (의도적이지는 않더라도) 자기표현을 한 사람들이라는 양측이 함께한 사건이었다. 이것이 나에게는 무엇보다 충격적이었다.

분명히 말해 두지만 나는 당시 휴대전화나 컴퓨터로 현장 사진을 전송하던 사람들을 젊은 범인과 동류라고 비난하려는 생각은 털끝만큼도 없다. 양측 사이에는 당연히 깊은 난얼이 있다.

그러나 그 단열의 폭은 의외다 싶을 만큼 좁다. 차츰차츰 좁아지고 있다. 이는 당연하다. 성숙한 상업주의 사회는 개성이나 감정에 높은 가치를 부여해 그것을 금전으로 매매할 수 있는 상품으로 만듦으로써, 각 개인의 차이를 이루는 단열의 폭을 좁히는 기능을 하고 있다. 그 힘으로 움직이고 있기 때문이다.

'양자택일을 할 수밖에 없는 처지로 몰렸을 때 보도와 인명 중에 당신은 어느 쪽을 우선하겠는가?'

이 명제는 이제 저널리스트만의 난제가 아니게 되었다. 기회와 맞닥뜨리면 우리는 누구나 균등하게 선택을 강요당하는 것이다. 다만 그 경우, 보도는 사명으로서의 보도가 아니라, 거듭 말하지만 자기표현의 수단으로서의 '보도'이다. 그러므로 앞서 제기한 물음은 이렇게 바꿔야 할지도 모른다.

'양자택일을 해야 할 경우 보도와 인명 중에 당신은 어느 쪽을 우선하겠는가?'

야마가 교스케는 '보도'를 택했다. 게다가 한 발 더 나아가 선택 자체까지 스스로 만들어 버렸다.

뛰어난 자기표현이 얼마나 가치 있는 것인지가 널리 이야기되고 수많은 사람들이 그것을 실천하기를 갈망하는 현대 사회에서는, 야마가 교스케가 그랬듯이 '한가롭게 기다릴 게 아니라 기회를 만들어 버리자'라는 사고 회로에 언제 스위치가 켜져도 이상할 것이 없다. 한편 야마가 교스케의 난폭한 일탈을 부채질한 콩쿠르 심사위원 같은 존재는 이제 보기 힘들어졌지만, '뭔가 화끈한 일이 벌어지지 않을까, 누가 무슨 일을 벌이지 않을까' 하고 기대하는 무수한 익명의 대중으로 모습을 바꾸어 존재하고 있다는 것은 분명하다.

이 새로운 선동(자)은 특정 권위자를 벗어나 꼭 집어서 지목하기 힘든 존재로 변함으로써 도리어 위험도가 높아졌다고 해도 좋다. 다만 그에 따라 그런 선동에 제동을 거는 사회적 합의도 강해졌고, 발동하기도 쉬워지고 있다. 범죄를 다루는 미스터리를 쓸 때 나는 그 점에 희망을 걸고자 한다.

한편 1981년에 출판된 이 작품은, 마쓰모토 세이초의 터프한 작품들 중에서도 차분한 분위기가 두드러진 탓인지 지금까지 대표작으로 꼽힌 적이 없다. 실제로 나는 세이초 팬을 자처하는 많은 독서인들이 이 책의 제목을 거론하는 것을 들어 본 적이 없었다. 그 점이 늘 유감스러웠다.

이번의 신장판 간행을 계기로 현대를 살아가는 많은 독자 여러분도 사건과 인물을 그리는 작가의 펜이 보편과 맞닿았을 때 얼마나 날카로운 예견성을 갖게 되는지를 소름이 돋을 만큼 실감하게 될 것이다.

다만 보편성과 예견성이라는 점에서만 보자면 이 책의 '긍정적' 주인공인 누마이 쇼헤이의 집요한 복수심을 놓고 이론이 제기될 수도 있겠다. 우리는 지난 몇 년간 여러 사건들을 접하면서 비로소 범죄 피해자나 피해자 유족들이 범인에게 품는 증오심이나 복수심을 이해하게 되었다. 지금까지 오랜 세월에 걸쳐 피해자나 피해자 유족을 사법의 장에서 몰아내 온 제도가 많은 사람들의 진지한 노력으로 개혁되고 있기 때문이다. 그 결과 늘 봉쇄되어 오던 피해자나 피해자 유족의 목소리가 이제야 사회에 전해지게 되었다. 이러한 경향을 반영하여 미스터리에서 묘사되는 피해자상도 조금씩 변화하고 있다.

 우리 후배 미스터리 작가들이 천상에 계신 대★ 세이초를 우러러볼 때, 천상의 거인 역시 지상을 내려다보며,

 ―아니야, 시대는 변하고 있네. 자네들은 자네들이 사는 지금을 묘사하게.

 라고 말하며 미소를 짓고 있는 것만 같다.

역자 후기

이규원

작가 미야베 미유키가 이 작품을 관통하는 문제의식을 짚어 주었습니다. 역자로서 무엇을 더 쓸 수 있을까 싶지만, 사족이 될 줄 알면서 몇 마디 덧붙입니다.

형벌 제도가 완비된 현대 국가에서 사형私刑은 인정되지 않으며, 그 자체가 중대한 범죄 행위입니다. 하지만 우리는 법이 범죄를 제대로 적발하지 못하고 응당한 죄 값을 묻지 못하는 사례를 일상적으로 접합니다. 죄에 책임이 있는 인물들은 죄의식이 없고, 법망을 용케 빠져나갑니다. 그들은 감옥이 아니라 객석에 앉아 시치미를 떼며, 자신은 결코 그런 짓을 저지른 적이 없고 이런 결과는 원하지 않았다고 주장합니다.

해서 무력한 소시민들은 이른바 현대판 로빈 후드니 뭐니 하는 자들에게 환호하거나 범죄적 복수를 망상하는 것으로 울분을 삭이곤 합니다.

하지만 그 범죄의 피해자, 혹은 피해자의 유족이 느끼는 분노와 고통은 억겁의 시간이 흘러도 가시지 않을 만큼 깊다고 합니다. 죄인은 형기를 마치고 나와서 프라이버시를 보호받으며 살아가지만 유족들은 죽을 때까지 깊은 분노와 고통을 감당하며 살아가야 하는 사례도 많습니다. 그런 유족들에게 법은 범죄자의 인권도 보호해야 한다는 정론은 가당치도 않을 것입니다.

이 작품의 주인공은 살인자를 직접 심판하기로 작정한 피해자의 유족—약혼자입니다.
약혼녀가 처참하게 사망한 교통사고 현장 사진이 아마추어 사진 공모전에서 연간 최고상을 수상했다는 신문 보도에 누마이의 심정은 어떠했을까요. 누군가의 비참한 죽음이 누군가에게는 명예를 높일 수 있는 절호의 기회라는 아이로니컬한 상황을 용납하기 힘들었을 겁니다.
게다가 그 사진은 '10만 분의 1의 우연'이라고 할 만큼 기적에 가까운 앵글입니다. '10만 분의 1의 우연'이라는 말에서 아마 누마이는 음험한 '필연'의 기미를 느꼈을 겁니다. 그가 처음부터 약혼녀의 교통사고사에 의혹을 품고 있었다는 것은 사고 현장을 처음 찾은 그의 주머니에 카메라가 들어 있고, 사고 현장을 조사하여 교통사고로 처리한 경관이 불쾌감을 느낄 만큼 이것저것 캐묻는 것을 봐도 알 수 있습니다.
피앙세를 앗아간 참사가 사고가 아니라 연출된 살인이라는 사실을 하나하나 밝혀 나가는 누마이의 행동은 차라리 범죄를 계획하는 자의 그것을 닮았습니다. 용의자에게 접근하여 상대방의 성향과 동선을 관찰하되 자신의 자취는 철저히 감춥니다. 야마가도 어느새 추적을 눈치채고 추적자가 범행의 진상을 얼마나 파악했는지, 추적하는 의도가 무엇인지를 캐내려고 합니다.

이렇게 범행을 추적하는 자와 이 추적자를 역추적하는 범인의 은밀한 격돌이 이 작품의 동력입니다. 작품이 시종 차분하면서도 긴박감이 만만치 않은 것은 이 점에 기인합니다.

약혼녀를 죽인 범인과 그 교사자를 확인한 누마이가 즉각 보복에 나서지 않고, 많은 수고를 감내하며 범인의 자백을 받으려고 하는 행동이 얼핏 작위적으로 보일지도 모르지만, 피해자 유족이 범인에게 가장 바라는 것이 죽음 이전에 진실한 속죄라는 것을 생각한다면 충분히 이해할 수 있는 행동입니다.

범인과 교사자를 죽음으로 징벌한 누마이를 자살하도록 만든 작가의 속내는 알듯 말듯합니다. 야마가와 후루야를 죽일 때 누마이는 격정보다는 깊은 절망감 속에서 살인을 저지릅니다. 멸업과 정화를 보지 못하고 잔인한 복수로 그치고 말았다는 절망감이 그를 집어삼켰을 수도 있고, 엄연히 살인을 저지른 사람에 대한 작가의 엄중한 균형감일 수도 있겠지요.

이 작품을 읽으면서 역자는 종종 효과적으로 연출된 연극 무대를 보는 듯한 기분을 느끼곤 했습니다. 추적자와 역추적자의 대화를 통한 은근한 대결도 연극 무대를 떠올리게 했지만, 작품 후반에 뚜렷하게 부각되는 메타포 때문인 것 같습니다. 작가의 작품이 워낙 방대해서 많이 읽어 보지는 못했지만, 그의 작품치고는 보기 드물게 메타포를 매력적으로 구사했다는 것도 이 작품의 미덕입니다.

지상 15미터 높이에 있는 크레인 기계실 옥상은 죄를 심리하고 선고하는 재판정처럼 보입니다. 피해자 유족과 가해자 단 두 사람만이 오르는 그 재판정. 원고와 검사와 판사의 역할을 겸하는 누마이는 엄연히 검은 심판복을 입고 있습니다. 날카롭게 야마가를 추궁하지만 죄인은 범행을 인정하기는커녕 반성하거나 후회하는 기미조차 보이지 않습니다. 결정적 증거가 없다는 점을 파악해 낸 범인은 오히려 승리감을 만끽하는 모습을 보입니다.

야마가를 범죄로 유도한 후루야 구라노스케가 죽음을 맞는 장면도 상징적입니다.

"악인이 악행의 업을 스스로 짊어지게 되는 것을 불쌍히 여겨, 악행을 하지 않도록 이끄는 것이다. 즉 조복 호마는 궁휼심으로 악인을 선도하고 그 궁극적 목표인 정신적 해탈을 얻도록 돕겠다는 의도에서 나온 거라고 합니다. 하지만 이것은 불교의 어느 일파의 주장일 뿐, 본래의 조복 호마는 그렇게 안이하지 않았을 겁니다. 원적에게 더욱 가차 없는 복수와 통렬한 징벌을 내리는 것이겠지요."

누마이는 후루야에게 이제 곧 벌어질 의식을 예고한 셈이지만, 자성할 줄 모르는 후루야는 자신이 징벌의 대상이라는 사실을 상상조차 하지 못합니다. 그는 '멸업'의 대나조 연기 속에서 죽음을 맞이합니다.

이렇게 뚜렷한 메타포가 줄거리에 작위 없이 녹아들어 있다는 점이 통쾌합니다. 선 굵고 군더더기 없는 문장을 구사하면서도 '순문학'으로 출발한 작가의 진면목을 잘 보여 준 점이라고 생각합니다.

'세이초 월드'가 워낙 방대하다지만, 적어도 이 작품은 '사회파'와 '리얼리즘'이란 단어가 딱지처럼 붙어 버린 세이초 월드에 이채를 더해 주리라 믿습니다.

이규원

10만분의 1의 우연

초판 1쇄 발행 2013년 10월 11일

지은이 마쓰모토 세이초
옮긴이 이규원

발행편집인 김홍민 · 최내현
책임편집 안현아
편집 유온누리
마케팅 홍용준
표지디자인 조원식
용지 화인페이퍼
출력(CTP) 한국 커뮤니케이션
인쇄 현문
제본 현문
독자교정 문하영, 박신영, 박종우, 이정민

펴낸곳 도서출판 북스피어
출판등록 2005년 6월 18일 제105-90-91700호
주소 (121-130) 서울특별시 마포구 망원동 513 상암마젤란21 101-902
전화 02) 518-0427
팩스 02) 701-0428
홈페이지 www.booksfear.com
전자우편 editor@booksfear.com

ISBN 978-89-98791-07-0 (03830)

책값은 뒤표지에 있습니다.
파본은 구입하신 곳에서 교환해 드립니다.